MIRA

AK SCHMIDT

MIRA

Teil 1

Wer bist du?

*Bibliografische Information der Deutschen National-bibliothek:
Die Deutsche Nationalbibliothek verzeichnet diese Publikation in der Deutschen Nationalbibliografie; detaillierte bibliografische Daten sind im Internet über http://dnb.dnb.de abrufbar.*

© 2015 AK Schmidt

Herstellung und Verlag: BoD – Books on Demand, Norderstedt

ISBN: 9783738636413

1

Aufwachen

Es waren nur 500 Meter. Nur 500 Meter, die zwischen Deutschland und Polen lagen. Und nur 500 Meter Brückenlänge, die über Wohlstand und Armut entschieden. Es war keine große Entfernung, doch diese 500 Meter waren ausreichend, um einen Unterschied zu machen. Geld regierte diese Welt und beutelte ihre Sklaven. Immer in den Wintermonaten konnte ein Jeder spüren, ob es diesen Unterschied noch gab. Wenn das Zittern einen nicht einschlafen ließ und auch mehrere Lagen Strickpullover einen nicht wärmten, wenn die Scheiben von innen gefroren waren und die Wasserleitungen vereisten.

Mira kannte diese Winter nur zu gut. Sie hatte viele solcher erlebt. Glücklicherweise hatten sich die Zeiten geändert und sie im Laufe ihres Lebens gelernt, sich die Umstände zu Nutze zu machen. Was ist schon Pech, wenn man Glück nicht kennt! Mira versuchte die Vergangenheit zu vergessen, doch an diesem Abend erinnerte sie der eisige Wind an diese so eisigen Zeiten. Sie hielt einen Moment inne, zog dann die Wohnungstür hinter sich zu, drehte den Schlüssel, lief durch den Flur zum Vorderausgang, durchquerte den Garten und warf das Hoftor hinter sich zu.

Als sie auf den Sandweg einbog, bewunderte sie die Abenddämmerung zwischen den Häuserreihen.

Das erste Mal seit langer Zeit war die Sonne wieder zu sehen und ging bereits am Horizont unter. Es war Ende März, die letzten Wochen waren sehr kalt gewesen und die klirrende Kälte hatte die Stadt zum Stillstand gebracht. Aber mit diesem Wochenende war der Winter endlich verbannt und der Frühling eroberte das Land zurück.

Aus einem unerfindlichen Grund ließ sich Mira von diesem Anblick verführen. Entgegen der Route, die sie sonst zur Arbeit lief, machte sie heute einen Schlenker durch die Stadt. Sie überquerte die alten Gassen, passierte die Straße mit dem groben Kopfsteinpflaster und ließ sich von den letzten Sonnenstrahlen geradewegs zur Stadtgrenze locken. Sie konnte die Brücke zwischen Deutschland und Polen bereits sehen. Ein breiter Damm trennte das Wohngebiet von dem Fluss und durch die aufgeschütteten Sandhügel und kahlen Bäume war bis jetzt nicht viel von der anderen Seite zu erkennen. Als sie den Bürgersteig auf dem Damm erklomm, wurde sie mit einer atemberaubenden Aussicht belohnt. Noch immer rauschte der eisige Wind, doch das zarte Orange am Horizont erwärmte das Gemüt und ließ die Temperaturen auf der Haut schmelzen. Die Eisdecke der Oder war endlich aufgebrochen und wurde mit ihren dicken Schollen flussabwärts gespült. Je näher sie der Brücke kam, desto heftiger peitschte der Wind gegen ihr Gesicht. Doch die Neugier, direkt von der Brücke zu blicken, ließ sie nicht aufgeben. Mit jedem Meter, den sie sich ihr näherte, wurde die Straße belebter. Zu dieser Zeit war die Stadt eigentlich schon am Rasten, doch das gute Wetter hatte die Menschen aus ihren Häusern gelockt. Es schien auf den kleinen Verkaufsmärkten viel los gewesen zu sein. Die Händler bauten ihre Stände ab, doch nicht wie sonst, hastig oder übel gelaunt. Viele pfiffen und scherzten miteinander, versperrten die Ladentüren und machten sich sicherlich bereit, den Feierabend im nächsten Wirtshaus zu begehen. Der Strom lief nach Hause oder zu Freunden, was man eben so macht, wenn die Arbeit getan ist. Doch für Mira hatte der Tag gerade erst begonnen. Wenn andere schlafen gingen, wurde sie wach, wenn sie dann ihren Heimweg antrat, hatten die gerade erst ihren Wecker ausgemacht.

Mira stöckelte mit ihren gefütterten Fellstiefeln über den Bürgersteig, der so alt und zersprungen war, dass es schwerfiel, dabei nicht zu stolpern. Sie musste sich beeilen, wenn sie noch ein paar Sekunden im Licht genießen wollte. Also balancierte sie mit den hohen Absätzen elegant über die Stolperfallen und erreichte mit zügigem Schritt das kühle Stahlgeländer.

Es hatte eine gewisse Ironie. Mira lebte schon seit vielen Jahren in dieser kleinen polnischen Grenzstadt Slubice, doch besucht hatte sie diesen Ort noch nie. Bis vor ein paar Jahren war hier noch eine fast unüberwindbare Grenze. Nur unter strengen Sicherheitsbestimmungen konnte man die DDR verlassen und in diese einreisen. Es gab damals keinen Grund, die Brücke zu besuchen, doch seit dem Fall der Mauer vor drei Jahren und der Wiedervereinigung erblühte die polnische Stadt und der Verkehr auf der Brücke nahm mit jedem Tag spürbar zu. Mira sah es auf ihrem Arbeitsweg immer nur von weitem zwischen den Häuserreihen am Ende der Gassen, wie die Autoschlangen immer länger wurden, die Deutschen, wie sie in Schwärmen die Grenzen passierten. Ja, es war überall zu sehen, dass sich etwas in dem Land regte und nicht nur dort, sondern auch hier. Die Läden wurden voller, die Menschen wohlhabender, es waren wie Zahnräder, die ineinander griffen und das Rad der Wirtschaft positiv beeinflussten.

Mira lief an den Brückenpfeilern vorbei. Ab und zu hupte ein Wagen, der zur Grenzüberfahrt anstand oder ein vorlauter Bengel bedachte sie mit einem netten Spruch. Es war nicht so, dass ihr das sonst nie passierte, doch in diesem Fall empfand sie es sogar als schmeichelhaft, weil es nicht aus einer bestimmten Situation heraus entstand. Als sie die Mitte der Brücke erreicht hatte, umschlossen ihre zierlichen Hände das Geländer, sie lehnte ihren Oberkörper über die Brüstung, legte die Ellenbogen ab und stützte den Kopf auf ihre Hände. Voller Ehrfurcht sah sie auf das Wasser nieder, wie es sich ruhig seinen Weg bahnte. Ihre langen blonden Haare tanzten im Wind. Sie beobachtete die kleinen Schiffe, welche von Zeit zu Zeit die Brücke unterquerten. Sogar einige Angler konnte man im verdorrten Schilf entdecken. Mira vergaß die Zeit und versank in Gedanken:

Ich genoss die letzten Minuten, die Wärme, die Aussicht, dann ging die Sonne unter und in der Stadt wurde es Nacht. Mein Tag begann. Ich war erst 2 Stunden wach. Ich musste eigentlich schon längst auf dem Weg zur Arbeit sein. Doch aus einem unerfindlichen Grund änderte ich meinen Weg und lief zu dieser Brücke. Ich war wie versteinert und wollte nicht weg. Ich dachte nicht an Selbstmord. Ich dachte oft darüber nach, aber in diesem Moment empfand ich es einfach nur schön, hier zu sein. Ich hatte nicht viel Zeit, aber ich konnte mich einfach nicht losreißen. Mir kam der Gedanke in den Sinn, eigentlich war es für mich doch egal, über Zeit auch nur nachzudenken, denn ändern würde sich für mich eh nichts. Ich lebte von einem Tag in den anderen. Die gleichen Regeln, die gleichen Menschen, die gleichen schlechten Gewohnheiten. Ich dachte über Ziele in meinem Leben nach. Was ich mir wünschen würde. Ich konnte mir diese Frage nicht beantworten. Ich nahm mir sogar Zeit darüber nachzudenken. Alles fühlte sich so gleichgültig an. Aber es störte mich nicht. Weil das die einzige Gabe war, die ich hatte. Gleichgültigkeit. Doch manchmal, wenn ich die Menschen um mich herum beobachtete, wie sie weinten, litten, sich freuten oder sogar liebten, war mein heimlicher Wunsch, das auch zu empfinden. Innerlich tot zu sein, zu funktionieren, war keine Befriedigung. Man fühlt, wie das Leben an einem vorbeischleicht. Ich habe mich oft gefragt, ob es jemand merken würde, wenn ich nicht mehr wäre. Meine Gedanken wurden zerrissen, als die alte Kirchenuhr auf der deutschen Seite zur vollen Stunde schlug. Es war bereits neun Uhr. Das Nichts hatte mich wieder und ich machte mich auf den Weg.

Mira lief zur polnischen Seite zurück. Der Arbeitsweg kostete sie locker noch eine halbe Stunde. Schon jetzt verfluchte sie die Wahl ihrer Schuhe. Die neuen Plateaustiefel sahen mit dem roten Mantel im Schaufenster noch unwiderstehlich aus. Doch in der Abenddämmerung erwies sich die Jacke schon bald als zu dünn und die Schuhe als unbrauchbar, um in der Dunkelheit die kaputten und unebenen Betonplatten auszugleichen. Und so stolperte sie bibbernd entlang des Damms und zog den Stehkragen ins Gesicht. Als die Sonne unterging, blieb nur noch die Kälte, die wie Frost ihren Schoß hochkroch und das wärmende Bett vermissen ließ. Es würde noch neun Stunden dauern, bis sie dahin zurückkehren würde. Also kämpfte sie sich den Weg entlang und musterte die vorbeiziehenden Häuserzeilen. Die Stadt hatte sich verändert und die neuen Shops hatten diesen kleinen Ort zusehends vereinnahmt. In Polen zahlte man für alles nur ein Viertel des Preises. Unzählige Reklamen und erleuchtete Aufschriften warben für Zigaretten, einen guten Wechselkurs oder Klamotten. Eben alles, was das Herz begehrte und das billig, billiger am billigsten. Und was vor Verkaufsgütern nicht Halt machte, übertrug sich auch auf Menschen und Dienstleistungen. Es war eben alles käuflich, solange es angeboten wurde, ganz gleich, ob legal oder nicht.

Eilig und fast eine halbe Stunde zu spät erreichte Mira das Hoftor ihrer Arbeitsstätte. Der mäßig beleuchtete Schotterparkplatz war mit diesen kleinen Steinen eine wahre Tortur für die schmalen Absätze und die größte Herausforderung der ganzen Strecke. Fast schleichend setzte sie vorsichtig einen Fuß vor den anderen und rettete sich mit einem Sprung auf die langen Betonplatten, die direkt ins Haus führten. Als Mira flüchtig über die angeleuchtete Hauswand sah, dachte sie nur bei sich, wann würde hier mal einer die Außenfassade neu machen. Außer seiner übergroßen leuchtenden Reklame sah das Haus in seiner alten, abgeblätterten Betonputzhülle ziemlich trostlos aus. Sicher war Geld da, doch die Leute kamen auch ohne repräsentative Außenfassade. Vielleicht auch gerade deshalb, denn von der Straße aus ließ sich hier kaum vermuten, was sich wirklich in diesen alten Mauern abspielte.

Als Mira die Tür öffnete, standen die Jungs schon für die Schicht bereit. Höflich grüßten sie sie, erzählten ein paar Anekdoten der letzten Nacht und ließen sie gut gelaunt den Flur passieren. Miras Nase lief, der Umschwung von der frischen Luft in diesen abgestandenen, trockenen Heizungsmief machte den Hals ganz kratzig. Als sie das Ende des Flurs erreicht hatte, sah sie auf die vertraute Tür links, die nur angelehnt durch einen Spalt gedämpfte Musik herausdringen ließ. Dann drehte sie sich um. Sie musterte die umliegenden Türen, die alle geschlossen waren und ihr verspätetes Erscheinen unbemerkt ließen. Erleichtert griff sie nach dem alten Holzgeländer und schlich über knarrende Holzstufen in das erste Obergeschoss. Durch einen alten, muffigen Gang erreichte sie eine Zimmertür, eine von vielen, die bis zum Ende des Flures durchnummeriert waren. Sie tastete nach ihrer Handtasche, zog einen Schlüssel hervor und drehte ihn im Schloss. Hektisch übertrat sie die Schwelle, sah flüchtig zur Wanduhr, schob die Tür zu und begann sich sofort für die Arbeit fertig zu machen. Ihr Arbeitsplatz war ein kleines Zimmer, kaum zehn Quadratmeter groß. Viel Platz war nicht! Es war gerade ausreichend für einen Wandschrank, eine Kommode, einen Stuhl und ein zwei Meter breites Bett, welches über die Hälfte des Raumes einnahm. Rote Satinbettwäsche und darauf drapierte schwarze Kissen waren die einzigen modernen Zierden und lenkten von der vergilbten Tapete ab. Eine kleine Lampe auf dem Fensterbrett spendete warmes Licht und ließ die unschönen Ecken im Dunkeln verschwinden.

Mira hatte schon lange nicht mehr hingesehen. Sie ignorierte den Anblick und konzentrierte sich auf das Wesentliche. Wie jeden Tag begann sie damit, ihre Kleider abzulegen und sorgsam zusammenzufalten. Sie stellte ihre gefütterten Stiefel in den Schrank und hängte den roten Mantel an einen Kleiderbügel darüber, dann setzte sie sich an ihre Schminkkommode, schob einen kleinen Kippschalter nach oben und sah durch den beleuchteten Spiegel auf die Ablage, die mit den unterschiedlichsten Lippenstiften, Make-up-Farben und billigem Schmuck bestückt war, die wie jeden Abend nur auf ihren Einsatz warteten.

Sie griff nach der Bürste, kämmte ihr langes Haar, schob ein schwarzes Band über den Ansatz und hielt damit die Mähne aus ihrem schönen Gesicht. Dann begann sie sich zu schminken. Wie eine Puppe machte sie sich zurecht, der rosafarbene Rouge auf den blassen Wangen, der glänzende Glos auf den trockenen Lippen, der schwarze Kajal umkreiste die kleinen Augen und machte sie mit den langen aufgeklebten Wimpern wach, groß und ausdrucksstark. Der dunkle Lidschatten gab ihr einen verführerischen Blick und übertünchte die müden Augenränder. Die kräftigen Farben hauchten der fahlen Haut Leben ein, ließen sie gesund und vital wirken und machten aus traurig glücklich.

Prüfend betrachtete sich Mira im Spiegelbild. Dieses kleine, unschuldige, zarte Mädchen gab es nicht mehr, nun strahlte sie eine starke Frau an, die mit ihren weißen Zähnen so verführerisch und betörend strahlte, dass sie damit jeden Mann um den Verstand bringen konnte. Zufrieden zog sie sich mit dem Stuhl zur Seite, wühlte in einer der Schubladen nach intakten Nylonstrümpfen und streifte diese über ihre Knie. Sie wechselte die Unterwäsche und tauschte ihren bequemen Bügel-BH gegen einen mit kratzender Spitze durchzogenen Push-Up und ihren geliebten Baumwollslip gegen einen einschneidenden schwarz-transparenten String. Sie rückte die Bänder zurecht und bewegte ihr Becken leicht hin und her in der

Hoffnung, die Unterwäsche würde dann angenehmer sitzen, doch das tat sie nicht. Genervt ging sie zum Schrank und öffnete den zweiten Flügel. Wenn schon die Unterwäsche kein Vergnügen war, so sollte wenigstens das Kleid gut sitzen. Wie so oft fiel ihre Wahl auf das kleine Schwarze. Es war zwar kurz und tief dekolletiert, aber durch das derbe Material elegant und züchtig. Langsam ließ sie den kühlen Stoff über ihre Rippen gleiten und genoss, wie sich das Kleid um ihre Taille schmiegte und leicht über die Beckenknochen nach unten fiel. Für einen Moment hielt sie vor dem Spiegel inne und bewunderte sich in ihrer Silhouette. So würde sie sicher niemand als Prostituierte erkennen, doch die Korsage war Pflicht und so kramte sie einen breiten Ledergürtel aus dem Wandschrank und zog die Riemen so weit fest, bis sich eine sanduhrförmige Figur abzeichnete. Als sie den Flügelschrank zustieß, seufzte sie. Ihr Blick fiel auf die ätzenden High-Heels. Kaum jemand konnte sich vorstellen, was es bedeutete, neun bis zehn Stunden auf diesen Dingern zu verbringen und dennoch nett zu lächeln, obwohl bereits die Sohlen glühten und die Zehen wie Ballons angeschwollen waren. Aber was sollte sie machen, es gehörte zu ihrer Arbeitsausrüstung und durfte eben nicht fehlen. Sie schlüpfte durch den Schaft in die engen Schuhe und richtete sich um zehn cm größer stöhnend auf. Geschafft! Noch einmal stellte sie sich vor den Spiegel und zupfte das Kleid kritisch in alle Richtungen. Sie wusste, dass sie genau beäugt wurde. Alles was zählte, war ihr Aussehen und so war es richtig und so sollte es sein.

Plötzlich sprang die Tür auf. Lorna, ihre beste Freundin und Kollegin, kam ins Zimmer gestürmt und stieß dabei schwer definierbare Freudenschreie aus.

Wie ein Maskottchen tänzelte sie um das Bett und machte ohrenbetäubenden Krach. Mira konnte sich das Lachen nicht verkneifen, doch aus Angst vor Ärger legte sie Lorna die Hand auf den Mund. Unerwartet machte die einen Satz zurück und zauberte eine Sektflasche hervor, welche sie heimlich hinter ihrem Rücken mit sich trug. Nach kurzem Schütteln ließ sie den Korken los und Mira rettete sich gerade noch aus der Schussbahn. Ein lauter Knall, und der Sekt sprudelte in Strömen aus der Flasche. Mira quiekte ganz aufgedreht, nahm zwei Gläser aus dem Schrank und ließ sie von Lorna großzügig befüllen. Ganz gerührt nahm sie ihr Glas und dachte bei sich, dass es doch ganz schön war, wenn sich wenigstens einer daran erinnerte. Tränen der Freude schossen in ihre Augen und lächelnd sah sie dabei zu, wie Lorna prostend das Glas empor schwang.

„Auf dich mein Schatz. Du alter Rentner... och... ich hab dich so lieb. Und deshalb möchte ich dir heut anlässlich deines 25ten Geburtstages dieses Geschenk machen."

Überrascht nahm Mira ein kleines Paket entgegen. Als sie es auspackte, war sie sichtlich ergriffen. Sie drückte Lorna an sich und schüttelte ungläubig den Kopf. Unter all dem Geschenkpapier verbarg sich ein großer Bilderrahmen. Darin hatte Lorna aufwendig eine wunderschöne Collage zusammengestellt. Es waren die einzigen Bilder von ihrer gemeinsamen dreijährigen Vergangenheit. Mira war überwältigt und fiel ihr dankbar um den Hals. Lorna schnaubte, versuchte sich gegen die aufsteigenden Tränen zu wehren und winkte grinsend ab.

„Einen Mann kann ich dir leider nicht schenken, aber den brauchst du auch nicht, du hast ja mich!"

Lorna lächelte und drückte Mira erst jetzt an sich, vorher hätte sie bestimmt gleich losgeheult und wäre gar nicht mehr im Stande gewesen, noch etwas zu den Bildern zu sagen. Beide steckten die Köpfe zusammen und hingen über derer Erinnerungen, dokumentiert in unscharfen Fotos. Lorna schmunzelte und wies mit dem Finger auf einen Mann.

„Kannst du dich noch an den Typen erinnern. Boah, hatte der mich um den Finger gewickelt. Ich hab ewig auf den gestanden. Eine Nacht geil gefickt und dafür ein Jahr Herz-Schmerz."

Mira lachte und stieß ihr neckisch in die Seite.

„Ja, das lag aber wohl eher an dem Zeug, das er dir in dein Getränk gemischt hatte. Bei deiner Ausdauer ist es ein Wunder, dass du so lange konntest. .... Hey, zeig, sieh dir mal das Foto an! Mein Gott, das hast du noch. Das war an meinem zweiten Arbeitstag, hier, mit dir zusammen."

Lorna nickte zustimmend und lachte hell auf.

„ Ich weiß! Erinnerst du dich, wir waren so besoffen, dass du mir das ganze Klo voll gekotzt hast!"

Mira versteckte sich hinter einem Kissen. Die Geschichte war ihr immer noch sehr peinlich. Doch verstecken war nicht, Lorna riss ihr das Kissen weg, gab ihr einen liebevollen Kuss auf die Wange und wurde etwas melancholisch.

„Ich bin echt froh, dass du hier bist. Ohne dich wäre diese Scheiße nicht zu ertragen. Manchmal wünschte ich, ich wäre wie du. Fast jeder Typ steht auf dich und du lässt das so cool an dir abprallen. Ich renne jedem hinterher, der nur einmal nett zu mir war.... Davon mal abgesehen, solltest du langsam in den Ruhestand gehen. So viel Geld, wie du schon verdient hast, da müsstest du doch langsam ausgesorgt haben?"

Mira gab Lorna einen kleinen Klaps auf den Hinterkopf.

„Du wirst mich nicht so schnell los!"

Dann füllte sie sich das Glas erneut, nahm einen großen Schluck und wirkte etwas betrübt, auch wenn sie lächelte.

„Lorna, heut feiern wir uns, ok! Lass uns runter an die Bar gehen und für den schlechtesten Umsatz des Jahres sorgen. Sollen sich die Typen doch einen runterholen. Mit uns ist heut nicht zu rechnen!"

Mira trank das Glas aus und zerrte Lorna hinter sich her. Sie stolzierten mit großem Gelächter auf ihren hohen Absätzen die Holztreppe hinunter und erreichten den Flur nach einem kleinen Sprung von der letzten Stufe. Durch die Tür, aus der vorhin noch ruhige Musik gedrungen war, dröhnten nun lautere Töne. Mira öffnete sie zögernd und hielt kurz inne. Es war jeden Abend das gleiche Gefühl, die gleiche Situation. Ein roter Vorhang verhinderte einen ersten Blick, nur die Musik strömte durch ihren Körper und ließ die Neugier in ihr pulsieren. Dieser Vorhang hatte etwas Magisches und war gleichzeitig das Glanzstück des Hauses, ein Überbleibsel aus einer längst vergangenen Zeit und diente bis vor ein paar Jahren noch einem Theater. Heute war der Stoff ausrangiert und wurde als Sichtschutz genutzt, sein starkes Material ließ die Kälte draußen und die Hitze im Zimmer. Doch von seinen Qualitäten ganz abgesehen, hatte dieser Vorhang auch etwas Symbolisches. Es fühlte sich an, als würde man eine Bühne betreten. Die Unruhe davor machte einen ganz aufgewühlt, nie wusste man, was einen erwartete, wer auf einen wartete. Erst wenn sich dieser Vorhang hob, begann die Show. Die Freier waren das Publikum und die Nutten ihre Attraktion. Dieser Vorhang war ein stiller Zeuge, besiegelte tragische Momente und brachte glückliche Ereignisse hervor. Ja, in diesem Vorhang steckte mehr, als er zu Beginn verbergen würde, er machte das Warten zur Spannung und den Eintritt in das Milieu zu etwas Sonderbarem.

Mira atmete tief durch, drückte die übereinandergelegten Stoffteile auseinander und sog die Luft im Raum ein. Kalter Zigarettenrauch durchströmte ihre Lungen, Wärme umschloss ihre frierenden Schultern und ließ in ihr ein Gefühl von Gemütlichkeit aufsteigen. Als der Vorhang hinter ihr zufiel, galt ihr erster Blick immer der linken Seite. Sie sah sich prüfend um und ließ keine Ecke unbeobachtet. Hier warteten ihre Freier gierig auf durchgesessenen und wild durcheinander gewürfelten Couchen darauf, lechzend beachtet und angesprochen zu werden. Auf sie fiel nur sparsames Licht und ließ sie mit ihrer Feigheit unerkannt. Bunte Leuchtstrahler wechselten sich im Sekundentakt ab und brachten etwas Diskoflair in den so unbeliebten Bereich, ließen tanzend die Stimmung lockern und das aufeinander zugehen erleichtern. Noch waren die Sitzecken unbesucht, noch die Tische leer! So hatte sie es am liebsten, wenn es einfach nur ruhig war. Ihre Augen schwenkten zur rechten Seite hinüber. Die Bar war das Herzstück des Hauses. Hier fanden sich alle ein, hier wurde jeder Abend begonnen und ebenso jeder Abend beendet. Die Theke war lang und zog sich über den ganzen rechten Bereich, bis hin zur Eingangstür. Sie war eine Einzelanfertigung aus Buche, mühsam zusammen gezimmert und mit zwei Podesten und einer Tanzstange ausgestattet. Alles in allem entsprach die Einrichtung der eines klassischen Bordellinventars, einfach und zweckmäßig.

Lorna und Mira klackerten mit ihren hohen Absätzen über die Fliesen und stürmten die Theke. Alle anderen Mädchen saßen bereits hübsch aufgereiht wartend auf den Barhockern und verfolgten kritisch ihr reges Treiben. Mira hatte Spaß dabei, ihre zickigen Kolleginnen zu provozieren und grölte über den Tresen:

„Hey…. Hallo…Wodka…. Los… für alle…Gib mir gleich die ganze Flasche! "

Ihr Wunsch wurde erfüllt und heizte die Stimmung an. Ausgelassen lagen sich die beiden Mädchen in den Armen, tanzten nach den Liedern aus der Stereoanlage und ließen es sich einfach nur gut gehen. Sie feierten, als gäbe es keinen Morgen und bemerkten nicht, wie sich der Gastraum langsam mit dem ach so ungeliebten Klientel füllte. Mira war es egal. Sie hatte endlich wieder Spaß und wollte verdrängen, warum sie hier war. Auch wenn sich der Tag auf dem Kalender änderte, die Gesichter, die sie umgaben, taten es nicht. Es waren jeden Tag dieselben. Aus allen Schichten kamen ihre Freier: der Rechtsanwalt nach dem Feierabend, der Kneiper, welcher wieder sein bester Kunde war und die letzten Einnahmen verprasste, Touristen, die die schnelle, billige Nummer suchten, Familienväter, die ihre perversen Neigungen zu Hause nicht ausleben konnten, der Sozialfall, der wochenlang für diesen Tag gespart hatte und der noch jungfräuliche Spätpubertierende, der noch nie mit einer Frau geschlafen hatte. Sie alle waren gerne Gast hier und fast alle kamen von der anderen Seite des Ufers. Sie alle hatten eines gemeinsam, das Verlangen nach Sex und Liebe.

Wieder betrat ein Mann den Raum. Doch er war anders. Er bewegte sich anders, er beobachtete anders und er schien eher ungern hier zu sein. Seine dunklen, kinnlangen Haare fielen ihm ins Gesicht. Seine hellen Augen sahen sich peinlich berührt um. Nervös nahm er in einer dunklen Ecke Platz und wäre am liebsten unsichtbar gewesen. Er trug an seinen Handgelenken enge Lederbänder, mit denen er unruhig spielte. Die schwarze Lederjacke und die enge Jeans zeigten einen schlanken Mann. Er war jung, vielleicht Ende 20. Die Ecke, die er sich ausgesucht hatte, war so gewählt, dass man ihn nur mit Mühe erkennen konnte. Der Mann beobachtete heimlich und blieb von den Frauen auch lange unentdeckt. Mira hatte von diesem Mann keine Notiz genommen. Wenn sich der schwere Vorhang hob, schaute sie schon lange nicht mehr hin, wen sie heute befriedigen musste. Es waren Schwänze ohne Gesichter. An ihrem Geburtstag war es ihr einmal mehr egal. Sie blinzelte auf die Uhr und konnte es kaum fassen, dass sie nach 2 Stunden schon betrunken war. Sie war ganz ungezähmt, brüllte umher, rief nach dem Barkeeper und wünschte die Gläser erneut aufgefüllt. Sie grölte aus Leibeskräften, bis durch einen Seitenhieb ihre Stimme versagte. Lorna wurde ängstlich und drehte sich zu ihr.

„Sei still, verdammt. Juri kommt!"

Mira verstummte. Sie drehte sich um und atmete schwer, lehnte sich vom Tresen zurück und versuchte sich in eine Ecke zu drängen. Ihr Blick fiel schüchtern nach unten, dabei nippte sie an ihrem Glas, wandte sich zu Lorna und begann mit ihr zu flüstern.

Juri war der Hausherr, der Zuhälter, der Spielverderber. Er war ein Mann von großer Statur und erschien durch seine übertrainierte Muskulatur, die selbst die Winterjacke nicht verbergen konnte, beeindruckend und gleichermaßen bedrohlich. Sein Haar war kurz geschoren und sein Blick kalt. Sein dunkler Bart und seine grellblauen Augen waren so furchteinflößend, dass es für Gäste ausreichend war, Ehrfurcht zu zeigen. Niemand wagte es, sich gegen ihn und seine Regeln aufzulehnen, niemand wollte negativ auffallen. Doch Mira hatte langsam diese Regeln satt. Sie wollte und konnte diesen Respekt nicht mehr aufbringen, womit sie Juri allmählich gegen sich aufbrachte. Er stand schon eine Weile im Raum und beobachtete sie. Für Juri zählte jeder Pfennig. Doch den konnte er nur verdienen, wenn seine Frauen arbeiteten, dem Gast einen gewissen Glanz verkaufen. Nicht, wenn sie sich wie aufgescheuchte Hühner bewegten und an der Flasche hingen. Denn wer will schon eine Alte vögeln, die einem fast ins Gesicht kotzt. Mit diesem Satz hatte er Mira schon des Öfteren nach Sauf- und Drogeneskapaden klar gemacht, dass er sie hier im Vollrausch nicht sehen wollte. Sein Wort war Gesetz und wer dieses nicht beachtete, wurde bestraft. Juri griff nach Miras Arm. Sie war regungslos, sah Lorna flehend an, dann spürte sie, wie er mit dem anderen Arm ihre Taille fasste. Sie nahm einen Schluck und stellte das Glas ab, als wäre diese Situation reine Routine und eine Alltäglichkeit. Sie hatte keine Zeit mehr, ein Wort zu sagen. Lorna versuchte noch, die Hand nach ihr auszustrecken, doch Juri zerrte sie vom Barhocker, packte sie am Schopf, drückte sie nach unten und schleifte sie wie ein Vieh mit sich.

„So, mein Schatz, zu deinem Geburtstag habe ich was ganz besonderes für dich. Das soll mein Geschenk für dich sein."

Er drückte ihren Hinterkopf Richtung Tür und Mira sah resigniert an den Mädchen vorbei. Sie fügte sich ohne Gegenwehr ihrem Schicksal und verließ mit Juri still den Raum. Es war wie ein stummer Film, der ablief, sie hörte ihn nicht, versuchte sich auf die dumpfe Musik im Hintergrund zu konzentrieren und den Schmerz vom Herausreißen ihrer Haare zu verdrängen. Denn so, wie er sie im Nacken packte, seine Finger wie eine Zange zusammendrückte, sie hinter sich herschleifte, war es schließlich noch eine zarte Berührung, verglichen mit dem, was nun folgen würde.

Der Mann in der dunklen Ecke war schockiert. Er kritzelte die ganze Zeit in einem kleinen schwarzen Buch. Für einen Moment musste er es aus den Händen legen. Er sah sich um. Würde denn niemand aufstehen, um dieser wehrlosen Frau zu helfen? Doch die Menschen unterhielten sich einfach weiter. Sie registrierten sehr wohl, wie schroff der Typ mit der jungen Frau umging, ihr scheinbar etwas Schlimmes antat, dennoch regte sich niemand. Der Mann war hin und her gerissen. Sollte er vielleicht einschreiten? Erneut sah er sich um, doch all diese finsteren Gesichter gaben ihm das Gefühl, sich besser nicht einzumischen und so lehnte er sich angespannt zurück in den Sessel und war nervöser als zuvor. Nochmal sah er sich prüfend um. Statt sich über dieses Mädchen Gedanken zu machen, sprachen die Menschen einfach routiniert weiter, als hätte es diese Szene nie gegeben. Die Situation wühlte ihn auf und ließ ihn über das Verlassen dieses Etablissement nachdenken. Er war gerade erst gekommen, war noch nicht einmal 5 Minuten hier, ein hektisches Verlassen wäre zu auffällig, also entschied er sich, damit zu warten. Er versuchte sich abzulenken und öffnete wieder sein Buch.

Eine der Bardamen servierte Getränke am Nachbartisch. Beim Abkassieren entdeckte sie diesen stillen Typen und konnte von da an nicht mehr die Augen von ihm lassen. So etwas Attraktives sah man hier selten! Sie lief zu ihm herüber und erkundigte sich höflich nach seinem Getränkewunsch. Doch statt sie anzusehen, blickte er auf den Tisch, nahm erschrocken die Karte und zeigte mit dem Finger auf einen Gin Tonic. Uninteressiert an ihrer Person, nahm er wieder sein Buch zur Hand und fuhr mit seinem Schreiben fort. Die Dame war etwas irritiert. Sie dachte vielleicht an ein kleines Spiel, das er mit ihr trieb, lächelte und orderte seine Bestellung. Nach nur einer Minute kehrte sie mit dem Gin zurück und hoffte nun auf etwas mehr Aufmerksamkeit, denn ihre war bereits geweckt. Er war heiß, gutaussehend und sicherlich noch nicht oft im Puff. Die Kellnerin war plötzlich ganz aufgekratzt und verlor keine Zeit, ihm ihr Interesse klar zu offenbaren. Als sie sein Getränk auf den Tisch stellte, schob sie sich an ihm vorbei und drückte ihren großen Busen in sein Gesicht. Der junge Mann war schockiert und wich reflexartig zurück. Seine Reaktion war zwar sonderbar, aber heizte ihr Temperament nur noch mehr an und so wich sie zurück und dachte einen Moment nach. Ihr wurde bewusst, dass es sich bei ihm nicht um den notgeilen Ficker handelte, der sich mit seiner Verschlossenheit nur interessant machen wollte, sondern eher um den ruhigen Softie, der einfühlsamer Worte bedurfte. Was auch immer, er war geil und verdammt gut aussehend. Sie musste ihn einfach für sich gewinnen! Also fing sie an, von Diesem und Jenem zu erzählen. Sie plapperte und plapperte. Doch entgegen ihrer Erwartung drehte sich der junge Mann mit seinem Stuhl weg. Kein Wort, keine Reaktion, das Einzige, was seine volle Aufmerksamkeit bekam, war dieses kleine schwarze Buch. So ehrgeizig die Dame zu Beginn auch schien, umso deprimierter verstand sie nach ihrem zweiminütigen Monolog, dass sie hier heut nicht zum Ziel kommen würde. Beleidigt stoppte sie im Satz, drehte sich um und kehrte zurück an den Tresen. Wütend über dieses rüpelhafte Verhalten verlor sie keine Zeit, gegen diesen arroganten Typen Stimmung zu machen und ihn so ungewollt ins Gespräch zu bringen. Schnell machte die Geschichte unter den Damen die Runde. Der junge Mann hatte gehofft, sich mit seiner ablehnenden Haltung die Frauen vom Hals zu halten, doch das Gegenteil war der Fall. Nur kurze Zeit später fühlte sich die Nächste motiviert, ihn für sich zu gewinnen. Eine nach der anderen blitzte ab. Keine war ihm scheinbar gut genug. Die Damen rauften sich die Haare. Was war mit diesem Kerl falsch? War er pleite, stumm, vielleicht nur einen Hoden, ein krummer Schwanz, denn am Äußeren konnte es ja augenscheinlich nicht liegen.

Schließlich weckte er Lornas Interesse. Auch an ihr ging die Aufregung unter den Mädels nicht spurlos vorbei. Sie fing an, den Mann zu beobachten, wie er auf sein kleines Buch starrte und den Blicken der vorbeilaufenden Frauen auswich. Wie ein Schuljunge wippte er aufgeregt hin und her. Die Nervosität war ihm anzusehen. Lorna hatte seit Stunden unaufhörlich getrunken und war stark angeheitert. Die paar Männer, die sich derweil im Zimmer aufhielten, schienen sich heut schwer zu tun. Keiner wollte sie an diesem Abend. Sie nippte an ihrem Glas Sekt, welches mit dem Mund nur noch schwer zu treffen war, stützte mit der Hand gelangweilt ihren Kopf und rutschte dabei fast vom Stuhl. Die Neugier packte sie und so dachte sie darüber nach, wie man sich wohl am besten in den Mittelpunkt rücken könnte. Sie richtete sich auf und versuchte sexy am Tresen zu posieren. Sie gab alles. Schwang das Becken nach rechts, huch, fast weggerutscht, schwang das Becken nach links und der Barhocker kippelte. Sie war wie der Tempel der Lust, ließ ihre Haare wild um das Gesicht tanzen, doch zwischen all den Strähnen war er kaum noch zu erkennen und als sie aufsah, schien es noch nicht einmal so, dass er überhaupt Notiz von ihr nahm. Als wäre nichts geschehen, notierte er artig weiter in seinem schwarzen Buch und blieb regungslos. Doch so schnell gab Lorna nicht auf. Sie wechselte den Standort, schüttelte ihren ganzen Körper durch, hielt sich am Barhocker fest und kreiste mit ihrem Becken, bis ihr schwindlig wurde. Wieder warf sie die Haare zurück, doch nichts, kein Blick, keine Reaktion, keine veränderte Sachlage. Das war doch nicht zu fassen! Es musste funktionieren. Wenn nicht bei ihr, bei wem dann? Die Herausforderung spornte sie an, so schnell wollte sie sich nicht geschlagen geben. Der Tonträger wechselte und romantische Musik lief vom Band. Lornas Blut geriet in Wallung. Sie wandelte mit lasziven Bewegungen in Richtung dunkler Ecke. Immer bedacht auf den Takt, kreiste ihr Becken erotisch nach den Klängen der Melodie, ihre Füßen schwebten über die Tanzfläche und auch wenn das Gleichgewicht nur schwer zu halten war, sie mal mehr, mal weniger zu einer Seite driftete, versuchte sie dennoch, ihn mit ihrem Tanz zu umgarnen und ganz für sich zu gewinnen. Als der Mann aufsah, erinnerte ihr Zappeln aber eher an einen besoffenen Seemann als an eine anmutige Frau. Er versuchte sich seinen Blick nicht anmerken zu lassen und starrte weiter auf sein Buch. Noch immer wollte Lorna nicht aufgeben, sie behielt Kurs, segelte über die Fliesen und lief mit voller Kraft voraus. Als sie ihn fast erreicht hatte, drehte er sich mit seinem Stuhl zur Seite. Lornas olympischer Gedanke war geweckt. Schüchterne Jungs waren hier heiß begehrt. Meistens waren diese Typen noch Jungfrauen und fügsam im Bett. Die, die wussten, wo es langgeht, waren oft kein Geschenk. Sie gaben sich keine Mühe und gebrauchten die Frauen im Bordell wie ihre Leibeigenen, die ihren Anweisungen Folge zu leisten hatten, abgestumpft und ohne Gefühl. Lorna hasste diese Typen. Für keine dieser finsteren Gestalten hätte sie sich so viel Mühe gegeben. Doch dieser Mann hatte das gewisse Etwas, was ihren Forschungsdrang belebte. Sie pirschte sich langsam an seinen Sessel heran und begann ihren Privat-Dance. Sie kniete sich vor seinen Schoss und leckte sich die Lippen. Der junge Mann war ganz verstört von so viel Aufdringlichkeit, seine Mimik war gar angewidert. Er sprang auf und wechselte den Platz. Dieses Schauspiel wurde ihm unerträglich. Er umschloss sein Buch fest mit seinen Händen, hütete es wie einen Schatz, sah schüchtern zu Boden und hoffte, dass sie endlich gehen würde. Lorna verharrte noch wenige Sekunden kniend vor dem Sessel, bis sie verstand, dass er sie genauso wenig wollte wie alle anderen. Sie richtete sich mühevoll auf und torkelte zurück zum Tresen.

Als sie ging und sich zurück an die Bar stellte, beruhigte er sich. Der Abend, die ganze Situation, diese lästigen, aufdringlichen Weiber waren nichts für ihn. Er spürte, dass er hier nicht finden würde, wonach er suchte. Er wäre schon lange gegangen, doch seine Beklemmung hemmte ihn, einfach nur aufzustehen und das Bordell zu verlassen. Er wollte den richtigen Moment abpassen. Nach fast zwei Stunden sah er die Zeit gekommen und kramte nach Geld in seiner Jackentasche. Verstohlen sah er sich um, vergessen war das Mädchen, verdrängt war dieser Abend. Er wollte nur noch weg!

Es war nun schon zwei Stunden her, dass Juri Mira mit sich geschleift hatte und es gab immer noch keine Spur von ihr. Die Sache mit dem Typen in der Ecke war für Lorna schon längst wieder vergessen, ihre Gedanken galten nur noch Mira. Nervös tippelte sie mit den Fingern auf dem Tresen und drehte sich immer reflexartig zum Vorhang, wenn sich dieser hob. Sie hatte große Angst um ihre beste Freundin. Juri war gewalttätig und brutal. Doch Mira rührte er so gut wie nie an. Immer war er gnädig mit ihr gewesen. Doch heute war es anders als sonst. Es schaukelte sich schon seit Wochen hoch. Juri und Mira waren stark miteinander verbunden. Sie liebten und hassten sich, waren mal zusammen und dann wieder auseinander. Doch getrennt waren sie letztlich nur räumlich. Mira war für ihn etwas Besonderes, jemand auf den er ein ganz besonderes Augenmerk legte. Sie war sein und damit unantastbar. Ihr rebellisches Wesen, ihre Willensstärke, ihr ungezügeltes Temperament ließen ihn leiden. Es war jeden Tag ein Kampf, den beide austrugen. Jeden Tag testete Mira ihre Grenzen und wollte aus dieser Verbindung ausbrechen. Die letzten Jahre hatten an ihr gezehrt und den Glauben an Liebe und Gemeinsamkeit versiegen lassen. Sie begann sich aufzulehnen und zog sich immer weiter zurück. Jedes Wort, jeder Streit spaltete beide und ließ Juri verzweifeln. Es machte ihn zu einem Tyrannen und drängte ihn mittlerweile zu solch drastischem Handeln. Nichts würde er unversucht lassen, um sie zu unterdrücken und gefügig zu halten. Der Preis war hoch, doch Mira war bereit ihn zu zahlen, für das Stück Freiheit. Sie hatte nichts zu verlieren, das wusste sie, aber auch er. Scheinbar war Juris einziges Druckmittel Miras Angst, oder sogar ihr Leben. Ob er soweit gehen würde? Lornas Gedanken drehten sich im Kreis und die Frage machte sie panisch.

Endlich! Der Vorhang hob sich. Mira kam allein zurück. Fast zitternd auf den Beinen lief sie zurück zum Tresen und geradewegs in Lornas ausgebreitete Arme. Ihr Haar war gekämmt, ihr Makeup frisch aufgelegt. Doch ihre Augen waren glasig und verrieten, dass selbst der schönste Lidstrich den inneren Schmerz nicht überschminken konnte. Lorna war entsetzt, sie hatte Mira noch nie so erlebt. Ihr Gesicht schien kraftlos, doch sie wollte sich den Abend nicht verderben lassen, Schwäche zeigen, sich brechen lassen und wenn er sie noch 1000 Mal vergewaltigen würde, das könnte Juri nicht schaffen. Mira hatte Mühe, sich deutlich zu artikulieren. Ihre Augen schauten ohne Ziel, ihre Stimme war schwach, ihre Hände zitterten und ihre Umwelt nahm sie nur verschwommen war. Sie versuchte das Geschehene zu überspielen, suchte Halt am Tresen, wollte nicht auffallen und einfach weiter machen.

Und während Mira versuchte durchzuatmen, erst mal für sich zu sein, blieb ihre Rückkehr auf der anderen Seite nicht unbemerkt. Der junge Mann, der sonst alles ignorierte, beobachtete sie ganz genau. Er steckte das Geld zurück in die Tasche und sah ihr heimlich nach. Was mit ihr geschah, machte ihn betroffen und zwang ihn zu bleiben. Aus irgendeinem Grund konnte er seinen Blick nicht von ihr wenden. Ihre Art, wie sie sich bewegte, wie sie gezwungen lächelte, wie sie ermattet ihren Kopf hob, fesselte ihn auf seinen Platz. Nervös nippte er an seinem Glas, in dem nur noch der Boden bedeckt war und blätterte zur Tarnung in der Karte.

Lorna strich Mira einfühlsam über die Wange, sie spürte, wie es in ihr brodelte. Sie wollte wissen, was passiert war, was er ihr angetan hatte, doch Mira wollte nicht länger reden, nicht länger wie ein Kind getröstet werden. Lornas fürsorgliche Art nervte sie sogar. Vergewaltigt zu werden, ist an sich eine schlimme Sache. Doch auch darin findet man eine Art Routine. Viel schwieriger ist es, wenn man sich damit selbst konfrontiert oder durch andere konfrontiert wird. Erst dann klaffen die seelischen Wunden auf und es wird einem bewusst, was mit einem wirklich geschah. Mira wollte nicht weinen, sie wollte nicht denken, sie wollte einfach nur unsichtbar sein und ihr Lachen wiederfinden. Es war ihr Geburtstag, ihr Tag, den wollte sie sich verdammt nochmal nicht kaputt machen lassen, von niemandem und auch nicht von Juri. Glücklicherweise fand sich ein Päckchen LSD in ihrer Handtasche. Lorna versuchte tröstend auf sie einzureden, ihr ein paar Sätze zu entlocken, doch Mira wurde das zu viel und so ließ sie ihre Freundin einfach stehen, rannte zur Tür hinaus und verschwand auf der Toilette.

Im Flur dröhnte immer noch die laute Musik. Mira warf die Badezimmertür zu und atmete tief durch. Stille. Endlich… Nichts war zu hören, außer das

Schlagen ihres Herzens. Sie ging vorsichtig zum Waschbecken und starrte in den Spiegel. Sie begutachtete ihre traurigen Augen, ihre hagere Statur. Lange hatte sie sich schon nicht mehr so zerbrechlich gefühlt. Sie erschauerte fast vor dem, was sie da sah, was aus ihr geworden war. Für einen kurzen Moment spürte sie die Wahrheit, den Kummer. Doch dann legte sich der ersehnte Mantel Ignoranz über ihr Bewusstsein. Es war Zeit sich zu betäuben und das alles auszublenden. Sie genehmigte sich ein Näschen und inhalierte den wohltuenden Nebel. Es juckte in der Nase, die Augen tränten. Jetzt hieß es nur noch warten, bis das Gift wirkte, ihr den inneren Frieden wiedergab und das ersehnte Stück Gleichgültigkeit. Sie stellte sich mit dem Rücken zur Wand und glitt zu Boden. Sie stierte auf die Fliesen und war ganz fasziniert, als diese irgendwann zu schwimmen begannen. Es war so schön mit anzusehen, wie sich der weiße Belag mit den schwarzen Silikonfugen vermischte und zu einer wolkenähnlichen Masse wurde. Mira lächelte, war amüsiert, sie stellte sich vor, sie würde auf einer Wolke sitzen und über den Himmel fliegen. Langsam waren die Sorgen vergessen und jede Form von Wut und Ärger löste sich wahrlich in Luft auf. Sie lächelte zufrieden und rappelte sich auf. Sie wollte endlich feiern, wieder raus, am Trubel teilhaben und lief zur Tür hinaus.

 Für Mira waren es auf der Toilette nur Sekunden, für den jungen Mann eine gefühlte Ewigkeit. Nach einer viertel Stunde betrat eine lebensfrohe, total überdrehte Mira den Raum. Sie konnte kaum noch sprechen, so benebelt war sie. Sie sprang umher und tanzte sich frei. Ihre künstlich erzeugte Laune war vereinnahmend. Lorna kannte den Grund, die damit verbundene Schwäche, dennoch ließ sie sich anstecken. Sie war es müde Mira deshalb zu belehren. Als wäre nichts gewesen, machten beide dort weiter, wo sie zweieinhalb Stunden zuvor aufgehört hatten. Mira feierte, lachte und ließ sich von der Musik treiben.

Der junge Mann war ganz angetan, konnte die Augen nicht von ihr lassen. Seine Flucht war vergessen, genauso der Grund seiner Einkehr. Er lehnte sich zurück in den Sessel und behielt die Getränkekarte als Tarnung vor seinem Gesicht. Er glaubte, nun würde sich für ihn niemand mehr interessieren, seine Beobachtungen unentdeckt bleiben, augenscheinlich wirkte es so, doch er irrte. Lorna hatte ihn nicht aus den Augen gelassen, verfolgte seine stierenden Blicke in Miras Richtung und verstand schnell, dass dieser Kerl wohl doch noch seine Wahl treffen würde. Sie schmunzelte und ihr war klar, Mira war es, die er begehrte, Mira hatte das, wonach er suchte. Wenn ihn irgendjemand heute Nacht erobern würde, dann könnte nur sie es schaffen.

Die Stimmung war gut und Mira wieder bester Laune. Lorna ließ sich zu einer kleinen Intrige hinreißen und fragte sich, was wohl geschehen würde, wenn sie Mira an seinen Tisch schicken würde. Die Frage machte sie ganz neugierig. Hämisch berichtete sie von ihrer Begegnung mit diesem stillen Kerl, dem keine gut genug war. Sie erzählte, was zuvor geschehen war und stachelte Mira an, es ebenfalls zu versuchen. Die verstand kaum ein Wort, ihr war es egal. Zu Lornas Vergnügen wollte sie es versuchen. Sie begann sich nach diesem eigenartigen Typen umzuschauen. Ihre Blicke trafen sich und der junge Mann fühlte sich ertappt. Er schien unangenehm berührt und sah die Zeit gekommen, das Bordell zu verlassen. Mira starrte ihn an. Aus Reflex drehte er sich weg. Er sah sich um, legte das Geld auf den Tisch und richtete seinen Blick zur Ausgangstür. Er war so in Gedanken vertieft, einen geeigneten Fluchtweg zu finden, dass er ihr Herannahen nicht bemerkte. Plötzlich fühlte er, wie zwei Hände auf seine Schultern fassten. Er konnte sie riechen, sie spüren. Eine Hand ließ seine Schulter los, streichelte seine Wange, sie war ganz kühl und zitterte. Diese Nähe war zu viel, so unerwartet! Er sprang auf und lief eilig zur Tür. Er hätte sie fast umgeworfen. Mira schreckte zurück und blieb wankend hinter dem Sessel stehen. Dieser verrückte Typ schien ganz aufgebracht. Wutentbrannt warf er den schweren Vorhang beiseite, stieß die Tür auf und ließ sie donnernd hinter sich zufallen. So etwas hatte Mira noch nie erlebt. Normalerweise war klar, um was es hier bei einem Besuch ging, aus welchem Grund sich ein jeder hierher verirrte. Doch diese Reaktion war neu und ließ Mira grübeln. Wer war er? Warum war er hier? Ihre Gedanken wurden durch das Aufschreien der Frauen abgelenkt. Wie die Hühner gackerten sie alle durcheinander und auch Lorna hatte ihren Spaß. Vielleicht war auch etwas Schadenfreude mit dabei, denn wer hätte gedacht, dass gerade Mira es schaffte, ihn in die Flucht zu schlagen, schließlich war sie das beste Pferd im Stall oder etwa doch nicht? Als Mira den Tresen erreichte, empfing sie einen lobenden Schlag auf die Schulter.

„…. Mira, du bist unglaublich…. Bei jeder hat er sich weggedreht, oder den Platz gewechselt… aber du hast ihn wahrlich aus dem Bordell gejagt… Was hast du getan? Ihn übereifrig in die Wange gezwickt? …. Großartig!"

Mira ließ sich vom ohrenbetäubenden Gelächter anstecken und diente für gute Stimmung gern als Tollpatsch. Mit überdrehter Laune ließen sich die letzten Stunden bis zum Feierabend überdauern und den herannahenden Morgen losgelöst erwarten. Die Frauen beendeten ihre Schicht und verabschiedeten sich bis zum nächsten Abend. Vergessen war der Schreck, vergessen war der Mann. Keine sprach mehr darüber und jede trat ihren Heimweg an.

Mira überquerte den Schotterparkplatz und lief durch den eisigen Wind. Jetzt, wo sie allein war, kam ihr die Situation wieder in den Sinn. Sie hatte kaum noch eine Erinnerung daran, wie er aussah. Das Einzige, was immer noch greifbar war, war seine Nervosität, seine Angst, als sie ihn berührte. Sein Geruch, sein welliges Haar, seine weiche Haut. Diese Begegnung war ohne Frage sonderbar! Der Morgen dämmerte und Mira fühlte die Müdigkeit, mit der sie sich nach Hause schleppte. Die letzten Treppenstufen nahmen ihr die Puste, schlaftrunken warf sie die heimische Tür zu, streifte die Schuhe ab und ließ sich erschöpft in ihr Bett fallen. Wieder ein Tag geschafft!

2

Der Fremde

Der nächste Tag brach an. Es war Dienstag. Mira erwachte und fühlte jetzt erst, was gestern geschehen war. Nur langsam ließen sich die schweren Lieder öffnen. Ihr Kopf schien auseinander zu platzen. Nur mit Mühe konnte sie sich aufrichten. Sie fasste sich zwischen die Beine und fühlte, wie das alte Blut ihre Schamlippen verklebt hatte. Ihr Unterleib schmerzte und das machte es nicht einfacher aufzustehen. Die blauen Flecke an Brustkorb und Beinen waren unübersehbar. Es fiel ihr schwer, die ersten Schritte zu tun. Sie setzte zitternd einen Fuß vor den anderen und suchte dabei immer wieder Halt an der Wand. Langsam erreichte sie das Badezimmer. Der erste Blick in den Spiegel war erschütternd. Ihre Wimperntusche war verlaufen, ihr Gesicht ganz aufgequollen, die Augen rot und düstere Schatten legten sich darum. Sie fühlte an ihrem Hals entlang. Leichte Würgemale waren wie eine Kette um ihren Nacken gelegt. Mira wollte darüber nicht nachdenken. Sie drehte den Spiegel beiseite und kletterte mit großer Anstrengung in die Dusche. Sie wusch sich sehr lange. Aber so sehr sie sich auch einseifte, dieser Schmutz an ihr wollte einfach nicht abgehen. Als sie fertig war, sah sie zur Uhr. Sie hatte sich zu viel Zeit gelassen. Nun musste sie die Maske wieder auftragen, die sie mit so viel Mühe versucht hatte abzustreifen.

Jede Bewegung war eine Tortur. Dennoch versuchte sie alles, wie gewöhnlich, vorzubereiten. Sie legte die schmutzigen Kleider zum Einweichen in die Wanne und mischte etwas Spülmittel bei. Dann ging sie in die Küche, schnitt das Brot in Scheiben, belegte es mit Käse und Wurst, brühte dazu etwas Tee auf, nahm eine Schmerztablette und aß am Fensterbrett zu Abend. Der Tag war verregnet und die Dämmerung setzte ein. Die Tablette begann endlich zu wirken und die Unterleibsschmerzen wurden schwächer. Mira schauderte vor dem Gedanken, heute Abend wieder ran zu müssen. Aber genau das war Juris Strafe. Es war nicht der Schmerz der Vergewaltigung, der einen zerriss, sondern der, wenn die Wunden versuchten zu heilen, es aber nicht konnten, weil sie immer wieder aufgerissen wurden. Mira nahm fettige Creme und trug sie gewissenhaft zwischen ihren Beinen auf. Dann zog sie sich eine Jeanshose an, ein einfaches Shirt, ihre flachen Lieblingsstiefel und einen weißen Pullover.

Sie fühlte sich nur dann gut, wenn sie das Haus wie eine gewöhnliche Frau verließ. Sie legte viel Wert darauf, so normal wie möglich auszusehen und nicht sofort als Prostituierte erkannt zu werden. Obwohl sie selten jemandem auf dem Weg zum Bordell begegnete, gab es ihr dennoch ein gutes Gefühl, ein Teil der normalen Gesellschaft zu sein. Eilig machte sie sich fertig und verließ pünktlich das Haus. Erst als sie den Schotterparkplatz überquerte, war sie die Prostituierte und eine von ihnen, die, wie Mira, jeden Tag pünktlich ab 21 Uhr in ihrer Arbeitskleidung auf ihre Freier warteten. Die, die wie sie, sich jeden Tag betäubten und dieses Leben über sich ergehen ließen.

Auch heute waren sie alle pünktlich und standen am Tresen zu ihrer nächsten Schicht bereit. Alle waren da, nur Juri fehlte. Diese Reaktion war typisch für ihn. Mira wusste, er schämte sich für die gestrige Nacht, agierte im Rausch seiner Wut. Er war zu feige, sich zu entschuldigen, zu feige, mit ihr zu sprechen. Er hoffte, seine Abwesenheit würde seine Tat in Vergessenheit bringen und Mira wach rütteln. All die Jahre war es immer dasselbe. Er schlug sie und Mira entschuldigte sich dafür, er vergewaltigte sie und sie flehte ihn an, bei ihr zu bleiben, er betrog sie und sie suchte die Fehler bei sich. Doch die Enttäuschung und der Schmerz nahmen ihr Stück für Stück die Liebe und übrig blieben nur noch Groll und Wut. Mittlerweile war es ihr egal. Sie hatte sich zu oft entschuldigt. Sie war ihm nichts mehr schuldig und auch wenn er versuchte, das zu verdrängen, wusste er es tief in seinem Herzen. Mira wollte nicht mehr an die Vergangenheit denken. Generell fiel das Denken heute sehr schwer. Sie fühlte sich kraftlos und schwach. Kein Tag, um zu rebellieren! Ihr einziger Gedanke war, etwas zu finden, womit sie die Nacht überstehen konnte und etwas, was die pochenden Schmerzen betäubte.

Im Bordell waren die neuen Mode-Drogen zwar noch nicht so der Renner, zumal Juri das streng ablehnte, doch vor ein paar Monaten hatte einer der neuen Türsteher Mira mal probieren lassen und es war himmlisch. Welch faszinierende Wirkung so eine kleine Pille haben kann, wie berauschend ein Pulver einen auf eine andere Wolke mitnimmt und alles gleich viel einfacher und erträglicher erscheinen lässt. Mira liebte diesen Rausch und hatte sich viel zu schnell daran gewöhnt. Sie musste vorsichtig sein, weder die Jungs noch sie durften dabei erwischt werden. Aber wie es immer so im Leben spielt, gerade das, was verboten ist, macht zu viel Spaß. Als Mira auf der Suche nach etwas zum Ziehen war, wurde sie bitter enttäuscht, als sie ihr Versteck hinter dem Schubfach aufdeckte. Sie hatte die Ration für eine Woche innerhalb von zwei Tagen aufgebraucht.

„Verdammt!", murmelte sie und fühlte Panik in sich aufsteigen. Wie sollte sie die Nacht überstehen, bereits jetzt begann ihre Hand zu zittern. Dieses Unbehagen prickelte auf der ganzen Haut und beschleunigte ihren Puls. Entnervt drückte sie die Schublade zu. Sicher ließ sich noch was auftreiben und so lief sie zu einem der Türsteher, der schon ´ne Weile auf sie stand. Mira wusste, wen sie zu fragen hatte. Jo war das jüngste Mitglied der Mannschaft und zwinkerte Mira cool und lässig zu. So eine Gefälligkeit unter Kollegen gehörte zum guten Ton und kostete Mira lediglich fünf Minuten auf der Toilette. Etwas Handbetrieb, ein zufriedenes Lächeln im Tausch für ein Päckchen Glück - und der Deal war perfekt. Offiziell sollten die Jungs ja den Mädchen die Drogen abnehmen, aber hey, Türsteher waren auch nur Menschen mit Bedürfnissen. Außerdem machte es sie verschwiegen und zu Verbündeten. Gut versteckt stopfte sich Mira das Päckchen sicher in ihren Stiefel und kehrte mit einem Lächeln in ihr Zimmer zurück. Der Abend war gerettet und endlich keine Schmerzen mehr.

Gut gelaunt gesellte sie sich pünktlich um 9 Uhr zu den Frauen am Tresen. Zur Einstimmung wurde das bestellt, womit der gestrige Abend geendet hatte. Der Korken der Sektflasche knallte und Mira genehmigte sich einen großzügigen Schluck. Der Abend war ruhig, die Gäste ließen auf sich warten und so leerte Mira schnell ihre erste Flasche und erreichte den gewünschten Pegel. Die Nacht zog sich schleppend, dennoch hatte Mira gegen 01:00 Uhr bereits zwei Stammkunden verarztet.

Zum einen Heiko, ein treuer Gast. Er war anspruchslos und benötigte nicht viel. Etwas streicheln und reden, dann bumsen, wie er es nannte und wieder reden. Er war ein lieber Kerl, gab immer großzügig Trinkgeld und wollte letztlich nur eine enge und liebevolle Umarmung. Sein Dialekt war für Mira zwar schwer zu verstehen, aber ein höfliches Nicken und eine gut gemeinte Streicheleinheit über seine Wange waren für ihn ausreichend, um ihn zufrieden zu stellen und glücklich zu verabschieden.

Hingegen war Jens eher der anspruchsvolle Typ und ein Schrecken für jede Prostituierte. Nicht weit hinter der deutschen Grenze gehörte ihm ein Fitness-Studio. Sicher waren diese Hormone schuld, dass er vögelte wie ein Karnickel. Er war ein Koloss von einem Mann, ausdauernd und unersättlich. Mira hatte es schon im Gefühl, dass er sie heute besuchen würde. Es dauerte fast eine Stunde bis er endlich kam. Welch eine Qual! Dieser Schrumpfhoden hatte dicke Pickel auf dem Rücken und auch sonst schien sein Muskelpaket ähnlich lächerlich wie der eines "Michelin-Männchens". Mira beobachtete ihn manchmal, wie er ackerte, sein Becken eilig hin und her bewegte und dabei schwitzte, als hätte man ihm einen Eimer Wasser über den Kopf geschüttet. Dauernd tropften seine Schweißperlen auf ihren Körper. Mira lächelte immerzu gezwungen und suchte trotzdem nur die Uhr. Hinzu kam heute das Problem mit ihren Unterleibschmerzen, die sich langsam wieder bemerkbar machten. Während Jens fickte wie ein Stier und sich durch Miras professionelles Stöhnen bestätigt fühlte, versuchte Mira, unbemerkt immer wieder Gleitcreme nachzuschmieren, um Schlimmeres zu verhindern. Für einen Moment musste sie sich das Lachen verkneifen. Sie fragte sich, was wohl passieren würde, wenn die Creme aufgebraucht wäre? Würde sie dann leuchten wie ein Glühwürmchen? Sie grinste. Im nächsten Moment durchzog sie ein stechender Schmerz, der sich durch all ihre Glieder bahnte. Die Wunde war wieder aufgerissen. Glücklicherweise kam Jens im gleichen Moment. Mira beeilte sich, ihre blutende Muschi schnell wegzuschieben, damit er nicht sah, was wirklich passiert war. Er stöhnte und keuchte und lag auf dem Rücken, wie ein abgestochenes Schwein. Mira war froh, dass es endlich zu Ende war und ärgerte sich gleichzeitig, dass sie wegen diesem dämlichen Rammbock das ganze Bett komplett neu beziehen durfte. Freundlich wartete sie, bis er sich angezogen hatte und bezahlte. 150 Mark zog er großkotzig aus seinem "Armani"-Ledertäschchen und fand sich noch so cool. Mira umschmeichelte ihn mit einem Lächeln und gab ihm zur Verabschiedung einen Kuss. Es war wie eine Visitenkarte und das Versprechen, dass er wieder zu ihr kommen musste.

Wenn die Tür ins Schloss fiel, der Gast sich auf dem Flur entfernte, dann fühlte Mira die Erschöpfung. Es fiel ihr schwer sich zu motivieren, sich für den nächsten Gast bereit zu machen, die Kleider wieder anzulegen. Drogen und Alkohol waren ihre täglichen Begleiter und eine große Stütze in diesem Geschäft. Ohne sie war ein Tag kaum durchzustehen. Der Gedanke an diese Form von Erlösung brachte sie zurück an den Tresen, zurück zu den Frauen und zurück zu ihren Freiern. Das Päckchen Glück hielt sie dabei immer fest in ihren Händen.

Nachdem sich Mira die Treppen hinuntergequält hatte, saßen schon die nächsten Gäste bereit. Genervt betrat sie den Gastraum und starrte zur Uhr. 1:00 Uhr morgens und die Zeiger wollten sich einfach nicht weiter drehen. Es war ihr kaum noch möglich, sich körperlich auszublenden, ohne dabei komplett abzustürzen. Das Laufen ging erneut in ein Torkeln über und das war noch die angenehme Variante, statt vor Schmerzen gekrümmt durch die Bar zu stolpern. Mira wollte allen zeigen, wie leicht sie die vergangene Nacht wegsteckte. Ihr verlorener Blick schweifte durch den Raum. Alles war verschwommen. Der CD-Spieler wechselte die Scheibe. Die Takte dröhnten durch die Bässe, ihr Lieblingssong wurde angestimmt und ließ ihre Verfassung für einen Moment vergessen.

"Like a Prayer" von Madonna erhellte ihr Gesicht und auch Lorna horchte auf. Ungehalten zerrte sie Mira mit sich und stellte sich mit ihr auf das Tanzpodest. Die Musik dröhnte durch ihren Kopf, der Bass ließ ihren Körper vibrieren, ihr Herz schlug schneller. Sie griff nach Lorna, hielt sich an ihr fest und tanzte mit ihr im gleichen Rhythmus. Beide sangen aus Leibeskräften textsicher jedes Wort mit, lachten, kreischten und hatten einfach nur Spaß. Die Scheinwerfer ruhten auf ihnen und gaben das Gefühl, als hätten sie den Raum für sich allein, den Rest im Dunkel erstickt. Als wären sie einfach nur zum eigenen Vergnügen hier gewesen und niemand würde von ihnen etwas erwarten. Die letzten Takte verklangen und der CD-Mix spielte den nächsten Madonna-Klassiker. Ein

Song, der nicht besser passen würde: „Justified my love".

Mira und Lorna nahmen sich in die Arme, tanzten erotisch und eng umschlungen miteinander, hielten sich an der Tanzstange fest und waren nur auf sich konzentriert. Die langsame Melodie hatte etwas Erotisches, etwas, was den ganzen Raum durchzog. In diesem Moment fühlte sich Mira nicht als Nutte, sondern als begehrenswerte Frau. Sie schob sich aus Lornas Armen und drehte sich um die Stange, schwang dabei ihr Bein herum und ließ sich kopfüber nach unten gleiten. Als sie die Augen öffnete, war sie außerhalb des Lichtkegels und sah nun desillusioniert auf die gierigen Blicke der Freier nieder, die auf ihren Körper starrten und sich mit ihren hungrigen Händen nach ihr verzehrten. Mira wich den ausgestreckten Armen, zog sich an der Stange hoch und drehte sich zur Tür.

Und da stand er! Sie hatte sein Gesicht am gestrigen Abend nicht richtig gesehen. Aber diese braunen, langen Haare, die Lederjacke, seine Statur, es gab keinen Zweifel daran. Er, der wegen einer Berührung gestern noch fluchtartig das Bordell verlassen hatte, stand nun wieder hier und sah zu ihr auf. Ihre Blicke trafen sich, seine scheuen Augen drehten sich weg. Er fühlte sich ertappt und sah zu Boden. In dem Moment bewegte sich der Scheinwerfer und blendete Mira. Es ließ ihr keine Ruhe, sie wollte wissen, wo er saß und was das gestern sollte? Sie kletterte vom Podest und wollte ihn zur Rede stellen. Als sie auf seinen Platz sah, knallte die Eingangstür. Sein Getränk stand noch unangetastet auf dem Tisch und daneben lag das Geld dafür. Sie lief zum Tisch, suchte nach einem Hinweis, einer Spur, irgendetwas, was Aufschluss über den Mann gab. Nichts! Dann rannte sie zum Fenster, schob den lichtdichten Vorhang beiseite und presste ihre neugierige Nase gegen das Fensterglas. Niemand war zu sehen. Mira dachte selten über einen Kunden nach. Eigentlich nie! Doch dieser Typ schien anders als die Anderen. Seine Auftritte waren mehr als merkwürdig. Zurück unter den Frauen, war der Mann mal wieder im Gespräch. Einigen Damen war er ebenfalls aufgefallen. Mira sagte nichts dazu, schließlich hatte sie ihn nun schon zum zweiten Mal in die Flucht geschlagen. Den Hohn ersparte sie sich heute. Der Rest des Abends verlief ruhig. Juri blieb dem Bordell fern, was die Arbeit entspannt machte und auch sonst gab es keine weiteren Vorkommnisse. Mira konnte den Feierabend kaum erwarten. Die Schmerzen wurden stärker und der Körper ließ sich nicht länger betäuben. Mit letzter Kraft schleppte sie sich nach Hause. Sechs Uhr, die Schicht war erledigt, die Erschöpfung nicht länger zu ignorieren. Die Nacht war vollbracht und ein neuer Tag begann.

Es war Mittwoch. Der Morgen verlief ähnlich schrecklich wie der gestrige. Mira quälte sich aus dem Bett, wusch sich, aß zu Abend und machte sich für die Arbeit fertig. Für einen Moment dachte sie daran, einfach dem Bordell fernzubleiben. Der Raubbau an ihrem Körper durch die letzten Tage war heute besonders spürbar. Unglücklicherweise war der nächste Tag ein Feiertag in Deutschland und daher heut besonders viel los. Mira wusste, dass Juri ein Fehlen von ihr nicht dulden würde. Und wenn er sie bis zum Bordell schleifen müsste, er würde sie suchen, bis er sie findet und bis zum Morgengrauen ackern lassen. Mit Schrecken dachte sie an die letzten Feiertage. Die Männer benahmen sich wie Tiere. Sie gegrabschten alles, was sie in die Hände bekamen, ließen sich volllaufen und vergaßen jede gute Erziehung. Mit einem mulmigen Gefühl packte sie ihre Tasche, verließ ihre Wohnung und machte sich auf den Weg. Als sie über den Schotterparkplatz lief, schüttelte sie fassungslos den Kopf. Schon jetzt stand eine Vielzahl unbekannter Autos auf dem Parkplatz, also waren bereits Gäste eingetroffen, dabei war es noch nicht einmal 20:30 Uhr! Der Abend begann jetzt schon scheiße und Mira war genervt.

Motivationslos versuchte sie unentdeckt auf ihr Zimmer zu gelangen. Sie hetzte zu ihrem Kleiderschrank und griff nach dem erstbesten Kleid. Mittlerweile war sie sich schon ganz unsicher, ob sie sich vielleicht nicht doch in der Zeit vertan hatte. Eilig puderte sie ihre Wangen, legte den glitzernden Billigschmuck an und lief zum Flur hinaus. Das Gegröle war bis in die erste Etage zu hören. Mira stoppte auf der Holztreppe und lauschte. Sie atmete tief durch. Ihr war ganz schlecht bei dem Gedanke, dieses Affentheater heute auszuhalten. Doch was blieb ihr übrig? Sie versuchte sich Mut zu machen, versteckte sich in einem Türrahmen, rieb sich etwas von dem weißen Pulver in die Nase, hielt kurz inne und lief dann zur Bar hinein. Ein angenehmes Stelldichein war heute nicht möglich. Die Männer warteten schon gierig und hielten ihr Temperament kaum im Zaum. Mira kämpfte sich durch die Menge an den Tresen und versuchte, in diesem Wirrwarr Lorna zu finden. Doch schon saß einer dieser unangenehmen Gäste vor ihr und versperrte die Sicht. Mira versuchte ihn beiseite zu drängen. Doch der Kerl ließ sich einfach nicht abschütteln. Als hätte er nur auf sie gewartet. Er hielt sie am Handgelenk fest, bestellte unaufgefordert eine Flasche Sekt und bat sie, sich auf den Barhocker neben ihn zu setzen. Für Mira war das alles zu viel, es kam zu unerwartet, zu spontan. Doch es war bereits zu spät. Sein Name war Helmut, 58 Jahre, Familienvater und zu Besuch bei seinem Schwager, der nur zwei Stühle weiter saß. Helmut war zum ersten Mal in einem polnischen Bordell und scheinbar sehr aufgeregt und etwas übereifrig. Er kam schnell zum Punkt und begann über seine Phantasien zu sprechen, was er unbedingt mal ausprobieren wollte und wofür sich seine Frau verweigerte. Mira wäre am liebsten geplatzt vor Wut. Diese Sorte Männer waren ihr besonders lieb. Kein Anstand, kein Benehmen und erst Recht keine Idee davon, wie man eine Frau zu behandeln hatte. Sie spielten tagsüber die Rolle des Saubermanns, doch im Schutze der Nacht mutierten sie zu finsteren Wesen. Und während Mira noch darüber nachdachte, in welche Schublade sie ihn stecken sollte, griff er einfach in ihr Dekolleté. Mira war einiges an Aufdringlichkeit gewöhnt, doch so frech war selten jemand zu ihr. Am liebsten hätte sie ihm in sein hässliches Gesicht gekotzt oder ihm die Flasche über den Kopf gezogen, stattdessen lächelte sie höflich und schob seine Hand charmant beiseite. Mira war geübt im Umgang mit solchen Spinnern und versuchte angewidert, mehr über seine Vorstellungen zu erfahren. Das gab ihr Zeit, sich zu überlegen, wie sie diesen Pöbel für seine Anzüglichkeit angemessen bestrafen könnte. Sie musste versuchen, sich den Abend so angenehm wie möglich zu machen. Letztlich sah ihr Plan vor, Helmut ordentlich abzufüllen, noch irgendwie auf das Zimmer zu schleppen, ihn eine Stunde in ihrem Bett schlafen zu lassen und danach als Beweis einer wilden Orgie, ihm ein Kondom, gefüllt mit flüssigem Traubenzucker, vor die Nase zu halten. Bis zur Ausführung war es noch ein langer Weg, denn Helmut nippte nur zögernd an seinem Glas. Doch Mira kannte ein paar gute Tricks und wusste, wie sie ihn rumkriegen würde. Eine ihrer Paraderollen war die, der aufgegeilten Hure. Sie schnalzte ganz angetörnt mit ihrer Zunge und erfragte mit rauchiger Stimme nach seinen sexuellen Träumen. Helmut wurde ganz hippelig, er ließ sich ohne nachzudenken auf die falsche Fährte locken und Mira gab dem Barkeeper das Zeichen für eine gute Flasche billigen Wodka. Nur kurze Zeit später fraß er ihr aus der Hand, er schluckte und sabberte, sabberte und schluckte und war letztlich auf gutem Wege, seiner Bestimmung zu folgen.

Das Bordell füllte sich zusehends, es herrschte Hochbetrieb und alle Frauen waren mittlerweile in Verhandlungsgespräche vertieft. Mira sah öfter an ihrem Freier vorbei, um nach Lorna Ausschau zu halten. Doch alle Personen in diesem Raum waren so dicht aneinander gedrängt, dass kaum jemand zu erkennen war. Plötzlich ging ein Luftzug durch den Raum, Mira fühlte, wie sich die kühle Luft sanft um ihre nackten Beine schlang und sich der Vorhang hob. Helmut zog Miras Kopf zu sich heran und flüsterte in ihr Ohr, dabei sah sie über seine Schulter und hatte die Tür im Blick. Ein Schatten trat über die Schwelle und sah sich schüchtern um. Mira hätte ihn fast nicht erkannt, aber seine kinnlangen Haare waren ihr mittlerweile vertraut. Er huschte durch den Raum und lief bis ganz nach hinten durch. Er setzte sich in gewohnter Manier auf seinen Platz, scheute jeden Blick und bestellte wie gewöhnlich sein Getränk, indem er nur auf die Karte tippte. Er legte sein schwarzes Buch auf den Tisch, sah sich eine Weile um und begann dann, darin etwas zu schreiben. Mira musterte ihn, wie er vertieft in Gedanken den Stift hielt, sich sein Haar aus dem Gesicht strich, verschüchtert zu Boden sah, als ihm die Kellnerin sein Getränk brachte. Seine Art ließ Mira schmunzeln und machte sie gleichzeitig nachdenklich. Derweil erhöhte sich Helmuts Pegel und mit ihm seine Aufdringlichkeit. Immer wieder griff er Mira an den Busen, legte seinen Kopf auf ihre Schulter, säuselte vor sich hin und sabberte an ihrem Hals. Mira ertrug es, denn sie war ja abgelenkt. Das bla bla bla bla in ihrem Ohr wich. Ihre Gedanken kreisten nur noch um diesen mysteriösen Kerl, der so sonderbar und anders war, dass es einen nicht mehr losließ. Die Neugier in ihr war kaum zu stillen. Sie beobachtete ihn, wie er über seinen Notizen hing, kaum aufschaute, hektisch zu seinem Getränk griff und es wieder an den gleichen Platz zurückstellte. Das gedämpfte Licht gab nicht viel über ihn preis, doch genug, um ihr Interesse zu bannen.

Mit der Zeit und jedem weiteren Glas fiel es Mira schwerer, Helmut bei Laune zu halten. Seine stürmischen Hände suchten ihren Schoß und seine fordernden Bewegungen signalisierten, dass er nun für sie bereit war. Mira hätte ihr Spiel gern weiter getrieben, doch Juri stellte sich unerwartet hinter die Bar. Mit verschränkten Armen positionierte er sich direkt vor ihr. Mira war überrascht, ihn zu sehen, ließ er sich doch sonst in dem Trubel nicht blicken. Sie versuchte ihn dennoch zu ignorieren und drehte sich zu Helmut. Juri lächelte und wusste genau, was sie im Schilde führte. Sie zog immer dann diese Nummer ab, wenn sie keine Lust hatte zu arbeiten. Ein klarer Interessenkonflikt! Mira bestellte bei der Kellnerin erneut ein Glas Wiskey für Helmut und glaubte, dass dieser Drink sein letzter sein könnte. Juri beobachtete die

Kellnerin, wie sie Miras Bestellung entgegennahm, dem Barkeeper übergab, der das Glas füllte und dem Gast vor die Nase stellte. Helmut kramte in seinem Portemonnaie nach Geld, wankte auf dem Barhocker und hatte Mühe, die Scheine zu zählen. Juri nutzte den Moment und beugte sich zu Mira über den Tresen.

„Ich glaube nicht, dass dein Gast noch einen Wiskey braucht. Du kannst mit ihm jetzt nach oben gehen!"

Juri nahm das Glas und gab es dem Barkeeper zurück, der ihn nur fragend ansah. In Mira brodelte es. Diese Provokation war anmaßend und vollkommen unnötig. Er musste ihr nicht sagen, wann und mit wem sie auf ihr Zimmer zu gehen hatte. Wütend starrte sie ihn an, doch Juri sprach bestimmend, lächelte und wies sie zur Tür. Ohne ein Wort packte Mira Helmut am Ärmel und riss ihn hinter sich her. Ihn die Treppe hinaufzuzerren kostete viel Kraft, sie öffnete die Tür zu ihrem Zimmer und ließ ihn auf ihrem Bett Platz nehmen. Als Mira ihren Freier so beobachtete, wollte sie sich einfach nicht überwinden. Er stank, war mittlerweile besoffen und so schrecklich unsympathisch. Letztlich ging es ihr nur darum, ihren Willen durchzusetzen und entgegen Juris Bestimmung diesen Flegel unbefriedigt wieder nach Hause zu schicken. Unter ihrem Bett hatte sie noch den polnischen "Zubrowka" gebunkert. Sie nahm etwas Apfelsaft und mischte ihn großzügig mit dem Wodka. Sie übergab Helmut grinsend das Glas und fing an zu tanzen. Sie streifte langsam die BH-Träger von der Schulter und wartete gierig auf Helmuts letzten Schluck. Sie hockte sich auf seinen Schoß, nahm ihm das Glas ab und stieß ihn sanft zurück. Sie streichelte sein Gesicht, sein Lechzen wandelte sich in ein Stöhnen und das dann in ein lautes Schnarchen. Zufrieden setzte sich Mira auf die Bettkante und nahm einen Schluck aus der Flasche. Sie stellte die Uhr, füllte ein Kondom mit flüssigem Zucker, legte es neben das Bett und zog dann dem schnarchenden Fettwanst Jeans und Unterhose aus. Sie war sehr froh über ihre Entscheidung, denn dieser Bauer hatte sich scheinbar zuvor nicht einmal gewaschen. Ein Geruch von altem Schweiß und Urin biss sich in ihre Nase und ließ sie würgen. Sie verteilte noch etwas von dem Zucker auf seinem Bauch und nahm sich dann ihr Kreuzworträtsel zur Hand. Eifrig rätselte sie fünf Seiten, bis der Wecker klingelte. Großzügig ließ sie ihn noch zehn Minuten über die volle Stunde hinweg schlafen und rüttelte ihn dann wach. Helmut brauchte etwas Zeit, um zur Besinnung zu kommen. Er sah an sich hinunter, entdeckte die weißen Tropfen auf seinem Bauch und sah Mira dann fragend an, die laut aufstöhnte und ihre Kleidung wechselte.

„Hättest du mir gesagt, dass du so ausdauernd bist, dann hätten wir gleich zwei Stunden vereinbart."

Helmut sprang auf und suchte nach seiner Hose, hektisch wühlte er nach seinem Geldbeutel.

„Ich hab genug Geld bei. Wir können weitermachen. Ich hab immer noch Druck auf 'm Pinsel."

Mira winkte freundlich ab.

„Helmut, das ist sehr lieb von dir. Aber du hast ja gesehen, was heute los ist. Ich muss dich jetzt leider verabschieden. Beim nächsten Mal vielleicht."

Sie gab Helmut gerade noch Zeit, seine Hose und seine Schuhe anzuziehen, dann drängelte sie ihn mit Nachdruck aus dem Zimmer und knallte die Tür.

Und während Mira den Lidstrich nachzog und sich auf den nächsten Gast vorbereitete, wurde sie unten bereits vermisst. Der junge Mann schrieb konzentriert und hatte eine gewisse Zeit nicht nach diesem Mädchen gesehen. Nun fehlte von ihr jede Spur. Aufgeregt saß er auf seinem Platz und versuchte, das Mädchen in der Menge zu finden. Es war aber so voll und unübersichtlich, dass nur wenig zu erkennen war. Trotz seiner Schüchternheit ließ ihm das keine Ruhe. Er legte den Stift beiseite und schlich zur Bar. Er überwand nervös die wenigen Meter, stellte sich an die äußerste Linie und sah in die einzelnen Gesichter der ihn umgebenden Menschen. Doch sie war einfach nicht zu finden!

Derweil kam Mira von ihrem anstrengenden Gast zurück. Ihr erster Blick galt dem stummen Kerl in der dunklen Ecke. Doch sein Platz war leer, sein Getränk noch fast unberührt. Sie dachte nur bei sich, dass ihm der Laden heute bestimmt genauso überfüllt erschien wie ihr und setzte die Suche nach Lorna fort. Und auch wenn der junge Mann zwischen den Gästen suchend seinen Blick schweifen ließ, immer bedacht darauf, nicht aufzufallen, hatte ihn eine Person schon genau im Visier. Lorna bändelte mit dem nächsten Gast an, beobachtete aber nur ihn, wie er die Menschen beobachtete. Als Mira sich durch die Massen durchkämpfte, war es für Lorna interessant zu sehen, wie er sie heimlich ansah, den Blick nicht von ihr ließ. Lorna begann zu zweifeln. War es Zufall, dass er jeden Tag herkam, ihr jeden Tag nachstellte, als würde sie etwas verbinden? Hatte Mira sie vielleicht angelogen, kannte sie seine Identität? Mira drängelte sich an den Gästen bis hin zu Lorna durch. Glücklich ließ sie sich neben ihr auf dem Barhocker nieder und konnte es nicht abwarten, ihrer Freundin von der letzten Stunde zu erzählen. Lorna hörte amüsiert zu, ließ den Gast neben sich einfach abblitzen und wartete, bis Mira mit ihrer Geschichte fertig war. Dann sah sie sie prüfend an, rückte ganz nah zu ihr auf und flüsterte in ihr Ohr;

„Du hast ihn schon gesehen, nicht wahr?"

Mira sah sie ertappt an und schüttelte den Kopf.

„Wen meinst du? Juri? Ja, seinetwegen wäre mein Plan ja fast gescheitert. Glücklicherweise hatte ich noch etwas Wodka auf meinem Zimmer."

Lorna lächelte und lehnte sich zurück.

„Du weißt, wen ich meine."

Mira runzelte die Stirn:

„Nein, wen meinst du?"

„Als hättest du ihn nicht schon längst entdeckt?"

Lorna lehnte ihren Kopf zur Seite und wies in die dunkle Ecke auf den jungen Mann, der sich gerade beruhigt zurück auf seinen Platz setzte und erneut zu seinem Buch griff.

Mira war das Gerede unangenehm. Sie schob Lorna bei Seite und bestellte ein Glas Sekt. Lorna lachte und wurde einmal mehr bestätigt.

„Wer ist er?"

Mira sah Lorna genervt an:

„Woher soll ich das wissen?"

Lorna war unsicher, ob Mira ihr die Wahrheit sagte. Aber ihr Tonfall machte deutlich, dass ihr das Thema unangenehm war. Sie ärgerte Mira gern, doch zurzeit war sie schnell auf die Palme zu bringen. Die Drogen machten sie immer so aggressiv. Also ließ sie von ihr ab und sie mit dem Thema in Ruhe.

Die Stimmung im Laden war ein reines Pulverfass und der Abend schien kein Ende zu nehmen. Die Männer sangen und grölten, umgarnten die Frauen und waren unersättlich. Mira hatte gut zu tun. Es war

Arbeit wie am Fließband. Nach Helmut folgte Manfred. Ein stiller, ruhiger Zeitgenosse. Er war höflich, nüchtern und zur Abwechslung frisch geduscht. Mira sah es schon fast als eine Wohltat an, mit ihm zu schlafen. Als sie auf ihr Zimmer gingen, spürte sie, dass er so etwas nicht oft tat, sich dafür sogar schämte. Aber nach dem Tod seiner krebskranken Frau war es für ihn mit zwei kleinen Kindern zu Hause die einzige Möglichkeit, einer Frau nah zu sein. Mit einem unterwürfigen Händeschütteln bedankte er sich für die getane Arbeit und verließ das Zimmer.

Mira war betroffen, als sie zur Bar zurückkehrte. Schon ein hartes Schicksal, was Manfred erfahren musste. Doch als Mira diesen stummen Typen in der Ecke sitzen sah, waren diese Gedanken verflogen. Er tat nichts, er sah sie nur heimlich an, drehte sich schüchtern weg, schrieb in seinem Buch und bestellte das nächste Getränk. So sehr Mira auch versuchte, sich auf den folgenden Gast Ronny einzulassen, lenkte sie ihr suchender Blick nach diesem bizarren Kerl immer wieder ab. Obwohl er sich nicht anders bewegte, konnte sie die Augen nicht von ihm lassen. Sie suchte seinen Blick, versuchte neugierig zu erkennen, was es mit seinem Buch auf sich hatte und überlegte schon in Gedanken, wie sie ihn ansprechen würde. Ronny spürte Miras Abwesenheit und ersuchte um ihre Aufmerksamkeit. Er drängelte auf eine wilde Nummer, zog Mira an sich heran und bat sie, ihn mit sich auf ihr Zimmer zu nehmen. Entgegen Miras Erwartung entpuppte sich dieser Gast ebenso zur Herzensangelegenheit, wie es Manfred tat. Ronny war gerade mal seit zwei Wochen volljährig und wurde vor vier Tagen von seiner Freundin verlassen. Die Liebe seines Lebens hatte sich nach drei Jahren Beziehung anders entschieden und nun war sein bester Freund ihre erste Wahl. Im Gastraum hatte er noch wie ein Großer gegrölt, torkelte tanzend durch die Menge und nun bekam er keinen hoch. Zu groß war der Kummer über den Verlust seiner gescheiterten Beziehung. Wie ein kleines Kind brach er in Tränen aus und fiel Mira um den Hals. Ronny konnte sich einfach nicht beruhigen und so verstrich die Zeit in Miras Umarmung. Mit einer Packung Taschentücher und einem mütterlichen Kuss auf die Stirn verabschiedete sie den leidgeplagten Jungen und kehrte zurück an die Bar.

Nach Ronny war es bereits 3 Uhr morgens. Mira fühlte langsam die Müdigkeit und nach diesen emotionalen Ausbrüchen sehnte sie sich nur noch nach ihrem Bett. Als sie sich wieder unten einfand, wurde der Gastraum überschaubar. Alle Prostituierten hatten brav den Großteil der Gäste abgearbeitet und nur noch wenige von ihnen waren beschäftigt. Juri saß am Tresen und hatte ein Auge auf Mira. Er beobachtete sie streng und gönnte ihr keine Pause. Mira spürte seinen Blick. Abgekämpft sah sie ihn an, knirschte mit den Zähnen. Juri verzog keine Miene, doch seine blitzenden Augen verstand sie sehr gut. Genervt setzte sie ihr professionelles Lächeln auf, wandte sich von ihm ab und drehte sich zu ihrem nächsten Gast.

Marco, 32, attraktiv und betrunken, war hemmungslos und streichelte über ihr Bein. Sie versuchte eine Unterhaltung aufzubauen, doch sie ertappte sich immer wieder dabei, wie sie den jungen Mann in der Ecke suchte. Sie konnte sich genauso wenig auf Marco konzentrieren, wie auf alle anderen Freier. Viel schlimmer war es, als sie im Augenwinkel bemerkte, wie der Mann in der Ecke sein Buch zusammenklappte, den Stift einpackte und zur Kellnerin sah, machte sie dieser Umstand zu ihrem eigenen Erstaunen unruhig. Aus einem unerklärlichen Grund fing sie an, über ihn nachzudenken. Ob er morgen noch einmal kommen würde? Ob sie jemals die Möglichkeit hätte, ihn auf sein Verhalten anzusprechen? Tausend Fragen schossen ihr nun durch den Kopf, sie war nicht verknallt, es war einfach nur eine willkommene Abwechslung und so viel spannender, als diese charakterlosen Schwänze zu verarzten. Bevor sie irgendetwas gegen sein Gehen tun konnte, drängte sich nun Marco zurück in den Mittelpunkt. Er bat sie, ihn jetzt gleich zu berühren. Er führte unaufgefordert ihre Hand in seine Hose und griff nach ihrem Kopf. Mira schreckte zurück. Normalerweise hätte sie ihm die Leviten gelesen, doch Juri stand direkt hinter ihm und wartete nur darauf, dass Mira einen Fehler machte. Also nahm sie Marco an die Hand und führte ihn in das obere Geschoss. Mist, dachte Mira, warum gerade jetzt? Aber wozu sich Gedanken machen über einen Mann, den sie nicht mal kannte. Mira ließ Marco vorangehen und folgte ihm mit einem letzten Blick nach unten in den Flur. Nichts war zu sehen und so schloss sie die Tür. Als sich Mira überwand und sich lasziv auf den Bettrand setzte, ließ Marco nicht viel Zeit verstreichen, um zur Sache zur kommen. Er war ein Stammkunde und wusste, was er wollte. Es lag nicht an seinem Aussehen oder sonstigen Einschränkungen, was ihn hierher brachte, sondern das Unkomplizierte. Im Bordell war es klar, um was es ging. Der Preis wurde verhandelt, vielleicht noch ein „Wie geht's dir" und „wie war dein Tag", aber kein großes Herumgerede und danach keine Tränen oder Versprechungen. Einfach nur Sex ohne Verpflichtungen.

Marco gestand sich zu, zu wissen, was Frauen mögen. Schließlich hätte er mit vielen geschlafen, genau erforscht, was sofort zieht. Und immer wieder musste Mira feststellen, dass oft die attraktivsten Männer auch die schlechtesten im Bett waren. Denn oft haben Männer wie Marco kein Problem damit, eine Frau schnell zu erobern. Doch unglücklicherweise sind sie genauso schnell wieder weg und enttäuschen die nächste, bevor diese Frau überhaupt verstehen konnte, wie egozentrisch hier Bedürfnisse befriedigt wurden. Marco war die ersten 30 Sekunden sehr stürmisch. Vielleicht war das schon der Höhepunkt der nun folgenden Stunde. Er liebkoste Miras Hals, Küssen war ja tabu, dann knetete er ihre Brüste für ungefähr eine Minute und fünf und danach wurde er zum wilden Stier. Die Klamotten flogen durch den Raum, zwölf Stellungen in 25 Minuten, zwischendurch immer ein prüfender Blick seinerseits in den Spiegel, ob das Fitnessstudio seine Muskeln ausreichend stählte und dann kam der erlösende Stöhner, der Marco zum Tagessieger krönte. Abgekämpft genoss er noch eine Zigarette am Fenster und verabschiedete sich dann mit einer Umarmung, wie ein guter Freund.

Normalerweise war es Miras Routine, das Zimmer für den nächsten Gast herzurichten, alle Spuren des Vorgängers zu beseitigen, doch heute konnte sie es nicht erwarten, schnell zurück in den Gastraum zu gelangen. Sie hatte immer noch etwas offen, was sie umgehend erledigen wollte. Als sie sich durch den schweren Vorhang duckte, war der Mann in der Ecke, wie zu erwarten, bereits verschwunden. Sein Platz schien schon eine Weile verwaist. Das Glas war geleert und das Geld lag daneben. Mira war enttäuscht, sie gestand sich das zwar nicht ein, doch jetzt, wo die

Arbeit getan war, hätte sie es gern noch einmal darauf ankommen lassen. Lorna beobachtete Miras schweifenden Blick in die begehrte dunkle Ecke. Sie hatte gesehen, wie er eine halbe Stunde zuvor die Bar verlassen hatte. Mira lief zu Lorna und setzte sich neben sie, dabei konnte sich Lorna die Frage einfach nicht verkneifen:

„Na, nach wem hast du Ausschau gehalten?"

Mira verdrehte die Augen.

„Lorna, hör auf zu nerven! Jetzt lass uns noch einen Absacker trinken und dann ab nach Hause."

Mira versuchte ihre Unsicherheit zu überspielen und pfiff den Barkeeper für die letzte Bestellung heran. Lorna kannte ihre Freundin und konnte sich ein Grinsen nicht verkneifen. Die Nacht endete ruhig und die Mädchen werteten ihre Begegnungen des heutigen Tages untereinander aus. Wer war der Ausdauerndste, der Lächerlichste, wer hatte die bewegendste Geschichte, wer war untreu und wer ging gar nicht. Gegen halb sieben verabschiedeten sich alle bis zur nächsten Schicht und traten den Heimweg an. Mira lief am Oderufer entlang und dachte wieder an den geheimnisvollen Mann. Sie stellte sich vor, ihn anzusprechen. Doch was sollte sie sagen, wie sollte sie ihn begrüßen, sie kannte ihn nicht, wusste nicht einmal, ob er Deutscher oder Pole war. Also welche Sprache würde er sprechen? Vielleicht hatte es einen Grund, dass er mit niemandem sprach. Vielleicht hatte er gar keine Stimme oder war taub? Die halbe Stunde Heimweg verging bei diesem Gedankenkarussell wie im Flug. Dieser Mann begleitete sie gedanklich bis ins Bett, ihre Augen fielen zu. Sie hoffte, dass er sich morgen vielleicht noch einmal in ihr Bordell verirren würde. Dann würde sie ihn ansprechen, wenn sie mutig genug war oder vielleicht auch nicht.

Der Wecker fiepte. Donnerstag, 17 Uhr. Mira drehte sich zur Seite und rieb sich die Augen. Ihre Nacht war unruhig gewesen, ihr Körper meldete sich erneut mit starken Unterleibsschmerzen und leider half nichts besser, als dem Schmerz erneut mit vielen Tabletten entgegenzuwirken. Sie kramte in ihrem Nachttisch nach der Arznei und schluckte sie mit einem großen Schluck Tee hinunter. Ihr Blick wanderte zum Fenster, die Sonne strahlte, sie quälte sich mühsam aus dem Bett, lief zum Fenster hinüber, öffnete es und sog die Luft in sich auf, die so himmlisch nach Frühling duftete, dass sie schon an ein Eis im Cafe dachte. Die umliegenden Bäume trugen schon Knospen, die Vögel zwitscherten und in den ersten Gärten wurden Blumen gepflanzt. Kein Zweifel, der Winter war vorüber. Miras Leben war zwar trostlos, doch ein Tag in der Woche war immer der Schönste. Sonntag! Sonntag war ihr Tag, den sie am liebsten mochte und vorzugsweise mit sich selbst verbrachte. Dann setzte sie sich oft in ein Cafe, las ausgiebig eine Zeitung, denn einen Fernseher besaß sie ja nicht und beobachtete die Menschen um sich herum. Noch drei Tage, dachte sie, als sie auf ihren Kalender sah und bereitete sich für die Arbeit vor. Sie wollte heute etwas eher los, denn der Haaransatz musste nachblondiert werden und ein neues Oberteil konnte auch mal wieder sein.

Zügig ging sie die Routinen des Tages durch und verließ eilig ihre Wohnung. Nur zwei Querstraßen weiter war ihr Friseur. „Salon Olga" hatte den letzten Termin extra für Mira freigehalten. Freundlich wurde sie begrüßt. Mira genoss ihre Friseurbesuche, denn da sie alle drei Wochen vorbeikam und großzügig Trinkgeld gab, wurde sie immer mit extra zehn Minuten Kopfmassage verwöhnt. Mira war sichtlich entspannt, was zum einen am Wirken der Schmerztablette lag und zum anderen an den einzig zärtlichen Berührungen, die sie zur Abwechslung mal selbst bekam. Nach zwei Stunden Hairstyling und mit einer perfekt sitzenden Fönfrisur verabschiedete sie sich freundlich von Olga und lief zum Markt. Als sie die Tür hinter sich schloss, sah sie einen Mann auf der anderen Straßenseite, der dem Mann aus dem Bordell ziemlich ähnlich sah. Miras Neugier trieb sie zur Verfolgung an. Sie stöckelte trotz ihrer Schuhe fast schleichend über die alten Steinplatten und versteckte sich wie ein Polizist hinter jeder Laterne. Dennoch wurde der Abstand größer. Er schien relativ klein, seine braunen, langen Haare wellten sich und die Lederjacke hatte Nieten auf dem Rücken. Mira haderte mit sich, doch wenn sie jetzt nicht Gas gäbe, würde sie ihn aus den Augen verlieren, also ließ sie die Laternen weg und versuchte ihn einzuholen. Als sie nur noch wenige Meter hinter ihm war, schrie sie auf Polnisch: Hallo! Der Mann drehte sich um. Vielmehr handelte es sich um einen Jungen. Blasses Gesicht, blühende Pickel und eine große Nase. Mira hatte zwar das Gesicht des geheimnisvollen Mannes nur unscharf sehen können, doch hierbei handelte es sich definitiv nicht um ihn und so war ihr diese Verwechslung schrecklich peinlich. Wie ein Schulmädchen winkte sie verschämt ab, grinste, drehte sich einfach um und lief weg. Der Junge sah ihr verwundert nach und setzte dann seinen Gang fort.

    Als Mira so lief, schüttelte sie nur den Kopf. Sie war fünfundzwanzig Jahre alt und verhielt sich wie ein Kleinkind. Sie kam sich albern vor und sprach sich etwas mehr Selbstbewusstsein zu. Sie konnte verbal jeden in die Flucht schlagen, hatte vor nichts Angst, doch so ein feiges Würstchen, bewaffnet mit schönen Augen und einem kleinen Buch, brachte sie aus dem Konzept? Das war einfach bescheuert und musste beendet werden. Sie schwor sich, sollte er heute erneut das Bordell aufsuchen, würde sie ihn zur Rede stellen. Dieser Vorsatz war unumstößlich und blieb fest in ihrem Kopf auf dem Weg zum Bordell.

Nach 30 Minuten Fußweg voller guter Vorsätze erreichte sie den Schotterparkplatz, kehrte in ihr Zimmer zurück und musste erst einmal die wild durchwühlten Kissen der letzten Nacht ordnen. Sie stand vor ihrem Kleiderschrank und war heute besonders entscheidungsunfreudig. Nichts sah gut genug aus, die einen Kleider waren zu sexy, die anderen zu unspektakulär. Sie schloss die Augen, sprach ein Kindergedicht vor sich her und endete mit der letzten Silbe auf dem Kleid, was das Schicksal ihr vorschlug. Das kleine Schwarze sollte es mal wieder sein. Sie toupierte ihre Mähne und gab sich heute besonders viel Mühe bei dem Make-up. Das Styling brachte sie etwas in Zeitverzug. Mit einer halben Stunde Verspätung mischte sie sich am Tresen unter die Frauen. Nach und nach suchte sich jede einen Platz, um die Freier in Empfang zu nehmen. Mira schien neben der Spur, sie bestellte einen Sekt, trank diesen in einem Zug und tippelte nervös mit ihren Fingern auf dem Tresen. Immer, wenn sich der Vorhang hob, sah sie zur Tür und blickte enttäuscht wieder weg. Keines der Gesichter glich dem, welches sie erwartete. Mira stützte seufzend den Kopf auf und versank in Gedanken. Sie stellte sich vor, wie es wäre, ihn anzusprechen. Wie sie cool zu ihm herüber laufen würde, sich einfach auf den gegenüberliegenden Platz setzen, ihm tief in die Augen blicken und ihn höflich um Feuer bitten würde. Wenn er nichts sagte, würde sie ihn fragen, was sein Problem sei. Würde er antworten und sie würde es nicht verstehen, würde sie ganz locker sein Buch zu sich drehen und ihn schriftlich fragen. Das war der Plan. Doch ohne diesen Fremden keine Umsetzung!

Die Schar an Gäste ließ heute auf sich warten und es zeichnete sich ab, dass sich das auch heute nicht mehr ändern würde. Gegen 23 Uhr waren es vielleicht sechs Männer, die sich hierher verirrten. Einer der Gäste war Pawlo, ein italienischer Gastarbeiter, der bevorzugt an ruhigen Tagen kam. Sein Liebling war Mira. Er mochte ihren Verstand, ihre Art von Humor. Er unterhielt sich gern mit ihr und auch an diesem Abend fiel seine Wahl auf sie. Lorna saß nicht weit von Mira entfernt. Da sie noch alleine saß, hatte sie die Möglichkeit, die Beiden ungeniert zu beobachten. Es war schon sonderbar, welche Aufmerksamkeit Mira heut der Tür schenkte. Pawlo war anspruchsvoll in seinen Themengebieten, Mira versuchte Schritt zu halten, sich auf seine Fragen bezüglich Politik und Wirtschaft zu konzentrieren. Nach einer Weile gelang es ihm sogar, sie abzulenken und mit ihr angeheitert zu diskutieren. Doch als die Tür knarrte und sich der Vorhang zögernd hob, wusste sie, er ist es! Dieser Gedanke machte sie euphorisch. Miras Herz fing an zu pochen. Sie konnte Pawlo in seinen Ausführungen nicht mehr folgen und starrte gebannt auf den Vorhang. Der Mann betrat den Raum. Er war es wirklich! Für einen Moment blieb er stehen und sah sich um. Als er Mira erblickte, erstarrte er, drehte sich reflexartig weg und suchte seinen Platz. Und das war genau der Moment, der Mira ihre Pläne vergessen ließ. Genau dieser Augenblick, in dem sie das erste Mal direkt in seine Augen sah. Unverschleiert vom Zigarettenrauch, flimmerndem Kerzenschein und abgedunkelten Fenstern. Er war schön. Wirklich hübsch anzusehen. Zu schön? Mira dachte an ihre Theorien mit den schönen Männern, doch er war anders. In diese Sparte würde sie ihn nicht stecken. Sie atmete schwer und stand neben sich. Sie dachte an das, was sie sich vorgenommen hatte und wurde ganz nervös. Was ist, wenn er wieder wegläuft, wenn er sie umstößt, ihr vielleicht eine Ohrfeige gibt. Ihre Knie zitterten, sie dachte sich, wie absurd! Warum dachte sie überhaupt darüber nach. Sie wird es tun! Jetzt sofort oder in einer Stunde, vielleicht erst am Ende des Abends, aber auch nicht zu spät, dann wäre er schon weg.

„Mira, hallo? Mira?"

Mira erschrak und sah in Pawlos fragendes Gesicht.

„Was hast du, ist dir nicht gut?"

Mira sah ihn verwundert an und entschuldigte sich. Ihr war diese Situation peinlich. Sie nahm Pawlos Hand, führte ihn durch den Gastraum und die lange Holztreppe hinauf in ihr Zimmer. Sie musste wieder einen klaren Kopf bekommen. Pawlo war einer der wenigen, der Mira auch auf den Mund küssen durfte. Kein Zungenkuss, aber ein paar zärtliche Berührungen, die sie vergessen ließen, dass sie eine Hure war. Er streichelte ihre Wange und massierte ihren Rücken. Er schob ihr Kleid nach oben, öffnete ihren BH und ließ sich mit ihr auf das Bett fallen. Mira versuchte sich auf diese Stunde zu konzentrieren. Mit Pawlo hatte sie so etwas wie eine lockere Affäre. So sehr sie sich bemühte, ihr Kopf war heut einfach nicht frei. Pawlo war einfühlsam, bewegte sich langsam, sah sie immer wieder prüfend an, ob es ihr auch gefiel, trotzdem war sie heute eine eher schlechte Liebhaberin. Pawlo ließ sich nichts anmerken, doch bei der Verabschiedung erkundigte er sich erneut nach ihrem Wohlbefinden. Mira entschuldigte es mit Müdigkeit und verabschiedete ihn herzlich. Als die Tür zufiel, setzte sie sich vor ihren Spiegel und musterte sich kritisch. Was war los? Diese Situation war neu! Vielleicht war es einfach nur das, eben diese neue Situation, die sie aus dem Konzept brachte. Es war ja auch merkwürdig. Die einzige Möglichkeit, diesem Spuk ein Ende zu bereiten, war, ihn zur Rede zur stellen. Mira fasste den Entschluss, es nicht mehr aufzuschieben, sie ordnete das Zimmer, ging die Treppe hinunter und trat in den Gastraum. Sie atmete tief durch, ballte die Hände zu Fäusten und sah auf seinen Platz. Er war weg! Sein Glas war leer und das Geld lag daneben. Mira war wütend. Wieder ein Abend, der sie mit Fragezeichen zurück ließ, wieder ein Abend, an dem sie keine Ruhe finden würde. Sie setzte sich zurück zu Lorna an den Tresen und ließ die Zeit an sich vorbeirauschen. Sie war heute für keine Späße und Gespräche mehr zu haben und beendete pünktlich ihre Schicht. Auf dem Weg nach Hause zerrte der kühle Wind an ihren Kleidern, doch dieser einzige Augenblick, als er sie angesehen hatte, legte sich wie ein warmer Mantel um sie und brachte sie in ihr Bett. Sie kuschelte sich in ihre Decke, schloss die Augen und begegnete dem schönen Mann in ihrem Traum. Es war albern, aber ein schöner Gedanke zum Einschlafen.

Freitag! Der Wecker klingelte, doch er weckte Mira nicht, denn Mira war schon seit zwei Stunden wach. Sie sah zur Decke und dachte nach. Und wenn sie dachte, war sie wütend über sich, generell über so jemand unbedeutenden nachzudenken. Es wurde regelrecht zum Hobby, was die Sache nicht entschärfte. Sie stand mit dem Gedanke an ihn auf, überdauerte den Tag, ging mit ihm zur Arbeit und legte sich mit ihm schlafen. Es war genug! Sie wollte endlich Klarheit und egal, welche Situation sich heute ergeben würde, sie würde nicht zögern, sondern sich endlich aus diesem Albtraum erlösen. Entschlossen sprang sie aus ihrem Bett, machte ihre Hausarbeiten in Perfektion und bereitete sich für die Arbeit vor. Sie legte Kette und Gürtel an, als würde sie ins Gefecht ziehen, zog die Handschuhe über ihre zarten Finger und packte genügend Lippenstifte ein. Niemand konnte ahnen, wie der Abend endete. Mutigen Schrittes stöckelte sie los und überquerte wenig später den Schotterparkplatz. Sie sprang die Treppen hoch, öffnete eilig ihr Zimmer und ging ihren Routinen nach. Summend stöberte sie in ihrem Kleiderschrank. Sie wollte sich heut besonders hübsch machen. Nicht für den Fremden, es war heute Freitag, da war viel los zu später Stunde, nur deshalb, aus keinem anderen Grund. Erfahrungsgemäß kamen die Gäste freitags sehr spät, daher ließ sich Mira Zeit und überlegte dreimal, welchen Armschmuck sie heute tragen sollte. Erst zwanzig nach neun rappelte sie sich auf und ging entspannt die Treppen hinunter. Als sie sich zu den Damen an den Tresen gesellte, fühlte sie, dass heute etwas in der Luft lag. Die Mädels tuschelten und sahen scheu zu ihr herüber. Dann kicherten sie und drehten sich weg. Mira ließ sich davon nicht beirren, sie bestellte, wie üblich, ein Glas Sekt zur Einstimmung und ließ ihren Blick schweifen. Zu ihrer Überraschung stand Juri auch schon auf der Matte. Er betrat den Gastraum und schien in keiner guten Stimmung. Er kam nicht allein. Agata, eine der Frauen, unterhielt sich mit ihm. Sein Blick war wütend. Mira war sich dieses Mal keiner Schuld bewusst, sie war fügsam, nicht aufsässig, und das mit Helmut war ja nicht mit Absicht passiert. Misstrauisch beäugte sie das Treiben. Scheinbar wussten alle, außer ihr, was Juri so erzürnte. Mit Spannung erwartete sie die Unterhaltung mit Lorna, die mitten in der Mädchentraube stand. Nach kurzer Abstimmung gesellte sie sich zu ihr an den Tresen, gab ihr eine kurze Umarmung und ein flüchtiges Lächeln. Auch Lorna schien ein Anliegen zu haben. Mira sah sie skeptisch an.

„Was ist los? Was haben die Hühner?"

Lorna hielt kurz inne und sah Mira prüfend an.

„Mira, jetzt ganz ehrlich, kennst du diesen Typen?"

Mira war erstaunt, dass das Lorna immer noch beschäftigte. Sie schüttelte den Kopf.

„Tja, ich weiß nicht warum, aber irgendwas muss euch ja verbinden."

Mira zog Lorna an ihrem Arm heran, sprach leise aber durchdringend.

„Was soll das, Lorna? Du bist meine beste Freundin. Wenn irgendjemand darüber als erste Bescheid wüsste, dann ja wohl du. Ich kenne diesen Mann nicht. Ich finde das genauso sonderbar wie jede andere."

Lorna war wegen ihrer Anschuldigung nun etwas beschämt, dennoch musste sie fragen.

„Ich glaube dir. Die Situation ist so, Agata hat wohl etwas Stimmung gemacht. Nicht nur uns ist dieser Typ aufgefallen, sondern eben auch allen anderen. Ich halte ihn für ungefährlich, du sicher auch, aber Agata spekulierte, dass er aus einem anderen Bordell kommen könnte und versuchen würde uns auszuspionieren, sogar Kunden und Frauen abwerben würde. Du weißt, wie hart der Wettbewerb dieser Tage ist. Es hält sich das Gerücht, dass nicht weit von uns ein weiteres Bordell aufmachen soll. Das wären dann schon drei an der Autobahnauffahrt. Die Mädchen meinten, das wäre unser sicherer Ruin."

Mira war ganz aufgebracht.

„Die Hühner haben doch keine Ahnung. Wir sind das renommierteste Bordell in der Stadt und wenn sie noch fünf andere Stripclubs neben uns öffnen würden, würde das unserem Umsatz nicht schmälern. Und was den Typ angeht, das ist doch völliger Unsinn. Er saß die ganze Zeit allein, ich hab ihn doch beobachtet…"

„Ja, das hab ich gesehen."

„Sehr witzig…. Er hatte mit niemandem Kontakt."

„Aber keiner weiß, was er in sein Büchlein schreibt."

„Ganz ehrlich Lorna, würde er etwas im Schilde führen, würde er sich weitaus klüger anstellen."

„Mira, ich weiß. … Warum regst du dich so auf?"

Mira fühlte sich ertappt. Am liebsten hätte sie sich eine neue Flasche Sekt bestellt, aber Juri stand direkt vor den Spirituosen und so holte sie nur tief Luft.

„Ich rege mich nicht auf. Ich finde das nur alles etwas albern. Es sieht doch ein Blinder, dass Agata sich bei Juri nur einzuschmeicheln versucht. Soll sie sich doch auf ihn einlassen, viel Spaß. "

Lorna lächelte.

„Das Gefühl habe ich auch. Ich habe noch etwas gehört. Eines der Mädels meinte, Agata hätte ihm geflüstert, dass der Typ nur wegen dir hier wäre. Vielleicht glaubt er ja, dass nur du abgeworben werden sollst."

Mira sah sie entsetzt an. Und so fern sie sich gerade noch jeder Schuld für Juris schlechte Laune sah, so nah fühlte sie sich jetzt. Mira war verärgert und eh sie sich Gedanken darüber machen konnte, stand Juri vor ihr. Er griff nach ihrem Arm und zerrte sie in eine Ecke. Seine Augen glühten, seine Stimme klang bedrohlich.

„Wer ist der Typ?"

Mira versuchte beruhigend auf ihn einzuwirken.

„Erst einmal wäre es nett, wenn du mich loslässt. Lorna hat mir berichtet, was sich Agata schon wieder ausgedacht hat. Nein, ich kenne ihn nicht. Ich weiß nicht, wer er ist und ich habe ihn auch noch nie zuvor in meinem Leben getroffen."

Juri ließ ihren Arm los und bäumte sich dennoch vor ihr auf.

„Und warum kommt er jeden Abend und sieht nur nach dir?"

„Woher soll ich das wissen? Ich weiß nur, dass ich wie alle anderen Montag bei ihm abgeblitzt bin. Er hat wegen mir sogar fluchtartig das Bordell verlassen. Wer weiß, vielleicht ist er schwul und hat Angst vor Frauen. Vielleicht macht er gerade eine Therapie. Seit wann fühlst du dich von einem Mann, der die Hälfte deiner Statur hat, bedroht?"

Juri war kurz ruhig, sie fühlte, wie es in ihm brodelte. Er überlegte, sah zu der lechzenden Meute, die erwartungsvoll den Ausgang ihrer Diskussion beobachtete, griff nach Mira, schleifte sie mit sich und stellte sich vor seine Frauen.

„Nochmal für alle. Wenn euch auffällt, dass hier jemand herumlungert und nicht einzuschätzen ist, erwarte ich, dass ihr bei mir Meldung macht. Ihr hängt hier rum und zerreißt euch das Maul. Ich verdiene kein Geld, wenn ihr nicht fickt, ich verdiene kein Geld, wenn ihr euch an der Bar volllaufen lasst und ich verdiene auch kein Geld, wenn sich unser Puff zu einer Getränkebar entwickelt. Und wenn ich kein Geld verdiene, verdient ihr ebenso kein Geld. Wem irgendetwas auffällt, bespricht das zukünftig erst mit mir, bevor er zu einer anderen Hure rennt. Habt ihr verstanden?"

Er riss die Augen auf und brüllte durch den Raum. Seine Stimme hallte so furchteinflößend nach, dass alle zusammen fuhren. Er drehte sich zu Mira um und zog sie an ihrem Nacken zu sich heran.

„Und wenn er, wie du sagst, so ungefährlich ist und nur geil auf dich, dann soll er dich heut Nacht bekommen. Fickt er dich heute nicht, will ich ihn hier nicht noch einmal sehen!"

Dann drückte er Mira beiseite, verließ schreiend das Bordell....

„Jetzt ist mein Problem eures. Löst es oder ich löse es."

... und knallte die Tür wutentbrannt hinter sich zu. Kurze Zeit später hörte man seinen Mercedes vom Schotterparkplatz aufheulen. Die Mädchen sahen Mira voller Vorwürfe an.

„Was ist, warum starrt ihr mich so an. Ich kann auch nichts dafür."

Agata stellte sich vor die Mädchen.

„… wegen dir ist es überhaupt erst so weit gekommen. Du schaffst nur Probleme. Wenn du ihn nicht ständig provozieren würdest, wäre er nicht so gereizt und würde nicht so ausflippen."

Mira war vor den Kopf gestoßen. So ein Unsinn, doch die Blicke der Mädchen sprachen eine andere Sprache.

„Ihr habt doch gesehen, dass der Typ hier nur zum Gin trinken vorbeikommt. Was soll ich dagegen machen?"

Agata verdrehte die Augen und machte auf dem Hacken kehrt.

„Du hast überhaupt nichts verstanden."

In den Gesichtern der anderen Mädchen sah man die Zerrissenheit, ein Teil sympathisierte mit Agata, der andere eher weniger. Doch was alle einte, war die Ansicht, dass Mira momentan viel Unruhe reinbrachte, worunter alle litten. Lief es gut zwischen Juri und Mira, war er großzügig, höflich und fair, doch wenn sie stritten oder gar als getrennt galten, machte er jedem das Leben zur Hölle. Keiner verstand Miras Situation, außer Lorna. Die Mädchen wandten sich von Mira ab und Lorna nahm sie in den Arm. Mira flüsterte vor sich hin:

„Sie haben keine Ahnung, wozu er fähig ist."

Sie schüttelte enttäuscht den Kopf. Lorna versuchte sie zu beruhigen.

„Ich weiß. Du musst jetzt stark sein. Juri hat dich da, wo er dich haben wollte. Die anderen haben keine Ahnung. Versuche heut einfach, was du kannst, so sehen sie deinen guten Willen und er hat seine Bestätigung. Irgendwann wird sich die Situation entspannen. Wenn ihr lange genug auseinander seid, er eine neue Liebe gefunden hat, wird sich alles wieder einrenken."

Mira war nachdenklich und atmete schwer.

„Wie lange soll ich darauf noch warten?"

Sie riss sich von Lorna los und verschwand auf der Toilette. Sie wollte nicht weinen, nur einen Moment allein sein. Sie erwartete kein Verständnis, aber Zurückhaltung. Gerade von solchen Leuten, die von diesen Dingen keine Ahnung hatten. Die Huren ließen sich feiern, waren naiv und in ihrer Meinung schnell beeinflussbar. Sie kannten Juri nicht, wussten nicht, was es bedeutete, mit ihm eine Beziehung zu führen. Er war ein Choleriker, schlug um sich, wenn er nicht das bekam, was er wollte und in schwachen Momenten war er so zerbrechlich und liebebedürftig. Dieses Auf und Ab der Gefühle zerriss Mira. Kein Tag glich dem anderen. Nie wusste sie, was in ihm vorging, wenn er über die Schwelle trat. Manchmal schlug er ihr einfach ins Gesicht, ein anderes Mal küsste er sie und schenkte ihr Blumen. Niemand hatte mehr Recht als sie, sich ein Stück Freiheit zurück zu nehmen. Vor lauter Wut fiel es ihr schwer, ihre Tränen zurück zu halten. Doch sie wollte nicht schwach sein, es war genug. Sie nahm ihr Päckchen Glück und konsumierte gleich die doppelte Dosis. Sie räusperte sich, sah in den Spiegel, richtete ihre Brüste in ihrer engen Korsage und sah in ihre glasigen Augen. Alles war egal, alles machte nur noch wenig Sinn. Düstere Gedanken schossen ihr durch den Kopf. Die Tür öffnete sich und Mira wandte sich vom Spiegel ab. Eines der Mädchen klopfte ihr anerkennend auf die Schulter. So dunkel der Moment auch war, die Geste brachte etwas Hoffnung.

Mira schlug die Tür hinter sich zu, ging zurück in den Gastraum, lief mit einem Lächeln auf Lorna zu und wurde sarkastisch.

„So, der Abend fing ja schon mal super an, mal schauen, was heute noch so passiert."

Lorna quälte sich ein Lächeln auf die Lippen, obwohl ihr nicht danach zumute war. Sie wusste, wie Mira fühlte, auch wenn sie es sich nicht eingestand, solche Situationen brannten sie aus. Sie war schön, klug und gleichzeitig noch Juris Besitz. Drei Argumente, die es ihr schwer machten, unter den Frauen wahre Freunde zu finden. Aber Lorna würde sie nicht im Stich lassen, das schwor sie sich.

Die Türen des Bordells wurden geöffnet und die ersten Gäste kehrten ein. Mira starrte teilnahmslos umher. Ihr Kopf war leer, ihre Hände zitterten. Sie rauchte selten, aber heute zündete sie sich eine Zigarette nach der anderen an. Gleichzeitig wurde sie von allen beobachtet, jede wartete nur darauf, was als nächstes mit ihr geschah. Die Uhr tickte. Mira setzte sich an die äußerste Ecke der Bar, um aus dem Sichtfeld der eintreffenden Gäste zu gelangen. Sie wollte alles im Blick haben.

22:45 Uhr. Im Gastraum war es relativ ruhig. Der CD-Player lief, spielte die Charts hoch und runter, einige der Frauen tanzten, andere saßen mit Gästen auf den Couchen. Hinter der Bar war es gerade etwas stressig, da die meisten Bestellungen gleichzeitig eintrafen. Mira sah dem Treiben zu, versuchte sich aufzumuntern, doch ihr Herz wurde schwer. Sie hatte Angst vor dem Ungewissen. Was würde heut geschehen? Sie hoffte, dass er nicht kommen würde, für immer dem Bordell fern blieb, andererseits machte es sie traurig. Sie wollte wissen, wer er war, was ihn hierher trieb, warum er sie so ansah, warum er nie sprach und warum er jeden Tag wiederkam.

23:00 Uhr. Die Aufmerksamkeit der anderen Huren nahm spürbar ab. Mira fühlte sich nun etwas freier und lehnte den Kopf zurück. Ihr war langweilig, die Zigarettenschachtel war fast leer und die Kehle trocken. Sie lehnte sich über den Tresen, griff dahinter und fühlte nach der erstbesten Flasche. Der Fang war ein billiger Wodka, der gern genutzt wurde, um Long Drinks zu strecken. Mira war der Geschmack egal, sie wollte sich betäuben, die Relation der Zeit beschwören. Die Zeiger auf der Uhr wurden mit dem Fortschreiten des Abends immer undeutlicher. In ihrem Rausch wurden die gegenwärtigen Probleme zur Nebensache. Immer seltener sah sie zur Tür und vergaß sie schließlich ganz. Ihr Kopf wackelte auf dem Hals und versuchte das Gleichgewicht auszutarieren, dabei spielte sie mit dem Etikett der Flasche, was sich durch die Feuchtigkeit langsam ablöste und wunderbar als Beschäftigung diente.

Als Lorna ihren Gast verabschiedet hatte, suchten ihre Augen am Tresen nach ihrer Freundin, die wie ein Häufchen Elend an der Bar saß und scheinbar alles ausgeblendet hatte. Sie wusste, dass Mira die Situation zu schaffen machte und ging zu ihr hinüber. Sie strich ihr über ihre goldene Mähne und säuselte ein paar tröstende Worte. Und während sie so zu ihr sprach, entdeckte sie da erst die wahre Ursache allen Übels, warum sich Mira so hängen ließ. Sie sah auf die Flasche Wodka, die fast leer war und versteckte den Abfall hinter dem Vorhang. Wütend griff sie nach Miras Arm und versuchte sie wach zu rütteln.

„Mira, es ist 1:00 Uhr. Du weißt, dass es heute noch richtig voll werden kann. Geh einfach auf dein

Zimmer, schlaf ne Stunde, ich komme dich dann wecken, aber hör auf, dich hier so abzuschießen! Das gibt nur unnötig Ärger."

Mira schüttelte den Kopf und lallte.

„Nein. Ich bleibe hier und hoffe, mich endlich lächerlich machen zu können."

„Ich glaube nicht, dass er heut noch kommt", erwiderte Lorna störrisch.

„Er wird kommen, ich fühle es."

Lorna war angespannt, drehte sich nervös nach den anderen Mädchen um. Wenn jemand Mira schaden wollte, war das ein guter Moment, sie anzuschwärzen. Sie wollte Mira beruhigen, sie sanft zur Vernunft bringen, alles andere machte keinen Sinn, denn Mira war ein verfluchter Dickkopf. Sie strich ihr liebevoll über den Rücken und sah nach der verwaisten Ecke im Gastraum. Von dem Typen fehlte nach wie vor jede Spur. Wenn er gekommen wäre, dann vor 1 Uhr, daran gab es für Lorna keinen Zweifel.

„Mira, komm, geh und ruh dich etwas aus!"

Doch entgegen ihrer Bitte legte Mira den Kopf auf die Bar und war in Gedanken. Sie stellte sich vor, wenn er hier wäre, was sie sagen würde, wie sie ihn umgarnte. Sie lächelte in sich hinein und blickte zum Vorhang. Einfach nur so. Es war wie im Traum, der Vorhang hob sich und er betrat den Raum. Mira döste, konnte in dem Moment nicht ganz entscheiden, ob ihre Augen ihr einen Streich spielten, oder ob er wirklich hier war. Zögernd schob er den schweren Stoff beiseite. Eine Strähne fiel in sein Gesicht, die er unsicher hinter das Ohr legte. Mit gesenktem Blick sah er erst zum Tresen und dann auf seinen Platz. Ohne sich weiter umzuschauen, lief er zielgerichtet durch den Gastraum, verhielt sich wie gewöhnlich, setzte sich in diesen einen Sessel, legte das Buch auf den Tisch, blätterte in der Getränkekarte, obwohl er sicher das gleiche Getränk bestellen würde, wie er es sonst auch tat. Er war wie ein Geist, der lautlos plötzlich da war, niemand wusste woher er kam und wohin er gehen würde. Mira lächelte und sah Lorna siegessicher an. Sie wollte gerade aufspringen, doch Lorna hielt sie zurück.

„Warte noch. Lass ihn erst einmal ankommen."

Miras Hände begannen zu zittern, ihr Herz pochte. Sie griff nach der letzten Zigarette und überlegte, wie sie es am besten anstellen sollte. Sie wollte ihn nicht verjagen. Sie wollte, dass er bliebe. Er brachte die Unschuld, die willkommene Ablenkung in diesen muffigen Laden. Sein Fehlen bedeutete Alltag und Alltag bedeutete Langeweile. Er war ein Rätsel, ein schöner Gedanke. Sie wollte das bisschen Freude nicht verlieren und so zündete sie sich die letzte Zigarette an und beobachtete ihn, wie er schüchtern sein Getränk bestellte. Er ließ kurz den Blick schweifen, hatte Mira in der Ecke noch nicht entdeckt und sah dann auf sein kleines Büchlein. Er zückte seinen Stift, den er in der linken Jackentasche aufbewahrte und begann zu schreiben. Die Kellnerin lief hinter den Tresen und gab wie gewöhnlich einen Gin Tonic auf. Dabei kam Mira eine Idee. Sie zog noch einmal an der Zigarette, stieß dunklen Rauch aus, zerdrückte den Glimmstängel im Aschenbecher und stützte sich auf. Sie torkelte entlang der Bar und stellte sich demonstrativ vor deren Eingang. Als die Kellnerin gerade sein Getränk fertiggestellt und auf dem Tablett platziert hatte, kreuzte Mira ihren Weg, griff danach und ging langsam auf seinen Tisch zu. Ihr Puls rauschte in ihren Ohren, ihr Atem beschleunigte sich, ihre Knie waren so weich wie Butter. So sehr sie versuchte cool zu bleiben, es gelang ihr nur bedingt. Sie wartete auf eine Reaktion von ihm, wenn er sie bemerken würde, doch seine Augen hingen weiter gebannt auf seinem Buch und er hatte noch nicht einmal aufgesehen. Mira kämpfte sich durch die eng stehenden Sessel und näherte sich ihm Schritt für Schritt.

Die anderen Mädchen, eine nach der anderen, wurden nun aufmerksam und nahmen Anteil an diesem Spektakel. Alle Blicke ruhten auf ihr und niemand wollte den Ausgang dieser Begegnung verpassen.

Mira bekam von dem nichts mehr mit, sie schob den letzten Stuhl beiseite und stand nun vor ihm. Sie fühlte, wie ihr Herz sprang, ihr Magen sich drehte und ihre Gedanken keinen Sinn mehr ergaben. Sie hatte vergessen, was sie sagen wollte. Sie starrte ihn an und spürte, dass sie ihn in Verlegenheit brachte. Er ließ die Haarsträhnen in sein Gesicht fallen und vergrub sich hinter seinem Buch. Noch immer schien er nicht zu merken, wer ihm das Glas überbrachte. Mira ließ sein Getränk auf den Tisch knallen und stellte sich direkt vor ihn. Sie versperrte seinen Weg, indem sie sich an seinen Sessel lehnte und war ihm so nah wie noch nie. Der Abstand wurde so gering, dass sie seinen Geruch einsog und zu fühlen meinte, wie sein Herz raste. Erst jetzt bekam sie seine Aufmerksamkeit. Langsam wandte er seinen Blick von seinen Schriften und sah auf Miras Schuhe. Er ahnte, dass es nicht die Kellnerin war, die sonst routiniert das Glas abstellte und mit ihren klackernden Halbschuhen zügig zum nächsten Tisch lief. Mira verschränkte die Arme. Er sah nicht in ihr Gesicht, er sah auf ihre Knie, auf ihr Kleid. Mira spürte seine Unsicherheit, dass er nun wohlmöglich ahnte, wer da vor ihm stand. Dann sah er auf seinen Gin Tonic und erstarrte. Er wusste, sie würde nicht gehen, sie würde nicht von ihm lassen. Ignoranz war seine letzte Waffe. Er nahm einen großen Schluck, stellte das Glas wieder zurück, nahm sein Buch zur Hand und begann erneut zu schreiben. Mira hatte mit einer derartigen Reaktion gerechnet und beugte sich zu ihm hinüber. Sie versuchte zu erkennen, was er so eilig schrieb. Der Stift stoppte auf dem Papier. Er fühlte ihre Wärme, ihren Atem. Sie war ihm so nah, zu nah. Er konnte nicht denken und handelte instinktiv. Er knallte das Buch zu und legte es auf den Tisch. Er sah starr geradeaus und bemerkte jetzt erst die Blicke der anderen. Seine Hände zappelten nervös und spielten mit den Bändern an seinem Arm. Er wollte diese Aufmerksamkeit nicht und das war auch das Letzte, was er hier suchte. Es war vorbei! Mira fühlte seine Angst und wollte ihm helfen, lockerer zu werden. Sie war geübt im Umgang mit unsicheren Kunden, beugte sich erneut zu ihm hinüber, legte ihre Hand auf sein Knie und flüsterte in sein Ohr:

„Was du auch immer brauchst, ich kann es dir besorgen. Ich tue, was du willst!"

Sie fühlte seine Scheu und konnte nun das nervöse Vibrieren auf seinem Knie spüren. Er zuckte die ganze Zeit aufgeregt, als würde er innerlich einen Marathon laufen, doch plötzlich stoppte das Zittern in seinem Bein und sein Körper erstarrte. Es war nur ein Bruchteil einer Sekunde. Er sah sie an, direkt in ihre Augen. Es war ein Blick, der sie durchbohrte. Seine Augen, seine Nase, sein Lippen, alles war so vollkommen. Er war so schön, dass ihr der Atem stockte und ihr einfach so ihr Selbstbewusstsein nahm. Die Mission schien vergessen. Sie fand keinen klaren Gedanken und kein Wort wollte über ihre Lippen. Seine blauen Augen sahen sie voller Vorwürfe an und kamen näher. Dann ging alles ganz schnell. Er nahm blitzartig sein Buch, schnappte im gleichen Moment nach seiner Jacke, drückte sich nach oben und riss Mira zu Boden. Ohne zu bezahlen rannte er zur Tür hinaus und verließ fluchtartig das Haus. Mira lag auf dem Rücken und sah ihm nach. Die anderen Frauen waren erschrocken. Für einen Moment wurde es ganz still im Raum, nur der CD-Spieler lief. Lorna kam zur Besinnung und eilte Mira zu Hilfe. Die hohen High Heels machten das Aufstehen schwierig. Lorna fluchte:

„So ein Idiot! Was bildet der sich ein?"

Doch zu Lornas Erstaunen war Mira nicht mal böse.

„Lass nur! Es ist ja nichts passiert. Ich glaube, das war das letzte Mal, dass wir ihn gesehen haben! Wenn ich mich bedrängt fühle, reagiere ich genauso."

Mira lächelte schwer, klopfte den Schmutz von ihrem Kleid und sah in die starrenden Blicke der Gäste. Die Frauen kicherten und tuschelten. Mira nahm Lornas Hand und ließ sich zurück an den Tresen führen. Sie bekam zur Beruhigung ein Glas Wasser und eine liebevolle Umarmung. Die Frauen hatten ihren Spaß und ihre Schadenfreude wurde besänftigt.

Mira tat so, als würde es ihr nichts ausmachen, als wäre er ein Vollidiot von vielen, nur ein Strich auf einer Liste, doch in ihr hallte die Begegnung nach. Sie versuchte den Rest des Abends, ihren Job zu machen und den Gedanken an diesen Kerl zu verbannen. Doch so sehr sie sich auch bemühte, er war nicht aus ihrem Kopf zu bekommen. Normalerweise hätte sie einem Freier nach dieser Reaktion ihren Schuh hinterhergeworfen, vielleicht gleich in die Eier getreten oder nach den Türstehern gerufen, aber dieser Moment, als sie in seine Augen sah, entschuldigte alles. Zu gern hätte sie gewusst, was er gedacht hat. Aber es war jetzt auch egal. Nur eines war sicher, dass er nie wieder hierher zurückkehren würde.

Nach Miras Feierabend schlotterte sie nach Hause, mit viel Wehmut und Enttäuschung im Gepäck. Als sie ihre Haustür aufschloss, war ihr noch nicht nach schlafen. Sie brühte sich einen Tee auf, öffnete ihr Fenster und sah dem Sonnenaufgang entgegen. Sie lehnte sich gegen den Fensterladen und träumte sich davon. Sie dachte an seine Augen, an diesen einzigartigen Moment. Sie arbeitete schon so viele Jahre als Hure, aber so etwas war ihr noch nie wiederfahren. Sie grinste, war darüber irgendwie glücklich. Jeder Mann glaubt, eine Frau brauche guten Sex, Blumen oder Parfüm, manchmal ist es einfach nur ein Blick, der einem den Schlaf raubt und glücklich macht. Nicht mehr und nicht weniger.

Mira holte der Schlaf erst zum Mittag ein. Sie wollte nur ein paar Stunden ruhen, doch der Körper nahm sich das, was er brauchte und ignorierte das Sonnenlicht und das Klingeln des Weckers. Es war bereits halb neun. Mira schreckte auf. Ein paar Kinder aus der Nachbarwohnung drehten die Musik so laut auf, dass die Gläser im Schrank tanzten. Sie rieb sich die Augen, wollte nicht so recht glauben, was die Zeiger ihr für eine Zeit anboten, doch als sie begriff, fiel ihre Routine wie ein Kartenhaus zusammen. Es war kaum noch Zeit, was zu essen. Sie packte sich die grobe Salami und ein kleines Stück Schinken in die Handtasche, Zigaretten, Zahnbürste und noch eine

Packung Kaugummis. Sie hechtete in den Flur, warf sich ihren Schal um den Hals, zog eine viel zu dünne Jacke an und schnürte sich die Schuhe zu. Sie eilte durch das Treppenhaus und lief über den matschigen Sandweg. Schon jetzt war sie ganz außer Atem und bremste sich aus. Sie dachte an ihren gemütlichen Sonntag, ihren lang ersehnten freien Tag und wurde mit jedem Schritt langsamer. Dann erinnerte sie sich an gestern und an Juris Worte. Und schon gab es keinen Grund mehr, in Eile zu sein, keinen Grund mehr, sich hübsch zu machen, keinen Grund mehr, rechtzeitig da zu sein. Sie wäre am liebsten wieder umgedreht, aber den Tag würde sie auch noch durchstehen. Miras Gang wurde immer ruhiger, bis sie die Zeit vergaß und gemütlich zum Bordell schlenderte. Provokativ kam sie eine halbe Stunde zu spät und begrüßte die Türsteher mit einem Lächeln. Sie zog sich Stufe für Stufe am Geländer empor und erklomm angestrengt die erste Etage. Sie hörte die Frauen im Gastraum lachen und dachte - noch einen Grund mehr, sich Zeit zu lassen. Sie schloss die Tür ihres Zimmers auf und sah sich um. Sie hatte keine Lust. Sie wollte niemanden sehen, nichts hören, einfach nur mit ihrem schönen Gedanken alleine sein, ihn nicht betäuben, ihn einfach nur genießen. Dann sah sie in den Spiegel, begutachtete ihre dunklen Augenringe, ihre fahle Haut, die stumpfen Lippen. Sie bürstete ihr Haar und spielte mit einer Haarsträhne. Sie musterte sich genau und fragte sich, ob überhaupt ein Mann außerhalb dieser Mauern imstande wäre, sie zu lieben, so jemanden zu vergöttern, so ohne Maske und Mieder? Mira sah auf ihre eingefallenen Wangen und die kleinen Falten unter den Augen. Sie konnte sich nicht vorstellen, dass das jemandem gefallen würde. Sie sah so

blass aus, krank und viel zu mager. Wenn sie andere
Mädchen auf der Straße mit sich verglich, fühlte sie
sich so viel älter. Sie war ausgezehrt und verlor mit
jedem Jahr hier an Glanz. Wie eine Blume, die zu
welken begann. Für Mira war es ein Albtraum, mit
Fortschreiten ihres Alters daran zu denken, für immer
hier arbeiten zu müssen. Als alte Dame, fett und hässlich, bettelnd um jeden Schwanz, für ein paar Mark
lutschen und ficken zu können. Sie schüttelte angewidert den Kopf. Doch was war die Alternative? Sie
konnte schlecht schreiben und lesen, hatte weder eine
Ausbildung noch einen Schulabschluss. Es gab keine
Alternative! Mira raufte sich die Haare. Die Endkonsequenz war: hier alt zu werden, für immer allein,
ohne liebenden Ehemann, verschrumpelt, blass und
betrunken zu jeder Zeit. Was für Zukunftsaussichten
mit fünfundzwanzig Jahren, seufzte sie. Also tat sie
das, was sie am besten konnte. Sie puderte ihr Gesicht, trug Rouge und Make-up auf, betonte ihre Augen, schnürte die Korsage fest, zog den Rock hoch,
quetschte sich in die High Heels und zog das Bett
zurecht. Mira wurde wütend und warf das eingeschlagene Kopfkissen in die Ecke. Ein Mann, ein Blick und
schon wurde sie emotional. Es war doch gut, wie es
war! Ihr fehlte doch nichts! Warum suchte etwas in
ihr nach Dingen, die sie traurig machten? Sie hatte
viele Jahre ohne sensible Momente überdauert und
Gründe für Tränen gab es genug. Ihr ging es doch gut
hier! Sie hatte ausreichend zu essen, ein Dach über
dem Kopf, schöne Kleider, Schuhe, konnte jeden
Abend trinken und hatte Sex mit unzähligen Männern,
wann immer sie wollte. Ihr Leben war gegenwärtig
einfach, aber erfüllt. Warum sollte sie das in Frage

stellen? Wozu und für wen? Sie hatte nichts gewonnen und konnte auch nichts verlieren.

Letzte Schicht für diese Woche! Es war schon dreißig Minuten nach Zehn, Zeit sich unten einzureihen und alte Gewohnheiten aufzufrischen. Mira klackerte mit den viel zu hohen Schuhen die Treppe hinunter. Als sie in den Gastraum schlich, waren bereits die ersten Gäste eingetroffen und bedient. Ihr Fehlen blieb anscheinend unbemerkt und somit ohne Konsequenz. Da nichts zu tun war, setzte sie sich an den Tresen und verlangte nach einer Flasche Sekt. Es gab nichts zu feiern, es war nur der Versuch, ihre Zukunft etwas erträglicher zu gestalten. Die Woche war fast überstanden und mit jedem Schluck rückte der Sonntag in spürbare Nähe. Sie kauerte auf ihrem Barhocker und sah sich um. So sehr sie sich auch dagegen wehrte, letztlich suchte sie ihn, doch seine Ecke blieb leer.

Verstohlen sah sie zur Uhr. 23 Uhr. Das war noch nicht seine Zeit und sie vergaß erneut ihren Vorsatz, den Typen endlich abzuhaken. Schluss jetzt, ermahnte sie sich und wippte ein wenig im Takt der Musik. Doch als sich der Vorhang das nächste Mal hob, drehte sich ihr Kopf schneller zur Tür, als ihr lieb war. Enttäuscht blickte sie zurück und war wütend auf sich selbst. Das war doch albern! Sie trank das Glas leer und füllte es erneut. Sie musste lernen, die Situation zu akzeptieren, sich zu beruhigen und wieder klarzukommen. Ab jetzt wollte sie sich beweisen, dass sie ein großes Mädchen war. Die Zeit verstrich und es war besser, diese sinnvoll verstreichen zu lassen. Sie spielte mit der Serviette, rollte sie zwischen ihren Fingerkuppen hin und her und versuchte der Versuchung zu widerstehen. Als sich der Vorhang hob, schnellte ihr Blick zurück und schon währenddessen fluchte sie aus vollen Zügen. Ihr Herz rollte sich wie in einer Schale, die Spannung, wen der Vorhang verbarg, war kaum auszuhalten. Als der Schatten das Gesicht preisgab, fühlte es sich noch schlimmer an als beim ersten Mal. Was sollte sie nur mit sich machen. Ihre kindische Art nervte sie ja selber. Erneut füllte sie ihr Glas auf und leerte es in einem Zug. Verdammt nochmal, er war ein Fremder, sie kannte ihn doch gar nicht! Wie konnte denn ein Blick einen so aus dem Konzept bringen? Mira belächelte ihr dummes Denken und sah gelangweilt nach den anderen Mädels, die brav und engagiert mit dem Trieb ihrer Kunden spielten, sich wie billiges Vieh anboten und lächelnd jeden anzüglichen Kommentar hinnahmen. Sie griff nach ihrem Glas und beobachtete die Uhr, die mit den viel zu langsamen Zeigern.

Nach einer gefühlten Ewigkeit wurde Mira aus ihren Träumen gerissen. Lorna war gerade mit einem Gast fertig und stürmte euphorisch zurück zur Bar. Ihr Kunde hatte ihr 50 Mark Trinkgeld gegeben. Ein vermögender Immobilienmakler, mit einem schicken Porsche und einem maßangefertigten Anzug, hatte die ganze letzte Stunde mit ihr verbracht. Lorna sah sich gedanklich schon freigekauft und mit wehendem Haar auf dem Beifahrersitz. Sie präsentierte Mira stolz eine goldene Halskette, die der Typ extra für sie gekauft hatte. Mira lächelte anerkennend und spielte mit dem Anhänger.

„Nicht schlecht und wenn er dich freikauft, dann frag ihn, ob ihr eine Putze braucht, ich komme mit. Dich gibt es nicht allein!"

Lorna lachte und zog Mira vom Stuhl.

„Jetzt hör auf, dich jeden Abend volllaufen zu lassen. Wenn du dich nicht immer so abschießen würdest und etwas wählerischer bei deinen Männern wärst, wäre bestimmt auch jemand dabei, der für dich in Frage käme. Jetzt lass uns tanzen gehen!"

Mira griff zu ihrem Glas und setzte sich zurück auf ihren Stuhl.

„Lass mich, ich mag heut nicht. Mir ist nicht nach tanzen. Sei nicht böse, aber du kannst mich hier gern sitzen lassen."

„Spielverderber!"

Lorna ließ Mira seufzend am Tresen zurück und von ihrem Geld die Korken knallen. Die Mädchen waren wie aufgedreht, tanzten wild mit den Gästen und vergaßen für eine Weile ihren Job. Sie waren in diesem Moment einfach nur jung und frei. Mira lächelte, aber sie konnte sich heute einfach nicht aufrappeln. Ihr Glückspulver war alle und der Türsteher konnte auch nicht aushelfen. Erneut hob sich der Vorhang. Wieder ein gewöhnlicher Gast, wieder nicht das Gesicht, was sie erwartete. Mira hatte gehofft, er hätte seine Meinung noch einmal geändert. Und als sie so in Gedanken schwelgte, bemerkte sie nicht, wie sich einer der Freier an sie heranpirschte. Er war groß, stämmig und ungefähr Ende 30. Mira kannte seinen Namen nicht, sie wollte ihn auch nicht wissen. Er roch unangenehm und hatte eine penetrante Art. Sie nippte an ihrem Glas und spürte, wie er ihr über den Rücken fasste, er stellte sich vor sie und ließ seine Zunge über den Glasrand gleiten. Mira starrte ihn fragend an. Seine Hände waren ungepflegt, seine Klamotten schmutzig, sein Schweiß lief ihm über das Gesicht. Er lächelte und schien ganz auf Droge. Seine Pupillen waren geweitet und sein rechtes Auge zuckte die ganze Zeit. Er schnalzte ständig mit der Zunge und wollte sie jetzt gleich. Mehr als ein „Ficken für n 20ziger?"

bekam er nicht über die Lippen. Mira war das einfach zuwider, sie drehte ihm ablehnend den Rücken zu und griff nach dem Glas. Der Typ war nun in seinem Stolz verletzt und zog sie am Arm zurück. Mira drehte sich um und entlud ihren angestauten Frust in einer Ohrfeige. Der Typ wich zurück und holte ebenfalls zum Schlag aus. Mira zuckte, fiel nach hinten und riss ihren und ein paar andere Barhocker zu Boden. Es knallte! Aus dem Schock heraus schrie sie nach den Türstehern, die wie ein Rudel Wölfe in den Gastraum stürmten und sich bedrohlich vor dem Fremden auftürmten. Der Typ pöbelte die Gäste an, die Mira zu Hilfe kamen. Störenfriede waren hier nicht geduldet und so kostete es die Türsteher ein müdes Lächeln und wenig Kraftanstrengung, den Mann aus dem Laden zu tragen. Der Typ war aufgebracht, schrie durch den Raum zusammenhanglose Beleidigungen, doch eines konnte man unmissverständlich verstehen:

„Du Dreckshure, ich warte draußen ….Ich bringe dich um!"

Mira hatte schon einiges erlebt, aber solche Abgründe hatten sich bis jetzt noch nicht aufgetan. Sie war geschockt, genau wie der Rest der Leute. Nach einigen Minuten hatte sich die Situation entspannt und jeder machte dort weiter, wo er aufgehört hatte. Bis in die Morgenstunden verbrachte Mira den Abend an der Bar, ließ sich volllaufen und beobachtete das angeregte Treiben der aufgedrehten Damen. In dieser Nacht war es nur ein Freier, der sich in ihr Zimmer verirrte und eher notdürftig versorgt wurde. Lutz war Pole, LKW Fahrer und derzeit ohne Auftrag. Er schlich sich immer aus dem Haus, wenn er glaubte, seine Frau würde schlafen. Er wohnte nicht weit vom Bordell entfernt, daher trug er, trotz der Temperaturen, nur

eine Jogginghose und ein lockeres Shirt. Mira
schmunzelte. Wie manche Männer kurz um die Ecke
fahren, um Zigaretten zu besorgen, so fuhr Lutz kurz
zum Vögeln. Das war schon verrückt, doch verrückt
waren sie ja alle. Lutz vergnügte sich mit der Missio-
narsstellung und kam schon nach fünf Minuten. Ihn
störte es nicht, dass er für eine Stunde zahlte und dennoch das Bordell schon nach zwanzig Minuten wieder
verließ. Schließlich wollte er nicht, dass sich seine
Frau Sorgen machte oder was mitbekäme. Sie war ja
eine Herzensgute, wie er immer wieder beteuerte, er
liebte sie abgöttisch, sein Handeln entschuldigte er mit
ihrer Zurückhaltung in Sachen Zärtlichkeit. Im Alter
würden Intimitäten schließlich nur noch selten ausgetauscht. Irgendwann entwickelt sich jede Ehe zu einer
Zweckgemeinschaft, die harmonisch ist, aber dennoch
öde. Er verabschiedete sich mit einem Bussi auf die
Wange und entschwand über den Hinterausgang zurück in sein warmes Heim.

Zu Hause, das war auch Miras Gedanke. Sie
konnte ihren heiligen Sonntag nicht länger erwarten.
Es war schon 5 Uhr morgens und es würde nicht mehr
lange dauern, bis sie diesen Sonntag endlich erleben
durfte. Sie torkelte die Treppen hinunter und begutachtete das Ergebnis einer wilden Nacht. Die Mädchen hingen im Gastraum herum und lachten überdreht. Lorna stand vor ihnen, machte Faxen und unterhielt mit alten Geschichten. Als sie Mira sah, zerrte
sie sie zu sich an die Seite. Mira war das unangenehm
und so zappelte sie verlegen mit den Händen. Agata
stürmte mit einer Flasche Wodka auf sie zu.

„Komm Mira, ich war gestern etwas schroff. Ich
möchte mit dir anstoßen."

Mira war über Agatas Angebot etwas überrascht. Sie glaubte schon lange nicht mehr an das Gute in ihr. Sie stieß mit ihr an und versuchte sich in Sympathie. Doch wenn sie ehrlich war, lauerte sie nur auf ihre nächste Spitze, und diese Erwartung wurde schon bald bestätigt. Gerade als Lorna mit ihren Geschichten in Fahrt kam, übernahm Agata abrupt. Sie sah in die Menge und versuchte sich auf gleichem Niveau als Entertainer, doch außer einem müden Lächeln wollte niemand so richtig ihren Humor verstehen. Man konnte regelrecht zusehen, wie sich die Wut in Agata bündelte und sie zum Gegenschlag aushole. Wenn sie schon nicht mit eigenen Stories unterhalten konnte, dann eben mit Witzen auf Kosten anderer.

„… Jetzt stellt euch mal vor, wenn nur Frauen mit Miras Charme hier arbeiten würden… wir hätten hier jeden Tag Schlägereien und verliebte Freier, die Brause trinken und nur zum Gucken herkommen… "

Die Menge feierte, trommelte vor Lachen mit den Füßen und Mira gab ihr diese Minute des Ruhms. Agata wendete sich mit geschwellter Brust zu ihr.

„Ach, Mira, du bist schon eine. Machen das die Typen den ganzen Abend bei dir im Zimmer, dich anstarren? Pflegst du so eine Art Pantomime-Show, indem du alles nur vorspielst, was du im Bett so machen könntest? Und - lass mich raten, danach müssen sie sich schön selber einen runterholen."

Das Lachen der Mädchen heulte erneut auf und Mira sah Agata nur gelangweilt in die Augen. Was hatte sie sich auch eingebildet. Dass sich der Teufel doch noch zu einem Engel mausert. Lorna sah prüfend zu Mira herüber und wusste, dass sie das nicht auf sich sitzen lassen würde. Mira nahm die Flasche Wodka in die Hand und goss sich und Agata ein. Sie prostete in die Menge, schluckte das Gesöff in einem Zug und lächelte.

„Agata, ich staune. Du hast wirklich Potential. Ich sehe es schon vor mir. Agata füllt Hallen mit ihrem Programm. Von der langweiligen Hure zum Entertainer-Stern am polnischen Himmel. Wie läuft es bei dir eigentlich so, kotzen deine Gäste erst, wenn du dich ausziehst oder schon vorher? Ich hatte erst letztens jemanden reden hören, wer Weiber mit großen Burstwarzen ficken will, wäre bei Agata mit ihren riesigen Skoda- Radkappen genau richtig."

Die Mädchen brüllten vor Lachen, nur eine war nicht mehr in Stimmung. Agata schüttete Mira den Wodka ins Gesicht und rannte aus dem Gastraum. Mira lächelte. Das war es ihr allemal wert. Sie leckte nach dem Alkohol in ihrem Gesicht, trocknete sich mit einer Serviette und ließ sich zufrieden in den Sessel fallen. Lorna umarmte sie und war glücklich, die Mira zu erleben, die sie kannte. Spitzfindig, nicht auf den Mund gefallen und immer für einen Spruch zu haben.

Der Abend endete harmonisch in guter Runde mit viel zu vielen Shots und viel zu guten Geschichten. Glücklicherweise blieb Juri dem Bordell fern und ließ die Mädchen in Ruhe. Kaum auszudenken, was passiert wäre, hätte er sie hier rumhängen sehen. Die Mädchen sangen und tranken und genossen ihren Feierabend. Es war eine gelungene Einstimmung in den freien Tag. Mira hatte ihre Sorgen für eine Weile verdrängt und ihr Tagesziel erreicht. Gegen 6 konnte sie die Augen kaum noch offen halten. Sie war so betrunken, dass sie auf dem Sofa fast einschlief. Ohne Ankündigung rappelte sie sich auf, verabschiedete sich unerwartet, lief in ihr Zimmer, griff nur nach ihrer

Jacke und der Tasche, alles andere bereitete zu viel Mühe und stöckelte die Treppe hinunter. Der Gang nach draußen schien endlos, jeder Schritt vor den nächsten war viel zu schwer und dabei noch das Gleichgewicht zu halten, entwickelte sich zu einer fast unlösbaren Aufgabe. Als Mira den Schotterparkplatz überwunden hatte, dachte sie nur, oh je, das waren nur die ersten Meter von vielen. Sie atmete tief durch und kämpfte sich durch das Morgengrauen. Aufgrund des Nebels war die Strecke kaum zu erkennen und zwischen den Bäumen fühlte es sich an wie mitten in der Nacht. Mira schaute irritiert zur Uhr, wie spät war es eigentlich? Doch die Zeiger verschwammen vor ihren Augen und machten ein Ablesen unmöglich. Morgentau lag in der Luft, die kühle Feuchtigkeit kroch an ihren Beinen empor und ließ sie zittern. Das Bordell lag etwas außerhalb des Stadtkerns, nahe der Autobahnauffahrt. Daher gab es nur vereinzelt Laternen, keinen Bürgersteig, streckenweise nur Bäume, unbewohnte Ruinen und vereinsamte Gartenlauben. Das Dunkel machte Mira müde. Der Klang ihrer Schuhe war so eintönig und einschläfernd, dass sie immer wieder stolperte und fast zu Boden ging. Die nächste Laterne war nicht weit. Sie leuchtete mäßig, gab immer nur ein Zucken von sich und dennoch eine Idee, wo der Weg langführte. Die Straßen wurden nur selten erneuert. Große Schlaglöcher ließ der harte Winter zurück und Bäume drückten den Asphalt mit ihren starken Wurzeln nach oben. Ein Teil der Straße war fast unüberwindbar. Mira versuchte eine Pfütze zu umgehen, sprang über eine Wurzel, knickte ein und verlor das Gleichgewicht. Sie ging in die Knie, versuchte sich wieder nach oben zu drücken, dabei rutschte die Handtasche von ihrer Schulter und knallte auf den Boden. Die unzähligen Lippenstifte, der Schinken und die Zigaretten rollten ungehindert auf die Straße. Mira schnaufte genervt und versuchte die verlorenen Habseligkeiten wieder einzusammeln, was ihr in diesem Zustand viel Mühe bereitete. Während sie so kniete und das letzte Stück in die Tasche legte, sah sie im Augenwinkel einen Schatten auf sich zukommen. Er bewegte sich langsam, fast schleichend und kam näher und näher. Tausend Gedanken jagten durch ihren Kopf.

Ich spürte, wie mein Herz schneller schlug. Ich hatte meine Augen weit aufgerissen. Der Schatten war einige Meter entfernt, doch er bewegte sich immer schneller auf mich zu. Ich war erst wie versteinert, doch dann riss ich meine Tasche hoch und meine Beine begannen sich langsam in Bewegung zu setzen. Ich richtete mich auf, sah nicht nach hinten und lief. Im Schatten der Laterne konnte ich sehen, wie mein Verfolger mit mir Schritt hielt. Ich war überfordert. Ich wusste, ich war zu betrunken, um zu fliehen. Meine Beine waren schwer wie Blei und meine Schuhe machten ein Weglaufen unmöglich. Wer ist das, fragte ich mich immer wieder? Wer könnte mir so spät auflauern? War es der Idiot, den sie wegen mir raustragen mussten, oder Agata, die vielleicht einen ihrer gekauften Freunde auf mich gehetzt hatte? Mir wurde schlecht vor Angst und ich machte mich auf alles gefasst. Die schlimmsten und widerlichsten Phantasien kamen mir in den Sinn. Ich lief so schnell ich konnte, versuchte mich nicht umzudrehen. Stolperte und lief eilig weiter. Ich sah zum Fluss, wechselte die Straßenseite. Doch der weiche Boden und die vielen Wurzeln waren fast unüberwindbar. Ich versuchte so schnell zu laufen, wie ich konnte, doch der Schatten ließ nicht ab von mir, wechselte wie ich ebenfalls auf die andere Straßenseite und holte auf. Es war unnötig, noch einen weiteren Schritt zu tun. Ich hatte keine Chance und egal, welches Schicksal ich heute erfahren sollte, ich wollte wenigstens das Gesicht meines Peinigers kennen, ihm nur einmal in die Augen sehen. Ich nahm all meinen Mut zusammen und drehte mich um. Plötzlich bekam die Gestalt ein Gesicht.

Mira war auf alles gefasst. Sie hielt den Henkel ihrer Tasche fest in der Hand und war bereit, zum Schlag auszuholen. Die Gestalt war nur noch wenige Meter hinter ihr. Sie schlug ins Dunkel und die Tasche prallte an einer Brust ab. Adrenalin schoss durch ihren Körper, ihr Herz pochte so laut, dass man es hören konnte. Der Schatten, ein Mann mit Kapuze stand vor ihr und erstarrte. Mira ging auf ihn zu und traute ihren Augen nicht. Die langen Haaren, der matte Glanz der Lederjacke, die Proportionen, die Nase, der Mund. All das war ihr vertraut.

„Du?"

Sie atmete erleichtert auf und stützte sich kurz auf ihre Knie. Im Schock begann sie auf Polnisch zu fluchen.

„ Gott, hast du mich erschreckt. Bist du eigentlich von allen guten Geistern verlassen, mir solche Angst zu machen?"

Der junge Mann trat verlegen auf der Stelle. Mira war so wütend und plusterte sich auf.

„Du erschreckst mich zu Tode und dann stehst du einfach so vor mir und sagst keinen Ton. Kannst du nicht sprechen. Ist es das?"

Er senkte verlegen seinen Blick und Mira drehte sich genervt um. Einerseits freute sie sich, ihn zu sehen, andererseits hatte sie das so aus der Bahn geworfen, dass sie sich beruhigen musste und fluchte weiter.

„Mir ist das echt zu blöd mit dir. Seit Tagen treibst du dieses Spiel mit mir. Stellst mir die ganze Zeit nach und sagst nichts. Selbst jetzt nicht!"

Sie sah ihn erwartungsvoll an. Doch er verharrte in seiner kindlichen, schüchternen Position, was Mira nur noch aggressiver machte.

„Weißt du was? Eigentlich ist es mir egal. Dann bleib doch stumm, aber lass mich zufrieden. Scheinst das ja sehr unterhaltsam zu finden. Ich habe Schluss, mir ist kalt, ich bin müde und will nur noch schlafen. Gute Nacht!"

Mira schüttelte den Kopf, schob ihre Tasche auf die Schulter, drehte sich beleidigt um und stolperte weiter. Der junge Mann blieb wie ein Schatten an ihr haften und folgte ihr. Mira konnte es nicht glauben. Er tat einen Schritt nach dem nächsten, wie selbstverständlich und ohne ein Wort zu sagen. Nach wenigen Minuten drehte sie sich entnervt um und versuchte es in Deutsch.

„Verdammt noch mal, was willst du?"

Der junge Mann blieb stehen, verharrte mit gesenktem Blick und rührte sich nicht. Mira hatte mit keiner Antwort gerechnet und setzte zum nächsten Schritt an, als nur ein leises….

„ Kann ich dich begleiten?"

… zu hören war. Seine Stimme war warm und tief. Mira blieb stehen. Obwohl sie es forderte, ihn reden zu hören, war es merkwürdig. Die Stimme des Stummen kam so unerwartet. Er sprach also deutsch. Sie wollte ihm eine gepfefferte Antwort geben, aber gerade in diesem Moment fiel ihr nichts ein. Also blieb sie wortkarg und setzte ihren Weg fort. Der junge Mann folgte ihr still. Und so liefen sie über Wurzeln und Geäst, Mira voran und ihr Begleiter mit kleinem Abstand dahinter. Mira konnte sich darauf keinen Reim machen. Die Situation war mehr als ungewöhnlich. Es lag nicht in ihrer Natur, sich dieser Stimmung zu ergeben, doch heute war sie zu müde und wollte nicht diskutieren. Die Morgendämmerung setzte ein und so langsam konnte man die Hand vor Augen sehen. Mira torkelte über den Bürgersteig und sah an sich hinunter. Ihre Haare waren vom Wodka verklebt, ihr Kleid fleckig, ihre Schminke verlaufen und die Jacke ließ sie frieren. Ihr ganzer Körper schüttelte sich. Warum gerade heute, dachte sie sich? Warum in diesem Aufzug? Sie schämte sich und wollte sich nur noch zu Hause verstecken. Sie stöckelte schneller und ertrug das leise Trotten auf Schritt und Tritt. Zwanzig Minuten liefen sie so hintereinander her, bis die Straße in einen Sandweg mündete. Mira bog ein und erreichte ihr Haus. Der Mann sah sich um und blickte auf einen grauen Kasten. Ein Wohnblock, alt und abgewohnt. Ein grüner Zaun umzog den Vorgarten und trennte Hof und Straße. Kurz vor dem Zaun stoppte Mira.

„So, da wären wir."

Mira entging seinem Blick, war bereit, ihn einfach stehen zu lassen und hinter dem Tor zu verschwinden. Sie drehte sich um und kramte in ihrer Handtasche nach dem Hausschlüssel.

„Darf ich mit hochkommen?"

Mira war schockiert und überrumpelt. Für einen Moment verschlug es ihr die Sprache. Sie verstand die Situation nicht, sie verstand ihn nicht. Irgendwas war hier faul. Sie glaubte an eine Falle, vielleicht eine Intrige von Agata und so besann sie sich auf ihre Professionalität und antwortete kurz:

„Nummer außerhalb der Geschäftszeiten ist nicht möglich. Komm doch am Montag wieder bei uns vorbei. Da kannst du mich haben!"

Sie öffnete das Tor und ließ es hinter sich zuknallen. Zügig überquerte sie den Hof und verschwand im Wohnblock. Sie eilte die Treppen hinauf, um wenigstens noch einen Blick vom Fenster aus zu erhaschen. Sie schloss die Tür auf, rannte durch die Wohnung und drückte die Nase gegen das Glas. Er war nur noch entfernt zu erkennen. Sie riss das Fenster auf und verfolgte seine trottenden Schritte den Weg entlang. Er bog auf die Straße und war nicht mehr zu sehen. Er ging und Mira war wieder hellwach. Ihr Herz pochte, zuvor vor Schreck und nun vor Aufregung. Nichts gab Aufschluss darüber, was in seinem Kopf vorging. Die Müdigkeit holte sie wieder ein und brachte sie in ihr Bett, mit dem Gedanken an diesen stummen Typen, den keiner verstand.

3

Der Begleiter

Es war Sonntag, langersehnt und nun endlich da. Mira lag im Bett und wurde langsam wach. Sie döste vor sich hin und kam nur schwer auf die Beine. Anders als sonst, schlüpfte sie in bequeme Kleider, wählte die weite Jogginghose, ein einfaches Shirt, Schlappen und drehte sich die lange Mähne zu einem dicken Dutt. Summend tanzte sie zum Bad, putzte sich akribisch die Zähne, tuschte die Wimpern und lief zurück in die Küche. Sie setzte Wasser auf, öffnete das Fenster und stellte das Radio an. Ein englisches Lied kam und hallte über den Hof. Mira verstand die Sprache nur schwer, also sang sie irgendwelchen Kauderwelsch mit, bereitete dabei mit Vorfreude ein Rührei zu, toastete Brot auf und schnitt ein paar Tomaten dazu. Sie setzte sich einsam an ihren Tisch und genoss die Ruhe, trank ihren Tee, summte das eine oder andere bekannte Lied im Radio mit, beendete ihr ausgedehntes Frühstück, stellte das Geschirr in die Spüle, reinigte den Teller, legte alles gesäubert zurück in den Schrank, ordnete die Lebensmittel nach Größe im Kühlschrank, stellte den Stuhl ran und schloss die Schiebetür. Nachdem der Magen zufrieden knurrte, stöhnte Mira erleichtert auf und streichelte sich zufrieden über den Bauch. Ja, der Sonntag war eindeutig der beste Tag in der Woche und schon jetzt ein Erfolg.

Sie streckte sich, griff nach ihrer Lieblingsjacke, schnürte die Turnschuhe fest und ging vor die Tür. Fröhlich sprang sie die Treppen hinunter, grüßte freundlich einen Nachbarn, einen älteren Herren, der ihren Weg kreuzte und riss die Haustür auf. Für einen Moment genoss sie die Sonnenstrahlen und erst jetzt sah sie auf die Uhr. Es war 14 Uhr nachmittags und sie war glücklich, den Tag nicht verschlafen zu haben. Sie setzte ihren Weg fort, durchquerte den Garten und steuerte auf die Hauptstraße zu. Die ersten Tulpen blühten, das Gras grünte und die Knospen an den Ästen der Bäume wurden zu zarten Blättern. Alles erwachte wieder zum Leben und so herrschte reges Treiben auf den Straßen. Viele Familien waren unterwegs. Mira erreichte eine Kirche, deren Gottesdienst gerade beendet wurde. Sie bahnte sich ihren Weg über den Bürgersteig durch die Menschentraube und stoppte vor einer Marmorfigur, der heiligen Maria, der Mutter Gottes, senkte ehrerbietig ihren Blick, bekreuzigte sich vor der Brust, starrte dann in den Himmel, sendete Küsse empor und lief fröhlich weiter. Normalerweise verbrachte sie ihren Sonntag am Marktplatz in einem kleinen Cafe, nahe des Friseursalons Olga. Doch sie erinnerte sich an den letzten Montag, an die Brücke, die Grenze und die neuen umliegenden Cafes, welche für die herüberströmenden Touristen eröffnet wurden und sich größter Nachfrage erfreuten.

 Sie änderte ihre Route, passierte die kleinen Gassen der kargen Wohnblöcke, erreichte den Damm, nahm den schmalen Fußpfad und beobachtete neben sich den Fluss, der im Vergleich zur letzten Woche nun reißender an ihr vorbeiströmte. Sie hatte nie darauf geachtet, nur gehört von dem sogenannten Pegel, der gegenwärtig immer noch aufgrund des Schmelzwassers bedrohlich stieg. Sie sah in Richtung der Oderwiesen. Die sonst begrünten Sandbänke standen alle unter Wasser, lediglich die herausragenden Bäume erinnerten an diese kleinen Inseln im Fluss. Mira war von diesem Naturschauspiel wie gefesselt und suchte nach kleinen Details, die das Wasser augenscheinlich unter sich begraben hatten. Sie spazierte zu dem naheliegenden Grenzübergang und bog dann in die Fußgängerpassage ein, welche aufgrund der steigenden Besucherzahlen repräsentativ für die Kleinstadt aufgewertet worden war. Unzählige Kleinhändler betrieben hier ihr Geschäft und lockten mit günstigen Dienstleistungen, Devisen, Tabak, Textilien und Alkohol. Restaurants und Cafés boten hochwertige Verköstigung günstig an. Tagsüber herrschte ein großer Andrang am Grenzübergang. Lange Autoschlangen standen zur Zufahrt nach Polen mit Wartezeiten bis zu einer Stunde, daher zogen viele Besucher den Fußweg und die damit verbundenen fünfzehn Minuten Anstehen vor. Vorrangig kamen viele wegen den Zigaretten. Siebzehn Mark für eine Stange, ganz egal, wo der Tabak auch her kam, und ob die Marlboro nun echt waren oder nicht, kümmerte hier keinen. Fast monatlich kam ein Shop dazu, warb mit vierundzwanzigstündiger Öffnungszeit und einem Gratis-Feuerzug für die Kundenbindung. Mittendrin fand sich Mira auf einer der neuen Cafe-Terrasse wieder. Normalerweise schnappte sie sich gleich das aktuelle Tagesblatt und las darin, doch heute war sie ganz gebannt von der kaufbegeisterten Kundschaft, die in Massen nach Polen strömten. Mira machte sich daraus einen Scherz, beobachtete die herannahenden Menschen und lauschte dann, ob diese Deutsch oder Polnisch sprachen. Es amüsierte sie, dass es möglich war zu klassifizieren.

Die Deutschen trugen oft Jeans und Pullover, in der Regel dunkle Farbtöne, sahen blass aus und hatten dauergewelltes bis krauses Haar. Ihre polnischen Landsleute, gerade die Frauen, waren mutig mit Farbe und Haarschmuck. Alles was bunt war, Rüschen und Stickereien zierte, wurde zur Schau getragen. Einige Frauen trugen so hohe Schuhe, dass sich Mira mit voller Bewunderung nach ihnen umsah. In den Jahren als Prostituierte lernt man die Schmerzen auf den hochstöckigen Dingern zu ertragen, aber diese zum Sparziergang zu wählen, schien auch ihr etwas übertrieben. Mira erhielt die Menükarte und versuchte darin zu lesen. In Anbetracht der grenznahen Lage des Restaurants war sie in drei Sprachen ausgestattet, Polnisch, Deutsch und Englisch. Es gab so viele Kaffeesorten, dass sie etwas überfordert war. Sie hörte die Dame neben sich einen Latte Macciato bestellen und wollte es ihr gleichtun. Aufgeregt legte sie die Karte bei Seite, doch dieser neumodische Name wollte ihr einfach nicht über die Lippen gehen.

„Ich hätte gern einen Latte Maschi…. Maki … Maschato… naja, sie wissen bestimmt, was ich meine. Vielen Dank."

Die Kellnerin lächelte, nickte höflich und bereitete ihr eine extra große Schaumportion zu. Als Mira diese neue Art Kaffee bekam, war sie von dem Schneeschaum ganz entzückt und schlürfte ihn, wie ein kleines Kind, von oben weg. Dann nahm sie sich eine Zeitung und suchte mit Milchbart nach Artikeln, die sie interessierten. Auch wenn Lesen zu ihren Schwächen zählte, zwang sie sich, wenigstens drei Seiten durchzuarbeiten. Eher würde sie das Cafe nicht verlassen. Immer wieder machte sie kleine Pausen, nahm einen Schluck und beobachtete die Menschen um sich herum. Die Zeitung bot viel aus der deutsch-polnischen Region. Ein Beitrag handelte beispielsweise über eine Fabrik im deutschen Nachbarort, die zum Verkauf stand. Ein amerikanischer Investor hatte Gelände und Gebäude gekauft und errichtet und wollte diese nun an den Höchstbietenden veräußern. Stadtrat und Politiker debattierten über den wirtschaftlichen Sinn und soziale Aufgaben, die damit verbunden wären. Die Sorge bestünde, dass sich Fremdfirmen ansiedelten, die der Region keinen Vorteil verschafften, sondern Ressourcen benutzten, eigene Mitarbeiter beschäftigten, bis die Fördergelder aufgebraucht waren, welche für den Aufbau Ost gedacht waren und dann wieder verschwanden. Der nächste Artikel handelte von den neuen Vor- und Nachteilen der geöffneten Grenzen. Beispielsweise in der Baubranche gab es Probleme mit polnischen Schwarzarbeitern, die ihre Arbeitsleistung weitaus günstiger verkauften, folglich das Preisniveau zerstörten und gerade kleine bis mittelständische Unternehmen leiden ließen. Andere Branchen, wie Friseur, Kosmetik, Tankstellen, Kfz-Werkstätten waren gleichermaßen betroffen. Es gab aber auch Vorteile. Die neue Situation belebte die Preispolitik und lockte auch viele Polen nach Deutschland. Viele Händler zogen von Haus zu Haus, kauften PKWs, Motorräder, fanden noch Verwendung für alte Elektrogeräte und Möbel. Es waren Zeiten der Anpassung und der Veränderungen, die eben nicht unproblematisch damit einhergingen.

Mira blätterte um und sah kurz in die vorbeiziehenden Gesichter. Plötzlich hielt sie inne und sah gebannt auf Umrisse, die der Statur des geheimnisvollen Mannes gleich kamen. Sie legte die Zeitung aufgeregt beiseite und starrte auf die herannahende Person. Er fuhr sich mit der Hand durch sein Haar und zeigte sein Gesicht. Seine Brauen und die Nase kamen ihm schon recht nah, doch der dunkle Bart sah ihm so gar nicht ähnlich. Desillusioniert nahm sie die Zeitung wieder in die Hand und lehnte sich an. Sie suchte sich den nächsten Artikel. Derweil fragte sie sich, warum sie dieser Mann einfach nicht losließ. Mira reizte dieses Thema mit jedem Tag mehr in der Konsequenz, dass es ganz neue Seiten an ihr hervorbrachte, mit denen sie nicht umzugehen wusste. Sie war froh, mit ihm gesprochen bzw. Wortfetzen ausgetauscht zu haben und glaubte, dass es ihr die beschwerliche Anspannung nehmen würde. Doch das tat es nicht! Sie schwelgte in Gedanken und versuchte das gleichermaßen zu verdrängen. Sie hatte sich so tapfer abgelenkt, alles getan, um sich den Sonntag so erträglich wie möglich zu machen. Nun würde er sie wieder beschäftigen und nichts anderes in ihrem Kopf zulassen. Sie streckte sich, nahm erneut die Zeitung und las den nächsten Artikel. Es waren nur Buchstaben, die keinen Sinn mehr machten. Sie ergab sich dem Willen ihrer Vorstellung ihn zu treffen. Was würde wohl passieren, wenn er Montag wirklich zu ihr käme, wenn er ihr bis in ihr Zimmer folgte, sie vielleicht umarmte oder küsste. Sie war routiniert mit jeder Art von Mann, doch in seinem Fall hatte sie keine Erwartungen, lediglich Fragen. Er war wie ein Buch mit sieben Siegeln. Es gab nichts über seine Motivation Aufschluss. Mira konnte den Montag nicht erwarten. Sie wollte endlich wissen, was er im Schilde führte, wer ihn schickte. Angestrengt ging sie im Geiste die Kleider in ihrem Schrank durch. Nichts war wirklich verheißungsvoll, anmutig oder fraulich, eher glitzernd, bunt und billig. Es sollte eben notgeilen Kunden

schnell auf die Sprünge helfen und nicht Bildung oder
Niveau suggerieren. Mira bezahlte eilig ihren Kaffee
und peilte jede Boutique auf ihrem Heimweg an. Da
Sonntag fast alle Läden geschlossen hatten, konnte sie
lediglich die Ausstellungsstücke durch die Fenster
bewundern und traf eine Vorauswahl der möglichen
Anschaffungen für die nächste Woche. Aufgekratzt
lief sie nach Hause, ging ihren Routinen nach und
legte sich mit ihrem kleinen Kassettenradio schlafen.
Sie schloss die Augen und sah ihn. Ein bisschen Vorfreude war ja erlaubt.

Montag, der Wecker klingelte und Mira stand bereits unter der Dusche. Sie pfiff ein Lied aus Kindertagen und gab sich besonders viel Mühe bei der Körperhygiene. Nichts überließ sie dem Zufall. Sie rasierte, cremte und parfümierte. Wie ein funkelnder Stern verließ sie überpünktlich das Haus. Sie stoppte bei ihrer Lieblingsboutique und kaufte das favorisierte Kleid. Glücklich über das neue Stück, begab sie sich zum Bordell. Selten hatte man sie dort schon eine halbe Stunde vor Arbeitsbeginn angetroffen. Die Türsteher begrüßten sie überrascht, Mira wollte nicht zu viel Aufsehen erregen, lächelte verlegen und ging auf ihr Zimmer. Sie konnte es nicht erwarten, ihr neues Kleid vorzuführen und so setzte sie sich euphorisch an ihren Spiegelschrank, toupierte ihr langes blondes Haar, legte ihr Lieblings-Make-up auf, zog ihre beste Unterwäsche an und warf sich in das neue Kostüm. Es war knielang, in einem leichten Sommerstoff, azurblau, mit langen Ärmeln, vorn hochgeschlossen und der Rücken in einem Wasserfallausschnitt bis zur Hüfte ausgeschnitten. Mira wusste ihre Reize verführerisch in Szene zu setzen und war bereit, den stillen

Mann zu erobern bzw. zu testen, ob er leichte Beute wäre. Sie sah immer wieder zur Uhr und wusste schon gar nicht mehr, wie oft sie noch die Wimpern nachtuschen sollte, um zu erreichen, dass sich die Zeiger schneller drehten. Es war eben noch nicht so spät, wie es eigentlich sein sollte. Die Zeit totzuschlagen war nicht gerade Miras größte Stärke, doch sich früher am Tresen blicken zu lassen, unnütz herumzulungern und auf den Vorhang zu starren, würde zu sehr auffallen, also wechselte Mira zu Dehnübungen und einem Handstand an der Tür, bis das Gestöckel der anderen Frauen den Startschuss in den Abend gab. Sie stürmte die Holztreppe hinunter und war dankbar über jedes ablenkende Gespräch. Während der letzten halben Stunde vergaß Mira ganz das neue Kleid und wurde von den Türstehern beim Herunterschreiten der Treppe beobachtet. Jo, der Dealer, rief sie zu sich. Er lächelte verschmitzt und redete ungewohnt einsilbig daher:

„Ich... ich dachte... wir könnten uns doch auch einmal außerhalb der Arbeit treffen... was meinst du?"

Mira gab ihm einen Kuss auf die Wange und setzte ihren Weg fort. Mehr Bestätigung brauchte sie nicht, um ein gutes Gefühl bei der Wahl ihres Kleides zu haben. Der Türsteher war ein Arsch, hatte mit fast jeder der Frauen schon einmal eine Affäre gehabt und war genauso egozentrisch in Sachen Selbstbestätigung, wie sie es heute war. Sie hatte ein gutes Gefühl, ihm im Namen aller betrogenen Frauen eine Abfuhr zu erteilen. Mira betrat den Raum und ihre Kolleginnen staunten nicht schlecht über ihren Aufzug. Jede begutachtete die aufwendige Verarbeitung, die Qualität. Für Mira konnte der Abend beginnen, sie war guter Laune und mit ihren Waffen ausgestattet. Brav bestellte sie heute Apfelsaft statt Sekt und ließ die Zigaretten in der Handtasche. Ihr erster Kunde hieß Robert. Er war blutjunger Rechtsanwalt, attraktiv, zeitlich stark eingespannt und ungefähr einmal im Monat ihr Gast. Er bevorzugte den Gang zum Puff, statt Frauen unglücklich zu machen. Das würdigte Mira und nutzte die Gelegenheit über die Türsteher zu lästern, die beides ganz gut konnten. Robert war ehrlich und unkompliziert, eben ein angenehmer Gast, den es nicht galt zu verschmähen. Die Unterhaltung beider war anregend und Mira glänzte in der ersten Stunde als ein Beispiel für gute Arbeit. Doch bei aller Professionalität ließ sie den Uhrzeiger nicht aus den Augen. Der Vorhang hob und senkte sich, doch von dem Fremden keine Spur. Sie wusste ja, dass es noch viel zu früh war, eben nicht seine Zeit. Doch andererseits hoffte sie, dass ihre Begegnung das Eis vielleicht brechen würde, ihm Mut gäbe, sie vielleicht selbstsicher auf ein Glas Gin Tonic einzuladen oder ihr von seinen Notizen zu erzählen. Sie klammerte sich an diesen Gedanken und verdrängte, dass er das Bordell vielleicht nie wieder besuchen würde, weil er nicht bekam, was er wollte. Sie hätte gern noch mehr Zeit in Gedanken an diesen stillen Mann vertan, doch Robert entdeckte ihren Ausschnitt und wollte nicht länger warten. Höfflich bat er Mira um Zweisamkeit und konnte ihr gar nicht schnell genug auf das Zimmer folgen. Nach dem, was er erzählte, war er nicht nur ein tüchtiger Rechtsanwalt, sondern auch flink und hektisch. Und eben diese Arbeitseinstellung brachte er auch in die gegenwärtige Stunde ein. Er legte ein zügiges Arbeitstempo vor und schob Mira flott durch die Kissen. Bei dem ganzen Rumgeschaukel hatte sie

Mühe, ihre Frisur zu schützen. Sie versuchte die Stöße mit steifem Hals auszubalancieren, so dass nicht alles durcheinander geriet. Es galt, die Hochsteckfrisur mit hohem Einsatz und starken Nackenverspannungen, die an ein Schädelhirntrauma erinnerten, zu verteidigen. Nach einer halben Stunde tobenden Sturms war das Wunder vollbracht und die Frisur einigermaßen gerettet. Nach dem Akt war es eigentlich Ritual, dass sich Mira noch kurz mit dem Gast austauschte, Small Talk hielt, doch heute suchte sie eilig das Ende der Unterhaltung, um schnell genug wieder unten am Tresen zu sein. Sie verabschiedete Robert, wartete, bis seine Schritte verstummten, drapierte die Kissen, ließ die letzten Spuren von ihm verschwinden und eilte dann wieder hektisch zur Bar zurück. Dort eingetroffen, sah sie sich um und suchte nach ihm. Doch Fehlanzeige! Und zu allem Übel war heute auch Jens, der Fitnessguru im Hause und ebenfalls von Miras atemberaubendem Ausschnitt angetan. Er stellte sich zu ihr und nahm sie als Begrüßung in den Arm. Mira war heute für Vieles bereit, doch nicht für zwei Liter fremden Schweiß auf ihrem Körper. Sie lehnte höflich ab und setzte sich zu einem fremden Kunden. Während ihres Verhandlungsgespräches tauchte Juri auf. Er begutachtete die Mädchen und war sprachlos über Miras Kehrseite. Für einen Moment hatte er sie gar nicht erkannt. Verglichen mit den anderen Huren, strahlte sie so viel mehr Weiblichkeit und Klasse aus, dass es ihm den Atem raubte. Er stand eine Weile am Tresen und beobachtete sie, wie sie lächelte, mit dem Kunden spielte. Ihre Bewegungen waren so weich, schüchtern und verletzlich. Er liebte sie noch immer. Es war schon eine Weile her, dass sie ihre Sachen gepackt und bei ihm ausgezogen war, doch er vermisste ihren

Geruch, ihre Haut, ihre Lebendigkeit. Agata stürzte auf ihn zu und versuchte, das Geschehen am Samstag in eine nette Geschichte zu packen, um Mira in ein schlechtes Licht zu rücken. Doch Juri hatte kein Gehör für sie, ließ sie kommentarlos stehen, ging zu Mira herüber und stellte sich an ihre Seite. Mira bemerkte ihn erst nicht, unterhielt sich angeregt, fühlte plötzlich Juris Hand auf ihrer Schulter und drehte sich überrascht um. Seine plötzliche Wandlung in einen zahmen Wolf war ihr bekannt, doch nun fühlte sie sich überrumpelt. Es war nicht seine Art, das Geschäft zu stören und seine Frauen von der Arbeit abzuhalten. Mira sah auf seine Hand und dann in seine kühlen Augen. Sein Gesicht war ausdruckslos und ließ nicht erkennen, was los war.

„Kann ich mit dir sprechen?"

Mira war irritiert, empfand das dem Gast gegenüber als unhöflich und flüsterte ihm leise zu:

„Juri, ich habe zu tun. Das siehst du doch."

Entgegen seinem Verhalten der letzten Woche war er sanftmütig und strich ihr vorsichtig über den Rücken. Seine Stimme war leise. Er drehte sich um und lief voraus, Mira wusste, sie hatte keine Wahl, entschuldigte sich höflich und folgte gehorsam. Juri lief über die Tanzfläche, hob den Vorhang, öffnete die Tür, ließ sie hindurchschreiten und ging dann die Treppe hinauf, was Mira verwunderte, war doch sein Büro gleich gegenüber. Er stellte sich vor ihr Zimmer, wartete, bis sie aufsperrte, betrat den Raum und setzte sich auf das Bett. Mira schloss die Tür hinter sich und blieb skeptisch mit großem Abstand vor ihm stehen. Juri ließ den Blick schweifen, stand auf und begutachtete die Utensilien in ihrem Raum. Mira war nervös. Was hatte er vor, was war los?

Für eine Weile war es still, was Mira noch mehr aufwühlte. Dann drehte er sich zu ihr, sah sie durchdringend an und musterte sie von oben bis unten:

„Ich weiß, dass du dich hier nicht mehr wohl fühlst. Ich habe mir überlegt... also... ich denke ... wir sollten das Zimmer hier renovieren. Du magst es ja, wenn alles ordentlich und sauber ist."

Mira machte große Augen. Juri legte das Geld gern für sich selbst beiseite, für edlen Schmuck und teure Karossen. Investitionen in Zimmer und Kleidung sah er meist als unnötig an. Es war nur ihre Arbeitsstätte, daher hielt sich ihre Begeisterung in Grenzen. Letztlich war es eine Investition in sein Geschäft und nicht in sie. Sie nickte zustimmend und wollte die Tür öffnen, um schnell wieder nach unten zurückzukehren, da hielt sie Juri am Arm fest und zog sie sanft an sich heran:

„Dein Kleid ist schön. Von wem hast du es?"

Verwundert hielt sie inne.

„Ich habe es mir gekauft."

Er drehte sie zu sich und hob ihr Kinn mit seiner großen Hand nach oben:

„Du bist so schön."

Mira traute ihm nicht. Sie durchlebte solche Momente ein-, zweimal im Jahr. Sie wollte vor dieser Situation fliehen, wich nach hinten, doch Juri ließ sie nicht gehen und griff erneut nach ihr.

„Mira, ich... ich vermisse dich... ohne dich ist es so einsam zu Hause. Ich brauche dich."

Miras Blick war eisern: „Du brauchst eine Putze, mehr nicht."

Juri schmunzelte: „Das ist nicht wahr. Gib mir noch eine Chance. Es bleibt wie es ist, du hast deine Wohnung, ich meine, du behältst deine Freiheiten, dafür arbeitest du nur an drei Tagen und wir können uns wieder öfter sehen."

Dann ging Juri auf sie zu und umarmte sie. Er war riesig und seine Arme waren so mächtig, warm und einvernehmend, dass es Mira die Luft zum Atmen nahm. Für einen Moment war sie in seinem Bann und ließ diese Nähe zu. Sie war vertraut und dennoch gefährlich. Sein Gesicht suchte ihres und dann küsste er sie. Seine Lippen waren weich, seine Zunge spielte sinnlich mit ihrer. Er war ein guter Liebhaber, das konnte man nicht bestreiten, doch es war nur die Ruhe vor dem Sturm. Er hob sie in die Höhe, setzte sich mit ihr auf das Bett und seine Küsse wurden stürmischer. Er fühlte ihren Rücken, streifte ihr das Kleid von der Schulter. Seine Berührungen wurden intensiver, er griff in ihre Haare und küsste ihren Hals. Dieser Griff war für ihn nur ein Zeichen bedingungsloser Leidenschaft, Mira erinnerte es schmerzlich an ihren Geburtstag. Er nahm sie, legte sie auf das Bett und beugte sich über sie. Mira hatte die Bilder vor Augen, wie er ihr noch letzte Woche ins Gesicht schlug, sie zu Boden warf, ihr die Haare büschelweise herausriss und brutal in sie eindrang. Mit jedem Kuss, mit jeder Berührung kamen diese Bilder wieder. So sehr sie auch dagegen ankämpfte, gegen ihre Tränen war sie machtlos. Sie kullerten über ihre Wange und Juri wich zurück. Er sah sie prüfend an: „Was ist los?"

Mira sah beschämt zur Seite: „Ich kann das nicht mehr."

Verwirrt richtete er sich auf: „Was meinst du?"

Mira hatte Angst es auszusprechen, aber ihr Herz vermochte nicht länger zu schweigen.

„Ich kann nicht mehr mit dir zusammen sein, dich küssen, mit dir schlafen, deine Schläge ertragen, deine

Wut erdulden. Wenn du mich je geliebt hast und dir unsere Vergangenheit genauso viel bedeutet, dann lass uns einen Neuanfang als Freunde wagen."

Juris Augen glühten, ihre Worte schockierten ihn, er wollte das nicht hören, nicht akzeptieren. Er sprang auf und tobte: „Du fickst hier mit jedem und bei mir sagst du, du kannst es nicht?"

Mira sah ihn enttäuscht an, sein Satz war vernichtend und ließ das Quäntchen Hoffnung auf ein Stück Würde vergehen. Sie schob den Ärmel über ihre Schulter und richtete ihr Haar.

„Du bist eine Scheißhure, nicht mehr. Ich hätte dir die Fresse richtig polieren sollen, damit du mal wieder zur Besinnung kommst. Du kannst mich mal. Dich brauch ich nicht. Du Stück Scheiße. Aus der Gosse hab ich dich geholt und das ist der Dank? Verrecke, du Hure…"

Er sprang auf, riss die Tür auf und knallte sie hinter sich zu. Seine wütenden Schritte waren bis unten in den Flur zu hören. Erst dann brach Mira in Tränen aus. Was war mit ihr geschehen? Sie dachte, sie hätte diese emotionale Phase übersprungen und nun rollte es wie ein Tornado über sie hinweg. Mira konnte sich einen Moment kaum beruhigen. Sie wischte sich die Tränen aus dem Gesicht und versuchte sich herzurichten. Ihr Kopf war leer und jeder schöne Gedanke vernichtet. Sie kehrte zurück an ihren Tresen-Platz und saß ihre Zeit ab. Sie trug so viel Wut in sich, dass sie selbst Lorna nicht an sich heran ließ. Die hatte sich mit ihrem Immobilienmakler fast den ganzen Abend vergnügt und kam nun mit tausend Herzchen in den Augen zu ihr rüber. Mira würgte das Gespräch ab, nahm sich die Flasche Sekt und wartet stur, bis sich der Zeiger auf 5 Uhr stellte. Dann ging sie auf ihr

Zimmer, wechselte die Sachen und verließ ohne Verabschiedung das Bordell.

Der Morgen war eisig und Mira zog ihre Jacke zu. Sie sah zornig auf die Straße und wollte nur noch nach Hause. Sie war so enttäuscht. Wäre der stille Mann gekommen, für den das Kleid vorgesehen war, hätte sie Juri verpasst und es wäre nie zu diesem hässlichen Gespräch gekommen. Es war alles nur seine Schuld und so stapfte sie wütend in ihren Fellstiefeln über den bröckeligen Asphalt. Als sie so lief, knackte es plötzlich, Mira drehte sich um, niemand war zu sehen. Dann sah sie nach vorn und fuhr vor Schreck zusammen. Er hatte hinter einem Baum gestanden und tauchte nun direkt vor ihr auf. Den ganzen Abend hatte er Zeit gehabt, sie zu besuchen, stattdessen versteckte er sich lieber im Grünen. Mira hatte auf solche Scherze keine Lust mehr, war genervt und sah ihn als Träger der Schuld für die Dramatik des Abends. Sie verdrehte die Augen und lief weiter. Der junge Mann ließ sich davon nicht beeindrucken und begleitete sie auch an diesem Morgen, indem er einfach hinter ihr blieb, stumm nach Hause. Er sagte nichts, tat nichts, einzig und allein ihre Anwesenheit schien ihn zu befriedigen. Als sie in ihre Straße einbogen, blieb er, wie beim letzten Mal, vor ihrem Hoftor stehen:

„Darf ich dich morgen auch wieder nach Hause begleiten?"

Mira sah ihn verstört an, sein Blick wich schüchtern zu Boden.

„Ja, aber…."

Sie konnte ihre Frage nicht stellen, er drehte sich einfach um und ließ sie stehen. Sie sah ihm nach und blieb im Ungewissen zurück. Was für ein Abend und was für ein Ausgang.

Mira legte sich mit einem mulmigen Gefühl ins Bett. Welche Auswirkung würde der Streit mit Juri haben. Er war kein Mann, der verlieren konnte. Mira schlief ein und durchlebte eine unruhige Nacht.

Dienstag! Der Tag begann, wie der letzte geendet hatte. In einem Gefühlschaos, voller Sorgen und Wut. Sie beschloss, sich ein Hobby zu suchen, um Ablenkung zu finden. Sie musste wieder zur Ruhe kommen. Sie dachte an Stricken, das hatte sie sich schon vor langer Zeit vorgenommen und in den Untiefen ihrer Kisten waren Wolle und Nadeln verstaut. Sie wickelte den ersten Maschenlauf über die Nadel und begann die Baumwolle zu spannen. Es ging ihr recht einfach von der Hand, sie hatte das oft bei ihrer Mutter beobachtet. Lange war es her und nach einem Nachmittag voller vergessener Maschen und einem immer schmaler werdenden Schal war es Zeit, sich für die Arbeit vorzubereiten. Sie schmierte sich Brote, zog dann den Mantel über und spazierte nachdenklich zur Tür hinaus.

Als sie den Eingangsbereich des Bordells betrat, ging alles seinen routinierten Gang. Sie legte das Standard Make-up auf, zog sich billig an, band ihr Haar zu einem Zopf, fand sich pünktlich um 21 Uhr an der Bar ein und begrüßte die ersten Gäste. Irgendwie freute sie sich auf den Feierabend und die Tatsache, nicht alleine nach Hause laufen zu müssen. Der Abend war ruhig, lediglich eine Gruppe Ausländer hatte sich zu ihnen in das Bordell verirrt. Es waren vier Amerikaner: Kevin, Pit, James und Richard. Sie waren stark angeheitert, tanzten und wurden von den

Frauen angehimmelt. Mira zog sich bewusst zurück. Sie hatte keine Lust auf den Trubel, es war für sie eher belustigend, zu sehen, wie sich die Frauen fast überschlugen vor Anbetung und Engagement. Sie bewirteten die Männer und zogen ihnen das Geld reihenweise aus der Tasche. Pech für die Herren, denn eines war sicher, die würden den Laden ohne einen Pfennig verlassen und waren selbst schuld, wenn sie sich so abfüllen ließen. Und während die Damen freiwillig Überstunden machten, sehnte sich Mira nach ihrem Feierabend, verließ pünktlich um fünf den Gastraum und wenig später das Bordell. Der eintönige Weg war lang und im Morgengrauen schwer einzusehen. Irgendwie ähnelte ein Baum dem nächsten. Mira war verwirrt und hatte vergessen, an welcher Stelle sie ihn letzte Nacht traf. Zügig rannte sie über Stock und Stein, drehte sich die ganze Zeit nach ihm um. Niemand war zu sehen, niemand der wartete. Enttäuscht sah sie in die Ferne und plötzlich gab er sich zu erkennen, tauchte hinter einem Ahornbaum hervor. Unter seiner Kapuze konnte sie nicht viel sehen, nur die Kinnpartie und den Mund, der erleichtert aufatmete und schüchtern lächelte.

Fast lautlos begrüßte er sie: „…Hallo!"

Und dann ging er hinter ihr her und verstummte. Sie liefen so eine Weile und Mira drehte sich nach ihm um: „Wie ist dein Name?"

Er blieb stumm. Sie wartete, dennoch geschah nichts. Sie versuchte es erneut:

„Na gut, vielleicht geht dir das etwas zu schnell. Ein guter Witz oder? …. Mh… Naja… also warum willst du mich begleiten?"

Auch diese Frage blieb unbeantwortet.

„Du scheinst ja nicht sehr gesprächig."

Auch darauf bekam sie keine Reaktion und so verrannten die nächsten zwanzig Minuten ohne ein Wort. Einzig und allein der stürmische Wind war zu hören, der die Äste durchschüttelte und Regen ankündigte. Als sie an dem Hoftor ankamen, hatte Mira nicht einmal die Möglichkeit ihn anzusehen. Als sie sich nach ihm umdrehte, ging er mit den Worten: „Bis morgen."

Wieder ein Morgen, der sie ohne Antwort zurückließ. Er hetzte zur Hauptstraße, als wäre der Teufel hinter ihm. Er schien nicht behindert oder ungepflegt, eher nett, zuvorkommend, extrem schüchtern, dennoch in einer verhaltenen Art bestimmend. Mira durchströmten unzählige Überlegungen, doch der Regen vergraulte sie in das Haus. Und während sie so das Treppenhaus hinaufschlich, war der Gedanke an ihn wieder da. Mira gestand sich ein, dass er sie in gewisser Hinsicht fesselte, sie es als angenehm empfand, nach Hause eskortiert zu werden. Auch wenn er nicht sprach, war seine Gegenwart der von Juri dieser Tage vorzuziehen. Mira öffnete das Fenster und sah in die Ferne. Dunkle Wolken hingen über der Kleinstadt und machten das Einschlafen gemütlich. Sie löschte das Licht, lauschte dem Regen, kuschelte sich in ihre Decke und sehnte den nächsten Morgen herbei.

Als der Wecker am Mittwochnachmittag Mira aufrüttelte, hatte sie schwer zu tun, aus den Federn zu kommen. Der Fensterladen knallte immer wieder gegen die Innenseite und verhieß einen stürmischen Tag, der düster und grau schien. Mira ging zum Fenster und beobachtete den strömenden Regen. Der Wind war frisch und lud nicht gerade zu einem entspannten Abendspaziergang ein. Sie legte sich zurück auf die

Couch und döste. Ihr war heute weder nach stricken oder sonst einem Hobby. Einzig und allein der Regen, der über das Glas lief, schien ausreichend, über Stunden zu unterhalten und den einen oder anderen Gedanken an diesen stummen Kerl zuzulassen, der faszinierte, obwohl er nichts tat, außer bei ihr zu sein. Sie hatte keine Lust auf die Arbeit, die Weiber oder einen selbstsüchtigen Juri. Zu gern hätte sie sich krank gemeldet, doch dann würde sie ihn verpassen und womöglich nicht wiedersehen. Also rappelte sie sich auf, wählte die dickste Jacke und einen Schirm. Sie verließ ihr Haus und wurde von stürmischen Böen begrüßt. Der Wind zerrte an ihr und so lief sie eilig die Straße entlang. Durchgefroren und nach einer Ewigkeit, erreichte sie den Schotterparkplatz. Als sie den Laden betrat, schien es ungewöhnlich ruhig. Dennoch ging sie ihrer Routine nach und stand pünktlich um 21 Uhr an der Bar. Aufgrund der Wettersituation erschienen einige Damen nicht und auch die Gäste wagten sich wohl heute nicht aus dem Haus. Gerade einmal zwei Stammkunden nahmen den Weg hierher auf sich. Mira verharrte an dem Abend im Sessel, machte ihr Kreuzworträtsel und trank Apfelsaft. Die meisten Mädchen verabschiedeten sich gegen 2 Uhr morgens in den vorgezogenen Feierabend, ihnen lag die gestrige Nacht wohl noch schwer in den Knochen. Mira versprach bis 5 Uhr durchzuhalten, schließlich musste ja noch jemand hier bleiben. Nicht auszudenken, was geschehen würde, wenn alle fort wären und ein Gast vor verschlossenen Türen stünde. Juri würde ausrasten, das wären sicher 100 Mark weniger in seiner Kasse, eine unverzeihliche Tat. Niemand dachte über Miras aufopferndes Geschenk nach. Jede war froh, spielte sie doch den Damen in die Karten. Schließlich waren ja einige Frauen der Meinung, sie müsste für ihre Sperenzchen sühnen. Also verabschiedete sie ihre Kolleginnen freundlich, gab den Türstehern frei und machte es sich bis zum Morgengrauen gemütlich. Pünktlich um 5 Uhr erlosch die Werbereklame im Fenster, die Tür fiel ins Schloss und Mira hatte endlich ihren langersehnten Feierabend. Als sie den Schotterparkplatz hinter sich ließ, zeigte sich der Wind erneut in seiner Härte und schickte den Regen wie scharfe Pfeile durch die Luft. Mira spannte den Schirm auf und konnte kaum den Weg sehen. Sie hetzte zur Laterne und sah ihn wartend an einem Baum gelehnt. Er hatte Wort gehalten und war ganz versteckt in seiner Regenjacke unter einer großen Kapuze. Ein leises: „…Hey!", glitt über seine Lippen, dann folgte er ihr. Aufgrund der unermüdlichen Regenfälle war der Boden stark aufgeweicht und machte es einem unmöglich, auf dem Grünstreifen neben der Straße zu laufen. Mira wechselte auf den porösen Asphalt, übersah ein Schlagloch und fiel zu Boden. Der Wind schnappte sich den Schirm, riss ihn aus ihrer Hand und schickte ihn im hohen Bogen über die Wiese. Mira sah ihm noch nach und richtete sich auf, doch das olle Ding war so schnell über den Damm verschwunden, dass eine Verfolgung eh keinen Sinn machte. Der Mann wollte ihr zu Hilfe kommen, aber da stand sie schon wieder auf den Beinen. Der Regen nahm zu und ging in Platzregen über. Es dauerte nicht lange, bis sich ihre Jacke vollgesogen hatte und sie frieren ließ. Ihr Körper schüttelte sich heftig und Mira versuchte, sich mit ihren Armen zu wärmen. Mittlerweile war sie nass bis auf die Knochen. Der Wind drückte und machte jeden Schritt zu einer Qual. Es waren nur wenige Meter des Weges geschafft und plötzlich goss es wie aus Kübeln. Jeder weitere Schritt war Unsinn. Doch Mira hatte Angst anzuhalten, Angst, er würde den Weg ohne sie fortsetzen. Sie hatte so viele Stunden auf diesen Morgen gewartet und wollte keine Minute verpassen.

Wie aus heiterem Himmel griff der junge Mann nach ihr, öffnete seine Jacke, zog sie ohne Ankündigung an sich heran, umschloss ihren mageren Körper und stellte sich mit ihr unter einen Baum. Nun war von Wind und Regen nichts mehr zu spüren. Mira erstarrte, wagte nicht, ihn mit ihren Armen zu umschließen. Sie lehnte ihren Kopf gegen seine Brust und lauschte seinem Herzschlag, der in ihren Ohren beruhigend im gleichen Takt raunte. Sie atmete ein, sog seinen Duft in sich auf, der so betörend in ihre Nase stieg, dass sie für einen Moment alles um sich herum vergaß. Sie war so erschrocken von diesem Überfall, dass ihr Körper vergaß zu zittern. Obwohl ihre Jacke vom Regen durchtränkt war, spürte sie seine wohltuende Wärme hindurch. Sie wehrte sich nicht und betete, dass der Regen noch ewig andauern würde. Er trug unter der Jacke nur ein dünnes Shirt, das Material war so weich, dass es an ein gemütliches Kopfkissen erinnerte. Miras Herz pochte, sie konnte keinen klaren Gedanken fassen und wagte sich nicht zu bewegen. Sie hatte Angst, dass er seine Jacke wieder öffnen und sie in die Kälte schicken würde. Der Regen ließ nach und Mira spürte, wie er seine Umarmung lockerte. Sie rührte sich immer noch nicht und wartete, was nun geschehen würde. Entgegen ihrer Befürchtung vertrieb er sie nicht. Er drehte sich zur Straße und führte sie schützend unter seinem Arm den Weg entlang. Im Gleichschritt liefen sie vorsichtig nebeneinander her. Kein Mensch, der ihren Weg

113

kreuzte, niemand, der sie beobachtete, nur Mira und ihr stiller Begleiter. Diese Minuten waren so intim, so besonders, ganz anders, als alles, was sie jemals zuvor erlebt hatte. Obwohl das Wetter so schlecht war, hatte keiner von beiden es eilig, das Tor und damit das Ende ihrer Zeit zu erreichen. Mira hielt sich schüchtern an seiner Taille fest, spürte jede Muskelfaser, jede Bewegung. Sie war geschult in Berührungen und Nähe, doch das hier war anders, fremd und dennoch das Schönste, was sie je erleben durfte. Und so schwer es ihr auch fiel, dieses dumme Tor stand nun unmittelbar vor ihr und beendete diesen magischen Moment. Er hob seinen Arm und entließ sie zu ihren letzten Metern. Mira war unsicher, sie wusste nicht, was sie sagen oder tun sollte. Verlegen stürzte sie zum Tor, kramte nach dem Schlüssel in ihrer Tasche, ließ die Tasche fallen und hob sie wieder auf. Ihr Selbstbewusstsein hatte er ihr in aller Stille genommen und nun stand sie genauso wortkarg vor ihm, wie er sonst vor ihr. Nervös öffnete sie das Tor und stotterte:.

„Danke… ich… ich…"

Und bei diesen Silben blieb es auch. Er fühlte ihre Unsicherheit und war darüber fast etwas bestürzt. Das war nicht das, was er wollte, aber es machte ihn mutig.

„Ich heiße Colin."

Mira war perplex. Erst waren es Silben, nun kam ihr gar nichts Brauchbares mehr in den Sinn. Sie sah ihm in die Augen, er senkte seinen Blick und in dem Moment begann es zu blitzen und zu donnern. Das Unwetter zeigte sich nun von einer noch düstereren Seite, dennoch rührten sich beide nicht von der Stelle. Auch der wieder stärker werdende Regen konnte sie nicht verjagen. Tropfen perlten über Miras Wange, der Wind war eisig und rüttelte an ihr. Ihr fiel nichts Besseres ein, als ihm die Hand entgegenzustrecken, ein zaghaftes: „Mein Name ist Mira." heraus zu quälen und dabei seine Hand zu schütteln wie eine Politikerin beim Staatsbesuch. Zugleich kam sie sich dabei so dämlich vor, dass sie am liebsten im Erdboden versunken wäre. Colin konnte sich ein Lächeln nicht verkneifen und zeigte für eine Sekunde menschliche Züge, besann sich dann aber wieder auf seine Natur, nickte zur Verabschiedung höflich, drehte sich wortlos um und ging seines Weges. Er lief durch das Gewitter und verschwand wie ein Held im Nebel. Mira sah ihm wehmütig hinterher und hoffte, dass es nicht das letzte Mal gewesen war.

Ein Knall und ein Donner rissen sie aus ihren Gedanken und verscheuchten sie ins Haus.

Colin, war also sein Name. Klang nicht Deutsch. Sie trottete die Treppen hinauf und dachte an die Umarmung. Sie betrat ihre Wohnung und sah sich um. Was wäre, wenn er sie hinaufbegleiten würde. Es war alles ordentlich, aber sie hatte nie etwas zu Essen im Haus. Nur das Nötigste. Sie schrieb einen langen Einkaufszettel und ging ins Bett. Und da lag sie nun. Die Augen starrten zur Decke und die Finger spielten aufgeregt miteinander. Rasten fiel ihr schwer an diesem Morgen, die Erinnerung der letzten Stunde war zu schön, um sie zu verschlafen. Sie erinnerte sich an seinen Körpergeruch, welcher so einmalig, betörend und verlockend war, dass es ihr immer noch eine Gänsehaut brachte. Und dann dachte sie an sein Lächeln, die kleinen Falten unter den Augen, die Grübchen, versteckt im Dreitage-Bart, seine zappelige Art, sein Haar. Er war schon ein Kautz, aber ein schöner und interessanter. Sie konnte ihre Neugier, ihn besser kennenzulernen, kaum stillen. Was würde sie für ein normales Gespräch mit ihm geben, vielleicht einen Tanz, eine Umarmung, vielleicht einen Kuss- und vielleicht sollte sie nun doch lieber einschlafen, bevor die Gedanken mit ihr durchgingen. Mira kniff die Augen zu, zählte Schäfchen, doch so sehr sie sich anstrengte, er ließ sie einfach nicht in Ruhe. Sie lächelte heimlich in ihr Kissen und schämte sich dann dafür. Es gab noch nie jemanden, über den sie sich so den Kopf zerbrochen hatte, warum auch nicht, sie hatte ja sonst nichts Besseres zu tun. Letztlich war der Schlaf gnädig mit ihr, erlöste sie vom Denken und ließ sie glücklich ruhen.

Donnerstagnachmittag. Mira erwachte, tat das, was sie immer tat, machte vor der Arbeit die Erledigungen, die sie sich vorgenommen hatte und verließ wie gewöhnlich pünktlich das Haus. Das Wetter war wechselhaft, aber der Regen verschonte sie an diesem Tag. Wie immer traf sie gegen 21 Uhr auf der Arbeit ein, stand rechtzeitig herausgeputzt am Tresen, trank zur Einstimmung einen Sekt, hier und da ein wenig Small Talk mit Kolleginnen und dann war das quälende Warten auf die ersten Freier angesagt. Nach und nach füllte sich der Raum. Die Einen kamen, die Anderen gingen. Der Abend verstrich, wie so viele Abende zuvor im Nichts. Aneinandergereihte Gesichter, die einen bekannt, die anderen nicht. Mira tat ihren Job, machte alles so wie immer, doch letztlich sehnte sie sich nur nach dem Feierabend und dem Spaziergang mit ihm. Colin!

Mira hatte an dem Abend zwei Freier. Lutz, verheiratet, eigentlich schwul, was er sich aber nicht eingestand und einfach nur seinen sexuellen Frust abbauen wollte und Michael, der von der Bundeswehr aus krank machte und seine freie Zeit, wie er es nannte, sinnvoll verbrachte. Zwei Männer, zwei Leben, zwei Schicksale. Das machte den Job in gewisser Hinsicht interessant und abwechslungsreich. In der Vergangenheit war es das, was Mira über Wasser hielt. Die Geschichten ihrer Freier, der Grund, der sie hierher lockte und verweilen ließ. Doch dieser Tage war es anders. Sie stellte keine Fragen, wollte nichts wissen und sah nur angestrengt zur Uhr. War der Feierabend sonst nur eine zeitliche Begrenzung, um noch weiter zu ziehen und woanders feiern zu gehen, war es nun das Ziel des Tages. Mira lebte für diese dreißig Minuten Heimweg und auch an diesem Abend schlüpfte sie überpünktlich in ihre Alltagskleider, schloss die Tür ihres Zimmers ab und vermied die Begegnung mit den anderen Frauen. Sie hatte Angst um ihr kleines Geheimnis, Angst aufzufliegen, Angst, ihren Begleiter zu verlieren. Sie schlich über die Holztreppe und sah zum symbolischen Streckenende, der Haustür. Die Türsteher waren bei den Mädels im Gastraum, somit war die Luft rein und kein Mitwisser in Sicht. Mira zog vorsichtig an der Klinke und drückte lautlos die Tür auf. Man konnte ihre eiligen Schritte über den Schotterparkplatz hören. Niemand war zu sehen und Mira wog sich in Sicherheit, niemand, bis auf Lorna, die im Flur ihr fluchtartiges Verlassen beobachtet hatte. Lorna hatte die Veränderungen an ihrer besten Freundin bemerkt. Sie sah ihr nach, wie sie das Haus verließ. Mira war keine, die eine Party ausließ, es mit der Zeit nie so genau nahm. Etwas war geschehen und Lorna konnte ihre Enttäuschung, ausgeschlossen zu sein, kaum zähmen. Und während sie sich über ihre beste Freundin so ihre Gedanken machte, stolperte die über die Straße und konnte die Begegnung mit ihrem Geheimnis kaum erwarten.

Der gestrige Morgen war so besonders gewesen, dass sie auf einen weiteren magischen Moment hoffte. Sie waren sich so nah. Wenn er gleiches dachte wie sie, würde er sie heute wieder in den Arm nehmen.

Wie die Tage zuvor wartete Colin unter der defekten Laterne, begrüßte sie zurückhaltend und lief die Strecke an ihrer Seite ohne ein Wort, eine Geschichte, ein Lachen oder eine Berührung. Er lief zügig, sah nicht einmal zu ihr herüber, immer nur mit sturem Blick geradeaus und Mira wurde allmählich ungeduldig. Sie sah auf den Weg, der mit jedem Meter kürzer wurde. Ihre Schritte waren wie Körner, die in einer Sanduhr verrannen, ihnen blieb nicht mehr viel Zeit. Mira wollte diesen Rückschritt nicht akzeptieren, doch war sie zu feige, den Anfang zu machen. Und so trottete sie ihm hinterher und wurde mit jedem Schritt enttäuschter. Letztlich erreichten sie schweigend das Hoftor, Colin sah zu Boden, wünschte ihr: „Gute Nacht", drehte sich um, lief zurück zur Straße und ließ eine traurige Mira am Zaun zurück. Was hatte sie falsch gemacht, war er wütend auf sie oder wartete er auch auf Zeichen von ihr? Sie verstand die Welt nicht mehr, sie verstand ihn nicht! Egal wie sie es auch interpretieren wollte, es machte keinen Sinn. Er war so unbeständig, wie eine Flut, die über sie hereinbrach und unselig wieder verschwand. Entzaubert ging Mira zu Bett und schwor sich, noch so einen Tag würde sie nicht verstreichen lassen, auch auf die Gefahr hin, ihn zu verjagen. Sie musste endlich wissen, was ihn zu ihr trieb.

Freitagnachmittag erwachte Mira voller Tatendrang und schwor sich, ihn dieses Mal nicht wortlos gehen zu lassen. Diese Motivation hielt den ganzen Abend an, doch als sie ihn in dieser Nacht traf und er sie so mit seinen durchdringenden Augen ansah, verschlug es ihr abermals die Sprache und die guten Vorsätze verschwanden im Nichts. Auf Freitag folgte Samstag, auf Samstag Montag und auf Montag Dienstag. Jeder Tag glich dem nächsten, er begann mit guten Absichten und endete mit Enttäuschung und schlaflosen Nächten. Das konnte doch nicht ewig so weitergehen! Es war schon zermürbend. Männer, denen Mira am liebsten ferngeblieben wäre, waren ihr so nah und der Mann, dem sie gern nah wäre, war ihr so fern. Es half nichts, sie musste lernen, sich zu überwinden und ihn endlich aus der Reserve zu locken.

Der Mittwoch verlief ruhig und Mira hatte sich vor lauter Frust mit gutem Gras versorgen lassen. Als sie pünktlich Feierabend machte, schlenderte sie zu ihrem Treffpunkt und schien ganz aufgekratzt. Sie nahm ihren ganzen Mut zusammen, breitete ihre Arme zu einer Begrüßung aus und rief schon von weitem: „Na, da ist ja mein Kindermädchen."

Colin war verstört und wandte sich von ihr ab. Mira wollte nicht lockerlassen und sprang ihm vor die Füße: „Kuck Kuck… wo ist denn der kleine Colin… da ist er ja."

Er machte einen Bogen um sie und wurde schneller, so dass Mira Schwierigkeiten hatte, ihn noch einzuholen.

„Hey warte!"

Kein Wort von ihm, keine Reaktion, nichts. Mira war kläglich gescheitert und der Morgen endete, wie so viele andere zuvor, mit einem „Bis dann!" vor dem Hoftor und einem schnellen Rückzug. Wütend lief Mira in ihr Zimmer. So leicht kam er ihr nicht davon. Morgen war er fällig!

Donnerstag! Mira sah auf den Wecker und schüttelte ungläubig den Kopf. Fast drei Wochen ging das Theater mit dem fremden Mann nun schon. Ein neuer Plan musste her. Wenn er bei der aufgekratzten Mira schon nicht sein wollte, dann vielleicht bei der melancholischen. Als sie heute Feierabend machte, lief sie ein Stück zügig und begann dann, sich die letzten Meter bis zur Laterne zu schleppen. Ihre Schritte wurden kürzer und sie senkte ihren Kopf. Colin sah sie verwundert an. Sonst war das eher sein Part. Mira horchte auf, doch von ihm kam keine Reaktion, sie lief an ihm vorbei, begann nach Luft zu schnappen und gab Töne von sich, als würde sie in Tränen ausbrechen. Statt sie zu trösten, zu fragen, was los sei, vergrößerte er den Abstand und blieb hinter ihr. Mira jammerte vor sich hin und hielt immer wieder inne. Und wenn sie stehenblieb, tat er es auch. Wie frustrierend! Sie fasste sich ein Herz, drehte sich ohne Vorwarnung um, lief auf ihn zu und umarmte ihn. Der Schritt fiel ihr nicht leicht, sie zitterte vor Nervosität. Colin war starr, doch sie fühlte seinen Puls, wie er raste, seinen aufgeregten Atem. Sie konnte ihm nicht egal sein. Auch wenn er nichts sagte, sich nicht rührte, schien er genauso Angst zu haben wie sie. Sie standen so eine Weile. Auch wenn sie nicht sprachen, war diese Umarmung ausreichend, um Mira für den Moment zu befriedigen. Sie sog seinen Geruch ein und vergaß ihre Rolle. Als ihr Jammern verstummte, löste sich Colin von ihr und setzte den Weg fort. Mira folgte ihm bis zum Hoftor, verabschiedete ihn mit einem sehnsüchtigen Blick und hoffte auf den nächsten Abend.

Der Moment der Umarmung machte süchtig. Es war, als hätte man von etwas Verbotenem gekostet und könnte nicht abwarten, es abermals zu probieren. Mira wollte nicht warten. Sie hoffte auf die heutige Nacht.

Freitagabend. Mira schlenderte über den Damm, verfolgte die untergehende Sonne und überlegte, wie sie es erneut anstellen könnte, ihm nah zu sein und wenn es nur ein Moment wäre. Mit einem Lächeln betrat sie das Bordell, stieg die Treppen empor und bereitete sich auf den Abend vor. Sie tuschte die Wimpern und dachte an seine Augen, sie puderte das Gesicht und dachte an seines, sie zog die Lippenlinien nach und dachte an seinen Mund. Egal, was sie auch tat, er war gegenwärtig, in jeder Sekunde, in jedem Moment. Verträumt lief sie die Treppen hinunter und gesellte sich zu den Damen an die Bar. Sie ließ ihren Blick schweifen und beachtete Nichts und Niemanden. Lorna sah ihr kritisch nach und verfolgte jede ihrer Bewegungen. Mira schien wie weggetreten, teilnahmslos. Sie überwand sich, trat an Mira heran und strich ihr das Haar aus dem Gesicht: „Na, mein Schatz, alles klar? Du machst so einen merkwürdigen Eindruck."

Mira sah sie verwundert an.

„Was meinst du? Mit mir ist alles in Ordnung. Wie geht es dir, was macht dein Immobilienmakler?"

Lorna sah sie irritiert an: „Auf Geschäftsreise. Das hab ich dir doch gestern lang und breit erzählt!"

Mira war das unangenehm: „Verzeih! Ich hatte gestern was geraucht. War wohl neben der Spur."

„Ach ja? Die Mädels meinten, momentan wird nichts geliefert, da sie ein paar Dealer hochgenommen haben."

„Na ja, ich hatte was in meinem Schrank gebunkert. War das letzte Tütchen, was ich noch hatte."

Lorna sah sie prüfend an: „Ist wirklich alles in Ordnung. Du bist so ruhig."

Mira lächelte verlegen: „Alles gut. Mach dir keine Sorgen. Sekt?"

Lorna schmunzelte versöhnt und bestellte eine Flasche. In dem Moment betrat Juri den Raum. Doch er kam nicht allein, seinen großen Auftritt hatte er mit Agata im Arm, was Mira amüsierte und Lorna bissig kommentierte: „Sieh an, sieh an! Dann hat ja Madamchen bekommen, was sie wollte. Schon erstaunlich, dass er sich gerade von ihr bequatschen lässt."

Mira sah abwertend in eine andere Richtung.

„Ach Lorna, es gab Tage, da hätte mich das verletzt, doch heute kann ich sagen, egal, welche Frau auch an seiner Seite ist, ich bin froh, dass ich es nicht mehr bin."

Beide drehten sich zurück zur Bar, nahmen ihren Sekt in Empfang und prosteten auf die Zukunft. Juri spürte Miras Ablehnung. Er wollte, dass sie ihn ansah, ein Wort der Verletzlichkeit oder Tränen der Enttäuschung, doch diese Ignoranz verunsicherte ihn und machte ihn wütend. Juri versuchte sich nichts anmerken zu lassen, tat überglücklich, doch ein jeder spürte seine Blicke in Richtung Mira, seinen Wunsch nach Beachtung. Auch Agata ließ das nicht kalt. Sie versuchte Juris Aufmerksamkeit auf sich zu lenken, streichelte sein Gesicht, lachte überdreht und säuselte ihm unanständige Dinge ins Ohr. Er grinste, tat so, als würde es ihm gefallen und ließ Mira dennoch nicht aus den Augen. Der Gastraum füllte sich, die Freier waren großzügig und bester Stimmung. Der Abend war in Sachen Nationalitäten gut gemischt. Unter den wenigen Polen tummelten sich die Amerikaner der vorherigen Woche und, in Überzahl, die Deutschen. Gegen 3 Uhr war die Hütte voll, wie schon lange nicht mehr. Die milden Temperaturen und die deutschen Diskotheken auf der fernen Seite des Ufers brachten die Männer mit großem Appetit, den sie hier zu stillen versuchten. Mira ließ sich von der guten Stimmung mitreißen, tanzte mit Lorna und einigen Freiern und befriedigte drei von ihnen in dieser Nacht. Sie erhielt großzügig Trinkgeld und konnte doch den Feierabend nicht abwarten. Obwohl es schon 5 Uhr morgens war, herrschte immer noch Hochbetrieb. Die Kunden der Nacht waren unersättlich. Juris Regel war in diesem Fall, dass das Haus erst zu verlassen war, wenn der letzte Kunde geht. Mira war nicht bereit, auch nur eine Überstunde zu machen, nur eine der kostbaren Minuten mit Colin herzugeben oder ihn zu verpassen. Für keinen Grund der Welt! Derweil saß Juri an der Tür und ließ die Treppe nicht aus den Augen. Er hatte Miras letzten Freier schon vor einer halben Stunde verabschiedet und fragte sich, wo sie abgeblieben sei. Nichts rührte sich. Einer der Türsteher verwickelte ihn in ein Gespräch, so dass er für einen Moment abgelenkt war. Mira sah von der oberen Etage zur Tür, sie bekam ganz weiche Knie und hatte Angst, entdeckt zu werden. Sie schlich die Stufen hinunter, dass Knarren der alten Holzdielen wurde durch die dumpfe Musik des Gastraumes übertönt. Sie hätte es fast geschafft, wenn Juri nicht flüchtig zurückgeschaut hätte. Aufgebracht stürzte er sich auf sie, packte sie am Arm und drückte sie gegen das Treppengeländer.

„Wo willst du hin?"

Seine Stimme hallte alarmierend durch den Raum.

„Nach Hause!", antwortete sie leise.

Juri schlug ihr ins Gesicht und schrie sie erneut an: „Wo willst du hin?"

Mira hielt sich verstört die Wange.

„Nach Hause, verdammt! Ich hab nen juckenden Pilz. Ich brauch Antibiotika, anders bekomm ich das nicht weg…Du kannst gern nachsehen!"

Sie sah ihm hasserfüllt in die Augen. Sein Blick war finster. Er zog sie an ihrer Jacke ganz dicht an sich heran: „Was läuft hier?"

Mira sah ihn fragend an: „Was meinst du?"

„Ich weiß von deinem kleinen Dealer und eurem Geschäft. Ist er es, für den du dich so hübsch gemacht hast, du kleine Hure?"

Mira war empört: „Was? Nein! Was willst du eigentlich von mir? Ich mache meinen Job, keine Ahnung, was du dir für kranke Sachen einredest."

Mira versuchte, sich an Juri vorbeizudrücken, doch er griff ihr unter die Achseln und warf sie zu Boden. Mira fiel auf die Hüfte und blieb schmerzgekrümmt liegen.

Wütend baute er sich über ihr auf:

„Die Männer sagen, du hast ihm für ein paar Gramm den Schwanz gelutscht. Stimmt das?"

Mira war überrascht, dass Juri so gut informiert war, was ihr wieder einmal bestätigte, dass man niemandem im Puff trauen konnte. Es war bestimmt Jo selbst, der sich nach ihrer Abfuhr vor den anderen Männern profilieren wollte und von ihrem kleinen Deal im Tausch gegen Dope alles haarklein erzählt hatte. Doch nichtsdestotrotz konnte es Juri egal sein, wie sie ihre Drogen bezahlte. Sie wurde zornig, versuchte ihre Tränen zu unterdrücken und schrie ihn an:

„Na und …. Und wenn du es genau wissen willst, jeden Montag, nachdem der Dealer das Haus verließ. Es geht dich einen Scheiß an, was ich mache und mit wem ich es tue. Genauso, wie es mich nen Scheiß interessiert, wen du fickst. Lass mich doch endlich in Ruhe."

Juri beugte sich langsam über sie, riss ihren Kopf an einem Büschel Haare zu sich heran und flüsterte in ihr Ohr:

„Du gehörst mir und es ist mir nicht egal, mit wem du es treibst. Ich habe deinem kleinen Freund ein paar Rippen gebrochen, er wird hier nicht mehr arbeiten. Sei froh, dass ich ihn nicht abgestochen habe. Erwische ich dich noch einmal mit dem Typen, schlitze ich ihn auf und sperre dich ein. Denk drüber nach, wie viel dir deine Freiheit noch wert ist. Und jetzt verpiss dich…"

Mira sank zu Boden und wartete mit den Tränen, bis er fort war. Sie lief zur Toilette und versuchte die Trauer aus ihrem Gesicht zu wischen. Erschrocken sah sie zur Uhr. Schon Viertel nach, sie griff nach ihrer Tasche und verschwand durch den Hinterausgang. Sie sah sich immer und immer wieder um, aus Angst, Juri würde sie verfolgen oder ihr jemanden nachschicken. Doch in der Morgendämmerung war niemand zu entdecken. Sie eilte zur Laterne und sah die ersehnten Umrisse, auf die sie so lange gewartet hatte. Überglücklich stürzte sie auf Colin zu und umarmte ihn. Er blieb wie angewurzelt stehen, erwiderte ihre Freude nicht und löste sich nur Sekunden später aus ihren Armen. Mira war enttäuscht und fühlte sich zurückgewiesen. Er drehte sich um, ging voran und

Mira folgte schweigend. Doch in ihr brodelte es. Warum behandelte er sie so? Sie war es leid, von jedem Mann mit Missgunst und Ignoranz bestraft zu werden. Sie hatte genug von seinen Spielereien und wollte endlich Klarheit. Sie holte auf, stellte sich vor ihn und stieß ihn an seiner Brust zurück.

„Colin, jetzt rede endlich mit mir. Was soll das hier?"

Er sah sie nicht an, drückte sich an ihr vorbei und lief weiter. Mira ließ das nicht auf sich sitzen, rannte ihm nach und zog ihn am Arm zurück.

„Ich weiß, mein Deutsch ist nicht das Beste. Aber gut genug, um mich zu verstehen."

Wieder keine Reaktion! Auf einmal blitzten Scheinwerfer über die Straße. Ein Auto näherte sich, was Mira panisch machte. Sie schrie auf… „Scheiße" und lief durch die Bäume in den Wald. Man konnte kaum etwas erkennen, dennoch folgte ihr Colin und sah ihr fragend nach: „Warum flüchtest du? Was macht dir Angst?"

Mira sah skeptisch auf den Wagen, der langsam an ihnen vorbeifuhr. Ihr Blick war nervös und eingeschüchtert. Erst als es wieder ruhig wurde, die Rücklichter des Wagens nur noch blass in der Ferne zu sehen waren, atmete sie erleichtert auf und starrte Colin vorwurfsvoll an: „Jetzt kannst du also reden?"

Colin blieb starr.

„Also sag es, wie lange willst du das noch tun? Mir nachstellen?"

Wie zu erwarten war, blieb er abermals stumm. Mira war es leid, sich zu gedulden, zu warten, bis er endlich den Mut aufbrachte, ehrlich zu sein. Sie setzte alles auf eine Karte und lief provokativ rückwärts, bis das Dunkel sie verschluckt hatte. Wenn er ihr folgen wollte, bitte, sie hatte keine Angst, durch das Moor zu waten.

„Sag es!"

Colin sah aufgeregt um sich, fühlte den weichen Boden unter seinen Füßen, fühlte, wie der feuchte Schlamm nach seinen Schuhen griff. Er schaute unsicher auf und konnte Mira kaum noch erkennen. Weiter würde er nicht gehen. Er war, ohne Frage, schon viel zu weit gegangen. Sie hatte Recht, wie lange noch? Es gab darauf keine richtige Antwort, es machte keinen Sinn, sich länger etwas vorzumachen. Es wäre besser, er würde gehen. Resigniert schüttelte er den Kopf und balancierte auf Baumstümpfen zur Straße zurück. Kein Abschied, keine Entschuldigung! Er bog auf den Asphalt und war mit seinen Gedanken allein. Stille.

„Ahh…"

Plötzlich schrie Mira auf. Colin blieb stehen, drehte sich aufgeschreckt um und suchte sie in der Finsternis.

„Mira, wo bist du?"

Misstrauisch kehrte er um, setzte vorsichtig einen Fuß vor den anderen.

„Mira?"

Mira räusperte sich. Nach und nach konnte er ihre Silhouette erkennen und atmete erleichtert auf. Sie zog ihr rechtes Bein aus einem Tümpel, strich den stinkenden Schlamm vom Hosenbein und wetterte über ihren nassen Schuh und den Ursprung allen Übels: „Was tue ich hier eigentlich. Jeder Typ meint, mich verarschen zu können. Ich hab die Nase voll… So ein Mist….."

Zornig sah sie in Colins Richtung. Erschrocken und gleichzeitig peinlich berührt, übermannten sie alle Arten von Gefühle.

„Lass mich endlich in Ruhe. Ich will dich nie wieder sehen!"

Ihre Stimme klang so herzzerreißend und voller Groll, dass Colin erschrak. Es dauerte einen Moment, bis er langsam begriff, um was sie ihn bat und das machte ihm eine Scheiß-Angst. Sich nur vorzustellen, sie morgen nicht mehr zu treffen, war beklemmend, obwohl es nur Minuten zuvor auch sein Wunsch war. Unsicherheit stieg in ihm auf. Er musste sie aufhalten. Er lief ihr nach, doch was sollte er sagen, er hatte nichts, was sie hören wollte. Er konnte nur schweigen. Also tat er das, was er am besten konnte. Mira lauschte seinen Schritten, wie sie ihren folgten. Genervt drehte sie sich um und wurde impulsiver:

„Jetzt hör endlich auf. Entweder, du sagst mir, was los ist oder, bei Gott, du siehst mich nie wieder."

Sie konnte die Verzweiflung in seinen Augen sehen, dennoch zuckte er mit den Achseln, wandte seinen Blick ab und blieb stumm, was Mira nur noch mehr erzürnte:

„Großartig. Diese Reaktion kenne ich ja schon zu Genüge. Du besuchst mich in jeder Nacht, redest kein Wort, weißt, wo ich wohne, weißt, wo ich arbeite, wer ich bin. Und was ist mit mir? Ich kenne außer deinem Namen nichts. Ein stummer Kerl mit einem schwarzen Buch, der scheinbar halb irre ist und mir in jeder Nacht auflauert…….."

Mira fiel nichts mehr ein, kapitulierend wandte sie sich ab und setzte ihren Weg fort. Langsam verstand Colin, dass er den Bogen überspannt hatte und ein Rückzug keinen erwünschten Erfolg mehr bringen würde. Wenn er jetzt nicht endlich mit der Sprache herausrückte, würde er sie verlieren. Diese Angst machte ihn schließlich mutig. Ohne nachzudenken, lief er ihr nach, holte auf und hielt sie am Arm fest.

Mira konnte sich ein triumphierendes Lächeln nicht verkneifen, hielt kurz inne, versuchte Fassung zu bewahren und drehte sich erwartungsvoll zu ihm um. Seine Augen waren klagend, dennoch brachte er kein Wort heraus: „Ich… äh….."

Er hob aufgebend die Hände in die Luft und lief an ihr vorbei. Nichts von dem, was er ihr sagen würde, könnte sie verstehen. Er verstand sich ja selber nicht. Das, was er tat, hatte so gar nichts mit ihm zu tun. Er wollte es nicht, jeden Abend verbot er sich, sie erneut aufzusuchen und stand dennoch bei Wind und Wetter wartend unter der Laterne. Sie hatte Recht, es war genug, es war absurd, krank und musste endlich aufhören. Seine Beine wurden schneller, er wechselte die Straßenseite und wollte nur noch weg. Mira sah ihm nach und war voller Wut. Er barg so viele Geheimnisse in sich, tat alles, um sie für sich zu gewinnen und nun ließ er sie ohne ein Wort der Rechtfertigung, der Erklärung zurück.

So kam er ihr nicht davon! Mira lief los, wollte sich ihm in den Weg stellen, rannte auf die Straße, vergaß das herannahende Auto, was mit überhöhter Geschwindigkeit unbemerkt auf die Straße bog, sah zur Seite, Scheinwerfer blendeten sie und ließen sie wie ein Reh im Lichtkegel erstarren. Die Bremsen quietschten, die Reifen rutschten über die feuchte Straße, die Stoßstange riss ihr die Beine weg und der Wagen kam zum Stehen. Der Moment dehnte die Zeit und Colin fuhr zusammen. Er sah ungläubig zurück. Voller Schuldgefühle lief er auf sie zu und betete, dass ihr nichts passiert sei. Mira rappelte sich auf und hielt sich das Schienbein, glücklicherweise hatte das Auto sie lediglich touchiert und ihr, außer ein paar blauen Flecken, nicht geschadet. Der Fahrer fluchte auf Miras Unachtsamkeit, gab Gas, umfuhr sie und brauste davon.

Colin war entsetzt, nahm ihre Hand und zog sie von der Straße. Mira humpelte ihm nach und hielt sich das Bein. Fassungslos stammelte er vor sich hin und streckte ihr als Entschuldigung die Hand entgegen: „Mira… es …. Es tut mir…. leid."

In Mira kochte es, erst der nasse Fuß, nun das Bein, was würde wohl noch folgen? Sie schlug die Geste der Vergebung aus und ging weiter. Sie verkniff sich den Schmerz, presste die Lippen aufeinander, humpelte über den Damm und wollte nur noch nach Hause. Dieser Streit war wie eine Schlinge, die sich um Colin legte und sich langsam zuzog. Es gab keine Ausflüchte mehr, er musste handeln.

Er rannte ihr nach und stoppte sie, indem er sie am Arm zurückzog. Mira war so aufgebracht, dass sie ihm mit all ihrer angestauten Wut gegen den Bauch schlug.

„Das ist alles nur deine Schuld. Wenn du nicht so dämlich wärst, hätte ich nicht hinter dir her laufen müssen. Verdammt noch mal, sag mir endlich, was du von mir willst!"

Colin holte Luft. Er hat sich lange auf diesen Moment vorbereitet, dennoch fiel es schwer.

„…. Ich.. also… ich ... Bis du mir einen Gefallen getan hast!"

Der Satz brauchte eine Weile, bis er Mira erreichte. Bis sie was? Diese Aussage weckte böse Erinnerungen. Das letzte Mal, als sie diesen Satz gehört hatte, kam er von Juri und machte sie wenig später zur Hure. Bei Mira schlug die Stimmung um. Es entzauberte die hohen Erwartungen an diesen stummen Kerl. Sie dachte, er wäre anders. Egal, welche Bitte dahintersteckte, sie war sich sicher, entweder war sie illegal oder schamlos. Ihre Stimme wurde rau.

„Was willst du von mir? Wenn du irgendwelche perversen Sachen haben willst, da bist du bei mir falsch!"

Sie stieß ihn beiseite, ging ihres Weges und fluchte vor sich hin.

„Ich wusste es, wenn sich ein Typ solche Mühe gibt, dann steckt auch meistens irgendein Scheiß dahinter. Und ich bin so blöd und lass mich auch noch darauf ein!"

Colin schnappte nach Luft, versuchte zwischen Satzanfang und Ende ein paar Silben der Erklärung zu werfen, doch Mira vergrub sich so in ihrem Zorn und ließ ihn nicht zu Wort kommen. Er wusste sich keinen Rat, als ihr einfach nur zu folgen und zu hoffen, dass sich der Sturm legen würde und sie ihm Zeit gäbe, ihn anzuhören.

Mira hatte den Glauben an das Gute im Menschen bzw. im Manne längst verloren. In ihrer Welt gab es nur Perverse oder notgeile Typen, deren Absicht immer dieselbe war. Warum sollte er anders sein?

„Mira! …Kein Wunder, dass man sich nicht traut, auf deine Frage zu antworten, wenn du gleich so durchdrehst, obwohl du nicht einmal weißt, um was es geht!"

Bei allem Ärger war es dennoch schön, ihren Namen aus seinem Mund zu hören. Etwas in ihr hatte ihn noch nicht aufgegeben. Also blieb sie wieder stehen, aber sie drehte sich nicht um.

„Also?"

Colin lief zu ihr, stellte sich vor sie und versuchte es erneut: „ Siehst du…. Ich weiß, dass das alles merkwürdig ist. Nicht nur für dich, für mich ebenso!"

Sie sah ihn skeptisch an: „Was meinst du?"

„Ich dachte, es würde dir Angst machen, wenn ich dir den Grund nenne. Wir kennen uns nicht und ich hoffte, wenn du dich erst einmal an mich gewöhnt hast, dass es dir dann leichter fallen würde, mir einen Gefallen zu tun."

Seine Sätze machten es nicht besser. Sie war misstrauisch und die Runzelfalte auf ihrer Stirn wurde tiefer.

„Ich kenne Typen wie dich! Ihr glaubt, wenn ihr nett seid, einen in Sicherheit wiegt, dann könnt ihr euch alles nehmen."

Colin fühlte sich falsch verstanden und seine unglücklich gewählten Worte verstrickten ihn nur noch mehr in Missverständnisse.

„Ich weiß, dass Menschen, wie ihr Huren…."

Das war zu viel. Mira hatte genug Unfug gehört, jedes weitere Wort war unnötig. Sie wollte endlich nach Hause, doch Colin hielt sie fest: „Jetzt warte doch… hör mich an."

Mira platzte der Geduldsfaden: „Menschen wie wir? Nur weil ich eine Hure bin, macht mich das nicht zu einem schlechten Menschen."

Colin plusterte sich auf.

„Also findest du es normal, für Sex bezahlt zu werden? Ihr verkauft euch wie ein Stück Ware und lebt in den Tag hinein. Euch ist alles im Tausch für Geld recht. Du musst schon zugeben, dass euer Leben nicht das eines gewöhnlichen Menschen ist."

Miras Gesichtszüge wurden eisig.

„Was weißt du schon… Jeden Tag einem fremden Menschen aufzulauern, sich die halbe Nacht im Gebüsch rumzutreiben, das ist dann also deiner Ansicht nach gewöhnlich?"

Sie hatte Recht und das machte ihn wortkarg. Er schnaufte, überlegte, sah zu Boden und sie dann wieder an, dennoch hielten seine Arme sie fest und waren nicht bereit, sie nur einen Schritt weiter zu lassen. Sie war ihm noch nie so nah gewesen. Sonst wandte er den Blick von ihr ab, sah verstohlen umher, doch heute blickten seine Augen tief in ihre. Er nahm seinen Mut zusammen und fragte zurückhaltend: „Magst du mich?"

Die Frage kam überraschend und machte abermals keinen Sinn.

„Wie soll ich das beantworten, ich kenne dich nicht."

Colin nickte zustimmend: „OK, das verstehe ich.. aber fühlst du so etwas wie ein wenig Vertrauen?"

Wo sollten diese Fragen hinführen. Mira wurde ungeduldig: „Colin… Was… willst …du?"

Ihm fiel es sichtlich schwer, klar zu formulieren, um was es ihm eigentlich ging. Er sprang in seinen Gedanken und wurde immer leiser.

„Also ich habe nicht viel Geld bei, aber...!"

Mira wusste, was jetzt folgen würde. Sie war müde und hatte keine Lust mehr auf weitere Ausflüchte. Es war eindeutig, auf was das Gespräch abzielte, aber egal, wie er es auch formulieren würde, für heute war ihr Verständnis aufgebraucht. Sie schob Colins Hand von ihrem Oberarm.

„ Ich werde jetzt schlafen gehen. Danke für das nach Hause bringen. Die letzten Meter schaffe ich auch allein. Gute Nacht!"

Sie drückte Colin beiseite und lief die Straße entlang. Die Enttäuschung war ihr ins Gesicht geschrieben. Sie bog in den Sandweg ein und erreicht kurze Zeit später das Hoftor. Colin blieb entfernt hinter ihr. Mira war es gleich, wo er war, ob er folgte oder nicht. Sie hatte sich verzettelt, sich umgarnen lassen, geglaubt, etwas Besonderes zu sein. Letztlich war sie so naiv wie alle im Bordell, die meinten, als Persönlichkeit zu gefallen. Sie waren doch nur Fleisch und Blut ohne Seele und Herz. So sehr sie auch hoffte, dass es mit Colin anders sein würde, so schmerzlich musste sie akzeptieren, dass ihr niemand eine Chance geben würde. Sie war eine Hure, vom Teufel bezahlt und für immer verloren. Und auch normale Kleidung und geordnete Verhältnisse würden an der Sicht ihrer Mitmenschen nichts ändern. Sie drehte sich nicht um, als sie die Klinke des Hoftores herunterdrückte, sie sah nicht zurück, um ihn bei seinem Rückweg zu verfolgen. Das Tor fiel ins Schloss und sie verabschiedete sich im Geiste von ihrem stillen Begleiter, den niemand verstand. Mira fluchte auf sich, auf ihre Naivität, gestand sich ein, dass sie das wohl alles etwas zu ernst genommen hatte, sie sich wahrlich in ihrer Hoffnung verrannt hatte. Traurig ging sie den schmalen Plattenweg durch den Garten des Hauses bis zum Eingang, mit Wehmut im Herzen und Tränen im Gesicht. Sie wollte nicht weinen, einfach nur schnell ins Bett und hoffen, dass schon morgen alles wieder so wäre, wie es vor drei Wochen noch war.

In der Vergangenheit war das Hoftor die symbolische Grenze an der sie sich trennten, das Ziel ihres Weges, der Punkt, der von Colin nicht übertreten wurde, aus Respekt und Anstand. Doch heute vergaß er Anstand und Würde. Er nahm Anlauf, sprang über den Zaun und brach über sie herein wie ein Gewitter. Mira schob die Haustür auf und wurde von unbekannten Geräuschen aus ihren Gedanken gerissen. Ehe sie sich umsah, stand er plötzlich vor ihr und der Schreck nahm ihr den Atem. Er schob die Tür auf, drängte sie in den Flur und drückte sie gegen das Geländer.

Mira war überrumpelt, starr vor Angst. Die Tür knallte. Seine schönen Augen durchbohrten sie wie Pfeile. Sie fühlte seinen Atem, sein pochendes Herz. Wie lange wollte er sie noch quälen? Mira war verzweifelt und versuchte ihn zur Vernunft zu bringen:

„Colin, die bringen mich um, wenn die erfahren, dass ich zu Hause Freiern meine Dienste anbiete. Sie werden uns beide töten. Bitte geh!"

Sie hatte Panik, verstand nicht, was geschah, was er von ihr wollte. Man hörte, wie Miras Stimme durch das Treppenhaus hallte. Für einen kurzen Moment war Colin eingeschüchtert. Er wollte unentdeckt bleiben, er war bereits zu weit gegangen. Er trat einen Schritt zurück und schüttelte, gebeutelt über seine Tat, den Kopf, senkte verschämt seinen Blick und ließ sie an sich vorbeigehen. Geistesgegenwärtig stürzte Mira die Treppen hinauf, sie musste einen klaren Kopf bekommen. Das alles war so unwirklich und nicht zu verstehen. Colin schlug gegen die Wand. Engel und Teufel trugen einen Kampf in ihm aus. Es war die Sehnsucht, das zu tun, wofür er hier war und die Wut, überhaupt hier zu sein. Innerlich zerrissen ging er zur Haustür, drückte die Klinke nach unten. Doch als er hörte, wie sich ihr Schlüssel im Schloss drehte, ließ er die Klinke los, sprang die Treppen hinauf und stürzte auf sie zu.

Mira war wie gelähmt und starrte ihn an. Nun standen sich beide gegenüber, übermannt von der

Situation, der Konfrontation nicht gewachsen. Colin schnappte nach Luft und ging vorsichtig auf Mira zu.

„ Du weißt …doch gar nicht …was ich will. Du hast mich nicht einmal ausreden lassen!" Mira hielt kurz inne: „ Colin, tut mir leid, ich kann das nicht!", betrat ihre Wohnung und wollte die Tür hinter sich schließen. Ohne nachzudenken machte er einen Schritt auf sie zu und stellte seinen Fuß zwischen Tür und Schwelle, was Mira aus dem Konzept brachte. Er hatte damit ganz klar eine Grenze überschritten. Sein Verhalten machte ihr allmählich Bange und so presste sie sich mit aller Kraft gegen die Tür.

„Colin, jetzt hör auf."

Er behielt den Fuß dazwischen, wich nicht zurück, was Mira noch mehr empörte. Sie schlug die Tür gegen seinen Schuh und hoffte ihn damit zu vertreiben. Doch entgegen ihrer Erwartung verzog er keine Miene und sah sie mit seinen schönen Augen an.

„Mira, ich wollte nie mit dir schlafen."

Noch immer stemmte sie sich dagegen.

„Mira, darf ich dich malen?"

„Mira, ich wollte nie mit dir schlafen."

Noch immer stemmte sie sich dagegen.

„Mira, darf ich dich malen?"

Miras Tür quietschte, die Geräusche hallten durch den Flur, sie kapierte nicht. Erst nach sich dehnenden Sekunden und unzähligen Schlägen gegen seinen Fuß erreichte sie langsam dieser Satz.

„Was sagst du?"

Sie sah ihn entgeistert an und hörte jetzt erst auf, mit der Tür nach ihm zu schlagen. Er wiederholte seine Bitte erneut: „Darf ich dich malen?"

Sie konnte nicht antworten, weil sie die Frage nicht verstand. Erst war sie sich unsicher, ob sie die Vokabel für sich richtig übersetzt hatte. Malen, das war doch etwas mit Pinsel und Farben? Was hatte das mit ihr zu tun? Ihr kam nicht in den Sinn, warum er Wochen dafür verschwendete, ihr nachzustellen. Colin sah ihr fragendes Gesicht, was ihn nur noch unsicherer machte und zu einer plausiblen Erklärung drängte.

„Ich wusste, hätte ich dich am Abend unserer ersten Begegnung gefragt, hättest du nein gesagt, aber ich wollte nur dich. Deshalb habe ich gewartet oder gehofft, wenn du mich erst einmal kennenlernst, würde es dir einfacher fallen, ja zu sagen."

Mira stand immer noch wie angewurzelt da. Ein Ja schien ihr genauso fern wie ein Nein. Wenn jemand sie nach Sex fragte, war das einfacher zu verstehen als diese ungewöhnliche Bitte. Colin wollte nicht länger warten, nutzte Miras Ohnmacht, setzte sich über sie hinweg, schob die Wohnungstür auf und verschaffte sich somit Zugang zu ihrem Heim.

Mira ließ es über sich ergehen und schloss die Tür. Sie sah ihm nach, wie er durch ihre Wohnung wanderte, die Bilder auf ihrer Kommode musterte. Hektisch fuhr er sich durch sein Haar, war genauso unsicher wie sie. Mira hatte sich diesen Moment so lange erträumt und jetzt, wo er da war, schien alles so unwirklich.

Als Colin ihre Wohnung betrat, erwartete klischeehafte Bilder: unzumutbare Umstände, Chaos, umherliegende Drogen und Spirituosen. Vier Wände, so schmutzig, wie das Milieu selbst. Doch das Gegenteil war der Fall. Die Wohnung war klein und geschmackvoll eingerichtet. Alles hatte seinen Platz. Es war penibel rein und roch nach Reinigungsmitteln. Schwere seidene Vorhänge, große Kristallleuchten, weißes Mobiliar im Stil der Biedermeier-Zeit, Blumen und Pflanzen schmückten den Raum. Alles war hübsch drapiert, wie in einem Puppenhaus. Selbst ihre Sachen lagen neben dem Brett gebügelt im Wäschekorb, die anderen akkurat über den Stuhl gefaltet. Es hätte das Haus einer Lehrerin oder einer Ärztin sein können. Doch die Wohnung einer Hure? Es brachte ihn völlig in einen Zwiespalt.

Mira war mit der Situation hoffnungslos überfordert. Sie wusste nicht, was sie tun oder sagen sollte, stand mit verschränkten Armen im Flur und folgte jeder seiner Bewegungen. Colin drehte sich nach ihr um und wusste, es war Zeit, die Dinge beim Namen zu nennen.

„Es tut mir Leid… ich weiß nicht, was in mich gefahren ist… ich …."

Er atmete schwer und versuchte es erneut.

„…. Ich male seit vielen Jahren, doch meine Familie lehnt mein Hobby ab. Sie meinen, es wäre Verschwendung. Ich… ich habe momentan etwas Zeit und wollte diese nutzen, um sie ganz meiner Leidenschaft zu widmen. …. Also bin ich umhergeirrt, habe nach einer Idee, einem Thema gesucht, nach etwas, was mich fesselt, was mich interessiert, was ich der Welt da draußen zeigen möchte. Tagelang saß ich vor meinen Skizzenblock einfach nur so da. Nichts…… An dem Abend, als wir uns zum ersten Mal trafen, bin ich zuvor stundenlang durch die Straßen gelaufen. Ich hatte zuvor noch nie die Brücke überquert und kam über den Damm zu euch in das Bordell. Und dann sah ich dich. … Die Menschen die dich umgaben, die Dinge die geschahen… ich kann es nicht beschreiben… ich wollte das verstehen, zu Papier bringen… Ich mochte die Art, wie du deine Zigarette angezündet hast, deine Bewegungen, dein Lächeln, wie du die Männer verführt hast, mit ihnen spieltest … Ich muss gestehen, diese Welt ist mir fremd. Ich war noch nie zuvor in einem Puff, habe für Sex nie bezahlt und habe es auch nicht vor…. Naja und es ist ja nicht unbedingt willkommen, in einem Bordell einfach nur so zu sitzen und zu malen…wie du ja gesehen hast…..... Ich glaube, an meinem ersten Abend bei euch hatte ich mehr Silikon-Brüste im Gesicht als in meinem ganzen Leben zuvor…."

Mira lächelte, was etwas Colin die Nervosität nahm.

„… ich weiß, es ist für dich nicht ganz ungefährlich, mich zu dir nach Hause einzuladen… aber Mira, bitte, sag nicht nein. Ich will dich nur auf Papier festhalten, die Welt durch deine Augen sehen. Bunt oder grau, je nachdem, wie sie dir gefällt… Ich will dich sehen…. Ich werde auch jede Stunde bezahlen, wegen mir auch den Preis, den du sonst von deinen Freiern verlangst…. Ich zahle gern dafür… aber schlage mir diese Bitte nicht ab…..."

Mira verschränkte die Arme vor der Brust. Seine Worte waren überwältigend. So etwas Schönes hatte sie noch nie gehört. Doch eines verstand sie nicht.

„Warum hast du nicht schon viel früher mit mir darüber gesprochen? Warum hast du so lange geschwiegen?"

Er tastete mit den Fingern über die Verzierungen der Schubladen. Die Frage war ihm unangenehm:

„Erst habe ich mich geschämt, überhaupt ins Bordell zurückgekehrt zu sein. …. Dann war ich mir nicht klar darüber, ob ich dich überhaupt darum bitten sollte. Mir war schon bewusst, dass man auf dich ein Auge hat und sie mir sicher nicht gestatten würden, diese Bitte an dich zu richten. Ich wollte erst sehen, wie du bist. Ich hielt es für das Beste zu schweigen, aus Angst, du würdest nein sagen. Ich dachte, wenn ich für dich erst so etwas wie ein Vertrauter bin, wäre es für dich einfacher Ja zu sagen. …Ich konnte mir auch sonst niemanden vorstellen, den ich an deiner Stelle wählen würde… Und glaube mir, ich habe nach einer Alternative gesucht…. Mira, ich weiß, vielleicht war das alles ziemlich dumm. Ich habe so etwas noch nie zuvor getan, das musst du mir glauben. Du ahnst nicht, wie blöd ich mir dabei vorkomme. Ich will weder dein Freund noch dein Feind sein. Ich werde dir nichts über mein Leben erzählen, genausowenig musst du das über dich tun. Ich will dich nur malen und wenn ich damit fertig bin, verschwinde ich für immer. Versprochen!"

Mira nahm ihre Hände und spielte damit. Sie sah nachdenklich aus und haderte mit sich.

„Ich weiß nicht, ob ich die Richtige dafür bin."

Colin ging auf sie zu: „Aber ich! Ansonsten wäre ich nicht hier."

Mira drehte sich um. Sie lächelte verlegen und zuckte ängstlich bei dem Gedanken zurück, wie sie sich vor ihm räkelte.

„Oh Mann, ich kann das nicht. Was muss ich denn tun? Ich habe noch nie Modell gestanden oder mich zeichnen lassen."

Colin zeigte seine Grübchen und seine schönen Zähne, indem er strahlte.

„Also ist das ein Ja? Keine Angst… du musst nichts tun, außer das, was du sonst auch machst."

Mira runzelte die Brauen. Wie oder was sollte das sein?

„Na gut, wir können es ja probieren. Sonntag habe ich frei, dann kannst du mich besuchen."

„Aber ich bin doch heute hier?"

Mira war vor den Kopf gestoßen, das war so nicht geplant.

„Ich… ich … ich bin müde…, ich bin vollkommen schmutzig, ich glaube das ist kein guter Zeitpunkt."

Colin kam ihr ganz nah.

„Aber das bist du. Ich will nicht, dass du dich verstellst. Du legst dich schlafen und ich zeichne."

Mira wurde ganz aufgeregt, jetzt, hier, sofort? Das ging alles etwas schnell. Sie hoffte, ihn durch ihre Preisvorstellung in die Flucht zu schlagen.

„Wenn du so darauf bestehst. Unter 300 Mark mach ich nichts."

„Einverstanden."

Colin streckte ihr zusichernd die Hand entgegen und Mira nahm sie ärgerlich an. Wie konnte sie so dumm sein? Bevor sie ihr Wort zurücknehmen konnte, ging Colin in das Zimmer und packte Zeichenblock und Stifte aus seinem kleinen Rucksack auf den Esstisch, kramte nachdem Geld und streckte es Mira entgegen. Es war ausweglos, noch einmal das Ruder herumzureißen. Nervös nahm sie das Geld in Empfang und raufte sich die Haare. Sie zog ihre Schuhe aus und stellte sie auf altes Zeitungspapier. Dann sah sie auf seine herunter.

„Würdest du bitte deine Turnschuhe ausziehen? Ich will nicht unhöflich sein, nur - nach unserer kleinen Wanderung im Moor sind sie ziemlich schmutzig."

Colin war schon ganz in Gedanken, folgte ihrer Aufforderung und setzte sich dann zurück an den Tisch. Eigentlich versuchte Mira damit lediglich Zeit aufzuschieben, doch kein Trick vermochte ihn von seinem Vorhaben abzuhalten. Sie ging ins Badczimmer und zog die eingesauten Kleider aus. Sie füllte eine Schüssel mit Wasser, gab Spülmittel hinzu und tauchte die Sachen darin ein. Dann stellte sie sich in die Dusche und ließ den warmen Schauer über ihren Kopf regnen. Colin hörte die Dusche, wie sie durch die angelehnte Tür zischte. Er wollte nur einen Blick erhaschen, nur für einen Moment. Heimlich schlich er sich heran, schob die Tür nur wenige Zentimeter auf und beobachtete sie, wie sie den Kopf mit Shampoo einschäumte. Es war nur ein schmaler Spalt, der nicht viel Sicht preisgab, dennoch klopfte sein Herz und es wäre ihm unglaublich peinlich gewesen, hätte sie ihn ertappt. Doch er konnte seinen Blick nicht von ihr abwenden, wie sie die Seife über ihren Körper verteilte, wie das Wasser über ihre zarte Haut perlte. Sie hatte viele Blutergüsse an Rumpf und Oberschenkel, sah geschunden aus, zitterte und war erschöpft. Sie war in sich so unperfekt vollkommen. Es war ihre Verletzlichkeit und gleichzeitig ihr lebendiges Temperament, was ihn fesselte. Mira ließ das Wasser über ihre Hände laufen und schloss die Augen. Dann spürte sie einen Windzug, sah zur Tür und hoffte, dass er sie vielleicht beobachtet hatte, doch niemand war zu sehen. Sie drehte die Wasserhähne zu und stieg auf die Bademaatte. Sie trocknete sich ab und wurde bei dem Gedanken immer langsamer, sich nun vor einem Maler zu zeigen. Gerade sie, die sich mit ihrem Körper uneins war. Diese Idee gefiel ihr mit jeder Minute weniger. Sie putzte sich die Zähne, wischte sich die

Schminke aus dem Gesicht. Was von ihr übrig blieb, war ein Häufchen Elend, dürr, blass, faltig und alt. Ängstlich drückte sie die Tür auf und sah um die Ecke. Colin erwartete sie bereits. Mira hatte sich eine großen Turban um das Haar gewickelt und ein Handtuch um ihren Körper geschlungen. Hektisch lief sie durch den Raum. Nun, wenn er sie einfach nur in ihrem Alltag beobachten wollte, bitte sehr. Sie zog die schweren Vorhänge zu und nahm dem Zimmer in der Morgendämmerung die Helligkeit. Nur durch den Lichteinfall aus der Küche, der durch die Glastür schien, konnte Colin etwas auf seinem Zeichenblock erkennen. Mehr brauchte er nicht. Mira wurde immer nervöser. Sich vor Freiern auszuziehen, war für sie Routine, kein großer Akt, doch das hier war anders, viel intimer und unangenehmer. Sie war nackt, ohne Maske, nur Haut und Knochen, wie das Leben sie gezeichnet hatte. Es war viel, was sie hergab und das fühlte Colin. Mira ging auf und ab und stotterte vor sich hin:

„Also ich weiß ja nicht, wie lange du hierbleiben möchtest. Bitte weck mich nicht. Ich habe mir einen Wecker gestellt. Der Tag morgen wird anstrengend. …. Ich hab das Geld weggepackt, also solltest du es dir anders überlegen … dann hast du Pech gehabt!"

„Das werde ich nicht. Bitte…! Setz dich…, mach dir um mich keine Sorgen. Schlaf, wenn du möchtest."

Mira verstummte. Sie setzte sich auf ihr Bett und blieb starr. Colin sah auf seinen Block nieder und begann zu skizzieren. Mira schob ihre Bettdecke beiseite und begann sich zu positionieren, wie sie es in den westlichen Zeitungen gesehen hatte. Brust und Becken raus, Bauch eingezogen, Kinn nach oben gestreckt, Lippen gespitzt. Immer wieder drohte der Turban vom Kopf zu stürzen, sodass sie ihn wieder zurechtschieben musste. Dabei versagte auch der Knoten in ihrem Handtuch, der kurz den Busen hervorblitzen ließ. Nachdem alles wieder verstaut war, ging sie erneut in Grundstellung und erwartete Lob vom Künstler dafür. Colin sah auf und musterte sie verwundert.

„Was machst du? Ich will dich nicht stören, aber gehst du so schlafen?"

Mira wäre am liebsten vor Scham im Boden versunken, sie schnaufte enttäuscht und ließ die Arme hängen. Der Turban rollte vom Kopf und fiel zu Boden. Sie kauerte auf der Bettkante wie ein begossener Pudel und begann zu zweifeln.

„Ich weiß nicht..,ich kann das nicht… Ich glaube, du hast dich getäuscht.., ich bin die Falsche dafür. Ich denke, es ist besser, wenn du gehst… Warte.., ich gebe dir dein Geld zurück."

Sie stand auf und wollte in den Flur gehen, da sprang Colin von seinem Platz auf und stellte sich ihr in den Weg.

„Mira, bitte, wirf mich nicht raus. Ich weiß, dass das eine merkwürdige Situation ist. Ich kann dir nicht sagen, wie du es richtig machen sollst, weil ich nicht weiß, was richtig ist. Ich will einfach nur, dass du alles das tust, was du sonst auch machst. Mehr nicht. Du musst dich nicht verstellen."

Sie standen voreinander und Miras Herz raste. Colin hob mit seiner Hand ihr Kinn.

„Zeig, wie du wirklich bist."

Sie sah ihn wie hypnotisiert an und fühlte, wie sich der Knoten ihres Handtuches löste. Sie wollte noch danach greifen, da hielt er ihre Hand fest und sah ihr tief in die Augen:

„Sieh dich an, das bist du. Dein Körper ist wunderschön."

Sie sah an sich hinunter, betrachtete ihre kleine Brust, die blauen Flecken, die fahle Haut. Das, was sie sah, wurde nur schön, wenn sie es in Spitze und Mieder versteckte. Ihr Blick war traurig. Colin trat einen Schritt zurück: „Das bist du!"

Mira wollte sich am liebsten verstecken. Nackt vor ihm zu stehen, war für sie fast unerträglich. Sein Blick nahm ihr die Professionalität und übrig blieb nur Verletzlichkeit. In diesem Moment war sie nur ein schüchternes 25-jähriges Mädchen, was sich zum ersten Mal ohne Maske einem Mann zeigte, eben so, wie sie wirklich war. Es kostete viel Kraft und Überwindung. Dennoch war es auch ein Stück befreiend und erlösend.

Er lächelte sie an und setzte sich zurück an den Tisch. Mira trat unsicher auf der Stelle herum, setzte sich dann zurück auf die Bettkante, schob ihr Kopfkissen zurecht und ließ sich behutsam ins Bett fallen. Sie nahm die Decke, legte sie über ihre schmalen Beine und kuschelte sich in ihr Kopfkissen. Colins Gesichtsausdruck sah zufrieden aus. Er nahm einen Kohlestift und begann zu zeichnen. Immer wieder sah er auf und ließ den Blick auf ihr ruhen. Im Raum war es still, ab und an war das Raunen des Windes im Treppenflur zu hören, der die Bäume vor dem Fenster hin und her zerrte, das Ticken des Weckers, Geräusche, die sie zum Einschlafen brachten. Ihre Lider wurden schwer.

Ich fühlte, dass mein Körper erschöpft war. Meine Hüfte zwickte, mein Schienbein quälte mich. Dennoch wollte ich den Morgen nicht verschlafen. Ich hatte mir so oft vorgestellt, mit ihm allein in einem Raum zu sein. Es war schöner, als ich es mir je erträumt hatte. Mein Magen war ungewöhnlich flau. Es waren keine Bauchschmerzen, das Gefühl konnte ich nicht deuten. Es kam immer dann, wenn ich ihn ansah, wenn er in meine Augen blickte. Wie kleine Messerstiche, die einem den Hunger nahmen, einem Wunden zufügten, die jedoch nicht schmerzten sondern wohltuend waren. Was geschah mit mir? Ich war einst so stolz auf meine Gleichgültigkeit, emotionslos zu sein. Er brachte mich mit seiner Stille um den Verstand, lehrte mich das, was ich nie geglaubte hatte, zu besitzen. Dafür war ich ihm dankbar und hasste ihn gleichermaßen. Was ist, wenn er mit den Skizzen fertig ist, bekommen hat, was er wollte? Wenn er nicht mehr auf mich unter der Laterne wartet, mich meinen Weg nun wieder alleine gehen lässt? Vielleicht war dieser Morgen der letzte. Trauer überkam mich und ließ mich trotzen. Ich redete mir ein, dass es mein Schicksal war, alleine zu sein. Doch dann dachte ich, lebe den Moment und koste ihn aus, egal, was der Morgen auch bringen mag! Noch ist er da und dir ganz nah. Ich lächelte und war endlich glücklich.

Der Morgen graute und die Sonne stieg auf. Mira hatte gekämpft, doch irgendwann fielen ihr die Augen zu und sie schlief lächelnd ein. Derweil zeichnete Colin unermüdlich. Die ersten drei Stunden blieb er am Tisch sitzen und beobachtete ihren Schlaf. Dann stand er auf und lief im Zimmer umher. Sie war so ordentlich, dass er nicht wagte, etwas zu berühren, aus

Angst, Spuren zu hinterlassen. Die Wohnung war recht klein. Am Eingang war ein kleiner Flur, ein winziges Bad dahinter, kaum groß genug, um sich darin umzudrehen, im Zimmer stand rechts ein Bett und vor dem Fenster der Esstisch, auf dem nun seine Skizzen verteilt waren. Er traute sich nicht die Küche zu betreten, sah durch die Glastür, die nur eine kleine Küchenzeile verbarg. Mira streckte sich und drehte sich zur Seite. Ihre blonden Haare fielen in ihr Gesicht. Colin haderte mit sich, fuhr sich nervös über den Nacken. Dann hockte sich vor das Bett und betrachtete sie. Ihre schmalen Finger, ihre Nägel, ganz ohne Nagellack und kurz geschnitten. Die wenigen Leberflecke, verteilt über ihren Arm. Er atmete aus und hielt die Luft an. Seine Hand war für Sekunden ruhig, er nahm ihr ganz behutsam die Strähne aus dem Gesicht und berührte leicht ihre Wange. Sie war warm. Er atmete ein und zog seine Hand zurück. Er war über sich selbst erschrocken, welche Macht sie über ihn hatte. Er musste lernen, sich besser zu kontrollieren. Sie war eine Prostituierte, eben eine Professionelle und in jedem Moment Herr ihrer Sinne. Er sollte sich an ihr ein Beispiel nehmen. Wenn er als Künstler ernst genommen werden wollte, musste er den Abstand zwischen sich und dem Kunstobjekt wahren. Er setzte sich zurück auf seinen Platz und starrte auf seine Skizzen. Er konnte nicht glauben, was er auf sich genommen hatte, um endlich hier zu sein. Er konnte nicht glauben, dass er sich mit einer Hure abgab. Er betete, dass seine Familie oder seine Freunde nie von diesem Geheimnis erfahren würden, er schämte sich dafür. Sein Ruf war ihm teuer. Dann sah er wieder zu Mira hinüber. Die Wände um sie herum schützten das Geheimnis, ihr Schlaf erlaubte ihm, nachgiebig mit sich selbst zu sein. An diesem Morgen war es egal, wer er war, woher er kam und was andere von ihm hielten. Sie war seine Muse, schön anzusehen, nicht mehr und nicht weniger.

Er nahm den Kohlestift wieder in die Hand und zeichnete weiter. Die Sonne stieg auf und wurde von dunklen Wolken bedeckt. Es donnerte und blitzte draußen. Der Regen zog über das Land. Colin bekam von alledem nichts mit, es entstand eine Zeichnung nach der anderen. Der Zeiger der Wanduhr drehte sich wie ein Kreisel. Es dämmerte bereits und der Tag ging zur Neige. Mira fühlte sich wohl und schlief tief und fest. Ab und an sprach sie im Schlaf, dann legte er den Stift beiseite, lauschte und lächelte.

Es war mittlerweile 5 Uhr nachmittags. Eine Tür der Nachbarwohnung knallte und ließ Mira hochschrecken. Sie riss die Augen auf und schien noch nicht ganz wach. Irritiert sah sie sich um, starrte auf die Uhr und dann zu Colin.

„Du bist ja immer noch da?"

Mira sah wieder zur Uhr. Sie hatte schon seit Wochen nicht mehr so lange durchgeschlafen. Normalerweise wurde sie fast stündlich wach. Aber heute war sie noch ganz schlaftrunken und musste sich erst einmal sortieren. Sie setzte sich auf die Bettkante und folgte Colins eiligen Handbewegungen.

„Hast du bekommen, wonach du gesucht hast?"

Colin reagierte nicht. Mira schmunzelte, er war so vertieft in seine Arbeit, dass er sich durch nichts ablenken ließ. Sie wollte ihn nicht stören und lief ins Badezimmer. Es war schon eine eigenartige Situation. Noch nie hatte sie bei sich einen Gast beherbergt, noch nie hatte ihr jemand beim Schlafen zugesehen.

Sie putzte sich die Zähne, griff sich ein Handtuch und begann mit der alltäglichen Morgenhygiene. Als sie mit der Dusche fertig war, lief sie zurück ins Zimmer. Sie beobachtete Colin, wie er leidenschaftlich mit dem Stift über das Blatt fuhr. Sie wollte einen Blick riskieren! Sie lief zur Kommode, nahm ein paar Sachen heraus, ging dann zu den Vorhängen und zog diese beiseite. Auf Zehenspitzen tippelte sie die wenigen Zentimeter und versuchte über seine Schulter zu schauen. Der Boden knarrte und Colin sah sich reflexartig um. Er bedeckte schützend seine Zeichnungen und sprach mit ruhiger Stimme:

„Ich zeige es dir, wenn ich fertig bin."

Mira lächelte und machte einen Schritt zurück. Sie schob die Küchentür auf und hinter sich wieder zu. Schüchtern drehte sich Colin nach ihr um. Das strukturierte Glas zeigte ihre Silhouette. Er folgte jeder ihrer Bewegungen, wie sie ihre Kleider anzog, der Stoff über ihren Körper fiel. Schöner hätte er es nicht wiedergeben können. Der Augenblick bestätigte ihn in seiner Wahl. Niemand war so anmutig, so verletzlich, so schön. Er griff sich ein neues Blatt und brachte das Bild in seinem Kopf darauf. Währenddessen polterte und knallte es hinter der Schiebetür. Gas wurde entzündet, der Herd flammte auf. Mira wühlte nach ihren Töpfen und Pfannen. Emsig schnippelte sie Gemüse und summte vor sich hin. Aus den Töpfchen stieg Wasserdampf auf, in der Pfanne knisterte es. Nach einer halben Stunde erfüllte der Duft von gebratenem Fleisch den Raum. Colin sog ihn in sich auf und wurde neugierig. Mira öffnete die Tür und steckte ihren Kopf hervor.

„Ich habe gekocht. Wenn du dir die Hände gewaschen hast, kannst du gern mitessen. Du müsstest nur noch deine Werke zusammensammeln, damit ich den Tisch decken kann. In zwei Minuten bin ich fertig."

Sie schob die Tür zu und Colin füllte seinen Block mit den neugewonnenen Heiligtümern. Wie einen Schatz verstaute er sie in seinem Rucksack. Behutsam stellte er die Tasche ab und spielte nervös mit den Händen. Unsicherheit beschlich ihn. Vielleicht war es besser, wenn er jetzt ginge. Es war gemütlich, fast wohnlich - zu angenehm? Er musste einen klaren Kopf behalten, sie nicht zu sehr an sich heran lassen. Es war besser, wenn er jetzt ginge! Er stand auf, nahm den Rucksack und lief zum Flur hinaus. Das Knarren der Schiebetür stoppte ihn.

„Colin, beeil dich! Das Essen wird kalt."

Er durchsuchte den Flur nach seinen Schuhen, schließlich fand er sie in einer Ecke auf Zeitungspapier, geputzt und mit Schuhcreme aufpoliert. Er war gerührt, dennoch griff er nach ihnen und ging zur Tür. Er drückte die Klinke nach unten, wagte sie aber nicht zu öffnen. Was sollte er tun? Was war richtig? Er sah zurück, hörte, wie sie den Tisch deckte. Wieder rief sie seinen Namen und Colin brachte es einfach nicht übers Herz. Er ließ die Klinke los, stellte Schuhe und Rucksack ab, ging ins Bad, wusch sich die Hände und kehrte zu ihr zurück. Und als er vor ihr und dem gedeckten Tisch stand, schämte er sich für seine Gedanken. Sie hatte sich so viel Mühe gemacht und er wollte sie verlassen. Zappelnd stand er vor ihr.

„Jetzt setz dich. Darf ich dir auftun?"

Mira hatte alles liebevoll eingedeckt. In einer Schüssel servierte sie Wildbraten in pikanter Soße, in der anderen Schüssel Apfelrotkohl und Rosmarin-Bratkartoffeln. Der Duft war himmlisch und machte Colin hungrig. Er nahm das polierte Besteck in die

Hand und Mira legte ihm ein Stück Fleisch auf den verzierten Porzellanteller. Dann goss sie etwas Rotwein in die neuen Kristallgläser und hielt eines davon Colin vor die Nase.

„Das habe ich im Fernsehen gesehen. Der Gast muss erst daran riechen, ob das Bouquet des Weines zustimmend ist. Dann nimmt man das Glas, schwenkt es, wenn der Wein ölig runter läuft, gibt das Fenster Aufschluss über die Reife. So, oder so ähnlich habe ich das verstanden."

Colin hielt die Nase über das Glas und Mira lachte:

„Und, hast du schon erkannt, dass es billiger Kochwein ist?"

Colin schmunzelte und nahm einen Schluck. Höflich wartete er, bis Mira Platz genommen hatte und begann zu essen. Seine Erwartungen waren nicht hoch. Schon was er sah, war weit über dem, was er ihr zutraute. Dann nahm er den ersten Bissen. Es war köstlich, selten hatte er so zartes, gut gewürztes Fleisch auf seiner Gabel gehabt. Den ersten Bissen ließ er sich im Munde zergehen und dann verschlang er den Rest in einem Zuge, wie ein Wolf, der sich über seine Beute hermachte. Mira entzückte sein Hunger. Auch wenn er nicht sprach, kein Wort des Lobes oder des Dankes, so war sein leerer Teller Zustimmung genug. Nach wenigen Minuten war es vollbracht. Colin lehnte sich angestrengt zurück und resignierte. Er hielt sich den Magen, der zu platzen drohte und stöhnte. Mira war zufrieden und sah ihn mit ihren funkelnden Augen an. Der Regen dauerte an und nur sein Rauschen war zu hören. Colin atmete tief durch und ließ den Blick schweifen. Mira fühlte sich wohl in seiner Nähe und merkte an: „Nachtisch?"

Er saß da wie ein Schuljunge, winkte ab und lächelte ganz verlegen. Seine Grübchen zeichneten sich auf seinen rosafarbenen Wangen ab und machten seinen Gesichtsausdruck liebevoll und ungewohnt vertraut. Mira mochte diese kindliche Art an ihm und ließ sie vergessen, warum er hier war.

Es war schön, nicht alleine zu sein. Es war schön, mein Essen mit ihm zu teilen. Er sagte kein Wort, saß stumm am Tisch und erfüllte trotzdem meine kargen Wände mit so viel Wärme und Freude. Vielleicht war das der Grund, warum ich mich ihm so nah fühlte. Und als er so vor mir saß, schüchtern seinen Blick senkte und lächelte, überkam es mich. Es war eher reflexartig. Ich hob meine Hand und strich über seine Wange. Ich fühlte mich ihm vertraut und wollte ihm nur zeigen, dass ich mochte, dass er hier war. Sein Lächeln wich, sein Gesicht wurde ernst, er legte die Serviette zur Seite und stand auf. Seine Augen waren gleichgültig, sein Ausdruck angestrengt. Er sagte nur: „Danke für das Essen. Es war ausgezeichnet!", stellte den Stuhl ran, lief zum Flur, nahm die Schuhe und den Rucksack und verschwand. Eh ich begriff, was geschehen war, aufstehen und fragen konnte, was ich falsch gemacht hatte, fiel die Tür ins Schloss und die Haustür knallte. Enttäuscht sah ich ihm durch das Küchenfenster nach, wie er kopfschüttelnd über den Hof lief. Er blickte nicht zurück, kein Wort des Abschiedes oder der Entschuldigung. Ich dachte: Das war mein Märchen! Und es endete schneller, als ich es genießen konnte.

4

Die andere Seite

C olin lief Richtung Grenze. Er wollte nicht denken und sah stur geradeaus wie ein Soldat, der in den Krieg zog. Leichter Nieselregen ließ die Landschaft grau wirken. Wie einen Schatz hielt er seine Tasche mit den Skizzen in der Hand und eilte durch die Gassen. Er war glücklich, endlich bekommen zu haben, wonach er suchte und wütend über sich, sie so nah an sich herangelassen zu haben. Die Arbeit war getan, der Job erledigt. Nun galt es, die Skizzen auf eine Leinwand zu bringen. Er dachte über Farben und Perspektiven nach, über Größe und Motiv, bis ihn sein Handy klingelnd aus seinen Ideen riss. Er nahm es aus der Hosentasche und sah zum Display. "Brüderchen" rief erneut an und Colin haderte mit sich, ob er antworten sollte. Das Telefon leuchtete wieder auf und Colin hob genervt ab.

„Was ist, Josh?"

„Wo bist du, verdammt?"

Colin blieb stumm.

„Warst du schon wieder bei diesem Mädchen?"

Er wollte nichts sagen, aber unbemerkt entfuhr ihm ein Seufzer.

„Brüderchen, zieh deinen Kopf aus der Schlinge, solange du noch kannst. Sie zieht dir das ganze Geld aus den Taschen. Seit drei Wochen triffst du sie schon!"

Colin schüttelte den Kopf: „Das ist Blödsinn!"

Wenn Josh eines hasste, dann war es, angelogen zu werden. Die Stimmung kippte.

„Meinst du, ich hätte nicht mitbekommen, wie du im Morgengrauen abgehauen bist und dich kurz vor dem Wecker wieder reingeschlichen hast. Für wie dämlich hältst du mich?"

Colins Beziehung zu seinem Bruder war sehr eng. Er hatte ihn am Anfang in seine Pläne eingeweiht. Er verschwieg ihm auch nicht, dass es ihm ein Mädchen besonders angetan hatte. Das war ein großer Fehler, wie sich noch herausstellen sollte. Sein Geheimnis war bei ihm nicht mehr sicher, deshalb schwieg er und reizte Josh damit gehörig.

„Wer weiß, auf wen du dich da eingelassen hast. Solche Menschen sind verseucht von Krankheiten, leben im Müll und haben keine Würde. Du kennst bestimmt nicht mal ihren richtigen Namen… Sie wird dir so lange das arme Mädchen vorspielen, bis sie dich ausgenommen hat, bis du dich vor allen Leuten lächerlich gemacht hast. Du beschmutzt das Ansehen unserer Familie mit deiner Schwärmerei. Stell dir nur vor, was Vater sagen würde. "

Joshs Worte waren treffend und provozierten Colin. Er hielt viel von der Meinung seines Bruders, seine Anerkennung hatte immer eine große Rolle für ihn gespielt. Doch in diesem Fall sprach er von Dingen, von denen er so gar keine Ahnung hatte. Colin kannte die Wahrheit und war beleidigt, dass sein Bruder ihn für so naiv hielt.

„ Ihr Name ist Mira. So hat sie sich mir vorgestellt und so stand es auch auf ihrer Klingel. Willst du sie besuchen und mich als großer Bruder vor weiterem Unheil bewahren. Klasse Idee! Ich bin gleich zu Hause. Du kannst mir den Baby-Brei schon mal auf den Tisch stellen. Ich bräuchte von dir später noch Hilfe, um mir die Windeln zu wechseln."

Colin legte auf, stellte das Telefon aus und warf es in den Rucksack. Er kochte vor Wut und hatte kein Verständnis für diese Art Anschuldigungen. Er war alt genug und selbst imstande zu wissen, was er tat. Es war nicht notwendig, daran noch einen Gedanken zu verschwenden, er hatte im Rucksack das, wonach er suchte. Und allein deshalb lohnte es sich schon. Er erreichte die Brücke. Die Sonne ging unter und die Scheinwerfer der Autos, die den Grenzbereich passierten, blendeten durch das Plexiglas, welches wartende Fußgänger vom Verkehr trennte. Colin reihte sich in die Schlange am Grenzposten. Er kramte nach seinem Reisepass und hielt ihn zur Prüfung in der Hand. Die Fußgänger wurden zügig abgefertigt. Colin beobachtete das Treiben, wie die Zollbeamten willkürlich prüften, nach zu verzollenden Wertgegenständen suchten. Es wurde gern und viel geschmuggelt, bevorzugt Zigaretten. Nach wenigen Minuten war Colin an der Reihe, er legte seinen amerikanischen Ausweis vor und sah zu Boden. Der Beamte nahm das Dokument und blätterte interessiert darin herum. Dann fragte er standardisiert nach zu verzollenden "Mitbringseln" aus Polen, was Colin eilig mit Nein beantwortete, gab ihm seinen Pass wieder und rief den nächsten auf. Als Colin seinen Ausweis nahm und sich wenige Meter entfernt hatte, hörte er, wie der Beamte laut mit seinem Kollegen über ihn lästerte:

„Typisch, die prüden Amis! Seitdem die das Werk am Rande der Stadt bauen, rennen die hier scharen-

155

weise zum Vögeln über die Grenze. Der Typ scheint es am Nötigsten zu haben. Den sieht man hier fast jeden Tag. Ja, ja, zu Hause ist rumhuren verboten und hier können sie nicht genug bekommen."

Die Beamten lachten laut und Colin verschlug es die Sprache. Sein Deutsch war dank seiner Mutter ausgezeichnet und es brannte ihm unter den Nägeln, das auch unter Beweis zu stellen. Er war angriffslustig, ging zurück und baute sich vor dem Beamten auf, der ihn nun mit ertappten Augen ansah.

„Wissen Sie, ich finde es lustig, welche Einstellung Sie haben. Und unter uns, ich denke, Ihr Kollege ist der falsche, mit dem sie über dieses Thema lachen. Denn das Bordell, in das ich gehe, ist einmal in der Woche auch seines. Also den Ball flach halten! Wir prüden Amis sind auch nicht geiler als ihr prüden Deutschen."

Colin drehte sich mit einem guten Gefühl um und ging seines Weges. Die Situation war erheiternd, aber nicht ablenkend genug, um ihn über den Streit mit seinem Bruder zu tragen. Colin wusste, dass das Thema für Josh noch nicht beendet war. Er wollte doch nur seine Bilder, das müsste sein Bruder doch am besten verstehen.

Colin verschwand im Dunkel der deutschen Straßen jenseits der Brücke, während Mira sich für die Arbeit vorbereitete. Ihr Herz war schwer, ihr Gemüt mit sich selbst uneins. Sie hatte kein Gefühl zu dem, was geschah, keine Erwartungen, keine Hoffnung, ihn wiederzusehen. Der Job war getan und der Grund erfüllt, der ihn jede Nacht zu ihr lockte. Mira schnürte sich die Stiefel zu und sah wehmütig auf den leeren Stuhl am Esstisch. Er würde von nun an wieder leer bleiben. Sie nahm ihre Tasche und lief durch das Treppenhaus. Sie dachte an den Morgen, als er flehend vor ihrer Tür stand, sie mit seinen schönen Augen ansah, so voller Wärme und Leidenschaft. Wie hätte sie ihm so diese Bitte abschlagen können. Sie schlenderte über den Hinterhof in Richtung Straße und sah sich um. Was hätte sie dafür gegeben, ihn jetzt anzutreffen, vielleicht ein Wort, eine Erklärung dafür, warum er vor ihr flüchtete, eine Bitte, sie wieder besuchen zu dürfen, sie zu begleiten, eine Bitte um etwas Zeit, einen Kuss, eine Umarmung. Doch den Weg lief sie allein. Niemand, der ihn kreuzte, niemand, der sich für sie interessierte. Und so blieb ihr nur die Erinnerung an diesem stummen Kerl, den sie nie verstand.

Voller schöner Gedanken erreichte sie den so verhassten Schotterparkplatz. Sie schlenderte summend über die Holztreppe und schloss, in Gedanken abwesend, ihre Zimmertür auf. Sie wählte routiniert ein Kleid, hübschte sich für den Abend auf, träumte sich davon und bemerkte nicht, wie sich die Tür langsam öffnete. Mira sang vor sich hin, während sie ihre Sachen zusammenfaltete. Eine Hand wanderte an ihrem Hals entlang. Mira erschrak, drehte sich um und wollte zum Schlag ausholen, als der Täter sein Gesicht zeigte und Lorna zum Vorschein kam. Mira atmete erleichtert auf:

„Ach, du bist es. Warum klopfst du nie an?"

Lorna lachte und warf sich auf das Bett. Wie ein kleines Kind schaukelte sie mit den Beinen und spielte mit ihrem Haar: „Ich habe euch gestern gesehen!"

Miras Herz begann auszusetzen: „Was meinst du?"

Mira war keine gute Lügnerin. Niemand kannte sie besser als Lorna, ein Augenkontakt würde sie entlarven. Deshalb ging sie zum Wandschrank, tat so, als würde sie nach etwas suchen und verbarg ihr Gesicht hinter der Schranktür.

„Er ist gestern vor deiner Haustür nicht stehen geblieben!"

Die Schlinge um ihren Hals zog sich zu. Sie wurde nervös und versuchte sich rauszureden: „Er hat mich nach Hause gebracht, wir haben nur geredet. Er hat mir die Tür aufgehalten."

Lorna sah sie durchdringend an. Sie hätte das Spiel noch ewig weitertreiben können: „Stimmt - und er hat die Tür von innen zugemacht."

Mira sah Lorna misstrauisch an. Sie zögerte, schaute zur offenen Tür und trat diese mit einem Schwung zu. Lorna fühlte sich bestätigt. Ihre freundschaftliche Ehre war gekränkt. Sie hatten nie Geheimnisse voreinander gehabt. Es war das erste Mal, dass Mira etwas für sich behielt. Lorna verschränkte die Arme und erwartete die Wahrheit:

„Ich glaube, du hast mir da was zu beichten?"

Mira legte den Finger auf ihren Mund:

„Sei still! Erzähl es doch noch lauter!"

Sie riss drohend die Augen auf und lauschte. Lorna sah sie fragend an:

„Was hast du denn?"

Sie ging zur Tür, öffnete diese und sah prüfend über den Flur. Nachdem sie sich vergewissert hatte, dass niemand vor dem Zimmer stand, schloss sie die Tür wieder und setzte sich nervös zu Lorna: „Woher...."

Lorna fiel ihr ins Wort: „Ich bin sehr enttäuscht. Du weißt doch, dass du mit mir über alles reden kannst."

Miras Stimme war ängstlich und zitterte: „Woher weißt du das?"

Miras Angst steckte Lorna an:

„Beruhige dich! Gestern meinte Juri, dir wäre es nicht gut ergangen und du musstest nach Hause. Ich hatte Angst um dich, dem Kerl kann ich doch nicht trauen, gerade nicht, wenn es um dich geht. Also bin ich abgehauen und wollte nach dir sehen. Tja, und ich hoffe, den Rest höre ich nun von dir?!"

Mira war ernst und trug Sorge im Gesicht: „Mit wem hast du darüber gesprochen?"

Lorna war empört: „Mit niemandem. Das würde ich dir doch niemals antun. Wie kannst du…"

Mira hielt sich die Stirn. Das Thema bereitete ihr Kopfschmerzen, dann drehte sie sich mit flehendem Blick zu Lorna um:

„Du darfst mit keinem darüber sprechen. Wenn Juri das erfährt, dreht er durch. Er dachte, dass ich den Türsteher, du weißt schon, der mit dem Stoff, treffe. Er hat ihn zusammengeschlagen, weil er glaubte, wir beide sehen uns heimlich. Ich….ich wollte dich nicht anlügen. Ich… ich hätte gar nicht gewusst, was ich dir erzählen soll. In jener Nacht, als er unser Haus fluchtartig verließ, wartete er auf mich wenig später an der Lichtung, wollte mich begleiten, tat das von da an jeden Abend, …..sonst nichts…, ich schwöre dir, Lorna, es ist nichts passiert… er hat kaum mit mir gesprochen, sich nur als Colin vorgestellt, bis heute Morgen. Plötzlich folgte er mir bis ins Haus, redete auf mich ein und fragte, ob er mich malen könnte! "

Lorna hörte gespannt zu. Der Grund seines Handelns war auch ihr suspekt.

„Hä?"

Mira konnte sich ein Grinsen nicht verkneifen.

„Genauso habe ich auch gefragt. Er ist Maler, nicht mehr und wollte mich zeichnen. Nur deshalb ist er mir gefolgt. Der Puff, wir, das Milieu, hatte wohl eine magische Wirkung auf ihn. Aber, na ja, nun, er hat er seine Bilder und die Sache ist vorbei."

Mira war traurig und ließ den Kopf hängen.

„Hey, was ist los mit dir? Ich glaube, dass du deinen Freund mehr in dein Herz geschlossen hast, als dir lieb ist. "

Mira sah verstohlen weg: „Das ist doch Unsinn! "

Lorna war fast ein wenig neidisch. Sie hatte Mira noch nie so erlebt. Ihre Geschichte war mitreißend, dennoch konnte es kein Happy End geben. Lorna lachte und strich Mira beruhigend über das Bein.

„Du musst dich für deine Schwärmerei nicht schämen. Wir alle schwärmen, meine Mutter einst für die Beatles, ich für Kevin Costner und du eben für deinen stummen Freund... Und wie sieht er so von Nahem aus?"

Mira grinste: „Sehr hübsch."

Lorna schrie auf: „Ich wusste es.... Du kleines Miststück! Ich wusste doch, dass er wegen dir hier war. Die Auflösung seiner Motivation ist neu, aber so aufregend! Und wie war es, portraitiert zu werden?"

„Na ja.... Am Anfang war ich schrecklich aufgeregt, dann fiel mir das Badehandtuch runter, er meinte, ich hätte einen schönen Körper und dann wollte er, dass ich mich schlafen lege."

Entzaubert sah sie Lorna an: „Wie? Er wollte, dass du schlafen gehst?"

Mira war irritiert.

„Mh… jetzt… wo wir darüber sprechen, hört sich das schon komisch an… Er wollte eben sehen, wie ich bin, wie ich lebe."

„Wie? Und du hast dich schlafen gelegt und dabei hat er dich gemalt?"

Mira nickte. Lorna konnte die Geschichte nicht so recht glauben und war skeptisch.

„Hast du geschaut, ob er dich beklaut hat?"

Mira schüttelte den Kopf: „ Er hat mir sogar Geld gegeben. 300 Mark und glaub mir, seine Brieftasche war voll mit Scheinen."

Lorna zwinkerte Mira zu.

„Du kannst ihm ja sagen, dass ich von uns beiden am hübschesten posiere."

Mira lachte.

„Du hast eine viel zu große Nase."

Lorna schlug ihr für die Beleidigung das Kissen ins Gesicht. Beide lachten ausgelassen und fielen sich in die Arme. Ein gemeinsames Geheimnis ist oft das Siegel einer funktionierenden Freundschaft. Mira machte sich für die Arbeit fertig und Lorna stand schon in der Tür, doch eine Frage brannte ihr noch auf den Lippen: „Wann seht ihr euch wieder?"

Mira hatte dafür keine Antwort und dachte mit Wehmut an die Verabschiedung, die keine war.

„Er hat keinen Grund mehr, mich noch einmal zu besuchen. Er hat das bekommen, was er wollte!"

Lorna verschränkte enttäuscht die Arme.

„Das glaube ich nicht. Wochenlang will er dich sehen. Da werden ihm doch zehn Bilder nicht reichen. Warum sollte er dich nicht wiedersehen wollen?"

Mira sah enttäuscht nach unten.

„Keine Ahnung. Er ist einfach gegangen. Er war mir gegenüber so kühl, so distanziert. Ich glaube nicht, dass ich ihn noch einmal treffe."

Lorna ging auf sie zu, hob Miras Köpfchen und sah ihr in die Augen.

„Sei nicht traurig. Du muffelst zwar manchmal und spuckst beim Reden, aber wenn man dich erst einmal kennengelernt hat, ist man gern mit dir zusammen. Sieh mich an, ich ertrage das schon seit drei Jahren!"

Beide bekamen einen Lachkrampf, zogen die Tür hinter sich zu und liefen die Treppe hinunter. Ihr Lachen konnte man über den ganzen Flur hören. Es half Mira, ihre Sorgen zu verdrängen und für einen Moment ihre Schwärmerei zu genießen.

Lorna zog den Vorhang beiseite und Mira wurde von ihrem Alltag empfangen. Ihre Kolleginnen saßen bereits nett zurechtgemacht auf ihren Stühlen, grüßten Mira flüchtig und empfingen Lorna euphorisch. Mira ging an ihnen vorbei, setzte sich an die Bar und trank einen Sekt, dabei sah sie zu den Frauen hinüber und musterte sie, wie sie sich ganz aufgeregt unterhielten. Das Leben im Puff war nicht immer einfach. Wenn es gerade uninteressant mit den Männern lief, es keine besonderen Vorkommnisse gab, erhitzten sich gern die Gemüter untereinander. Manche waren richtige Furien und warteten nur darauf, Ärger zu stiften. Die Weiber keiften gegen jeden und lästerten übereinander. Was hatten sie auch sonst, außer gutem Aussehen, Stammkunden und Geld. Jede war mal Mode und derzeit war es Mira, der viele aus dem Wege gingen. Die Beziehung zu Juri machte sie zum Einzelgänger. Oft wollte sie dazu gehören, ein Teil der Gruppe sein, doch mittlerweile genoss sie die Außenseiterrolle, sie schützte Geheimnisse wie ihre und hielt sie von Ärger fern. Und während die ganze Traube eifrig über Männer debattierte, dachte Mira an Colin. Immer wieder sah sie zur Tür. Doch dann ermahnte sie sich, realistisch zu bleiben, ihn im Herzen zu bewahren und nicht länger auf ihn zu warten.

Alles hatte einen Sinn und geschah aus einem bestimmten Grund. Colin war vielleicht nicht ihr Retter, aber vielleicht der Prinz, der sie aufweckte.

Sie drehte sich mit dem Rücken zur Tür und musste lernen, wieder nach vorn zu blicken. Sie sah stur auf ihr Glas und spielte mit der Serviette. Die eigenen Gedanken zu kontrollieren, gestaltete sich oft härter, als man sich das eingestehen mochte. Und so willig das Fleisch war, so hilflos war die Seele. Lorna entdeckte ihre gelangweilte Freundin, stellte sich vor sie hin und berichtete zur Ablenkung vom neuesten Klatsch und Tratsch. Mira sah nur, wie sich ihr Mund bewegte, so richtig folgen konnte sie ihr nicht.

Plötzlich fühlte sie einen Luftzug über ihren Rücken gleiten. Lorna riss die Augen auf und Mira sprang das Herz fast aus der Brust. Sie lächelte, drehte sich voller Erwartung zur Tür. Dann kam die Ernüchterung! Es fühlte sich an, als hätte man ihr einen Stein auf den Magen gelegt, der ihr die Luft zum Atmen nahm. Es wäre auch zu schön gewesen, wenn sich Colin noch einmal hierher verirrt hätte, doch er war es nicht. Leider, leider nicht! Aber warum musste sie Gott so hart bestrafen? Warum er, warum Lukasch?

Er war der Schrecken einer jeden Hure. Er war der Hurensohn höchstpersönlich. Ein Bastard, ein menschenverachtendes Arschloch, brutal und ohne jede Seele. Es gab niemanden, der ihn an Perversion überbieten konnte. Wenn er kam, gab es später keine guten Nachrichten. Jede zitterte und senkte den Blick. Miras Herz schlug schneller. Lukasch kam nicht allein, er hatte Juri im Schlepptau und ihr Gang zielte genau auf sie.

Als Lukasch den Raum betrat, schauderte jede von uns. Es war Willkür, wie er die Mädchen wählte. Aber eines wusste ich, auf mich war er schon lange scharf. An den letzten Abenden schützte mich die Beziehung zu Juri davor. Lukasch war Zuhälter und so fett wie er war, so fett war er auch im Geschäft. Er saß vor einigen Jahren wegen Menschenhandels im Knast. Schmierig, ekelhaft, kahlköpfig und aufdringlich waren seine herausragenden Charaktereigenschaften, er dachte von sich selbst, dass er der Schönste sei. Sein Körper war überall behaart und sein Atem stank wie ein überfüllter Aschenbecher. Seine dicken Goldketten hingen über seinem weißen Hemd, das mit Fettflecken nur so übersät war. Er taumelte durch den Puff wie ein Hahn im Korb. Manchen Mädchen griff er einfach so zwischen die Beine. Wer sich wegdrehte, wurde von ihm angespuckt oder kassierte eine Ohrfeige. Er wurde in unserem Geschäft toleriert. Juri hasste ihn, und doch machte er gute Miene zu seinem perversen Spiel. Lukasch war ein cleverer Geschäftsmann, der Juri viele Frauen, Geld und Macht vermittelte. Ohne diesen schleimigen Typen wäre Juri immer noch in der Ukraine, würde Autos stehlen und Drogen verkaufen. Mittlerweile war er ein gemachter Mann mit hohem Wohlstand und vielen falschen Freunden. Lukasch lief durch den Raum. Er sah prüfend in die Gesichter der Frauen, wanderte von einer zur anderen, als hätte er mich gesucht. Ich wusste, er würde nicht Ruhe geben. Ich konnte ihn förmlich riechen. Und dann baute er sich vor mir auf. Ich fühlte, dass mich das Glück verlassen hatte. In der Vergangenheit war es mir noch möglich, mich aus der Affäre zu stehlen, heute würde mir das nicht gelingen.

Lukasch streichelte meinen Arm. Er war so betrunken, dass ihm Spucke aus dem Mund lief. Mir wurde übel. Ich versuchte mir schöne Dinge vorzustellen, um alles, was folgen würde, zu ertragen. Ich dachte an Colin, wie er lächelte, wie er dasaß und seine Skizzen malte. In diesem Moment küsste Lukasch meine Hand und sein kalter Schweiß brannte wie Feuer auf meiner Haut. Am liebsten hätte ich mich übergeben. Ich schaute über seine Schulter, um mir einen Fixpunkt im Raum zu suchen. Ich sah ziellos über die Männer, die gegenüber an den Tischen saßen. Und plötzlich sah ich ihn, Colin! Er war es wirklich! Ich konnte es nicht glauben, dass er nur wegen mir zurückgekehrt war! Ich hatte fast Tränen in den Augen. Er stand wie angewurzelt im Raum und verfolgte die Situation. Ich sah die Angst in seinen Augen, die ich fühlte. Mein Körper war starr. Nur der Blick zu ihm tötete die Berührungen von Lukasch. Plötzlich stellte sich Juri zwischen mich und dieses dreckige Schwein. Ich war überrascht, damit hatte ich nicht gerechnet.

„Es reicht jetzt. Lukasch, ich hab dir gesagt, die nicht. Die ist meine."

Lukasch wollte sich nicht einfach so abwimmeln lassen. Er fand gerade Gefallen an Mira. Er torkelte umher und strengte sich an, noch klare Sätze zu sprechen:

„Hab dich doch nicht so, mit allen anderen teilst du sie doch auch, warum nicht mit mir? Mit deinem besten Freund?"

Juri versuchte die Situation charmant zu retten und ruderte zurück:

„Die kann nichts außer gut aussehen. Aber das ist, womit ich mein Geld verdiene, sie schafft wie kaum eine andere. Ich kenne deine Vorzüge, aber die hier brauche ich noch!"

Man konnte die Furcht in Juris Augen lesen. Er begab sich auf dünnes Eis.

Doch wider Erwarten schien Lukasch das nicht abzuschrecken. Er drängte sich an Juri vorbei, griff nach Miras Arm und zog sie an sich heran. Er presste seine Brust gegen ihre und lallte in ihr Ohr: „Oh, er wird jetzt hart. Ich werde es dir schon beibringen. Du bist nicht die Erste!"

Mir wurde heiß und kalt. Die Angst schnürte mir die Kehle zu. Juri würde mir nicht helfen können. Das wussten wir beide. Er würde die Beziehung zu Lukasch niemals gefährden. Erst recht nicht wegen mir. Obwohl mir mein Leben egal war, fürchtete ich den Tod. Lukasch war bekannt dafür, unbequeme Leute aus dem Weg zu räumen. Jemanden zu erschießen war für ihn keine Mutprobe, sondern ein Geschäft. Er verschmutzte die Oder ab und an mit Leuten, die seine Ansichten nicht teilten, oder die einfach nur unbequem waren. Die Situation erdrückte mich. Ich starrte Colin an und wollte nur noch bei ihm sein. Der Gedanke wurde zum Verlangen und ich setzte alles auf eine Karte.

Mira atmete tief durch, sie versuchte so gut es ging, sich ein Lächeln heraus zu quälen. Mit überaus freundlicher Stimme schob sie Lukasch sanft von sich und schmeichelte ihm.

„Du bist so aufmerksam und ich weiß dein Interesse an mir zu schätzen, aber mein Stammkunde ist da. Er fliegt in ein paar Tagen zurück nach Frankreich. Er wollte mich vorher noch einmal treffen. Du entschuldigst."

Sie ließ Lukasch und Juri verdutzt am Tresen zurück, trat an ihnen vorbei und winkte Colin übereifrig zu. Niemand hätte das gewagt und dazu gesellte sich noch Glück, denn Lukasch war so betrunken, dass er alles sofort vergaß, was sich von ihm weiter als zwei Meter Sichtweite entfernte. Er schob sich zur nächsten Frau und grabschte neu motiviert weiter. So gleichgültig, wie Lukasch heute war, war es Juri nicht. Was Mira tat, war sehr leichtsinnig. Es hätte genauso gut auch anders laufen können. Lukasch war der wichtigste Freund des Hauses. Diese Freundschaft war eine Art Lebensversicherung. Ohne seinen Schutz könnte Juri das Bordell zumachen. Obwohl Mira diese Tatsache kannte, riskierte sie es. Juri steigerte sich in seinem Zorn. Wie konnte sie es nur wagen, ihn so zu demütigen? Er stellte sich demonstrativ mit Blick zu ihr auf und beobachtete genau, wie sie sich dem fremden Mann förmlich aufdrängte.

Mira hatte nur noch Augen für Colin. Ihr Herz tanzte, ihre Augen leuchteten, sie war trotz dieser Situation so froh. Sie hätte es nicht in Worte fassen können, wie viel ihr sein Kommen bedeutete. Er war nur wegen ihr hier. Und wenn er nur ein wenig so fühlte wie sie, dann war das mehr als ein Zeichen. Mehr Beweise brauchte sie nicht. Es muss nicht immer alles ausgesprochen werden, manchmal ist ein Besuch, eine Berührung, ein Blick, der mehr als tausend Worte sagte. Sie sprang auf Colin zu und reichte ihm die Hand.

„Lass uns gehen!"

Sie zog ihn vom Platz und Colin verstand nicht. Irritiert fragte er nach: „Was ist passiert. Was hast du ihm gesagt? Hast du schon Schluss?"

Mira zog ihn hinter sich her: „Wir gehen nach oben."

Colin sträubte sich und blieb stehen.

„Mira, hör auf. Dafür bin ich nicht hier!"

Ihr Herz pochte. Würde er sie jetzt stehen lassen, wäre sie Lukasch schutzlos ausgeliefert. Sie flüsterte in sein Ohr:

„Mein Leben hängt an einem seidenen Faden. Rette mich! Du musst nichts tun, nur so tun, bis die Luft wieder rein ist."

Colin lächelte: „Nur, wenn du mir den Gefallen tust."

„Was du willst. Nur bitte komm!"

Mira war überrascht von so viel Unverfrorenheit und zerrte ihn hinter sich her. Colin blieb erneut stehen: „Und diese Stunde zahle ich nicht!"

Mira fletschte die Zähne.

„Jetzt hör schon auf, ja, ich zahle das und jetzt los."

Sie riss ihn hinter sich her, lief an Juri vorbei, schrie provokativ der Kellnerin zu, eine Flasche Champagner auf ihr Zimmer zu bringen und verschwand im Flur. Juri beobachtete jeden ihrer Schritte und seine Augen glühten. Das hatte ein Nachspiel, das schwor er sich.

Mira rannte die Treppe hinauf und hielt Colins Hand ganz fest. Sie polterte zur Tür hinein, schubste ihn auf das Bett und lauschte für einen Moment, ob ihnen jemand gefolgt sei. Doch es war nichts zu hören. Als sie sich umdrehte, saß Colin wie ein Schuljunge auf der Bettkante. Er prüfte die Federn der Matratze und wippte kindisch hin und her, bis es quietschte. Dabei konnte er sich ein Lachen nicht verkneifen und drehte sich hämisch grinsend weg. Mira setzte sich an die Schminkkommode und schüttelte über sein pubertäres Verhalten den Kopf. Colin hielt inne und sah sich um. Der Ort wirkte klein, trist und ganz anders, als er sich es vorgestellt hatte. Das Bett war einfach, außer dem bunten Bezug gab es nichts farbenfrohes in diesem Raum. Elektrokabel lagen frei, die Farbe am Fenster blätterte. Die Möbel waren alt und zerkratzt. An sich schöne Stücke, die aber dringend überholt werden mussten. Mira saß an ihrer Kommode und bürstete ihr langes Haar. Sie schien nachdenklich und musterte ihn durch den Spiegel.

„Ich hätte nicht gedacht, dass du zurückkommst."

Colin sagte nichts. Er lächelte und sah verstohlen zum Kleiderschrank. Mira grinste. Das war einer dieser Augenblicke, die ihn so besonders machten. Er war unberechenbar, nicht zu durchschauen. Dennoch konnte man sein gutes Herz fühlen, seine Augen waren gütig, sein Lächeln freundlich. Auch wenn er wenig sprach, fühlte sie sich in seiner Gegenwart einfach nur wohl. Sie sah auf seine Hände, die in gewohnter Manier mit seinen Lederbändern spielten. Es war schön, dass er da war. Sie hätte ihm das so gern gesagt, aber vertreiben wollte sie ihn nicht. Er hatte eh keinen Kopf dafür, wühlte er doch schon wieder ungeduldig in seinem Rucksack nach seinen Arbeitsutensilien. Mira flocht sich einen Zopf und dachte über die Situation nach, die sich gerade unten abgespielt hatte.

„Ich kann es immer noch nicht glauben, dass du meine Not so schamlos für deine Zwecke ausgenutzt hast!"

Colin sah sie unschuldig an und zuckte gleichgültig mit den Achseln. Die Reaktion empörte sie noch mehr. Er sollte ruhig ein schlechtes Gewissen bekommen.

„Hast du eine Ahnung, wer der Typ war?"

Er schüttelte desinteressiert den Kopf und legte den Block neben sich. Mira starrte wieder zum Spiegel.

„Vergiss es!"

Colin war hippelig. Er wollte nicht sprechen, da weitermachen, wo sie gestern geendet hatten. Er war voller Ideen, voller Tatendrang. Doch er wollte Mira nicht bedrängen, warten, bis sie ihren Sekt zur Lockerung bekam. Und so spazierte er gelangweilt im Zimmer umher, bis das Sexspielzeug im Schrank seine Aufmerksamkeit fand. Handschellen, Dildos und jede Menge Unterwäsche. Er nahm mit seinen Fingerspitzen einen Anzug hervor, der fast nur aus dünnen Riemen bestand und wedelte damit in der Luft herum. Mira sah ihn belustigt an.

„Colin… leg das wieder in den Schrank. Ich weiß…, etwas wenig Stoff für dich… hä …. Manche Männer wollen keinen Sex, ihnen reicht es, wenn du sowas trägst."

Colin legte das Fundstück zurück und stolperte schon über die nächste Entdeckung. Er nahm die Lederpeitsche und schlug damit auf das Bett. Mira erschrak.

„Colin!"

Sie sprang auf und riss ihm das Spielzeug aus der Hand.

„Warum kannst du die Sachen nicht einfach liegen lassen? Keine Angst, die Peitsche ist noch unbenutzt, aber wenn du so weitermachst, werde ich sie an dir ausprobieren."

Sie legte das Spielzeug zurück in die Kiste und setzte sich wieder vor den Spiegel. Sie war so aufgeregt, konnte keinen klaren Gedanken fassen, wusste nicht, was sie mit ihm reden sollte, ob sie heut überhaupt hübsch genug für ihn war, hatte sie ihr Parfüm aufgelegt? Sie roch unter ihren Achseln, sah nochmal nach ihren Haaren. Die Situation war beklemmend und machte Sekunden zu Minuten.

Da war das Klopfen an der Tür fast wie eine Erlösung. Mira öffnete, die Bardame stand mit einem Kübel, der bestellten Flasche und zwei Gläsern davor. Neugierig versuchte sie über Miras Schulter einen Blick zu erhaschen, doch die riss ihr die Bestellung aus den Händen und warf ihr unhöflich die Tür vor der Nase zu. Mira atmete auf, setzte sich auf das Bett, öffnete die Flasche und machte sich gar nicht erst die Mühe, den edlen Tropfen auf die Gläser zu verteilen. Sie genehmigte sich einen großen Schluck und entspannte.

„Ich glaube, nach der Flasche komm ich mit deiner Persönlichkeitsentgleisung besser klar."

Colin lächelte spöttisch und setzte sich mit seinem Block auf den Stuhl vor der Kommode. Er legte sein Werkzeug peinlich genau geordnet auf den Tisch. Dann sah er auf Miras Makeup. Selten hatte er so viele Farbtöpfe, Stifte und Pinsel gesehen.

„Ah…, du malst also auch."

Mira schmunzelte. Er hatte Recht. In gewisser Hinsicht verband sie die gleiche Leidenschaft, nur dass sein Pinsel auf Papier statt auf Haut malte. Sie trank das Glas leer, lümmelte sich auf das Bett, stützte ihren Kopf auf und sah zufrieden in Colins Gesicht. Dieser machte es sich auf dem Stuhl bequem, winkelte das Bein an, legte den Skizzenblock darauf und begann eifrig zu zeichnen. Minuten der Stille vergingen. Mira war in Gedanken, spielte mit der Bettdecke, bis sie Colins Neugier überfuhr.

„Wer war der Mann, der dich so bedrängte?"
Mira sah zum Fenster hinaus und atmete schwer.
„Sein Name ist Lukasch. Er ist ein schlechter Mensch. Du kannst Glück haben und er ist nett zu dir oder dich spült der Fluss ans Ufer. Er hat keine Seele. Wir sind Viecher für ihn, nur Ware, nicht mehr. Er verdient an allem: am Handel mit den Menschen, Drogen, Autoschieberei. Er hat Kontakte bis hoch zur Politik. Egal welche Seite des Flusses man beäugt, letztlich ist jeder mit Geld und Frauen zu bestechen. Diesen Einfluss kann man sich kaum vorstellen. Er bedient alle Bordelle der östlichen Grenzen. Zu Juri hat er eine ganz besondere Beziehung. Er sieht ihn als eine Art Sohn, dem er alles über das Geschäft beigebracht hat. Vorher war Juri ein Tagelöhner und Betrüger. Doch nun ist er ein gemachter Mann und Besitz von Lukasch."

„Warum habt ihr so viel Angst vor ihm?"
„…. Weil er ein Mörder ist, ein Monster…. Seine sexuellen Vorlieben sind nicht die eines gewöhnlichen Mannes. Er liebt es, Frauen zu strangulieren, zu knebeln, mit dem Messer Wunden in ihre Haut zu schlitzen. Das Spiel mit dem Blut, die Schreie des Opfers, das ist das, was ihn antörnt. Je lauter du schreist, umso

mehr will er dich.… Ich hatte vor zwei Jahren eine Freundin hier, Marie! Sie war bildschön, kannte Lukasch nicht. Er hat auf sie eingeschlagen und sie geritzt, bis sie leblos am Boden lag. Sie wäre fast verblutet. Danach war sie nicht mehr die alte. Man hat sie heimlich in ein Krankenhaus gefahren, danach konnte sie nicht mehr arbeiten, verfiel in Depressionen, nahm Drogen und fristete ihr Dasein mit Weinen, bis sie sich das Leben nahm. Der goldene Schuss, der sie erlöste. Dieser Mann ist der Teufel. Wenn du über die Grenze läufst, siehst du seine Opfer. Man hat mir erzählt, dass Fotos beim Zoll hängen. Männer, die sie aus dem Fluss gefischt haben und deren Identität nicht bekannt ist, waren Männer, die für ihn gearbeitet haben. Wenn du nicht tust, was er von dir will, kann dir niemand mehr helfen."

Colin schluckte, die Geschichte machte ihn betroffen. Ihm war nicht klar, welche Gefahr dieser Mann darstellte. Für eine Weile war es still. Er musste das erst verdauen. Dann legte er den Stift aus der Hand.

„Warum kam er so zielgerichtet auf dich zu?"

„So lange, wie er mich schon kennt, will er mich. Am Anfang sagte er es, um Juri zu ärgern, doch mittlerweile spielt er mit dem Gedanken. Er weiß, dass ich aufmüpfig bin und nicht mehr mit Juri zusammen, ein Grund mehr für ihn, mich zu zähmen."

Colin war beunruhigt.

„Das war sehr mutig, was du getan hast. Ich hoffe nur, du bekommst keinen Ärger."

Mira spielte nervös mit ihren Händen, dann lächelte sie.

„Juri ist sicher wütend auf mich, aber wann ist er das nicht?"

Colin war nicht der Typ, dem Emotionen im Gesicht standen. Doch für einen Moment sah er sie an, wie es ein guter Freund tun würde. Er lächelte schwer, um ihr Mut zu machen, obwohl die Angst um sie in seinen Augen stand. Er hielt kurz inne und nahm den Stift wieder in die Hand. So war er eben, er sagte nichts, zeichnete unermüdlich und ließ keine Regung erkennen. Doch heute war es anders, vertrauter. Es war schön, sich mit ihm zu unterhalten.

Mira lehnte sich zufrieden zurück. Egal, wie viel Zeit er auch brauchte, sie würde sich diese für ihn nehmen.

5

Schatten

Die Stunden vergingen und Miras Zimmer blieb verschlossen. Juri saß verwaist am Tresen und starrte zur Tür. Seine Männer waren angehalten, aufmerksam zu sein, sofort Meldung zu machen, wenn Mira mit dem Freier nach unten zurückkehren würde. Doch mit jeder Stunde wuchsen sein Misstrauen und der ungezügelte Hass. Es war selten, dass er für jemanden einstand, jemanden schützte. Das Leben der Anderen kümmerte ihn nicht, das von Mira aber war für ihn von unschätzbarem Wert. Dennoch, ihr Verhalten spaltete ihn in seiner Persönlichkeit. Würde sie ihn verraten, ihn bewusst in Gefahr bringen? Für wen und warum? Er dachte an den Mann, den sie im Schlepptau hatte. Wer war er? Mira war noch nie so lange mit einem Kunden auf dem Zimmer geblieben. Da steckte mehr dahinter, das stand außer Frage!

5 Uhr. Die Gäste gingen, die Mädchen machten sich für den Feierabend bereit. Sie standen in einer Traube an der Bar und sprachen über ihre Kollegin, die in dieser Nacht Lukaschs Opfer geworden war. Eine hatte gesehen, wie sie das Haus verließ, weinend und vor Schmerzen gekrümmt. Niemanden hatte sie an sich herangelassen. Kurz zuvor konnte man ihre Schreie hören, die wenig später verstummten. Lukasch war heut gnädig mit ihr gewesen, er verließ nur

eine halbe Stunde später das Bordell. Nach ihm flüchtete das Mädchen nach Hause. Kurz danach sah eine ihrer Freudinnen das Zimmer. Überall war Blut. Ein Gürtel lag in der Ecke und ein ausgeschlagener Zahn daneben. Das Geschehene machte den Frauen Angst, sie sprachen einander Mut und Hoffnung zu. Vielleicht würde er nicht wiederkehren. Vielleicht war sein Hunger für viele Monate gestillt. Auch wenn es eine Lüge war, wollte jede an sie glauben.

Lorna verabschiedete sich von den Mädchen und nahm ihre Tasche. Sie sah zu Juri hinüber, wie er die Uhr bewachte. Von Mira fehlte bis jetzt jede Spur. Lorna fühlte, dass er auf sie wartete. Die Huren im Puff kannten ihren Chef gut. Niemand hätte es gewagt, ihn in diesem Moment anzusprechen. Die Mädchen gingen ohne Abschied an ihm vorbei und auch Lorna versuchte sich raus zu schleichen. Sein Schweigen und der hasserfüllte Blick waren angsteinflößend, deshalb lief sie einen großen Bogen um ihn herum und so geradewegs in sein Visier. Als er sie sah, war es wie ein Klicken im Kopf, als hätte man an einem Tresor die richtige Zahlenkombination eingegeben. Wenn jemand Mira kannte, dann war es ihre beste Freundin. Juri stürzte auf sie zu. Lorna versuchte ihn zu ignorieren, schneller zu flüchten, doch da hielt er sie schon am Arm fest und zerrte sie zurück. Er sprach langsam und bedacht, was sich gleichzeitig so bedrohlich und einschüchternd anhörte, dass Lorna kaum ein Wort herausbrachte.

„Wer ist der Kerl?"

Lorna riss die Augen auf und fürchtete sich davor, eine Antwort zu geben.

„…. Ein ….Ein Freier, wie jeder andere auch!"

Juri dachte an das Gesicht des Mannes. Nun fiel der Groschen. Er war es, er, der jede verschmähte, er, über den sich die Huren das Maul zerrissen hatten, er, der Mira nicht aus den Augen ließ, er, dessen Besuche nicht geklärt waren. Juri kamen Zweifel, er drückte Lornas Arm fester.

„Ich habe diesen Typen vor ein paar Wochen jeden Tag hier gesehen. Du hast dir das Maul über ihn zerrissen. Dass er jede ansieht, aber nicht ficken will. Die Einzige, die sich seiner angenommen hatte, war Mira. Und du, als ihre beste Freundin, willst nichts wissen?"

Lorna fühlte sich eingeschüchtert.

„Alles erzählt sie mir auch nicht!"

Juri zog sich an sich heran.

„Es geht das Gerücht um, dass sie jemand nach Hause begleitet hat. Ist er der Kerl?"

Lorna krümmte sich vor Schmerz. Es fühlte sich an, als würde er ihren Arm zermalmen.

„Au...! Hör auf damit! Das tut mir weh. Der Türsteher war es, der sie nach Hause bringen wollte…. Sie hat ihm gesagt, dass sie ihn nie wieder sehen will. Der Typ, der bei ihr oben ist, ist einfach nur ein schüchterner Kunde, der einige Zeit brauchte, um warm zu werden. Er war vor drei Wochen hier und da haben sie sich scheinbar für heute verabredet. Wenn du mit ihr Geld verdienen willst, dann musst du lernen, ihr zu vertrauen. Schließlich kennt sie die Regeln."

Erst jetzt ließ er ihren Arm los. Die Antwort beruhigte, dennoch nahm sie ihm nicht die Zweifel.

„Seit Stunden ist sie nun schon mit ihm auf dem Zimmer! Fang schon mal an zu beten, dass du recht hast, denn wenn es doch anders ist, zahlst du dafür!"

Seine Augen waren wie Speere, die sie durchbohrten. Wütend verließ er die Bar und Lorna blieb mit lautem Herzklopfen wie angewurzelt stehen. Sie war ganz unruhig und konnte so nicht nach Hause gehen. Sie setzte sich zurück an die Bar und wartete mit gemischten Gefühlen auf ihre Freundin.

Es war schon fast halb sieben, als Mira Colin gut gelaunt die Treppe hinunter führte. Lorna hörte ihre Schritte, lief zum Flur und ihnen entgegen. Mira war stark eingeheitert, schaukelte mit der leeren Flasche im Arm und begrüßte Lorna überdreht. Colin nickte mit gesenktem Blick und ging voran. Lorna stellte sich Mira in den Weg und drängte sie an die Seite.

„Was hast du?"

Lorna war aufgebracht, ihre Stimme zitterte: „Was habt ihr solange gemacht?"

Mira lachte.

„Nichts. Er hat mich gemalt."

Lorna sah sie eindringlich an.

„Du musst ihn wegschicken. Juri ist misstrauisch geworden. Jemand hat euch dabei beobachtet, als er dich nach Hause gebracht hat!"

Das Lächeln entschwand aus Miras Gesicht. Es lief ihr eiskalt den Rücken runter. Sie sah Lorna misstrauisch an.

„Woher?...."

„Sieh' mich nicht so an, ich habe mit niemandem darüber gesprochen. Aber wenn ich euch unentdeckt sehen konnte, war es bestimmt auch anderen möglich."

Miras Stimmung schlug um. Ihr Blick schweifte verloren in der Gegend umher.

„Lorna, was soll ich jetzt tun?"

Lorna nahm sie in den Arm.

„Wenn dir dein Freund etwas bedeutet, dann schick ihn weg. Noch seid ihr nicht aufgeflogen. Ich habe Juri gesagt, dass der Türsteher dich nach Hause gebracht hat und Colin nur ein Freier ist wie jeder andere auch. Er hat mir geglaubt. Doch wenn ihr euch weiter trefft, ist es nur eine Frage der Zeit, bis er euch erwischt, also schick ihn weg!"

Mira schüttelte enttäuscht den Kopf.

„… es ist das erste Mal, dass ich einfach nur glücklich bin…, warum, Lorna, warum darf ich nicht glücklich sein?.. Ich habe das alles hier so satt…. Wir haben doch nichts Unrechtes getan. Wir sind doch nur zusammen gelaufen…. Ich versteh das nicht… !"

Man konnte die Enttäuschung in ihrer Stimme hören. Lorna drückte sie an sich.

„Mira, auch wenn es dir schwerfällt. Lass ihn gehen! Eines Tages wird jemand kommen und dich aus deinem Alptraum erlösen. Eines Tages darfst du glücklich sein. Doch jetzt ist der falsche Zeitpunkt, also schick ihn weg."

Mira gab ihr einen Kuss auf die Wange und ging. Sie war wütend, uneinsichtig und wollte nur noch raus. Sie zog Colin am Ärmel und verschwand mit ihm gemeinsam unentdeckt über den Kellerausgang.

Lorna sah ihr nach wie eine Mutter ihrem Kind, was geradewegs in sein Unglück läuft. Was hätte sie noch tun können? Sie wurde rechtzeitig gewarnt, noch lag es in ihren Händen, das Richtige zu tun.

Die Tür fiel ins Schloss und Mira schritt mit finsterer Miene ein paar Meter vor. Ihre Gefühle fuhren Achterbahn. Es war gefährlich, was sie tat, gefährlich, was sie dachte, doch Colin war so viel mehr als nur ein stiller Begleiter. Es war etwas, was nur ihr gehörte, etwas, was sie mit Niemandem teilen musste. Das alles aufgeben, nein, es war zu kostbar. Jeder Moment mit ihm, jede Berührung, jeder Blick machte sie zu einer gewöhnlichen Frau. Wenn er sie ansah, sah er in ihre Augen, sah sie, wie sie wirklich war, nicht wie die anderen, die in ihr nicht mehr als eine Hure sahen. Sie war dankbar für jeden Tag mit ihm. Und das wollte sie für kein Geld der Welt hergeben. Solange er es zuließ, würde sie ihn nicht wegschicken, ganz gleich, wie hart Juri sie dafür bestrafen würde. Sie schwor sich, besser aufzupassen, mit niemanden mehr darüber zu sprechen. Und während Mira sich so ihre Gedanken machte, fühlte Colin, dass etwas nicht stimmte.

„Alles ok?"

Sie sah in seine Augen und nickte, wollte ihn nicht beunruhigen. Sie quälte sich ein Lächeln ab und lenkte ihn auf den schmalen Dammweg. Die Sonne ging auf und das Wetter präsentierte sich von seiner besten Seite. Die Temperaturen waren angenehm und die Vögel sangen im Geäst. Beide liefen nebeneinander her und hatten es heut nicht eilig, diesen Spaziergang zu beenden. Mira wollte ihn nicht gehen lassen. Heute war ihr freier Tag und den wollte sie nicht alleine verbringen. Schüchtern sah sie zu Colin.

„... Also ich ... ich ... ich ... ich wollte dich fragen, also ... ich ... ich habe heute meinen freien Tag, das Wetter ist so schön ... und da wollte ich fragen, also ich hoffe, du rennst jetzt nicht weg.... Also ich ... ich wollte fragen, ob du Lust hättest, mit mir etwas zu unternehmen?"

Colin sah sie an und zuckte mit den Achseln. Mira lächelte.

„Ist das ein Ja? …Schön…! Das freut mich…
Ok…. "

Freudestrahlend setzte sie den Weg fort und überlegte, was sie ihm zeigen könnte. Er kannte ja lediglich den steinigen Weg zum Bordell. Sie wollte ihm zeigen, dass Polen so viel mehr war, als nur graue Bauten in alten Gassen, Bordelle und Schmuggelware.

„Ich könnte dir die Oderwiesen zeigen…. Es ist so faszinierend, wenn sich das Hochwasser zurückzieht, dann kann man kleine Inseln erkennen. Ich weiß schon, wo wir hinlaufen. Ich war zwar ein paar Jahre nicht mehr dort, aber das Land wird dir gefallen…. Ist das in Ordnung für dich?"

Colin grinste. Sie war so voller Freude, dass er ihr hätte keine Bitte abschlagen können. Er folgte ihr treu und beobachtete sie im Morgenlicht, das so warm auf ihrer Haut ruhte. Wie ein Engel schwebte sie über den Damm, glücklich, mit zufriedenem Blick.

Nach kurzer Zeit bogen sie in Miras Straße ein und Mira blieb vor dem Hoftor stehen.

„Magst du kurz warten? Ich … ich lauf nur schnell hoch, zieh mich um und packe eine Kleinigkeit zusammen."

Colin nickte zustimmend und Mira lief eilig ins Haus. Er sah ihr nach und drehte sich um. Er hatte sich noch nie die Zeit genommen, um die Nachbarschaft mal etwas unter die Lupe zu nehmen. Es war sieben Uhr morgens und so langsam erwachte die Stadt. Er wurde neugierig und wanderte an den benachbarten Gärten entlang. Manche Höfe waren trostlos, teilweise vermüllt, andere hübsch zurechtgemacht und mit Blumen bepflanzt. Die Neugier zog ihn weiter und so entfernte er sich unbemerkt.

Als Colin an den Grünflächen vorbeischlenderte, war ihm nicht bewusst, dass er unter Beobachtung stand. Ein schwarzer Mercedes hielt in einer schmalen Gasse schräg gegenüber, mit Blick auf das Hoftor. Das Fenster der Fahrerseite fuhr herunter. Juri zog an seiner Zigarette und warf sie dann aus dem Wagen. Er war aufgewühlt, sich unsicher, was er davon halten sollte. Er fühlte sich verraten. Etwas geschah und er war nicht erhaben über die Dinge, die sich vor ihm abspielten. Vielleicht war es die Wahrheit, die Lorna sprach und diese Verabschiedung nur eine Aufdringlichkeit eines fremden Mannes, eine Begegnung ohne Bedeutung. Doch was war, wenn nicht? Juri war zu stolz, sie darauf anzusprechen, zu feige, um sich ihr in den Weg zu stellen. Dazu kamen die neuen Geschäftsbeziehungen, die ihn zum Partner von Lukasch machten. Das Drogengeschäft boomte und er sollte etwas vom großen Kuchen abbekommen. Schon in wenigen Stunden erwartete er die erste Lieferung. Seine Präsenz war gefragt, seine ganze Aufmerksamkeit. Dennoch musste er ein waches Auge auf Mira haben, nicht riskieren, dass sie ihm aus den Händen glitt. Er nahm sein Handy und rief seinen besten Mann an.

Miroslav war nicht nur ein Türsteher des Hauses, sondern der Einzige, dem Juri vertraute. Miroslav war ein Mann, der nichts fürchtete und der gern viel Ärger machte. Er war Juris ganzer Stolz, da er nie fragte, sondern immer nur handelte und das ganz nach seinen Wünschen. Dabei ging er teilweise so brutal vor, dass selbst die Polizei einer Konfrontation mit ihm aus dem Wege ging. Juri wusste, er konnte sich auf ihn verlassen, denn Miroslaw war zu jeder Zeit verfügbar, auch Sonntag früh um 7.

„Miro… ich bin es…. Es läuft heute alles wie geplant. … Aber ich rufe wegen einer anderen Sache an. Ich bin in den nächsten Tagen nicht da, du musst auf meine Mädchen aufpassen. Mira solltest du besonders im Auge behalten. …. Da ist jemand, der ihr nachstellt. … Wenn er noch einmal im Bordell aufkreuzt, dann möchte ich, dass du mich informierst…..Du erkennst ihn…. Schmächtig, braune kinnlange Haare, schwarze Lederjacke …Nein, ich will nur, dass du ihn zu mir bringst, sollte er noch einmal aufkreuzen… Gut… danke… bis später."

Die schwarze Scheibe fuhr wieder nach oben, alles spiegelte sich in ihr. Juri steuerte den Wagen ruhig durch die Straße. Bewusst wählte er einen Umweg, um von Colin unentdeckt zu bleiben und entfernte sich so still, wie er erschienen war. Als der Wagen um die Ecke bog, stürmte Mira nur Sekunden später aus dem Haus. Sie hatte sich bequeme Hosen angezogen, flache Schuhe, Shirt und eine helle Strickjacke. Der Tag war herrlich und auch wenn die Nacht lang gewesen war, wirkte sie ausgeruht und voller Tatendrang. Als sie zum Hoftor kam, suchte sie ihn entlang des Weges. Ein Garten hatte es Colin besonders angetan. Kinder hatten nur aus Sand mit Förmchen in ihrem Sandkasten eine kleine Stadt gebaut. Das Modell war hoch komplex mit Tunneln, Straßen, Häusern und Bäumen. Colin war ganz entzückt von der Liebe zum Detail und bemerkte nicht, wie Mira sich ihm näherte.

„Hier hast du dich versteckt, ich dachte schon, du bist wieder davongelaufen."

Colin wies auf seine Entdeckung und Mira protzte: „Ja, so spielt man, wenn man nicht viel Spielzeug hat. Man gebraucht Phantasie und alles, was die Natur dafür bereitgestellt hat. … "

Colin war sichtlich beeindruckt, ließ sich dann entführen. Mira lief vor. Ihr Herz schlug ganz wild. Sie hatte einen kleinen Rucksack gepackt und konnte es nicht abwarten, ihm ihre kleine Welt zu zeigen, die sie selbst auch schon so lange nicht mehr besucht hatte.

Sie liefen durch die kleinen Gassen, die immer noch leer waren. Doch so langsam erwachten die Menschen aus ihrem Schlaf. Vereinzelt trafen sie Hundebesitzer, die im Nachtrock wartend und verträumt mit ihren kleinen Freunden vor der Haustür standen. Den einen oder anderen Händler, der sein Geschäft für die deutschen Touristen öffnete, alte Leute, die aus Gewohnheit so früh aufstanden, auf einer Bank verweilten und den Morgen genossen. In den letzten Tagen wurden die kahlen Bäume zu tragenden Kronen. Der Frühling hatte ganze Arbeit geleistet, Wiesen und Felder belebt und die Tiere wieder zum Vorschein gebracht. Als Mira und Colin zu einer Gabelung kamen, schlugen sie nicht, wie gewohnt, die linke Seite ein, sondern entschieden sich für die rechte, die augenscheinlich ins Nichts führte. Sie liefen einfach nebeneinander her. Verstohlen sah Mira immer wieder zu Colin, der alles genau betrachtete. Nach einiger Zeit hatten sie die Kleinstadt hinter sich gelassen, der asphaltierte Belag mündete in einen Sandweg, welcher parallel zum Fluss führte. Auf ihrem Weg liefen sie an einer kleinen Siedlung vorbei. Danach wechselten sich rechts des Weges kleine Wiesen und bestellte Felder ab. Mira kletterte auf den Damm. Sie sah zu den kleinen Inseln, die der Fluss zum Vorschein brachte, wenn die Schmelze überdauert war. Colin folgte ihr.

„Siehst du, diese kleinen Sandbänke dort vorn, die standen alle unter Wasser. Man kann das an den Bäumen erkennen. Das ist noch gar nicht so lange her. Ein paar Tage vielleicht….. Als ich hierher gezogen bin, hätte ich nicht gedacht, wie sich der Wasserstand nach der Schmelze verändern kann, ganze Landstriche werden dann geflutet… Der Fluss entspringt im tschechischen Gebirge und je nach Niederschlag und dem Pegel der Neiße, kann das hier zu einem richtig reißenden Strom werden, so mächtig und unbeständig, dass es wirklich beängstigend ist. Und wenn der Fluss über seine Ufer tritt, dann werden hier die ganzen Wiesen überschwemmt. Das Grundwasser steigt, und die Leute haben den Keller voll. "

Mira lächelte ihn an und war stolz, ihr Wissen weitergegeben zu haben.

Colin hielt inne, es war selten, dass er wandern ging, eigentlich nie. Seine Familie hatte mit Natur und Landschaft recht wenig am Hut. Mira war ganz aufgeregt, sie hatte so viel zu ergänzen, über die Stadt, deren Geschichte und die historische Bedeutung des Flusses und der damit verbundenen Grenze, dass sie von da an nicht mehr still sein konnte und durch Colins interessierten Blick zur Bestform auflief. Sie setzten ihren Weg fort. Sie fiel von einem Thema in das Nächste. Dass diese Seite Polens zuvor zum Reich Preußens gehörte, nach dem zweiten Weltkrieg Polen wieder zugeteilt wurde, jedoch erst 1990 beide Länder den Fluss als offizielle Grenze anerkannt hatten, indem Deutschland auf Gebietsansprüche auf polnischer Seite verzichtet hatte. Und auch die Schlacht bei den Seelower Höhlen im Oderbruch am 8 Mai 45, die für die Beendigung der NS- Gewaltherrschaft entscheidend war, durfte als geschichtlicher Höhepunkt nicht fehlen. Und sie erzählte und erzählte und erzählte. Nichts konnte sie stoppen. Colin lief still neben ihr her, er genoss ihre Stimme, ihr einfach nur zuzuhören. Sie tat das, was nicht einmal seine Geschichts- und Biologielehrer vermocht hatten. Mira schilderte die Dinge so einfach und verständlich, dass es nicht langweilig wurde. Colin war überrascht von ihrem Wissen, ihrem Interesse an Natur und Historie. Irgendwann fiel er ihr einfach ins Wort.

„Ich weiß, ich hatte versprochen, du musst nichts Privates über dich preisgeben, aber ich wundere mich… woher weißt du das alles?"

Mira lächelte.

„Meine Oma war eine Deutsche und sie sprach auch nur in dieser Sprache mit mir. Meine Eltern waren fleißige Leute, sie arbeiteten tagsüber und ich blieb mit Oma allein. Und die erzählte mir alte Geschichten und dazu las mir mein Vater abends vor. Er sagte immer, es ist Verschwendung, uns Kindern von bunten Kühen und Schweinen vorzulesen, wenn die Welt da draußen doch ganz anders ist. So würde ich gleich was fürs Leben lernen und wäre von der Realität nicht ganz so geschockt. Ich glaube, die meisten Geschichtsbücher kannte ich schon, bevor ich eingeschult wurde… ich bin quasi mit Spartakus, Luther, Robespierre und Bismarck aufgewachsen."

Colin war etwas verdutzt von den strengen Ansichten des Vaters. Mira grinste.

„Jetzt schau nicht so…. Mein Vater, war ein toller Mann und ja, er hatte recht…. Hätte er mich nicht so gut auf das Leben vorbereitet, was wäre ich entsetzt gewesen. Meine Oma hat all ihre Liebsten während des Krieges verloren. Sie musste alles mit ansehen. Es gab so viel Leid und Kummer, da können wir uns doch heute glücklich schätzen…. Und mal ehrlich, wenn ich die Kinder vor den Fernsehern sitzen sehe, war ich dankbar für Kriegsgeschichten und meinen Spielplatz auf der grünen Wiese mit nichts mehr, außer meiner Phantasie… Wenn ich fragen darf, wie war es bei dir?"

Colin lächelte.

„Ich bin das Fernsehopfer. Ich glaube, ich wusste eher eine Fernbedienung zu bedienen, als mit Spielzeug zu spielen. Aber ich muss zu meiner Verteidigung sagen, ich hatte keine Oma."

Mira schmunzelte, dass entschuldigte natürlich alles. Sie liefen zurück zum Sandweg und Mira bog querfeldein auf eine Wiese. Colin stolperte hinterher.

„Mira, wir kommen vom Wege ab. Wo willst du hin?"

„Sieh doch nur."

Colin drehte sich um. Mira flüsterte und drückte ihn an seiner Schulter nach unten.

„Sieh, eine Gruppe Rehe. Eine Ricke mit ihren Kitzen. Gott, wie süß."

Colin musste sich eingestehen, dass er als Stadtkind noch nie frei stehende Tiere außerhalb von Zoo-Mauern gesehen hatte. Er genoss den Anblick, beobachtete das Wild, wie es friedlich graste, die Jungtiere sich bei ihrer Mutter anschmiegten und ihre Bewegungen nachahmten. Mira setzte sich mit einem lauten „Huch" in das hohe Gras. Ihr kleiner Schrei schreckte die Tiere auf und verjagte sie augenblicklich. Colin stupste sie an.

„Hey, warum hast du das gemacht."

Mira lachte.

„Die sind eben immer in Alarmbereitschaft"

Colin sah ganz enttäuscht aus, was Mira amüsierte.

„…… Weißt du, was ich schon lange nicht mehr gemacht habe, einen Blumenkranz geflochten! Sieh dir all die Blumen an…. Ich liebe den Frühling."

Mira pflückte die umliegenden Blüten und drückte sie Colin in die Hand. Er sah sie nur fragend an: „Was soll ich damit?"

„Na, deinen eigenen flechten."

Colin war das peinlich, aber hier war niemand, der seine Männlichkeit in Frage stellte, und so fügte er sich seinem Schicksal und ließ sich von Mira in die Kunst des Kranzflechtens einweisen. Als sie fertig waren, musste Mira laut auflachen. Sie legte Colin den Kranz auf den Kopf und bewunderte seinen gepeinigten Blick. Sie war ganz entzückt von so viel Ablehnung und ließ sich ihren Kranz von ihm aufsetzen. Colin sah sie so an, wie sie lächelte, ihm von Blumen und ihren Eigenschaften erzählte, dass er seine Prinzipien ganz vergaß und für einen Moment ein Gefühl zuließ, von dem er gehofft hatte, es nie für sie aufzubringen. Es überkam ihn und machte sein Herz schwer. Er hatte sie oft angesehen, ihre Schönheit bewundert, doch heute war es anders. Sie war zu Beginn wie ein Gebäude gewesen, das man bestaunt, die Verzierungen bewundert, dann wie ein Kunstobjekt, eine leblose Hülle und letztlich wie eine Person, die zwar auffällt, über die man jedoch nichts weiter wissen will. Doch heute sah er sie das erste Mal an und wünschte, sie wäre jemand anderes und würde diese schwere Bürde nicht tragen. Die Gedanken schweiften mit ihm davon, bis er sich mahnend wachrüttelte. Schluss, dachte er. Sie war seine Muse, Inspiration, nicht mehr und nicht weniger. Egal, welche

Rolle sie spielte, sie blieb eine Hure und mehr müsste er über sie nicht wissen. Außerdem war die Abreise aus Deutschland nicht mehr allzu fern. Er lehnte sich in das Gras zurück und genoss die Sonnenstrahlen. Mira nahm ihren Rucksack, breitete eine Decke aus und legte Brote und Trinkflaschen darauf.

„Hier hast du etwas Wasser. Kennst du Brausepulver?"

Colin war von ihrer Fürsorge angetan. Auf ihre Frage hin schüttelte er den Kopf und ließ sich eine kleine Papiertüte in die Hand geben.

„Du trinkst einfach das Wasser und kippst dann den ganzen Inhalt auf einmal in deinen Mund."

Colin sah sie zweifelnd an. Mira nahm einen Schluck Wasser, riss die Tüte auf und Colin tat es ihr gleich. Kurze Zeit später schäumten ihre Münder. Mira hielt sich nicht mehr vor Lachen und Colin riss beängstigend die Augen auf. In kaum zu verstehenden Worten schrie er nur...

„Hört das auch wieder auf?"

Aus ihm sprudelte es, Mira kicherte und hielt sich den Bauch. Sie nickte hilflos. Colin vergaß seine Zweifel und ließ sich von ihrer Freude anstecken. Beide hingen im Gras mit Brauseschaum vorm Mund und Seitenstechen vom Lachen. Sie verbrachten fast den ganzen Tag auf der Wiese und Mira berichtete von Sandkastengeschichten, dem Leben in der Stadt und den groben Veränderungen der letzten Jahre, begünstigt durch den Fall der deutschen Mauer. Colin hing an Miras Lippen, dann nahm er seinen Rucksack, kramte nach dem Zeichenblock und fing den Moment ein. Der Nachmittag dehnte sich und so langsam wurde es kühl. Die Sonne ließ an Kraft nach und verschwand hinter dicken Wolken, die sie aus ihrem Versteck trieb und zurück zur Stadt schickte.

Mit jedem Schritt, den sie taten, wurde Mira trauriger. Der Tag war zu Ende, der Abend brach an und sie wollte nicht, dass er ging. Sie dachte nach, welch bahnbrechende Dinge sie ihm noch erzählen könnte. Ihr fiel nichts mehr Brauchbares ein. Sie fragte sich, was hätte sie an Stelle des Spazierganges an ihrem freien Tag getan und da gab es nur eine logische Antwort. Es gab nichts besseres, wenn man über Figur und Sünde nicht nachdachte, als einen Latte Maschati… Ma…, was auch immer oder ein köstliches Schokolade- und Vanilleeis mit heißen Kirschen. Das war die Lösung, und er konnte ihr diese Bitte nicht abschlagen. Vorsichtig pirschte sie sich an ihn heran.

„Colin, darf ich dich einladen?"

Er atmete schwer.

„Es ist schon spät."

„Ein Eis, ein ganz schnelles…. Und dann kannst du sofort losrennen."

Man konnte an seinen Grübchen sehen, dass er es genauso wollte wie sie. Für ein Eis war immer Zeit und das nächste Cafe war nicht weit entfernt der Grenze. Die Diele war etwas versteckt und ein Geheimtipp unter den polnischen Einwohnern. Der ältere Herr und Kellner kannte Mira und begrüßte sie freundlich. Beide sprachen auf Polnisch angeregt über das Wetter, den Fluss und die Stadt. Mira lächelte und strahlte. Der alte Herr durfte Mira schon des Öfteren als seinen Gast bewirten, doch meistens kannte er sie nur verschlossen und nachdenklich. Er fragte sie, ob sie ihr Herz verschenkt hätte. Mira lächelte die Frage weg, der Herr schmunzelte und Colin hörte interessiert zu. Nicht ein Wort, welches mit der englischen oder deutschen Sprache verwandt wäre. Polnisch hörte sich ungewöhnlich an, keine Silbe glich der anderen. Es war nur eine Aneinanderreihung von Sch-Lauten, die sich immer wiederholten. Als der Gastwirt ging, fragte Colin neugierig nach: „Was hat er gesagt?"

Mira winkte ab.

„Ach, nichts Besonderes. Er hat gefragt, wie es mir geht, wie das Wetter wird und was wir essen wollen."

Colin nickte und drehte sich nervös immer und immer wieder nach allem und jedem um, was Mira verunsicherte.

„Sollen wir gehen, fühlst du dich unwohl?"

Er sah sie ertappt an.

„Nein, alles ok. Es ist sehr nett hier… hübsch…sehr abgelegen… wirklich sehr nett… "

Mira spielte mit den Ecken der Serviette, wieder kehrte diese beklemmende Stille zurück. Ihr fiel kein Thema ein, nichts, womit sie ihn noch unterhalten könnte. Unerwartet nutzte er die Gunst der Stunde.

„Danke…………… es war ein guter Tag…. Ich habe heute viel gelernt."

Mira lächelte zufrieden, das berührte ihr Herz. Zu ihrem Erstaunen dachte er immer noch über ihre Erzählungen nach.

„…..ich war wirklich beeindruckt, dass du dich so für Geschichte interessierst. Warum diese Geschichten und nicht die von Königen und Prinzessinnen."

Mira stützte den schweren Kopf auf ihre Hand, lächelte nachdenklich und dachte mit Wehmut an ihre Vergangenheit.

„Eine Prinzessin ist eine Prinzessin, weil sie bei der Geburt bereits eine Prinzessin ist. Sie musste für nichts kämpfen, sie wurde so geboren. Ob Katarina die Große, die Königin Englands oder selbst Cleopatra. Sie alle waren bereits in der Wiege mächtig. Ich habe schon immer mit denen sympathisiert, die nichts geschenkt bekommen haben, die für alles, was sie waren, gekämpft haben. Jeanne d'Arc, Rosa Luxemburg, Robespierre, sie alle waren einfache Leute wie du und ich. Nichts konnte sich ihnen in den Weg stellen. Sie starben, nur um unsere Welt etwas besser zu machen. Das sind die wahren Helden der Geschichte und nur, wenn wir von ihnen erzählen, ihre Geschichte lebendig erhalten, macht uns das vielleicht auch irgendwann mutig und zu Helden."

Colin dachte über ihre Worte nach. Er sah sie scharf an.

„Wenn du so denkst, warum konntest du nicht kämpfen?"

Seine Frage traf sie. Er hatte keine Ahnung, das entschuldigte ihn, dennoch sollte er nicht glauben, dass jedes Schicksal ein Geschenk ist.

„Ich habe in meinem Leben mehr als genug gekämpft, nur hat mich das nicht zum Helden gemacht. Meine Taten werden in keinem Geschichtsbuch erwähnt, aber das macht meine Geschichte nicht unweit anders als die derer, von denen ich heute sprach….."

Sie beugte sich zu Colin hinüber und fuhr fort:

„Ich sehe in deinen Augen den Ekel, die Scheu vor dem, was ich tue. Ich verstehe dich, es gibt nichts Anmutiges daran. Aber im Namen aller, die mit mir arbeiten, kann ich sagen, dass sie alle Helden sind, sie geben ihren Körper her, um den Durst von hungrigen Männern zu stillen, sie schaffen an, um ihre Familie zu nähren, Geld nach Hause zu schicken, ihr Studium zu finanzieren, um wenigstens später ein besseres Leben zu haben. Jede für sich trägt eine schwere Bürde, aber sie alle kämpfen, sind stark, jeden Tag, für sich und ihre Familien."

„Und für wen kämpfst du?", fragte Colin kritisch.

„Ich wollte einfach nur überleben!"

Ihre Augen wurden glasig. Der alte Herr unterbrach sie, brachte die Bestellung und Colins Blick ruhte auf Mira, die unsicher das Eis wie eine Schauspielerin entgegennahm, die Tränen verdrängte und ihr schönstes Lächeln aufsetzte. Colin hatte einen Kloß im Hals. Die Unterhaltung machte ihn stutzig. Er sah ihr zu, wie sie sich auf ihr geliebtes Eis stürzte. Es war für ihn sonderbar, wie sie in einem Moment noch so verletzlich und traurig schien und im nächsten so lebensfroh und glücklich. Mit jedem Tag, den er sie ein Stück mehr kennenlernen durfte, wurde er neugieriger. Er fragte sich, wer war sie wirklich? Wer ist Mira? Ist sie eine Blenderin, eine Schauspielerin, die irgendwann Geschichten und Antworten einstudierte, um Mitleid zu erwecken, Männer zu täuschen, oder ist sie echt und spricht von ganzem Herzen. Sollte ihn das interessieren? Sollte er, um diese Frage zu beantworten, sie besser kennenlernen? Er dachte an die Worte seines Bruders. Obwohl er versprach, sie nie wieder zu treffen, kehrte er zu ihr zurück. Colin wollte beweisen, dass die Vorurteile falsch waren und dennoch wollte er selbst nicht daran glauben. Mira legte ihre Hand auf seine Schulter.

„Willst du dein Eis nicht essen?"

Colin sah sie überrascht an und blickte auf die unangetastete Eisschale vor ihm. Gleichgültig über seine

Antwort steckte Mira ihren Löffel in sein Eis und aß genüsslich weiter. Colin stieß sie sanft beiseite.

„Mein Eis und das da, ist dein Eis!"

Mira zwinkerte ihm zu, diese Worte gefielen ihr. Nach nur wenigen Minuten hatten beide ihre Portionen verputzt. Seufzend drückte sich Mira an die Lehne und schob den Becher zurück. Colin blickte immer wieder zur Uhr. Er dachte einen Moment nach und gab dann dem Kellner ein Handzeichen, dass er zahlen wolle. Schwermütig musste Mira an den damit verbundenen Abschied denken. Warum wollte er gehen? Der Tag war doch perfekt, der Abend könnte es genauso sein!

Der alte Mann brachte die Rechnung und stellte sich zurückhaltend zur Seite. Dann platzten die deutschen Sätze nur so aus ihm heraus und er glaubte, Mira damit einen Gefallen getan zu haben.

„Mein Herr, sie sollten ihre Frau öfter begleiten, so glücklich habe ich sie hier noch nie gesehen. Sie beide sind wirklich ein entzückendes Paar und ich würde mich freuen, sie bald wieder bei mir begrüßen zu dürfen."

Mira riss peinlich berührt die Augen auf und winkte seinen Kommentar lächelnd ab.

Colin beglich die Rechnung, nickte dankend und griff nach seiner Jacke. Höflich wartete er auf Mira, öffnete ihr die Tür und folgte ihr nach draußen. Dabei verzog er keine Miene, doch in seinem starren Blick konnte sie die Ablehnung sehen. Mira war die Verwechslung sichtlich peinlich. Sie liefen schweigend nebeneinander her, bis sie den Grenzübergang erreichten. Colin drehte sich zu ihr und sah zu Boden. Mira ahnte nichts Gutes und plapperte drauf los:

„Du musst mir glauben, ich… ich habe … dem altem Mann nichts erzählt, was darauf hindeuten könnte, dass wir ein Paar sind… Es tut mir leid, ich weiß…"

Sein Blick war streng.

„Bis dann, Mira."

Colin drehte sich um und Mira ließ den Kopf hängen. Sie sah ihm bedrückt nach, wie er in Richtung Grenze schlenderte. Es hatte keinen Sinn, ihm nachzulaufen, er war stur, es würde nichts bringen. Sie verdrängte alle guten Absichten und trat ebenfalls ihren Heimweg an. Die Situation war so dumm, natürlich fühlte er sich in die Ecke gedrängt. Es war unglücklich und sie konnte es nicht entschuldigen.

Und während sie sich Vorwürfe machte, stoppte Colin am Geländer, drehte sich zu ihr um, war für einen Moment in Gedanken versunken und beobachtete sie, wie sie in der Abenddämmerung an den Laternen vorbeistreifte. Ehe er denken konnte, wendete er sich vom Geländer ab und ging auf sie zu. Er lief schneller und schneller. Sie war schon fast in der Gasse verschwunden, da rief er hier laut zu: „Morgen!"

Mira drehte sich verwundert um: „Ja?"

Colin war etwas außer Atem und stützte sich auf seine Knie.

„Ich… ich … weiß nicht genau… aber du hast doch morgen den Tag über frei, oder?"

„Ja"

„… Ich will dich nicht überrumpeln… aber…. Puh… Das Rennen hat mich ganz schön aus der Puste gebracht…, also wenn du möchtest…, das liegt natürlich ganz an dir…, ich würde gerne sehen, wo du deine Kindheit verbracht hast…Ist… ist das in Ordnung für dich?"

Mira strahlte.

„Ja."

Und nickte, Ihre Worte waren für heute verbraucht, doch ihre funkelnden Augen gaben jeden Zuspruch.

„Ok… dann bis Morgen. Ich bin um 8 bei dir."

Er drehte sich um und so schnell, wie er vor ihr stand, so schnell war er bereits in der Abenddämmerung über die Brücke verschwunden. Mira lief nach Hause und schwebte, ihr Herz sprang, ihre Gedanken fuhren Achterbahn. Sie drehte den Schlüssel zu ihrem kleinen Puppenhaus und tänzelte in ihrer Wohnung umher. Summend putzte sie sich die Zähne, legte fröhlich die Sachen für den nächsten Tag raus, schmierte Brote für den Ausflug und wusch sich ausgedehnt unter der Dusche. Sie legte sich schlafen und dachte an diesen Traum, als sie mit ihm auf der Wiese lag, lachte und sich entspannt unterhielt. Dann kniff sie sich in den Arm und war froh über den Schmerz, der sie daran erinnerte, dass es kein Traum war.

Mit einem breiten Lächeln über das ganze Gesicht schlief sie ein und konnte den Morgen nicht erwarten.

6

Vergänglich

Auch diese Nacht war kurz. Mira bekam kaum ein Auge zu. Sie wälzte sich hin und her. Gegen 6 Uhr morgens gab sie auf, stieß genervt die Bettdecke beiseite und begann den Tag. Mit müden Augen inspizierte sie ihr Outfit und schüttelte den Kopf. Was sollte sie nur anziehen? Sexy oder sportlich, aufreizend oder zurückhaltend, eine Frage, die sie an den Rand des Wahnsinns brachte. Schließlich gewann der Freizeitlook, man wollte ja nicht gleich mit der Tür ins Haus fallen. Niemand sollte sie erkennen, so normal wie das Mädchen von nebenan wollte sie sein, keinen Aufschluss darüber geben, wie sie ihr Geld verdiente. Nach all diesen intensiven Vorbereitungen war der Hunger nicht länger zu ignorieren und ein ausgedehntes Frühstück nötig. Sie schmierte sich zwei Brote, doch dann dachte sie an den heutigen Tag, die Prüfungen und Konfrontationen, die vor ihr lagen und schon drängte sich ein mulmiges Gefühl in der Magengegend auf, sie schob den großen Appetit beiseite und blickte nach draußen.

Der Tag versprach sonnig und warm zu werden. Laut Zeitung waren sogar 28 Grad möglich, für Ende April ein Geschenk. Immer wieder sah sie zur Uhr, konnte es kaum erwarten. Sie blätterte in ihrer Tageszeitung aufgeregt hin und her, verzweifelt auf der

Suche nach einem spannenden Artikel, der das Warten verkürzen würde. Nichts erregte ihre Aufmerksamkeit, nichts war so spannend und einvernehmend wie der Gedanke an ihn. Colin trug über die Angst hinweg, nach Hause zu fahren, sich der Vergangenheit zu stellen. Mit einem Lächeln träumte sie sich davon und wartete geduldig auf den Wecker, der sie pünktlich um 8 und mit großer Vorfreude vor das Hoftor schickte.

Mira sprang euphorisch die Treppen hinunter, öffnete die Tür und ließ sich von den ersten Sonnenstrahlen in den Tag begrüßen. Sie sang fröhlich vor sich hin, schlenderte zum Sandweg und sog den Geruch von Morgentau in sich auf. Sie hielt den mit allerhand Proviant gepackten Rucksack in ihren Händen und sah ständig zur Armbanduhr. Sie ging auf und ab, spielte mit dem abgeblätterten Lack des Zaunes und wurde langsam nervös. 10 nach 8 - und von ihm war immer noch nichts zu sehen. Jede weitere Sekunde fühlte sich wie eine Ewigkeit an. Vielleicht hatte er verschlafen oder es sich anders überlegt? Hatte ihm Juri vielleicht aufgelauert? Immer wieder sah sie zur Kreuzung und dennoch war niemand zu sehen. Langsam kamen ihr Zweifel, hatte sie sich in der Zeit vertan, ein Detail vergessen?

In diesem Moment dröhnte ein Motor durch die Straßen. Ein schwarzes Cabrio mit geschlossenem Verdeck bog um die Kurve und näherte sich ihr langsam. Mira sah skeptisch hinter das Steuer. Er war es wirklich! Colin lächelte verschmitzt hinter einer Sonnenbrille und hielt vor ihren Füßen. Ihm war der Auftritt sichtlich unangenehm, dennoch stieg er selbstbewusst aus, nahm ihr den Rucksack ab, legte ihn in den Kofferraum, öffnete ihr die Tür und wartete wie ein

Gentleman, bis sie in der pompösen Karosse verschwand.

Er startete den Wagen und fuhr los. Der Motor heulte dumpf durch die Gasse und Mira riss bewundernd den Mund auf. Sie strich mit ihren zierlichen Fingern über die Holzverkleidung und rollte vor Anerkennung die Unterlippe. Colin sah sie genervt an und schüttelte ablehnend den Kopf.

„Sag nichts. Ich weiß, das ist sehr übertrieben, aber es war kein anderer Leihwagen so kurzfristig verfügbar."

Mira lehnte sich zurück und grinste hämisch.

„Wieso, das ist doch die beste Tarnung, die du hättest wählen können! Solch einen SL 320 fährt derzeit jeder Zuhälter. "

Colin lachte. Das war das letzte bei diesem Wagen, was ihm in den Sinn gekommen wäre und um noch einen drauf zu setzen, bewegte er die elektrischen Spiegel, die Mira ganz faszinierten.

Das Schlachtschiff schaukelte über die Schlaglöcher des Weges und bog links zur Hauptstraße ein, die sonst beide vom Bordell nach Hause führte.

Mira starrte aus dem Fenster, musterte Häuser und Umgebung, die sie sonst im Vorbeigehen schon lange nicht mehr beachtete. Als sie am Bordell vorbeifuhren, schob sie sich hinter die Mittelsäule, aus Angst entdeckt zu werden, wohlwissend, dass zu dieser Zeit niemand dort war. Es war eher so eine Art Reflex. Der Ausflug war gewagt. Mira hatte Slubice schon lange nicht mehr verlassen. Nur an der Seite von Juri war es ihr erlaubt, wegzufahren. Dieses Wagnis war mutig und gleichzeitig gefährlich. Würde sie Juri heute aufsuchen, würde er sie nicht in der Wohnung, beim Bäcker oder im Friseurladen finden, würde er sie suchen, würde jeden Stein nach ihr umdrehen, würde nicht ruhen, bis er sie gefunden hätte, würde sie einsperren und nie mehr aus den Augen lassen. In der Tat war dieser Ausflug ihre heimliche Rebellion. Der Preis könnte hoch sein, doch Mira war gewillt zu zahlen, war furchtlos gegenüber jeder Bestrafung, denn das war Freiheit! Ein Gefühl, das sie vergessen hatte. Als sie das Ortsausgangsschild an sich vorbeifliegen sah, war es wie eine Art Befreiung. Sie fuhren der aufgehenden Sonne entgegen und Mira konnte den Tag kaum erwarten. Ein Pfeil lotste sie auf die Umgehungsstraße in Richtung Autobahn und brachte sie immer ferner der polnischen Grenze. Colin beschleunigte und sah erwartungsvoll zu Mira rüber.

„Kennst du den Weg?"

Mira nickte und legte ihren Kopf auf die Seitenlehne.

„Den Weg nach Hause vergisst man nie…. Fahr einfach…, ich sag Bescheid…"

Es war lange her, dass sie das letzte Mal zu Hause war. Sie starrte auf die vorbeirauschenden Bäume und Dörfer, die sie durchquerten. Die Umgebung hatte sich verändert. Die Wälder schienen höher, die Straße neuer. Unendlich viele neue Bordelle, Tankstellen und Motels zierten das Straßenbild der Autobahn. Es war schon erstaunlich, wie schnell das alles ging. Polen entwickelte sich, Infrastrukturen wurden ausgebaut, der Handel angekurbelt, die Industrie kam langsam in die Gänge. Die Städte waren die ersten, die davon profitierten, doch in den Dörfern mahlten die Mühlen langsamer. Manche Orte erinnerten an Bilder in ihrem Kopf, wie noch vor 15 Jahren, andere machten neuen Straßen und Einkaufshäusern Platz. Auch der Verkehr war ein anderer. Wo man vor zehn Jahren vereinzelt

Autos sah, fuhren heute schwere LKWs, viele mit russischen Kennzeichen und unzählige PKWs. Mira wurde nachdenklich, wo war sie all die Jahre gewesen, dass sie das nicht bemerkt hatte. Erst jetzt verstand sie, wenn die Alten davon sprachen, wie schnell die Zeit verginge. Wenn du jeden Tag die gleichen Sachen siehst, nimmst du die Veränderungen nur selten war, sie schleichen sich an dir vorbei, doch mehrere Jahre im Wandel sind wie eine andere Welt. Colin durchfuhr diese Welt, betrachtete alles ganz genau und konnte dem nichts Vergleichbares zuordnen. Der starke Verkehr nahe der Grenze war unübersehbar. Lange Schlangen standen vor den Toren Deutschlands, wartend mit schwer beladenen Hängern, bereit für den Export. Auch das Befahren der Straßen war ein neues Gefühl. Gestrichelte statt durchgezogene Randlinien signalisierten ein mögliches Überholen zwischen den LKWs. Colin wollte sich seine Unsicherheit nicht anmerken lassen, doch der feste Griff um das Lenkrad verriet ihn. Mira lächelte und drehte sich zu ihm.

„Danke, dass du das mit mir gemeinsam machst!"

Colin antwortete nicht, doch in seinen Augen konnte man erkennen, dass er geschmeichelt war. Er gab ihr das Gefühl von Sicherheit, sie musste keine Angst haben. Entspannt kuschelte sie sich in ihren Sitz, ließ die neue Welt an sich vorbeilaufen und genoss die Bilder.

Eine Stunde fuhren sie durch das Land, bis Mira aufschreckte und sich energisch nach allen Seiten umdrehte. Es war nicht mehr weit. Sie wies auf das kommende Schild, was ihren Ort andeutete.

Die Freude in ihrem Gesicht wich, Unsicherheit machte sich breit. Der Wagen wurde langsamer und bog nach links. Das Cabrio schaukelte über die Schlaglöcher der schmalen Nebenstraße und näherte sich Miras Heimat. Sie atmete tief durch und spielte nervös mit ihren Fingern. Der Weg, die angrenzenden Bäume, das erste Haus des Dorfes, das alles war so vertraut. Es tat weh, nach Hause zu kommen! Eigentlich hatte sie das alles verlassen und sich geschworen, nie wieder zurückzukehren, aber in den letzten Jahren spürte sie die Sehnsucht. Es war lange her und so sehr sie versucht hatte, ihre Vergangenheit zu verdrängen, vergessen konnte sie nicht.

Sie fuhren durch das Dorf, mit jedem Meter wurde der Weg steiler. Neben einigen bewohnten Häusern standen viele verlassen. Der Ort hatte sich in seinem Wesen verändert, er schien trauriger geworden zu sein. Aufgeregt bat Mira Colin, langsamer zu fahren. Sie musterte jedes Haus in der Hoffnung, bekannte Gesichter zu erkennen. Es war kurz vor halb zehn, dennoch war an diesem sonnigen Morgen niemand zu sehen. Das Dorf zog sich und nach einiger Zeit kamen sie zu einer Gabelung. Colin hielt an und wartete auf eine Anweisung, doch Mira blieb stumm, sah wie versteinert zum Fenster hinaus. Ihr Herz schlug so laut, dass er es hören konnte. Schüchtern legte er die Hand auf ihre Schulter.

„Ist alles in Ordnung? Hast du Angst, deine Eltern wiederzutreffen?"

Mira schüttelte den Kopf und öffnete behutsam die Tür. Es war keine Angst, es war Furcht vor dem, was sie erwartete. Zögernd verließ sie den Wagen und sah ehrfürchtig den Berg hinauf. Sträucher und Bäume nahmen die Sicht und verbargen den rechten Weg hinter ihnen. Mira Puls begann zu rasen. Ein dicker Kloß im Hals nahm ihr die Stimme und ließ sie schwer atmen. Sie drehte sich erneut um, suchte hinter den hohen Zäunen lauernde Gesichter, begrüßende Nachbarn, doch außer bellenden Hunden empfing sie niemand. Mira gab sich einen Ruck und setzte vorsichtig einen Fuß vor den anderen. Sie wusste, dass es nur noch wenige Meter waren. Nur noch 50 Meter, 5 Sekunden - und sie wäre zu Hause. Colin beobachtete sie, haderte mit sich, letztlich verließ er ebenfalls den Wagen und folgte ihr schweigend. Er spürte, dass hier etwas passierte, dass es Mira nicht leicht fiel, diesen Weg zu gehen. Und wie sie so ängstlich über den steinigen Asphalt schlich, wurden seine Bedenken größer. Was war mit dieser Familie passiert, dass ihr Kind solche Scheu hatte, nach Hause zu kommen? Ein Streit, andere Ansichten, ihr Leben als Prostituierte, war dies der Grund dafür? Mira bog in die Sackgasse ein und ging die Straße hinauf. Schritt für Schritt kam sie ihrer Vergangenheit näher und wurde immer langsamer. Nach wenigen Metern blieb sie plötzlich stehen, ihre Beine wurden weich, begannen zu schlottern. Das letzte Haus auf der linken Seite war es. Es war nicht irgendeines, es war das Haus ihrer Geburt, ihrer Kindheit, ihrer Jugend. Da stand es, unangetastet, genauso, wie sie es in Erinnerung hatte. Sie rang nach Luft und ging auf das Gebäude zu. Colin blieb dicht hinter ihr und sah sich verstohlen um. Irritiert hielt er inne und betrachtete das Gemäuer. Mira fuhr mit der Hand über den alten Holzzaun. Er war ganz aufgequollen, zerstört und zu einer Seite eingefallen. Sie setzte ihren Gang allein fort und Colin blieb schockiert auf der Straße zurück. Mira öffnete schweren Herzens das alte Hoftor. Sie hatte Mühe, es aufzustemmen. Die hohen Gräser und das dichte Moos hatten die Scharniere aus ihrer Verankerung gehebelt und gaben nach kurzem Widerstand den Weg zum Vorgarten frei. Mira ließ ernüchtert den Blick schweifen. Colin sah ihr zweifelnd nach, ging einen Schritt zurück und prüfte seine Vorbehalte erneut. Hier konnte doch niemand wohnen! Das Dach war mit Moos bedeckt, senkte sich in der Mitte ab und hing mit einem Teil im Erdgeschoss. Alle Fenster waren zerschlagen. Er ging einen Schritt zur Seite. Die ganze rechte Seite war verkohlt und ausgebrannt. Nur noch schwarze Balken erinnerten an diesen Bereich des Hauses. Miras Kinn zitterte, sie drehte sich mit Tränen in den Augen nach Colin um.

„Das ist mein Zuhause. Es wurde nichts verändert!"

Sie setzte vorsichtig einen Fuß vor den anderen und schob das hohe Gras beiseite. Alles war verwildert. Vor vielen Jahren hatte ihr Vater Felssteine einzementiert und formte daraus einen Weg zum Türeingang. Heut war dieser Pfad vor lauter Grünzeug kaum zu erkennen. Der Beton war zersprungen, von Wurzeln angehoben und auseinandergerissen. Mit Mühe kämpfte sich Mira über den Innenhof. Nach wenigen Metern erreichte sie die Treppe und stand vor der Tür. Die Fenster der Veranda waren rechts und links des Einganges aus dem Rahmen geschlagen. Den Namen auf dem Klingelschild konnte man kaum noch lesen, der Knopf war abgerissen. Mira streckte ihre Hand nach der alten Tür aus und berührte das warme Eichenholz. Sie schloss die Augen und erinnerte sich an ihre Kindheit, als sie von der Schule kam, ihr Vater sie liebevoll mit einem Kuss an dieser Tür begrüßte, wie sie an der Stange, die das Vordach hielt, hinaufkletterte und sich drehte. Die Erinnerungen überkamen sie und raubten ihr die Fassung. Tränen liefen über ihr Gesicht und plötzlich spürte sie eine Hand. Colin hatte etwas gebraucht, um zu verstehen, was hier geschehen war. Er stellte sich neben sie, tastete nach ihren Fingern, fühlte ihren Schmerz. Er war bestürzt über den Anblick und sah sie fragend an.

„Was… was ist hier … passiert?"

Mira drehte sich zu ihm. Ihre Augen wurden glasig und auch ihr gezwungenes Lächeln konnte die Tränen nicht zurückhalten.

„Sie sind verbrannt!"

Colin zog sie ein Stück zurück.

„Bist du dir sicher, dass du hier sein willst?"

Mira löste ihre Hand und drehte sich zum Garten. Sie lief um das Haus und brach immer wieder zusammen. Sie wollte ihm gern erklären, was geschehen war. Doch sie konnte nicht, es fehlte an Stimme. Sie schüttelte den Kopf, hob die Hände in die Höhe und hoffte, dieses Bild endlich zu verstehen, zu akzeptieren. Sie sah auf den eingefallenen Dachgiebel, die verrottete Bank vor dem Küchenfenster. Es wollte ihr einfach nicht in den Sinn. Ihr Körper schüttelte sich, Mira versuchte zu atmen, schnappte nach Luft, doch so sehr sie auch danach rang, es kam nichts in ihren Lungenflügeln an. Ihr Wimmern zerriss Colin, ihr jämmerliches Ächzen ließ ihn leiden. Er dachte nicht nach, folgte einem Gefühl, was ihn einfach so übermannte, ging beherzt auf sie zu und riss sie in seine Arme, wie ein Mantel der sich um sie legte. Mira klammerte sich an ihm fest und ließ nun ihrer Trauer freien Lauf. All die Wut, Enttäuschung, die Angst und Verzweiflung bahnten sich ihren Weg. Sie zitterte und sah immer wieder zu den Ruinen. Der Anblick war so abscheulich, aber nötig! Sie hätte es so viel früher tun sollen. Es tat gut. Auch wenn Colin selten sprach, in dem Moment war sie dankbar, dass er das an ihrer Seite mit ihr durchstand. Sie blieben so eine Weile stehen und dachten an nichts. Mira schmiegte sich an ihn und Colin gab ihr Halt. Er tat nichts, außer sie fest an sich zu drücken. Er würde nicht eher aufhören, bis sie es selber wollte. Es war ein schönes Gefühl, für jemanden da zu sein. Vielleicht war er für sie kein Freund, aber gerade jetzt eine Stütze. Er streichelte ihren Rücken und beruhigte sie sanft. Nach einigen Minuten wurden Miras Tränen weniger, sie vergaß zu zittern und atmete tief durch. Sie löste sich aus der Umarmung und setzte ihren Gang zaghaft fort. Colin gab ihr ein Taschentuch und Mira lächelte versteckt. Sie fasste neuen Mut und begann zu erzählen.

„Mir ist das so peinlich. Ich hätte nicht gedacht…, nach all den Jahren… Ich dachte, ich könnte damit besser umgehen."

„Mach dir keine Sorgen… Wenn du möchtest… wir können jederzeit gehen…"

Mira schüttelte den Kopf.

„Über zehn Jahre habe ich das vor mir hergeschoben."

Sie sank zu Boden und setzte sich in das hohe Gras, dabei starrte sie auf den alten Putz und dachte an längst verdrängte Zeiten. Colin gesellte sich zu ihr und lauschte ihrer zitternden Stimme.

„Es ist so lange her, aber die Bilder werde ich nie vergessen. Es sind jetzt vielleicht zwölf oder dreizehn Jahre… ich habe sie nicht gezählt. Ich habe das all die Jahre verdrängt und wollte sie in Erinnerung behalten, wie sie waren. Ich wünschte, du hättest sie kennengelernt, meine Eltern waren großmütig, voller Liebe und so überaus gastfreundlich. Mein Vater hätte dich bestimmt auf einen Schnaps eingeladen, dir seine Scheune gezeigt, die Möbel, die er selbst bastelte. Meine Mutter hätte danach sicher darauf bestanden, dass du zum Abendessen bleibst. Sie waren so süß im Umgang miteinander, meine Mutter kicherte immer am Herd über Vaters schlechte Witze…. Sie war, glaube ich, die einzige, die darüber noch lachen konnte. … Meine Oma lebte im Nebengelass, das Haus auf der anderen Straßenseite und war oft bei uns zum Essen. Jeder kannte uns, mein Vater wurde von allen respektiert und anerkannt. Niemand vermochte nur daran zu denken, dass sich unser Leben einmal ändern würde. Vater betrieb einen kleinen Bauernhof, nicht weit von hier, mit einem kleinen Stall. Er stellte Wurst her und verkaufte das Leder an namhafte Schuster. Der Handel lief prächtig, die Umsätze stiegen, verdoppelten, verdreifachten sich. Wir dachten, es würde immer so weitergehen. Wir wurden größer und erfolgreicher, bis im Nachbardorf jemand zur Konkurrenz wurde. Er war bemüht, das Geschäft so erfolgreich wie meine Familie zu führen. Zu Beginn gelang ihm das sehr gut. Vater verkaufte weniger und verlor einige feste Kunden. Doch nach geraumer Zeit gab es Probleme. Der Bauer hatte ständig kranke Tiere und seine Kühlung fiel einige Male aus, das wiederum ließ seinen Umsatz einbrechen und brachte viele Kunden zu uns zurück. Eines Abends trafen sich beide im Wirtshaus. Vater hatte zu viel getrunken und machte Witze über den Bauern. Beide begannen zu streiten und sich zu schlagen. Im Eifer des Gefechtes schlug Vater ihm zwei Zähne aus. Der Bauer flüchtete und erst, als Vater ausnüchterte, registrierte er, was geschehen war. Es war ein so dummer Streit, der außer

Kontrolle geriet. Vater tat es schrecklich leid, er war ein guter Mensch und es lag nicht in seiner Natur, sich über die Tragödie anderer lustig zu machen, auch wenn es die seines stärksten Konkurrenten war. Er griff sich ein Herz, dachte über ein Geschenk nach, welches diesen Streit schlichten würde, kaufte ein junges Kalb als Entschuldigung und schenkte es dem Bauern in aller Freundschaft. Vater hatte es extra von einem angesehenen Händler geholt und war bei der hohen Summe nicht wählerisch. Er bereute und hoffte, dass ihm der Bauer verzeihen würde. Der Mann war zunächst besänftigt, nahm das Kälbchen in seinem Stall auf und glaubte erwartungsvoll an Besserung. Was Vater nicht ahnte war, dass das Tier krank war. Es trug einen schrecklichen Virus in sich, was das Vieh aus Augen und Ohren bluten und letztlich unbarmherzig verenden ließ. Vater entnahm die Geschichte wenig später aus der Zeitung, dass alle Tiere des Bauern eingeschläfert werden mussten und er nun vor dem Ruin stünde. Er glaubte an seine Unschuld und vergaß vor lauter Stress und guten Geschäften nach mehreren Wochen diese Geschichte ganz, der Bauer aber nicht. Er begann zu trinken, seine Frau rannte ihm davon und sein Groll wuchs. Eines Abends stand er vor unserer Tür, volltrunken, und schimpfte auf unsere Familie, auf meinen Vater. Ich hatte schreckliche Angst. Vater holte sein Jagdgewehr und richtete es auf den Mann, der vollkommen neben sich stand und flehte, dass man ihn erschießen möge. Als Vater von ihm abließ, stürzte sich der Bauer auf ihn. Es gab ein Gerangel, ein Schuss fiel und streifte das Knie des Bauern. Gepeinigt rannte er vom Hof und wir dachten, es würde nun endlich Ruhe einkehren. …"

Mira atmete schwer und sah auf die verbrannte Ecke des Hauses.

„Wir hatten uns geirrt. Manchmal glaube ich, es wäre besser gewesen, wenn Vater ihn erschossen hätte… Gott bewahre… ich weiß, was du denkst… welch dunkle Gedanken… aber es hätte alles verändert…..Der Mann war der Teufel, er verlor den Verstand und verrannte sich in seinem Zorn. Eines Nachts kehrte er zu unserem Haus zurück und versteckte sich im Vorgarten. Als meine Eltern im Schlafzimmer die Lichter löschten und wenig später schliefen, warf er mehrere Brandzünder in den hinteren Teil des Hauses. Ich erinnere mich genau…. Es war in einer warmen Sommernacht, es hatte unzählige Tage nicht geregnet, die Erde war staubig und trocken, dem Feuer stellte sich nichts in den Weg und nur kurze Zeit später stand alles in Flammen. Mich rettete nur ein Sprung aus dem Fenster, meine Eltern erschlug letztlich der Dachbalken, der unter der Hitze zusammenbrach und beide in den Tod riss. Ich wollte ihnen helfen… ich bin zurück zur Tür gerannt, habe mir die Seele aus dem Hals geschrien… Die Glut brannte im Gesicht…, ich stand nur wenige Meter entfernt, suchte verzweifelt nach einer Lösung, sie zu retten. Die Einwohner der umliegenden Häuser wurden durch die Geräusche aufgeschreckt, kamen rüber, um zu helfen, sie hielten mich fest und konnten nur zusehen, wie unser Leben in Asche aufging. Seit diesem Tag war nichts mehr, wie es war. Ich lebte einige Zeit bei meiner Großmutter. So sehr sie sich auch Mühe gab, ich konnte in ihren Augen sehen, dass ihr Herz gebrochen war und ihre Trauer sich nach ihrem Sohn sehnte. Ihr Lebenswille war aufgebraucht und ihr Herz folgte diesem Ruf. Erst hatte sie einen Schlaganfall und Wochen später erlöste sie der Tod. Sie wurde von ihren Qualen befreit und gesellte sich zu ihnen... Seitdem gehe ich meinen Weg allein, ich mache es so gut ich kann, aber manchmal trifft man Entscheidungen, nicht, weil sie für einen gut sind, sondern einfach, weil sie dein Überleben sichern.... Du hast mich gestern gefragt, für wen ich kämpfe...Seit dieser Nacht kämpfe ich für mich, für mein Überleben.... Und auch, wenn du die Dinge mit großer Skepsis betrachtest, hoffe ich, dass du mich jetzt besser verstehen kannst. Familie ist so wichtig! Ich bin für jeden Tag dankbar, den ich mit ihnen hatte. Sie haben mich gelehrt stark zu sein und ich hoffe, sie können eines Tages stolz auf mich sein. Mein Weg war steinig und schwer, aber ich habe versucht, das Beste daraus zu machen und nur, weil ich eine Prostituierte bin, macht mich das nicht zu einem schlechten Menschen. Das Milieu ist kein Geschenk, aber es gibt Menschen wie mir eine Chance, ohne Ausbildung etwas Geld zu verdienen. Wenn ich schon kein Glück habe, dann will ich mir wenigstens ein Stück davon kaufen."

Colin war bewegt. Es brach ihm das Herz, sie so zerbrechlich zu sehen und es imponierte ihm, wie sie mit ihrem Schicksal umging. Sie war bewundernswert und was sie sagte, veränderte ihn in seinem Denken. Er zweifelte, schämte sich für seine Ansichten, für seine Moral. Er nahm ihre Hand und spielte mit ihren Fingern.

„Mira.... Ich... wir kennen uns nicht, aber was ich in dir gesehen habe, macht deine Eltern sicher stolz.... Ich glaube zwar nicht an einen Gott und einen Himmel, doch wenn es sie gibt, dann sehen sie sicher von dort voller Ehrfurcht und Anerkennung auf dich nieder."

Mira war in Gedanken, sie brach einen Grashalm ab und warf ihn trotzig zu Boden. Sie runzelte die Stirn und sah zweifelnd empor.

„Das glaube ich nicht… Ich habe schreckliche Dinge getan und bezahle immer noch… "

Sie richtete sich auf und befreite ihre Kleidung vom Moos.

„Aber ich gebe mir Mühe, besser zu werden… irgendwann…. werden sie Grund haben, stolz auf mich zu sein…. Ich hoffe, dass ich die Kraft dazu habe, durchzuhalten."

Colin sah ihr fragend nach. Was verbarg sie, was machte sie schuldig?

Mira schlenderte über den Hof, alles war zerstört. Das Haus, die Scheune, der Garten. Es war, als würden Wasser und Erde die Überreste langsam in ein Grab betten. Moos lag wie eine schwere Decke über dem Dach und die Witterung trug das Haus Stein für Stein ab. Alles fiel in sich zusammen, nichts, was von ihnen übrig blieb. Mira lief erneut zur Eingangstür und versuchte sie aufzubrechen. Ein Spalt ließ sich öffnen, der Anblick war niederschmetternd. Alles war leer, verrottet, dem Erdboden gleich. Scheinbar hatten sich Plünderer der Reste bedient. Alte Bierflaschen und Zigarettenkippen hatten sie zurückgelassen. Ernüchtert ging sie zu Colin und hob traurig die Arme.

„Tja, scheinbar ist von meiner Vergangenheit außer diesen alten Mauern nichts mehr übrig. … Wenn du magst, können wir uns ein nettes Plätzchen zum Frühstücken suchen? …. Komm, lass uns gehen…. Hier gibt es nichts mehr für mich zu tun."

Colin nickte erleichtert und folgte ihr zum Hoftor. Er dachte daran, wie er sie womöglich aufheitern könnte, was ihr vielleicht Freude bereiten würde und während er sich andächtig mit Blick auf das alte Haus durch das hohe Gras zurück zum Tor kämpfte, blieb Mira unerwartet stehen. Wie vom Blitz getroffen schreckte sie zurück. Ihr Gesichtsausdruck war ernst und gedankenvoll. Sie regte sich nicht, murmelte unverständliche Worte vor sich hin und machte Colin damit nervös.

„Was ist los? Was hast du?"

Sie wandte sich von ihm ab und starrte auf den Apfelbaum. Tausend Bilder fuhren durch ihren Kopf... Tage der Erinnerungen ketteten sich in kleinen Details hintereinander auf. Sie dachte an ihren Geburtstag, den letzten, den sie mit ihrer Oma feierte... Mira ging auf den Baum zu, lief schneller und schneller. Als sie den Baum erreichte, stellte sie sich vor ihn und lief um ihn herum. Colin folgte ihr und wartete auf eine Antwort.

„Mira, jetzt sprich mit mir! Was hast du? Was ist nur los?"

Mira ignorierte seine Fragen, konzentrierte sich ganz auf diesen Moment. Sie ließ sich auf die Knie fallen und schob den Sand beiseite. Erst zaghaft, dann immer hektischer. Colin ging auf und ab, sah immer wieder prüfend zur Straße, aus Bange vor beobachtenden Blicken.

„Mira?"

Mira hörte ihn nicht, sie war gedankenversunken und spulte die Vergangenheit immer wieder vor ihren Augen ab. Sie hatte das viele Jahre verdrängt, doch glücklicherweise nie vergessen. Ihren Händen gruben unermüdlich und schafften große Mengen Sand zutage, bis eine rostige Schatulle zum Vorschein kam. Ihr Gesicht strahlte, mit glänzenden Augen sah sie zu Colin und war ganz aus der Puste. Sie befreite das kleine Erbstück und ließ sich überglücklich zurückfallen. Colin hockte sich interessiert zu ihr. Der Rost machte es Mira nicht einfach, das jahrzehntelang gewahrte Geheimnis zu entweihen, Colin schob mit etwas Nachdruck das Schloss nach oben und längst verloren geglaubte Schätze kamen zum Vorschein. Euphorisch nahm Mira das Fundstück in ihre Hände.

„Ich kann es nicht glauben… oh mein Gott… Als meine Oma noch lebte, schenkte sie mir nach dem Tod meiner Eltern diese Schatulle. Sie sagte immer, ein Grabstein ist ein toter Gegenstand, der dein Kommen und Gehen festhält. Doch Bilder machen Erinnerungen an geliebte Menschen lebendig…. Wir wollten im Gedenken an meine Eltern einen Baum pflanzen…Nun sieh dir diesen prachtvollen Apfelbaum an…… Als Kind war ich so voller Furcht vor Feuer, dass ich Großmutter bat, mit mir diese Schatulle hier zu begraben…ich wollte diese Erinnerungen schützen… Ich hätte es fast vergessen…"

Dann klappte sie den Deckel hoch.

„Sieh… das Amulett meiner Mutter…. Es trägt das Hochzeitsbild meiner Eltern. All die Jahre konnten der Schatulle nichts anhaben. Hier sind noch mehr Familienbilder… ich fasse es nicht… "

Miras Augen füllten sich mit Tränen, überwältigt fiel sie Colin um den Hals.

„Ich bin so glücklich, dass du mit mir hierher gekommen bist…. Tausend Dank…"

Sie konnte sich nicht beruhigen, lachte immer wieder laut auf. Von Glücksgefühlen durchflutet, hielt sie die Schatulle fest in ihren Händen und kehrte mit Colin zurück zum Wagen. Die Emotionen hatten sie aus der Bahn geworfen. Sie grinste über das ganze Gesicht und hielt stolz ihr Stück Vergangenheit dicht an sich gepresst. Als sie die Straße erreichten, öffnete Colin den Wagen und Mira verstaute, in Handtüchern geschützt, das Heiligtum im Kofferraum. Nachdem sie die Klappe geschlossen hatte, sah sie zu Colin, der sie kritisch musterte.

„Willst du dich so in den Wagen setzen?"

Mira sah auf ihre Hände, ihre Hosenbeine und das Shirt, das vom Mutterboden verschmutzt war. Sie kicherte peinlich berührt, ihr Anblick erinnerte eher an ein Kind, was nach einem Regenguss im Modder gespielt hatte, statt an eine kleine Unachtsamkeit. Colin nahm es mit Humor, legte die Picknickdecke auf den Sitz und Mira versuchte. sich ohne eine Berührung der Armatur in den Wagen zu setzen. Die Situation machte gute Laune und lockerte die Stimmung. Colin fuhr langsam an und Mira wies ihm den Weg. Das Ziel war ein See, nicht weit entfernt vom nächstgelegenen Ortes Wagow.

Der Mercedes bewegte sich so schleichend durch das Dorf, wie er gekommen war. Nach nur wenigen Minuten hatten sie bereits die Kreuzung wieder erreicht, von der sie aus abgebogen waren. Als Colin blinkte, um auf die Hauptstraße zu gelangen, kam zum Schrecken beider ein Laster um die Ecke. Colin erschrak, machte eine Vollbremsung und Mira stützte sich reflexartig an der heiligen Verkleidung ab. Der Wagen stoppte, beide sahen sich mit großen Augen an, waren froh, einem Unheil entgangen zu sein, doch dann entdeckte Colin die großzügig verteilten Handabdrücke. Männer und Autos! Er knirschte mit den Zähnen und Mira hatte große Mühe, ihre Schadenfreude zu unterdrücken.

„Tolle Fingerabdrücke…. Das darfst du nachher saubermachen!"

Miras Zähne blitzten auf.

„Versprochen!"

Sie reichte ihm zusichernd die Hand. Aus Macht der Gewohnheit schlug er ein und Mira brach in ohrenbetäubendes Gelächter aus. Ihr Bauch verkrampfte und Colin ließ sich anstecken. Die Situation war auch zu blöd. Er zog seine Hand zurück und starrte auf die Überreste der Vereinbarung, hielt seinen Arm aus dem Fenster und schlug den Sand ab. Mit zufriedenen Gesichtern und neuem Ziel setzten sie ihre Reise fort. Colin gab vorsichtig Gas und legte seine Hand schützend auf die Verkleidung, aus Angst, Mira würde erneut darauf fallen. Als sie Wagow erreichten, führte ein Waldweg zu einem versteckten See. Nur Minuten später ging der Weg steil bergab und brachte sie direkt in ein einsames Paradies, geschützt von überragenden Bäumen und malerischem Schilf. Der Wagen rollte über einen steinigen Pfad geradewegs zum Ufer und parkte unweit des Wassers. Mira stieß mit den Ellenbogen die Fahrertür auf und lief zu einem angrenzenden Steg. Sie sah sich um und erst jetzt realisierte sie diesen magischen Platz. Einst war dieser eine begehrte Badestelle ihrer Eltern gewesen und der Treffpunkt vieler Dorfbewohner zur Schlittschuhsaison. Alle Bäume standen so, wie sie es in Erinnerung hatte, nur waren sie heute größer und auch das Schilf war im Vergleich zu früher hochgewachsen und hatte die Anlegestelle völlig für sich vereinnahmt. Der Ort schien verlassen, der Natur übergeben. Viele Anwohner verstarben oder zogen in die Stadt, sicher geriet diese Stelle in Vergessenheit, so wie vieles, was keinen Nutzen mehr hatte. Mira dachte an früher und seufzte. Sie tauchte ihre Finger in das klare Wasser und folgte dem Sand, wie er sich mit dem See vermengte. Dieser Ort hatte so viel Frieden und schien vollkommen. Colin stellte sich zu ihr und wusch sich neben ihr die Hände.

Ein Zischen hallte durch das Schilf, Wasser schlug in großen Tropfen vor ihnen auf, ein Schwan breitete seine Flügel aus und erschreckte beide mit ächzenden Lauten. Colin trat zurück und bewunderte diesen majestätischen Vogel. Erhaben bewegte er sich über sein Revier und sah in die verblüfften Gesichter seiner Beobachter. Nach dem ersten Schock war Colin ganz angetan und verfolgte jede seiner Bewegungen, bis ihn Mira am Ärmel vom Steg wegzog. Sie näherte sich vorsichtig seinem Kopf und flüsterte in sein Ohr:

„Wir müssen leise sein. Der Schwan scheint sein Revier zu verteidigen. Womöglich ist das Weibchen nicht weit und brütet. … Sieh ihn dir an…, er ist wunderschön…. Sein gebogener Hals, sein Gefieder…ich habe sie als Kind immer gefüttert…Meine Mutter sagte einst, Männer müssten sich an diesen gefiederten Tieren ein Beispiel nehmen…. Schwäne wählen in der Regel nur einmal ihren Partner und bleiben dann ein Leben lang zusammen….Diese Treue wird nur durch den Tod geschieden…"

Dann sah sie in Colins Augen, die funkelten wie kostbare Diamanten im Sonnenlicht. Seine Augenbrauen waren stolz, sein Gesicht markant, nur der Bart ließ seine Gesichtszüge weich wirken, ließ ihn strahlen, wie einen Ritter nach einer geschlagenen Schlacht. Seine vollen Lippen, die feine Nase, seine Grübchen machten ihn perfekt. Wie er dem Vogel nachsah, ihn musterte, er hatte so viel Begeisterung in sich, so viel Bewusstsein, um die Dinge voller Glück zu erleben. Das bewunderte sie an ihm. Und so, wie er ihre Welt mit neuen Augen sah, zwang er sie gleichermaßen, auch endlich hinzusehen. Einfach zu leben! Es war ein schönes Gefühl, an seiner Seite zu sein, an seiner Seite das zu erleben, an seiner Seite zu wachsen und zu verstehen. Der Schwan entfernte sich vom Steg und verschwand so schnell, wie er sie gefunden hatte. Colin fühlte ihren Blick auf sich ruhen. Nur ein kurzer Augenkontakt - mehr ertrug er nicht. Er lächelte verlegen und lief zurück zum Wagen. Mira atmete schwer.

An dem damaligen Tag auf der Brücke hatte ich darum gefleht, meine Gleichgültigkeit ablegen zu dürfen. Sie war wie ein düsterer Schleier, der mir die Fröhlichkeit nahm, die Luft zum Atmen. Heute, an diesem Tag, fand ich meinen Frieden, ein Stück Vergangenheit und ein Stück Zukunft. Ich verstand in diesem Moment, was es heißt, wirklich zu fühlen, verstand das Wort Liebe. Dieses Gefühl war so mächtig und riss mich wie ein Sturm mit. Ich sah ihm nach und mein Magen drehte sich, wenn er mich zufällig berührte. Seine Berührungen waren wie Blitze, die über meine Haut fuhren. Und wenn er in meine Augen schaute, vergaß ich alles um mich herum. Ich hatte Angst vor dem, was mit mir geschah, vor der Bedeutung, dem Sinn. Ich hätte alles für einen Kuss gegeben. Ich hatte Zweifel. Ich wusste nicht, was mich anzog, vielleicht nur die Tatsache, dass ich ihn nicht haben durfte oder er mich nicht wollte. Ich versuchte, bei Verstand zu bleiben, nicht abzudriften. Ich glaubte immer noch, diese Schwärmerei wäre bald ausgestanden und ich könnte auch gut ohne ihn leben.

Mira war wehmütig, aber nicht traurig. Es gab tausend Gründe, heute glücklich zu sein und die gute

Gesellschaft zu genießen. Sie stürzte zu Colin, half ihm die Decke auszubreiten und den Rucksack auszupacken. Sie nahmen Platz und Mira servierte das Frühstück. Gierig inspizierte Colin die Plastiktüte, es roch daraus nach frischem Brot, Tomaten und Käse. Seine Finger spionierten nach dem Inhalt und waren nicht sehr entscheidungsfreudig. Sein Hunger entschied sich für gleich drei belegte Brote und jedes Einzelne stopfte er genüsslich in sich hinein. Mira mochte es, wenn es ihm schmeckte. Und so saßen beide schweigend nebeneinander, genossen den Ausblick, die reine Luft und den lauen Wind, der wärmte. Miras Haare tanzten im Wind und Colin sah ihr verstohlen zu, wie sie zufrieden vor sich hin träumte. Ihr Blick ruhte selig auf dem See und dabei glänzten ihre Augen voller Glück. Wenn sie sich unbeobachtet fühlte, war sie vollkommen. In Gedanken zog er Linien auf seinem Skizzenblock, versuchte sich jeden Millimeter dieses Bildes einzuprägen. Kein Pinsel, keine Farbe vermochte dieses Gefühl ausdrücken. Und genau das brachte Colin an seine Grenzen. Bis jetzt war es ihm nicht möglich, das einzufangen und auf Leinwand zu bringen, was er in ihr sah. Ihre Verletzlichkeit und ihre Freude zu bannen. Das war die Herausforderung, das Ziel, nach dem er unermüdlich strebte, und noch wollte er nicht aufgeben.

    Minuten der Stille vergingen und Mira wurde durch eine Linde am Steg an vergangene Geschichten erinnert.

    „Da drüben war die Badestelle meiner Eltern…. Vor vielen Jahren war der Wasserspiegel höher und reichte bis zu diesem Baum dort drüben. Das Ufer war einst übergrünt. .. Einige Bewohner unseres Dorfes hatten tonnenweise Kies angekarrt, um das Ufer wie einen Strand wirken zu lassen… Wir redeten uns als Kinder immer ein, wir wären am Meer… Ich liebte es, mich von dem Berg dort über ein Tau in das Wasser zu werfen. Vater und ich schwammen immer um die Wette. Er war ein ausgezeichneter Schwimmer, dennoch ließ er mich meistens gewinnen. Außer wenn ich frech war, dann ließ er mich strampeln."

„Das kam sicher sehr oft vor", kommentierte Colin spitzfindig und Mira kniff ihm in die Seite.

„Spinner… ja, es war öfter…. Aber egal… ich muss immer noch lachen, wenn ich daran denke, wie meine Eltern miteinander umgegangen sind. Manchmal ließen sie mich am Ufer für eine halbe Stunde zurück, um zu angeln. … Dann hab ich sie beobachtet, ein Fisch landete selten in ihrem Netz, stattdessen waren sie nur am Knutschen und Kuscheln… ich glaube, sie haben mir das nur erzählt, um ein Alibi für ihre Zweisamkeit zu haben. Mein Vater schwärmte bis zum Schluss von meiner Mutter, dass sie immer die Schönste war, er alles an ihr liebte…. Erst wollte Mutter von ihm nichts wissen, doch statt aufzugeben, hatte es ihn vielmehr angespornt… Vater schindete als junger Hänfling den ganzen Sommer auf dem Feld, um von dem Lohn ein Pferd zu kaufen, was er meinem Opa im Tausch für seine Tochter anbot."

Colin lachte.

„Und… hat er sie bekommen?"

Mira schüttelte schmunzelnd den Kopf.

„Nein, aber mein Opa fand das sehr sympathisch. Er lud meinen Vater zu sich in die Scheune… Dort tranken und sangen sie den ganzen Abend. Vater sagte immer, eine Frau lernt dich erst durch ihre Eltern lieben, wenn du die begeisterst, begeisterst du auch irgendwann die Frau deines Herzens. Solange du nicht aussiehst wie ein Teller Pilze!…. Mutter war zu Beginn etwas überrumpelt, doch nur kurze Zeit später war sie Vaters Charme erlegen…. Und ließ sich mit 18 zum Altar führen. Mein Vater machte eine Ausbildung als Landwirt und Mutter wurde Näherin. Sie waren einfache Leute und es gab Tage, wo sie kaum genug Geld zum Leben hatten. Trotzdem waren sie glücklich…. "

Colin wurde neugierig.

„Und wann haben sie sich für ein kleines Monster wie dich entschieden?"

Wieder stieß sie ihn in die Seite.

„… Ich bin kein Monster…. Eher ein Wirbelwind….Naja, vielleicht ein kleines, aber liebenswert… Wie dem auch sei, Vater wollte immer einen Stall voller Kinder, aber das Geld war knapp. Mutter bat ihn zu warten… Doch Vater wünschte es sich so sehr, dass er meine Mutter reinlegte. Zu damaliger Zeit ging das noch… da waren sie noch nicht so gut aufgeklärt… er meinte zu ihr, dass erst nach vielem Training eine Frau schwanger werden könne… Tja, und dann hat es gleich beim ersten Mal geklappt.. Doch schon damals war es, als würde ein Fluch auf meiner Familie lasten. Mutter verlor zwei Kinder, bevor es mit mir funktionierte. Vielleicht war es die harte Arbeit, die Mangelernährung. … Ja und als ich kam, waren sie überglücklich… Sie waren die besten Eltern der Welt… Meine Kindheit war perfekt … einfach wundervoll… Ach…, sie fehlen mir…"

Mira sah traurig umher. Sie wollte nicht wieder anfangen zu weinen, räusperte sich verlegen, doch zwei Tränen ließen sich nicht verdrängen. Colin streckte ihr in Windeseile ein Taschentuch entgegen. Zeitgleich konnte sich Mira ein Lächeln über seine unbeholfene Art zu trösten nicht verkneifen, nahm es dankend an und schnaubte sich die Nase frei.

„… Es tut mir leid…, ich bin heute wie ein reißender Fluss…, ich hätte nicht gedacht, dass mich das hier so umhaut…. Ich dachte wirklich, ich habe es verarbeitet. Als ich meinen Heimatort verlassen musste, bin ich gegangen, als wären sie noch da… ich habe über sie gesprochen, als würden sie noch leben… Nenn es naiv, nenn es Dummheit… aber es hat mir geholfen… Nun zu sehen, dass das Haus verkohlt und vereinsamt auseinanderfällt, bricht mir das Herz…, dennoch wollte ich vor der Wahrheit nicht länger weglaufen… Ich muss endlich einsehen, dass ich allein bin."

Colin legte seine Hand auf ihre Schulter.

„Du bist nicht allein… "

Ein Satz, der gut klingt und dennoch nicht stimmt. Egal, welche Dinge passieren, nur man selbst muss sie bewerkstelligen. Kein Trost, kein Wort kann dir diese Bürde nehmen. Letztlich ist jeder allein. Mira lächelte kämpferisch und richtete sich auf. Sie wollte sich ablenken, nicht länger darüber nachdenken. Es wurde Zeit, ihrer Heimat neu zu begegnen.

„Nachdem du ja nun unsere Tagesration verputzt hast, würde ich vorschlagen zusammenzupacken und die Umgebung zu erkunden."

Colin nickte, rappelte sich auf und lief zum Wasser. Während er seine Hände vom Steg aus wusch, betrachtete er prüfend sein Spiegelbild. Er dachte noch bei sich, es müsste Wochen her gewesen sein, dass er sich das letzte Mal seinen Bart rasiert hatte. Dieser wurde mit jedem Tag länger, wie die Ringe eines Baumes, die die Jahre zählbar machten. Und als er so überlegte, suchte in hektischen Manövern ein

Schwarm Fische seine Aufmerksamkeit. Sie waren nicht besonders groß, dafür in guter Gesellschaft und eilig unterwegs. Sie schwammen zappelig hin und her, ohne augenscheinliches Ziel, dennoch bannte es Colin und lenkte ihn ab. Nach kurzer Zeit störte etwas die Sicht. Ein Vibrieren formte kleine Ringe auf der Wasseroberfläche und machte Colin stutzig. Er sah zu Boden und das Vibrieren wurde stärker. Er lief vom Steg hinunter, auf Mira zu, die gerade den Rucksack packte. Er hatte keine Zeit, ihr seine Empfindung zu schildern, Mira spürte es auch und griff hilfesuchend nach seiner Hand. Der Boden bebte bedrohlich und Colin drehte sich zur Waldschneise um. Nichts war zu sehen. Ein undefinierbares Geräusch wurde lauter und kam direkt auf sie zu. Mira war das nicht geheuer, sie stellte sich ängstlich hinter Colin und blinzelte vorsichtig an seiner Schulter vorbei. Staub wirbelte auf und der Waldweg stand im Nebel. Sie versuchte etwas zu erkennen, nichts war zu sehen, nur Lärm von allen Seiten, der gefährlich näher kam. Beide standen dicht beieinander ohne eine Idee, was sich hinter dieser Wand von aufgewirbeltem Sand verbergen könnte. Als Mira genauer hinsah, traute sie ihren Augen nicht. Eine Herde Pferde schien herrenlos durch den Wald zu galoppieren. Sie stürzten den Berg hinunter und liefen hektisch kreuz und quer. Nun erkannte auch Colin die herannahende Gefahr, griff Miras Hand, zog sie zum nächsten Baum, der am Ufer stand und drängte sich schützend vor sie. Die Pferde schienen wie ferngesteuert, wurden langsamer und liefen zum Wasserrand. Zielgerichtet stellten sie sich mit den Vorderbeinen in den See, tranken ungestört und ließen sich von den beiden nicht aus der Ruhe bringen. Colin starrte die Vierbeiner ehrfürchtig an und war eingeschüchtert von ihrer stattlichen Statur. Mira war entzückt, gedankenlos verließ sie ihr Versteck und mengte sich zwischen die scheuen Tiere, die sich vom Streicheln besänftigen ließen. Nachdem sich der Staub nun endlich legte, sah man einen Mann den Weg hinunterlaufen. Er entschuldigte sich auf Polnisch schon aus weiter Ferne für seine Unachtsamkeit, die Angelegenheit war ihm spürbar unangenehm. Als er Mira erreicht hatte, versuchte er die richtigen Worte zu finden, erkundigte sich nach ihrem Wohlbefinden und schwor, für jeden Schaden aufzukommen. Colin verfolgte den Mann vom Baum aus und war sichtlich genervt. Sein Wagen stand mitten im Staub, alle Mühe, ihn ordentlich zurückzubringen, war dank der Tiere nun vertan. Mira war da mit der Situation schon schneller versöhnt, es war einzigartig, die Pferde so frei zu erleben und erweckte Kindheitserinnerungen. Sie vergaß den ersten Schreck und begrüßte den alten Mann freundlich. Und während sie sich mit ihm unterhielt, schien ihr seine Gestik, seine Art zu reden, ganz vertraut. Sie musterte ihn, vergaß ihm zuzuhören und ging schüchtern auf ihn zu. Es war nur eine Mutmaßung, doch je länger er redete, desto weniger Zweifel hatte sie. Mira fasste sich ein Herz und sprach ihn mit Namen an.

„Kacper?"

Der alte Mann runzelte die Stirn und sah das ihm unbekannte Mädchen genauer an. Mira wurde unsicher.

„Ich bin es… Mira Dorota Mazur!"

Er nickte fragend, doch das liebliche Gesicht, die grünen Kulleraugen schienen ihm von Sekunde zu Sekunde bekannter. Er trat näher.

„Mira?"

Er legte seine Hand auf die Stirn, überlegte und fragte erneut: „Die Tochter von Krysztof und Dorota?"

Mira bejahte lächelnd und der alte Mann war ergriffen. Er nahm ihre Hände liebevoll an sich, war überwältigt, schüttelte immer wieder ungläubig den Kopf, trat zurück, bestaunte ihre reizende Erscheinung und nahm sie dann wieder in den Arm. Colin verweilte in seinem Versteck, war auf die Pferde konzentriert und sah nun erst, was geschah. Wie der Alte seine Hände um Mira legte und beide sich überglücklich ansahen. Irritiert beobachtete er das Treiben, bis ihn Mira entdeckte und winkend zu sich holte.

„Komm her, ich möchte dir einen Familienfreund vorstellen…Das ist Kasper Demytri. Er war unser Nachbar. Manchmal zog ich es vor, lieber in seinem Garten zu spielen als auf unserem Hof. Kacper hat einen Sohn in meinem Alter."

Schüchtern verließ Colin sein Versteck, stellte sich mit ernster Miene an Miras Seite und blickte etwas verstohlen umher. Kacpers Lächeln zog sich bis zu den Ohren. Neugierig flüsterte er in Miras Ohr: „Ah, der Gatte, nehme ich an… wohl geraten, groß und kräftig…"

Mira wollte nicht nochmal denselben Fehler machen und winkte ab.

„Nein, nein… Momentan habe ich niemanden… Colin ist ein guter Freund, der sich für Polen interessiert und gern wissen wollte, woher ich stamme."

Kacper streckte ihm freundlich die Hand entgegen und schüttelte sie mit seinen übergroßen Pranken kräftig durch. Colin musste mit aller Gewalt gegenhalten und war verschreckt. So ein alter Mann mit so starken Händen war für ihn nicht von dieser Welt, fast einschüchternd. Kacper lachte. Er liebte es, die jungen Männer auf die Probe zu stellen. Mira zwinkerte ihm zu, er hatte sich nicht verändert, schon früher machte er solche Scherze. Es war schön zu wissen, dass die Zeit uns vielleicht äußerlich wandelt, uns jedoch nicht der Persönlichkeit beraubt. Mira hatte immer noch vor Augen, wie er sie als Kind zum Lachen brachte, indem er Geschichten erfand und große Sandburgen mit ihr baute. Eine Zeit, an die sich auch Kacper erinnerte und die er gern wieder aufleben lassen wollte. Er konnte Mira nicht einfach so ziehen lassen. Dieses schicksalhafte Treffen musste gefeiert werden.

„Mira, es wäre mir eine Ehre, wenn du und dein Freund zu mir auf den Hof kommen würdet. Bitte, schlage mir das nicht ab. Wann werden wir uns je wiedersehen? Nur auf einen Kaffee… Ich wäre geschmeichelt…"

Mira zögerte, blickte panisch zur Uhr, die Zeit verrann. Doch dann sah sie in diese vertrauten Augen, die erwartungsvoll auf ein Ja hofften, so dass sie diese Bitte einfach nicht ausschlagen konnte und ihm die ersehnte Antwort gab, die Kacper glücklich strahlen ließ. Ehe Colin verstand, was beide auf Polnisch flüsterten, hallte ein ohrenbetäubender Pfiff in seinen Ohren. Die Pferde blickten zurück und verließen das Ufer. Hörig sammelten sie sich um den alten Mann, wie eine Kompanie um den General zur weiteren Lagebesprechung. Und während die Tiere sie umkreisten, schwelgte Mira in Gedanken. Der Geruch, das Fell, ihre Bewegungen waren wie ein Weckruf aus der Kindheit. Damit war sie aufgewachsen, sie waren ihre Weggefährten, ihre täglichen Begleiter. Es überkam sie. Aus einer Laune heraus nahm sie Anlauf und sprang auf den Rücken eines Warmblutes. Ohne

Steigbügel oder Sattel hielt sie sich einfach an der Mähne fest. Die Stute war erschrocken, stellte sich bedrohlich auf, Mira griff nach ihrem Hals und presste sich eng an sie. Sie flüsterte leise in das Ohr des Tieres und brachte es so zur Ruhe und auf den Boden zurück. Von da an beherrschte sie dieses Pferd, als wäre es schon immer ihres gewesen. Die Stute ließ sich führen und umkreiste ihre Zuschauer. Colin sah ihr misstrauisch nach.

„Sei vorsichtig!"

Mira kicherte.

„Hab keine Angst, ich bin mit ihnen aufgewachsen. Im schlimmsten Fall wirft sie mich ab, wobei ich überzeugt bin, dass wir uns ganz gut verstehen."

Kacper sah ihr begeistert nach, wie sie das Tier zügelte. Schon als Kind hatte er ihr ein Händchen für Pferde vorausgesagt und nun schlug er Colin stolz auf die Schulter. Wie ein Vater lehnte er sich an ihn und bewunderte dieses Kind, das sich zu einer wunderschönen Frau entwickelt hatte.

Colin schaute zu ihr auf, wie sie strahlte, er hatte noch nie diesen Ausdruck in ihren Augen gesehen. In diesem Moment war sie unnahbar.

„Komm, Colin, nimm dir auch eines."

Colin schüttelte den Kopf.

„Ich bin etwas aus der Übung… Nein…, ehrlich, ich reite nicht…"

Mira warf das Bein über die Seite und glitt am Rücken des Pferdes zu ihm hinunter. Sie landete auf dem Boden und schwebte vor Freude. Ihr Lachen war bezaubernd und steckte an.

„Gut, dann bringe ich es dir bei."

Kacper bot an, sie für einen Ritt auszustatten, Colin hatte gar keine Möglichkeit, nein zu sagen oder etwaige Vorschläge für andere Aktivitäten zu unterbreiten. Ehe er sich versah, setzte sich Kacper in seinen Wagen und wartete. Mira nahm die Zügel der Stute und führte die Herde den Berg hinauf. Colin blickte auf die Überreste ihres Picknicks, warf Rucksack und Decke in den Kofferraum und fügte sich dieser dummen Idee. Trotzig setzte er sich ans Steuer und wurde von Kacpers seligen Augen zwinkernd begrüßt. So recht wusste Colin mit dem Fremden und der Situation nicht umzugehen. Sein Lächeln war versteinert, er startete den Wagen und fuhr Mira hinterher.

Nach kurzer Zeit erreichten sie einen alten Bauernhof nahe des Elternhauses von Mira. Der Hof war riesig, alt und in keinem guten Zustand. Mira erzählte später, dass Kacper mit der Haltung der Tiere zu kämpfen hätte. Er war alt und müde, hatte keine Kraft mehr, den Hof zu renovieren, das Geld war knapp und sein Sohn hatte kein Interesse, die Landwirtschaft und sein Erbe weiterzuführen. Er flüchtete vor dieser Verantwortung in die Stadt, lebte dort mit seiner Frau und den beiden Enkeln und kam vielleicht noch zweidreimal im Jahr zu Besuch. Und so tat Kacper alles, um die Pferde wenigstens behalten zu können. Mit Tränen in den Augen meinte er, dass diese Tiere doch alles seien, was er hätte. Dieses Gefühl, gebraucht und geliebt zu werden! Nach dem Tod seiner krebskranken Frau könnten sie sie zwar nicht ersetzen, aber durch ihre Scheu, ihre Anmut, ihre treuen Seelen, ihre überwältigende Erscheinung hielten sie ihn am Leben und ersetzten ein Stück Glück, was er geglaubt hatte, verloren zu haben. Er würde bis zum letzten Atemzug mit ihnen auf dem Hof verweilen, bis ihn der Tod zu seiner Frau brächte. Der alte Mann hatte einen so friedlichen Gesichtsausdruck, während er das sagte, dass Colin Gänsehaut bekam. Es beeindruckte ihn, wie der kleine Kerl mit so viel Ehrfrucht und Freude über den Tod sprach, als wäre es eine Fahrt ins Paradies. Diese Begegnung bewegte und machte ihn nachdenklich. In seiner Welt heirateten Menschen und ließen sich vier bis fünf Jahre später scheiden, lebten in Untreue, in Lüge, in einer Welt, geprägt von Höhen und Tiefen, die einen selbst zum Einzelkämpfer machte, es zwar erlaubte zu lieben, aber dennoch niemanden über die eigenen Bedürfnisse zu stellen. Kacper beschrieb solch eine starke Bindung zu seiner Frau über den Tod hinaus, eine Liebe, von der er zuvor noch nie gehört hatte. Er erzählte stolz, wie er sie bis zum Ende begleitet hatte, ihr dabei zusah, wie der Krebs sie zerfraß, es sie jeden Tag ein Stück mehr dahinraffte, und dennoch war sie für ihn bis zum letzten Atemzug das Schönste, was er je gesehen hatte. Er sagte, dass sie nie ihr Lächeln verloren hatte und selbst, als sie auf dem Sterbebett lag, ihre Augen noch den gleichen Glanz hatten wie vor fünfzig Jahren, als sie sich ewige Treue geschworen hatten.

Kacper ließ den Kopf hängen, er wurde ein wenig melancholisch. Er meinte, als er sie zu Grabe trug, ging auch ein Teil von ihm. Seit zehn Jahren pflegte er nun ihre Ruhestätte, besuchte sie an jedem Tag mit einem frisch gepflückten Blumenstrauß, noch immer erzählt er ihr in Gedanken von Freude und Leid und verabschiedet sich oft mit der Hoffnung, bald mit ihr wieder vereint zu sein. Colin war ergriffen, er beneidete Kacper um diese Leidenschaft, die Jahrzehnte überdauerte. Er zog Mira an sich heran und bat sie, seine Worte für ihn zu übersetzen.

„Wann wusstest du, dass sie die Richtige ist?"

Kacper lachte.

„Es waren ihre Augen. Egal, ob wir stritten oder uns liebten, sie leuchteten vom ersten Moment an und gaben mir den Grund, jeden Tag mit Freude nach Hause zu kommen. Ich mochte alles an ihr, wie sie lachte, weinte, sang und tanzte. Ihre Lebensfreude war mitreißend und machte unser Leben vollkommen."

Mira lächelte wehmütig, sie verstand, wovon er sprach. Kacper sagte so wunderbare Dinge, dass es einen neidisch werden ließ. Colin wurde nachdenklich. So jemanden zu finden ist ein Geschenk, etwas Kostbares, was sicher ein Jeder sucht, doch nur wenige finden. Er zweifelte, ob er je zu diesen Glücklichen zählen würde.

Kacper sah beiden in die Augen und nahm eine gewisse Verbundenheit wahr. Wie sie sich ansahen, wie sie vorsichtig miteinander umgingen. Eine ungewöhnliche Freundschaft für seinen Geschmack. Colins Blick huschte flüchtig über Miras Augen, unsicher wippte er mit seinem Fuß und sah dann wieder betreten zu Boden, als er fühlte, wie Kacper ihn ansah. Ein Rundgang durch den Stall könnte die Stimmung vielleicht etwas lockern, dachte sich der alte Mann und führte beide selbstbewusst durch seinen Stall.

Es roch nach Heu und Leder. Die Boxen waren penibel gereinigt, alte Hufe mit Gravuren hingen zu Hunderten herum. Kacper tat alles selbst. Alles drehte sich tagsüber um seine Freunde und deren Pflege. Er sattelte zwei seiner besten Pferde und Colin sah ihm nervös dabei zu. Er wusste, dass er sich nur blamieren konnte. Wenig später stellte Kacper die Tiere vor den Hof und Mira brauchte nicht lange, um fest im Sattel zu sitzen. Sie nahm die Zügel in die Hand, stieß mit den Hacken in die Lenden und galoppierte gewandt umher. Sie drehte ein paar Runden und trabte mit zufriedenem Lächeln zurück. Sie war stolz, das Reiten nie verlernt zu haben, führte ihre Künste selbstbewusst vor und schüchterte Colin damit ungewollt ein. Und schon jetzt hatte er keine Lust mehr, doch als er zurück in Kacpers glückliche Augen sah, war eine Flucht undenkbar. Kacper hielt das Pferd an seinen Zügeln und stellte es Colin an die Seite. Er dachte an Miras Aufstieg, wie sie nach dem Horn griff, mit Schwung den linken Fuß in den Steigbügel setzte und das andere Bein elegant über den Rücken schwang. Er fasste all seinen Mut zusammen, nahm Anlauf, bekam das Horn zu fassen und auch der Fuß landete im Steigbügel, nur unglücklicherweise war der Satz so schwungvoll, dass die Fliehkraft ihn aus dem Sattel warf. Er glitt über den Rücken und landete mit dem Hintern voran unsanft auf dem Boden. Schmerzverzerrt sah er beide an und pustete. Mira stieg vom Pferd und kam ihm zur Hilfe.

„Es tut mir leid. Wenn du möchtest, dann lassen wir das."

Colin wäre der Aufforderung gern nachgekommen, doch er wollte Kacper nicht enttäuschen und so langsam beflügelte ihn der olympische Gedanke. Er richtete sich auf, klopfte das Heu von der Hose und nahm erneut Anlauf. Mira und Kacper brachten sich in Hilfestellung. Colin rannte an, zog sich am Horn hoch, versuchte das Tempo beim Aufstieg zu drosseln und verlor zu schnell an Geschwindigkeit. Er drohte, gar nicht erst den Sattel zu erreichen und zurückzufallen. Kacper kam ihm zu Hilfe, drückte ihn an seinem Hintern nach oben und Colin riss erschrocken die Augen auf. Die Hand des alten Mannes an seinem Po ließ ihn zusammenzucken. Er zerrte sich am Horn nach oben, schob sich mit dem Becken zu weit nach vorn, stieß im Schritt heftig gegen den Sattelkranz und verzog das Gesicht zu einer finsteren Miene. Mira sah ihn mitleidig an.

„Voll auf die Zwölf?"

Der Schmerz verschlug ihm die Sprache.

„Mh!!"

Mira und Kasper sahen sich flehend an. Sie hätten am liebsten laut aufgelacht, noch nie stellte sich jemand beim Aufstieg so ungeschickt an. Mira hatte Mühe, Kontenance zu bewahren. Sie wandte sich von Kacper ab, der denselben Gesichtsausdruck hatte, setzte sich auf das Pferd und stellte sich zurück an Colins Seite. Sie zeigte ihm, wie er richtig im Sattel zu sitzen hatte und die Zügel benutzen musste, um das Tier in die gewünschte Richtung zu lenken. Colin hörte aufmerksam zu, klammerte sich an das Tier wie ein Kind an seine Mutter. Schweiß trat auf seine Stirn. Peinlich genau befolgte er Miras Anweisungen und riss die Augen auf, als sich das Pferd in Bewegung setzte. Er saß stocksteif im Sattel, seine Wangen wurden bei jedem Auftritt durchgeschüttelt. Mira konnte sich nicht länger zurückhalten und kicherte. Colin war so konzentriert, dass er ihr nur einen bösen Blick zurückgab. Mira verabschiedete sich von Kacper und folgte dem Reitlehrling.

„Versuche, mehr Spannung in die Zügel zu bekommen, richte dich auf, kneif den Po zusammen, drücke dich aus den Steigbügeln, dann kannst du die Schwingungen besser abfedern."

Colin sah sie genervt an.

„Meine Eier schmerzen, mein Hintern tut mir weh …. Ich kann mich gerade nur darauf konzentrieren."

Mira lachte so herzlich, dass auch Colin sich ein Schmunzeln nicht verkneifen konnte.

„Bring deinen Oberkörper weiter nach vorn, dann wird's leichter."

Colin befolgte ihren Rat und saß nun etwas eleganter auf dem Rücken seines Hengstes. Dennoch, graziös war das nicht! Mira ritt mit ihrem Pferd voran, stieß ihm die Fersen in die Lenden und die Stute galoppierte davon. Mira vergaß Pflicht und Zeit. Sie sah über die Wiesen und Felder, ihr Herz tanzte. Es roch nach geschnittenem Gras. Sie fühlte ihre Jugend, die Zeit, als das Reiten zu ihrem Alltag gehörte. Sie hatte so viel vergessen. Drogen und Alkohol wärmen einem das Herz, aber sie zehren dich aus und machen deine Seele krank. Sie hatte verdrängt, was sie wirklich glücklich machte. Vielleicht gab ihr der Moment den Anlass, ihre Zukunft neu zu überdenken, die Antwort darauf, was die Alternative zu ihrem Beruf wäre. Mira hatte ein breites Lächeln auf dem Gesicht, sie ließ sich zu Colin zurückfallen und ritt an seiner Seite durch ihre Vergangenheit. Viele der besuchten Orte waren einst ihre Spielplätze.

Die Natur war hier zu großen Teilen immer noch unangetastet, der Mensch bediente sich nur an dem, was er zum Leben benötigte. Kleine Flüsse und Seen machten die Umgebung malerisch schön. Mira sah sich stolz um und blickte dann zu Colin hinüber. Es bedurfte keiner Kommentare, sein zufriedener Blick sagte mehr, als tausend Worte. Mit Vorurteilen und ohne Erwartungen war er hierhergekommen, er würde heute mit neuen Eindrücken gehen, mit Begeisterung und Bewunderung, dem Land und den Menschen gegenüber. Colin dachte an die Geschichten, die er heute gehört hatte. Es war schön zu wissen, dass materielle

Dinge kein Glück ersetzen konnten. Letztlich waren Liebe und Aufmerksamkeit das Geheimnis, mehr brauchten die Menschen nicht. Dann erinnerte er sich an das, was ihm in seiner Vergangenheit fehlte. Er fragte sich oft, warum er unzufrieden war, trotz finanzieller und materieller Erfüllung dennoch keine Befriedigung erfuhr. Die Antwort war so einfach und so fern, weil er nach den falschen Idealen strebte. Er hatte verstanden und schwor sich, etwas zu ändern, seine Einstellung zu überdenken und an seinem Glück zu arbeiten.

Die Zeit verging. Nach zwei Stunden kehrten beide zum Bauernhof zurück. Kacper empfing sie freudestrahlend und wartete auf ihre Geschichten und Eindrücke. Fröhlich lauschte er Mira und amüsierte sich herzlich über Colins Missgeschicke. Er war ganz angetan von ihrer Gesellschaft, dass er es sich nicht nehmen lassen wollte, beide zum Essen auszuführen. Er berichtete Mira von der alten Burg, die ein Investor zu einem Hotel umgebaut hatte und dass der alte Kneiper nun das Restaurant leiten würde. Mira ließ sich nicht lange bitten. So schnell konnte Colin gar nicht schauen, wie die Pferde abgesattelt und zurück in den Stall geführt wurden, Kacper sich auf sein Pferd schwang und Mira sich zurück in den Wagen setzte. Ehe er überhaupt nach dem Warum fragen konnte, startete er die Zündung und sein Gefährt folgte dem alten Mann hoch zu Ross. Der Auspuff röhrte durch die belebte Kleinstadt und Kacper ritt erhaben vorneweg. Colin bewunderte seine Haltung.

„Wenn er vor einem steht, ist er so gebrechlich, doch im Sattel sitzt er wie ein junger Mann."

Mira räusperte sich: „Wie man bei dir heute eindrucksvoll sehen konnte, sagt die Haltung eines Reiters nichts über dessen Alter aus."

Colin grinste und senkte den Kopf. Sein heutiges Schauspiel war ihm sichtlich peinlich. Er lenkte ab und bewunderte die Umgebung, wies auf lebendige Vorhöfe und vorbeischreitende Einwohner. Mira sah ihnen nach, suchte in den Gesichtern bekannte Züge, doch noch einmal sollte sich der Zufall nicht wiederholen. Sie blickte sich um, musterte die vorbeiziehenden Fassaden. In Wagow war viel passiert. Anders als in ihrer Geburtsstätte, konnte man hier das Leben sehen und auch fühlen. Die Straßen waren eben, die Bürgersteige gepflegt, viele Häuser glänzten mit neuem Anstrich und einige Vorhöfe mit teurem Pflasterstein. Die Einwohner glaubten scheinbar immer noch an ihren Ort und überließen ihn nicht dem Verfall.

Nach wenigen Minuten führte der Weg durch eine enge Gasse, ließ die Kleinstadt hinter sich und brachte sie direkt vor die Tore der historischen Burg. Sie hatten ihren Zielort erreicht.

Mira kannte das ehemalige Kloster aus Kindertagen und war überwältigt, was Sanierungen aus Ruinen hervorbringen können. Die alten Gemäuer und deren Zugbrücke standen im neuen Glanz. Die mächtigen Wehrmauern leuchteten durch ihre feuerroten Ziegel. Große Felssteine und hohe Torbögen verbargen Jahrhunderte Geschichte und machten neugierig. Mira konnte es gar nicht abwarten, bis der Wagen stand, sie riss die Tür auf und lief gebannt über den Hof. Colin hatte Mühe ihr zu folgen, sie war so hingerissen, dass sie alles um sich herum vergaß, eben auch ihn, der mühevoll über das grobe Kopfsteinpflaster balancierte und gerade so Schritt halten konnte.

Kacper wartete geduldig am Haupteingang und empfing sie freudestrahlend. Er erzählte Mira von den aufwändigen Umbauten, den Investoren und den immer häufiger einkehrenden Besuchern. Er schwärmte von der guten Küche des Hauses und konnte nicht abwarten, sie ihnen vorzuführen. Er geleitete seine Gäste durch das Tor in Richtung Gastraum. Der Weg führte über eine lange Holztreppe und durch schwere Stahltüren in den Innenhof. Mira war begeistert. Sie kannte die Mauern verlassen und gespenstisch. Dass dieser Ort mit so viel Wärme belebt werden würde, grenzte an ein Wunder. Über dem Innenhof prangte nun eine Glaskuppel, die aus einem übergrünten Platz einen Ball- und Festsaal machte. Massive Tische und Stühle zierten den Raum. Das Restaurant befand sich im Westflügel des Hauptgebäudes und war von einer Gemeinschaftsküche zu einer altbürgerlichen „Ess-Stube" umfunktioniert worden. Das Mobiliar war aus Holz geschnitzt, gewaltig und schwer zu bewegen. Kein Stuhl glich dem anderen. Die Kronleuchter waren Erbstücke aus vergangen Tagen und wahre Antiquitäten. Sie waren aus Eisen gegossen und nun durch dicke Stumpenkerzen erhellt.

Der Gastwirt empfing Kacper freudig und sah neugierig zu seinen Begleitern hinüber. Kacper konnte es nicht erwarten, ihm von der Identität seiner Gäste zu berichten. Vollkommen überrascht stürzte der Mann an den Tisch, stellte sich gar nicht erst vor, nahm Mira in seine Arme und bedankte sich beim lieben Gott, dass er das noch erleben durfte. Er sah Mira immer wieder an und musste seine Tränen zurückhalten. Ihre Schönheit verschlug ihm fast die Sprache.

Derweil rätselte Mira noch, wer der Fremde war, doch die Grübchen, die große Knollennase und die hervorstehenden Schneidezähne hatten große Ähnlichkeit mit dem einst besten Freund ihres Vaters. Überglücklich fiel sie Jerzy um den Hals und lachte über das ganze Gesicht. Jerzy sah es als Pflicht an, das verschwunden geglaubte Kind familiär zu empfangen, er rief seine Kellnerin herbei, bestellte eine gute Flasche Wein und gesellte sich zu ihnen. Ungläubig schüttelte er den Kopf und griff immer wieder nach Miras Hand.

„Dass du lebst... Dass es dir gut geht... Ich habe so viele schreckliche Dinge gehört... ich..."

Mira sah sich erschrocken um. Sie hatte Angst um ihr Geheimnis, Angst, entlarvt zu werden. Also sprach sie von einer Vergangenheit, die es nicht gab, einer schweren Zeit im Kinderheim, einer liebevollen Ersatzfamilie und einer Ausbildung zur Krankenschwester.

Miras Glück war, dass keiner außer ihr Deutsch sprach. Also übersetzte sie Colin nur zusammenhanglose Wortfetzen und hoffte, dass er nicht nachhaken würde.

Jerzy und Kasper schienen zufrieden, dass aus Mira was geworden war, sie offenbar den Absprung geschafft hatte. Nach einer Weile lockerte der Wein die Zungen und Jerzy verfiel in die alten Anekdoten aus Kindheit und Jugend, die er mit Miras Vater und Kacper teilte. Dies war der Moment, wo sich Mira entspannt zurücklehnte. Sie hing an Jerzys Lippen und lauschte den alten Geschichten. Seine Erzählungen bedeuteten ihr viel. Zum ersten Mal nach dem Tod ihrer Eltern hatte sie das Gefühl, ihnen nah zu sein, sich vorzustellen, wie sie wirklich waren. Nun bekam sie die verblassten Puzzleteile zurück, die in ihrer Erinnerung fehlten. Ganz aufgekratzt übersetzte sie Colin jeden Satz und dachte an das Gefühl, was es heißt, endlich nach Hause zu kommen.

Der Nachmittag verrann viel zu schnell. Mira vergaß auf die Uhr zu sehen. Letztlich wurde es ihr egal und sie wollte von Verantwortung und Pflichten nichts mehr wissen. Jerzy war großzügig und ließ nur das Beste aus seiner Küche auffahren. Lendenfilet in Wacholdermarinade, überbacken mit Käse, Forelle aus der Pfanne, geschmückt mit gebrannten Mandeln auf Spinatsoße und Honighähnchen in Orange. Colin wurde überflutet mit Köstlichkeiten, ignorierte das Sättigungsgefühl und verwöhnte sich von jedem Teller. Wie es Tradition der polnischen Gastfreundlichkeit war, wurde dazu großzügig Wodka und Wein gereicht.

Der Tag ging zur Neige und der alte Kamin wurde entfacht. Mira gab sich im Verlauf des Nachmittags große Mühe, die Kumpeline von Colin zu mimen, doch in unbeobachteten Momenten konnte sie ihre sehnsüchtigen Blicken kaum verbergen. Wie er lächelte, ihrer Unterhaltung folgte, wie er gedankenversunken in das Feuer blickte - immer wieder ertappte sie sich dabei, wie sie ihn anstarrte und Teile des Gespräches vergaß. Jerzy war alt, aber nicht dumm, vom ersten Moment an spürte er, was Mira wirklich fühlte. Er wollte sie nicht in Verlegenheit bringen, stattdessen schlug er ihr mit einem Augenzwinkern vor, sich doch den Sonnenuntergang vom Aussichtsturm anzuschauen. Mira ließ sich nicht lange überreden und zog Colin hinter sich her.

Beide wanderten durch das alte Gemäuer. Zum Turm führten weite Flure über knarrende Dielen. An den hohen Wänden hingen eingerahmte Bilder, alte Zeitungsberichte und Auszeichnungen der guten Küche. Beide bestaunten die Anerkennungen und überflogen neugierig die ausgeschnittenen Artikel. Colin verglich die angegebenen Jahreszahlen und fand eine vierzehn Jahre alte Fotografie.

„Sieh mal, ist das nicht das Jahr, als deine Eltern starben. Dies scheint der älteste Artikel zu sein und ein Foto ist auch dabei. Erkennst du darauf deinen Vater?"

Mira sah mit einem Lächeln auf die unscharfe Aufnahme. Nur in Umrissen war er zu erahnen, aber er war es. Voller Stolz zeigte sie auf ihren Vater, der mit seiner stattlichen Größe alle anderen überragte. Gesund und stark lächelte er in die Kamera, so wie sie ihn in Erinnerung behalten hatte.

„Das Bild wurde wenige Tage vor dem Hausbrand aufgenommen. Jerzy war Zeuge des Streits. In seinem Wirtshaus war es zu der Schlägerei gekommen. Er schützte meinen Vater, hielt zu ihm, als viele Kunden zu dem Bauern wechselten. Der Tag heute zeigt mir, dass man ihn nicht vergessen hat, dass er trotz all der Jahre immer noch gegenwärtig in allen Köpfe ist. Jerzy sagte vorhin zu mir, dass er nie wieder so einen Freund wie meinen Vater hatte. Er konnte sich immer auf ihn verlassen und noch heute denkt er oft an ihn. Das Unglück meiner Familie hat viele betroffen gemacht. Niemand wollte an ihren Tod glauben. Er meinte, nach dem Unglück habe er sich an das Amt gewandt, wollte mich aus dem Heim holen, doch die haben das abgelehnt und den Kontakt zu mir verboten. Keine Ahnung warum, wer weiß, wie mein Leben sich dann…"

Wehmütig verkniff sie sich die Tränen, sah sie sich um, wurde nachdenklich und ließ den Kopf hängen. Colin vervollständigte ihren Satz.

„entwickelt hätte? Sicher wäre vieles anders, aber dann hätte ich dich nie kennengelernt!"

Mira lächelte verschmitzt. Das klang ehrlich und gab ihr doch ein wenig Hoffnung, dass es ihm vielleicht genauso ging wie ihr. Ihr Magen drehte sich, sein Blick war so liebevoll, dass sie verlegen wurde und seinen schönen Augen auswich. Sie hakte sich ein und spazierte mit ihm über den Flur, bis sie vor einer Holztür stoppten.

Als Mira diese öffnete, führte ein schmaler Gang zu einem Treppenhaus. Über steinerne Stufen gelangten sie auf den höchsten Punkt der Burg. Dicke Mauern umgaben die Plattform und versteckten eine atemberaubende Aussicht. Die Sonne stand am Horizont und sandte die letzten Strahlen durch die ergrünten Wipfel des Waldes. Die Abendröte spiegelte sich auf dem See und tauchte das Wasser in ein sattes Violett. Die Vögel zwitscherten aus dem Geäst und ein Schwarm segelte durch die Lüfte. Colin legte die Arme auf das grobe Gestein und lehnte sich nach vorn. Er beobachtete den Hof, die Anordnung der Burg. Er ließ den Blick schweifen, genoss die Aussicht und war voller Emotionen. Sein Malerherz war verliebt in diesen Ort, der voller Frieden und Vollendung schien. Keine seiner Farben wäre intensiv genug gewesen, um das wiederzugeben.

„Gefällt es dir?"

Colin nickte.

„Ich bin wirklich beeindruckt. Ich hätte nicht gedacht, solch einen Ort in Polen zu finden. Meine Erwartungen wurden mehr als nur übertroffen."

Mira lächelte, sie schob sich etwas näher zu ihm heran und legte zögernd die Hand auf seine Schulter.

„Danke für den Tag."

Und dann ließ sie sich hinreißen, konnte ihren Instinkt nicht länger unterdrücken. Kein Wort hätte ihre Dankbarkeit besser ausdrücken können, keine Geste dieses Gefühl. Übermannt vom tiefsten Inneren ihres Herzens gab sie ihm zärtlich einen Kuss auf die Wange. Es pulsierte durch ihren Körper, Adrenalin schoss durch ihre Venen. Sie sah ihn voller Erwartung an, hoffte, er würde ihre Nähe erwidern, doch er blieb wie versteinert. Sein Blick war starr ohne jede Rührung. Er atmete aus und sah zur Tür.

„Komm, lass uns gehen."

Er sah sie nicht an, drehte sich um, lief zur Tür und verschwand. Ohne zurückzuschauen, ohne ein Wort. Mira hörte seine Schritte die Treppe hinunterpoltern, hörte, wie die untere Tür ins Schloss fiel. Sie war betrübt und wehmütig. Der Tag hätte perfekt sein können, doch das war er nicht. Mira fühlte sich zurückgewiesen, verletzt und unverstanden. Sie hätte ihn so gern gefragt, wie er fühlte, was er dachte? Doch eigentlich war das nicht mehr nötig. Dieser Moment sagte alles und nahm ihr den Mut, auf Weiteres zu hoffen. Sie sah sich noch einmal sehnsüchtig um, verabschiedete sich von ihrer Heimat und folgte letztlich Colin zurück zum Restaurant.

Als sie die Gaststube betrat, waren die alten Herren guter Stimmung, sahen sie erwartungsvoll an und wurden lediglich mit einem traurigen Kopfschütteln enttäuscht. Mira lächelte verkrampft, tat ihre Gefühle als kleine Schwärmerei ab, obwohl ihr Blick verräterisch die Leidenschaft ausdrückte, die sie für Colin im Herzen trug. Schüchtern blinzelte sie zu ihm hinüber, wie er nachdenklich und ruhig auf seinem Platz vorm Kamin saß, gleichgültig in die lodernde Flamme sah und gelangweilt an seinem Bier nippte. Es tat weh! Diese Situation änderte alles und brachte sie auf den Boden der Tatsachen zurück. Was es auch war, was sie auch dazu trieb, es kam von ganzem Herzen und wenn ihn das kränkte, dann hatte er ihre Zuneigung nicht verdient.

Und so klang der Abend in stillen Tönen aus. Mira unterhielt sich noch etwas, übersetzte aber nun nicht mehr und läutete die Verabschiedung ein.

Es war ein herzlicher Abschied, der Mira ihren Kummer für einen Moment vergessen ließ. Die alten Herren waren herzallerliebst und schlossen sie in ihre Arme, als wäre sie nie fort gewesen. Sie bedankten sich unzählige Male für ihr Kommen und Bleiben. Mira war gerührt und schwor sich, bald wieder zurückzukehren. Es war ein schöner Gedanke, der sie über alles hinwegtröstete. Eine letzte Umarmung, ein letzter Gruß und Mira ging schweren Herzens durch den Ballsaal. Sie sah nicht zurück, ließ Colin mit den Männern stehen und wollte nur noch weg. Sie war emotional aufgewühlt, hin und hergerissen zwischen Enttäuschung und Glück. Sie wollte sich nicht erneut die Blöße geben und vor allen die Fassung verlieren, deshalb die Flucht nach vorn.

Und während Mira das schlechte Gewissen ihrer Verpflichtung einholte, hielt Colin nach der Verabschiedung inne. Er zog sich die Jacke an, fühlte nach der Innentasche, griff dabei nach dem Bündel Geldscheine, welches eigentlich als Zahlung für den Wagen gedacht war, sah zu den Männern, dachte kurz nach, drehte sich dann zu Kacper um und nahm seine Hand. Er legte das Bündel in seine Handfläche, drückte die Finger darüber und sah in seine Augen. Kacper öffnete die Faust, war irritiert und sah ihn fragend an. Kein Wort hätte Colins Dankbarkeit ausdrücken können, keine Geste das Gefühl, mit dem er heute nach Hause gehen würde. Kacper gab ihm Wissen und Bewusstsein für ein erfülltes Leben, was dieses Geldbündel nicht aufzuwiegen vermochte. Und auch wenn Colin selten sprach und nur sparsam Freundlichkeit ausdrückte, so war es jetzt ein seltener Moment, den er ergriff und fast verschwenderisch auskostete. Er legte seine Hand stolz auf Kacpers Schulter, drückte ihn freundschaftlich an sich und lächelte wehmütig. Kacper fühlte diese Symbolik, gab herzlich die Umarmung zurück und nahm Abschied von einem neuen Freund.

Mira lief zur nächsten Tür und sah sich reflexartig um. Zwischen den Restaurantgästen suchte sie Colin vergebens. Skeptisch sah sie zu den Toiletten und dann fast zufällig zurück in die Gaststube. Was sie sah, ließ sie stutzen. Was war passiert? Kacper umarmte Colin gerührt, sah wieder in seine Hand und schüttelte überwältigt den Kopf. Als sie genauer hinsah, starrte Colin sie plötzlich an. Mira fühlte sich ertappt, blickte sich verstohlen um, flüchtete durch die Eingangstür und eilte die Treppen hinunter. Als sie den Hof betrat, atmete sie durch und war betrübt. Sie lief die wenigen Schritte über das Kopfsteinpflaster und dachte an die letzten Stunden. Alles war perfekt, so nah, so familiär, so berührend. Der Tag war vollkommen gewesen und wurde durch den Moment auf dem Turm zerrissen. Sie wanderte gedankenversunken zum Wagen und lehnte sich gegen die Tür. Hilfesuchend sah sie empor und betete für ein Zeichen, eine Fügung, die ihr erklärte, wie sie ihn nur verstehen sollte. Am liebsten würde sie ihn gehen lassen, für immer verschmähen, doch diese Sehnsucht in ihr war nicht zu stillen. Selbst in diesem Augenblick konnte sie es nicht erwarten, bis er ihr wieder nahe war. Seine kühle Art machte sie verlegen, neugierig und brachte sie gleichermaßen um den Verstand. Wie konnte er nur so viel Macht haben? Warum war es ihm möglich, ihr in einem Moment noch Selbstvertrauen zu schenken und es ihr im nächsten wieder zu nehmen?

Die Tür knarrte und das Geräusch schallte über den ganzen Hof. Sie hörte seine Schritte sich nähern. Ihr Magen zog sich zusammen, Angst vor dem nächsten Satz, den er sagen könnte, erstickte ihre Gelassenheit. Ohne ein Wort löste er die Zentralverriegelung, nahm auf dem Fahrersitz Platz, schloss die Tür und startete den Wagen. Miras Hände wurden feucht, ein drückendes Gefühl legte sich über ihre Brust, sie öffnete die Tür und setzte sich zögerlich in den Wagen. Nach all den Momenten, Unterhaltungen und Emotionen kehrten sie letztlich wieder an den Ursprung ihrer Beziehung zurück. Die Hure und ihr stiller Begleiter. Als hätte es diesen Tag nicht gegeben. Colin legte den Arm hinter Miras Sitz und manövrierte den Wagen aus der Parklücke zurück auf den Weg. Er sah sie nicht an, kühl umfasste er das Lenkrad, richtete seinen Blick geradeaus und fuhr mit ihr durch die Nacht. Mira faltete die Hände ineinander und sah in das Dunkel. Der Weg war düster, kaum etwas zu erkennen. Sie hörte ihn ruhig atmen, dabei zog sie seinen Geruch ein und hätte weinen können vor Enttäuschung. Die Zeit verging und das unwohle Gefühl im Magen steigerte sich. Mira sah zur Uhr. Die Zahlen stellten sich auf 21 Uhr um. Spätestens jetzt hätte sie bereits am Tresen sitzen müssen, gestriegelt und aufgehübscht für den nächsten Freier bereit. Wie ein Eilzug fuhren die finsteren Gesichter der Männer durch ihren Kopf und Ekel überkam sie. Der Gedanke daran, nur mit einem schlafen zu müssen, sich jemandem ganz hinzugeben, war nunmehr unerträglich. Miras Herz schlug schneller.

Ich erinnere mich genau an diese Autofahrt. Es war die Hölle. Jede Minute rannte. Ich versuchte, mich mit dem Gedanken anzufreunden, zu funktionieren, einfach wieder meinen Job zu machen, doch ich konnte es nicht. Tränen schossen in meine Augen, ich biss die Zähne auf die Lippen, drehte meinen Kopf zum Fenster, versuchte durch ein leises Räuspern meine Angst zu verstecken, meine Tränen zu unterdrücken. Doch die Panik setzte sich wie ein Geschwür in meinem Magen fest und ließ mich nicht mehr los. Als wir das Ortseingangsschild von Slubice passierten, hätte ich am liebsten losgeschrien. Ich wollte nie wieder jemand anderen ansehen als ihn, niemals mehr jemand anderen lieben außer ihn. Ich wollte bei ihm bleiben und nie wieder gehen. Und das Schlimme an diesem Gedanke war, ich wusste, dass er der letzte war, der das genauso wollte. Als der Wagen auf das Bordell zusteuerte, konnte ich nicht mehr atmen und schrie, er solle anhalten. Ich brüllte so laut, dass er erstarrte, den Wagen direkt auf der Straße parkte und entsetzt zu mir herübersah.

Was soll ich sagen, ich hatte einen Zusammenbruch, riss im letzten Moment die Tür auf und übergab mich. All die Köstlichkeiten lagen nun verstreut vor der Beifahrertür. Ich wäre am liebsten vor Scham im Boden versunken und konnte mich nun nicht länger beruhigen. Ich stieg aus und hechelte nach Luft. Wie-

der übergab ich mich und stützte mich dann mit letzter Kraft am Heck des Wagens ab, kühlte meine Stirn am Wagenblech und hoffte, dass es nun vorbei sei.

Colin schlich um den Wagen. Verstört sah er auf Miras zitternde Hände, die immer wieder nach Halt suchten. Erst zögerte er, doch dann griff er beherzt nach ihren Haaren, die ihr ständig ins Gesicht fielen. Er legte die Strähnen sanft über ihre Schulter und hielt ihr ein Taschentuch hin. Mira fühlte seine warme Hand auf ihrem Rücken, nahm das Taschentuch dankend an und drehte sich zu ihm. Sie atmete fast erleichtert auf und hielt sich die Stirn.

„Was ist passiert?", fragte Colin sie mitfühlend.

Mira sah in seine Augen. Hätte sie ihm die Wahrheit sagen sollen? Wie würde er wohl reagieren, wenn ihn sogar ein freundschaftlicher Kuss auf die Wange in die Flucht schlug? Sie sah verstohlen zu Boden und stammelte vor sich hin: „Ich fühl mich nicht gut… Ich, ich…. Ich reagiere manchmal auf Fisch allergisch."

„Und so willst du arbeiten?", hakte er fast väterlich nach.

Mira sah ihn voller Furcht an. Dem Gedanken folgte Beklemmung und letztlich der Wunsch, heute krank zu machen.

„Du hast recht. Ich kann nicht. Würdest du hier warten? Ich werde sagen, dass ich heute nicht arbeiten kommen kann."

Colin nickte und sah Mira bekümmert nach, die sich eilig auf den Weg machte.

Miras Herz schlug ihr fast bis zum Hals. Sie war eine miserable Lügnerin, Juri kannte und enttarnte sie oft. Eine Täuschung sah er ihr schon an der Nasenspitze an. Sie atmete schwer und betrat mit zitternden Beinen die so verhassten Mauern. Als sie die schwere Eingangstür öffnete, lauerten bereits die Türsteher dahinter. Sie sahen zur Uhr und machten hämische Sprüche, ob sie ihre Pflichten vergessen hätte oder tagsüber woanders anschaffen ginge. Mira ließ das kalt, sie versuchte, sich nicht aus der Ruhe bringen zu lassen und fragte mit selbstsicherer Stimme nach Juri. Die Männer sahen sie gleichgültig an und verwiesen zu Miras Überraschung auf Miro, der sich, anders als sonst, in Juris Büro aufhielt. Mira ließ die kichernde Schar hinter sich und klopfte energisch gegen die Tür. Als nur ein Stöhnen sie abwimmeln wollte, riss sie die Tür auf und blickte entsetzt hinter den Schreibtisch. Eines der Mädchen kniete vor seinem Schoß und wischte sich den Mund. Als die junge Frau den Kopf verschämt aufrichtete, musste sich Mira ein Lachen verkneifen. Die sonst so hochmütige Agata wich heute ihrem Blick aus und flüchtete schluchzend zur Tür hinaus. Nachdem Miroslaw seinen Schwanz in der Hose verstaut hatte, setzte er sich an den Tisch, als wäre nichts gewesen und griff als erstes zu seinem Handy. Ganz cool, wie der Chef selbst, beantwortete er erst ein paar SMS und lehnte sich dann entspannt in Juris Lederstuhl zurück. Genervt tippte Mira mit ihren Fingern auf den Schreibtisch.

„Weiß Juri, wie du deine Arbeitszeit verbringst?"

Miroslaw ließen ihre Worte kalt. Er blickte auf und sah sie durchdringend an.

„Warum bist du noch nicht fertig?"

„Weil ich krank bin. Blasenentzündung. Ich pisse die ganze Zeit Blut und muss ungefähr alle zehn Minuten auf die Toilette."

Miro lachte verächtlich.

„Du siehst aus wie das blühende Leben."

Dieser Satz sollte wohl provozieren.

„Und du wie der Freund von Juri! Weiß er, dass dir seine neue Freundin den Schwanz lutscht?"

„Was geht dich das an?"

Mira verschränkte die Arme vor der Brust und beugte ihren Kopf hinüber. Sie lächelte und sprach mit ruhiger Stimme: „Momentan haben Juri und ich eine Krise, aber du kennst ihn und weißt, dass kann sich ganz schnell ändern. Und in Zeiten, in denen er mich mag, vertraut er mir und meiner Meinung. Ich kann dieses Geheimnis sehr gut für mich behalten. Halt einfach deinen Mund und wir beide werden wunderbar miteinander auskommen."

Miroslaws Gesichtsausdruck war gleichgültig, dennoch hinterließ Miras Ansage Wirkung.

„Er kommt morgen zurück. An deiner Stelle wäre ich pünktlich."

Mira stand wortlos auf und ging. Ihr Herz tanzte vor Glück. Sein Satz war wie ein Freiheitsschlag. Wieder hatte sie 24 Stunden ohne Zwang, ohne das Bordell. Überglücklich konnte sie nicht schnell genug das Haus verlassen. Sie schob sich unentdeckt an den Türstehern vorbei und verließ das Gebäude über den hinteren Ausgang. Sie verschwand hinter dichtem Gebüsch in einer Seitenstraße und stürzte mit einem breiten Lächeln auf Colins Wagen zu. Sie versuchte sich zusammenzureißen, nicht vor Freude zu zerplatzen, öffnete leise die Tür und setzte sich still neben ihn. Als Colin die Zündung drehen wollte, legte Mira ihre Hand auf seine und schüttelte den Kopf.

„Lass uns noch kurz warten. Vielleicht folgen sie mir. Nur einen Moment."

Er fühlte, dass sie aufgewühlt war. Sie atmete hektisch, beobachtete mit ängstlichem Blick den Rückspiegel und alles, was sich darin bewegte. Nach und nach beruhigte sie sich und nahm die Hand von seiner.

Leise, fast lautlos, fuhr der Wagen aus der Seitenstraße heraus, passierte das Bordell und beschleunigte. Alles war ruhig, kein Mensch, kein anderer PKW war zu sehen. Dieses Auf und Ab der Gefühle hatte Mira ziemlich mitgenommen. Sie fühlte, wie ihre Beine zu kribbeln begannen, sie hoffte auf einen stilvollen Abschied, ein versöhnliches Gespräch. Doch als der Wagen vor ihrem Tor parkte, stieg erneut die Angst in ihr empor. Angst, er würde nicht wiederkehren, Angst, er würde etwas Verletzendes sagen, Angst, sie würde wieder zu weinen beginnen. Sie versuchte sich Mut zuzusprechen, sich abzulenken, doch dieses Karussell drehte sich schneller und schneller. Erneut zog sich ihr Magen zusammen, beunruhigt musste sie die Notbremse ziehen. Sie öffnete hektisch die Tür, verließ den Wagen und schnappte nach Luft. Ihr Puls raste und plötzlich legte sich ein schwarzer Nebel über ihre Augen. Reflexartig griff sie zur Wagentür, verpasste sie jedoch und sackte zu Boden.

Ein Rauschen! Dieses Rauschen wurde leiser. Klackern! Schleppend zog sich dieses Klackern über ihre Sinne hinweg. Mira fühlte nach ihrem Kopf. Alles dröhnte. Sie atmete ein und versuchte die Augenlieder zu heben. Sie waren zu schwer und sie ergab sich der Müdigkeit, wollte gar nicht erst wach werden. Sie atmete tief aus und wieder ein, dabei sog sie diesen besonderen Geruch in sich auf, der sie an Colin erinnerte. Sie seufzte und griff nach ihrem Kissen.

Selten hatte sich ein Traum so real angefühlt und selbst jetzt, wo sie sich wach fühlte, blieb dieser Duft in der Nase. Sie lächelte verschmitzt. Sicher war das nur Einbildung, ein schöner Gedanke, und so dachte sie an die besten Momente mit ihm, an seine liebevollen Augen, bis eine warme Hand nach ihrer Stirn fühlte. Mira riss verängstigt die Augen auf und blickte schockiert zur Bettkante. Aus Hoffnung wurde Wirklichkeit, aus Traum Realität. Sie blickte in Colins verwunderte Augen und richtete sich irritiert auf.

„Was ist passiert?"

Sie sah an sich hinunter, starrte auf ihre Jeans und ihr Shirt, Alltagskleidung, die in ihrem Bett nichts zu suchen hatten. Wieder sah sie Colin fragend an, der sich zurück auf einen Stuhl setzte.

„Du bist ohnmächtig geworden. Ich habe dich auf dein Zimmer getragen. Wie fühlst du dich?"

Mira sah ihn versteinert an und schüttelte den Kopf.

„Ich weiß es nicht?!"

Colin lächelte.

„Das ist schon mal besser, als dass es dir schlecht geht."

Mira versuchte sich aufzurichten und alles so vorzubereiten, wie sie es sonst an jedem Abend tat, bevor sie zu Bett ging, doch Colin stoppte sie in ihrem Eifer.

„Ich sammele dich nicht noch einmal auf. Allenfalls dein Nachthemd darfst du noch über dich werfen, aber aus dem Bett wird heute nicht mehr gestiegen! Was möchtest du? Ich kann es dir doch auch holen."

Mira sah ihn liebevoll an und ließ sich zurück in ihr Kissen fallen.

„Einen Tee vielleicht?"

Colin nickte und lief in die Küche. Mira sah ihm ungläubig nach. Noch vor wenigen Stunden hatte sie alles in Frage gestellt, noch geglaubt, er würde sich nicht um sie scheren und nun stand er fürsorglich in ihrer Küche und kochte ihr einen Tee. Sie sah ihm nach und das Herz wurde schwer. Sie würde jeden Preis zahlen, um mit ihm zusammen zu sein. Jeden Weg auf sich nehmen, jede Hürde erklimmen. Tränen suchten sich ihren Weg und wurden heimlich aus dem Gesicht verbannt. Sie räusperte sich und hielt sich den Bauch. Diese Magenschmerzen gingen einfach nicht weg. Es fühlte sich an wie Fieber, doch es war diese auszehrende Hoffnungslosigkeit, die sie krank machte.

Mühevoll zog sie ihre Sachen aus, streifte die Träger über ihre Schultern und löste den Verschluss ihres BHs. Colin wartete, bis das Wasser kochte, er lehnte sich mit dem Rücken gegen die Küchenzeile und sein Blick blieb an ihrem Spiegelbild hängen, das die Fenster zurückwarfen. Er sah zu, wie sie ihre Sachen ordnungsliebend ablegte, sich schüchtern auf die Bettkante setzte. Und als sie dort so nackt saß, dachte er nur, welchen wunderschönen Körper sie hatte, wie sie sich in ihrer Unsicherheit bewegte. Sie schob die Bettdecke beiseite, nahm ihr Nachthemd und ließ es über ihren Körper fallen. Es hatte etwas Anmutiges, wie sich der seidig fallende Stoff über sie legte und ihre Weiblichkeit abzeichnete. Es war das erste Mal, dass er vergaß, über Skizzen und seine Malerei nachzudenken, sondern an etwas, was er nicht zu glauben gewagt hatte.

Das kochende Wasser pfiff durch die Kanne und riss Colin aus seinen Gedanken. Er legte den Beutel in das Glas und kehrte mit dem Tee zurück zu ihr. Mira verschwand unter der dicken Daunendecke, drehte sich zu ihm, vermied jeglichen Augenkontakt, starrte seufzend zu Boden und legte die Hand unter das Kopfkissen. Colin setzte sich neben sie und schien ratlos.

„Soll ich dich zu einem Arzt bringen?"

Mira schüttelte den Kopf. Was hätte dieser sagen sollen: Frau Mazur, sie sind hoffnungslos verliebt, hier sind Tabletten gegen Herzschwere! Nein, da gab es kein Mittel, keine Lösung, nur jämmerliches Weinen und Aushalten war das Rezept gegen dieses Magengeschwür.

„Kann ich sonst noch etwas für dich tun?"

Dieser Satz machte beklemmt, denn er läutete geschickt den Abschied ein. Letztlich würde nur eine Bitte diesen Abschied verlängern. Fast erschrocken sah sie ihn flehend an und ließ ihre Seele sprechen.

„Ich habe Angst, allein zu sein. Kannst du vielleicht warten, bis ich eingeschlafen bin?"

Colin nickte ohne Widerwort und machte es sich auf dem Stuhl gemütlich. Mira schloss zufrieden die Augen und war für einen Moment glücklich. Minuten der Stille vergingen, sein Atmen erfüllte den Raum und ließ sie hoffen. Sie blinzelte von Zeit zu Zeit nach ihm, um zu prüfen, ob er noch da war und sie nicht träumte. Und da saß er, wie angewurzelt, mit müden Augen, wachend an ihrem Bett. Mira versuchte Schlaf zu finden, ihn von seiner Wache zu erlösen, doch die Unruhe in ihr über die Ungewissheit der Zukunft ließ sie nicht ruhen.

„Wann werde ich dich wiedersehen?", fragte sie schüchtern, so leise, dass er es kaum hören konnte. Colin räusperte sich, man konnte den Kampf in ihm fühlen. Die Sekunden ohne Antwort waren Folter, doch dann sah er auf und schaute sie voller Vertrautheit an.

„Morgen….. Ich hol dich um 9 Uhr!?"

Mira musste sich zügeln, um nicht vor Freude aufzuschreien. Sie biss sich auf die Unterlippe und nickte, dann fielen ihre Augen zu und die Müdigkeit übermannte sie. Colin löschte das Kerzenlicht und trank den aufgebrühten Tee, der seine Pflicht verfehlt hatte. Eigentlich wollte er schon längst zurück sein und eigentlich wollte er auch diese Art Emotion nicht mehr zulassen, doch der Mond schien durch das Fenster, leuchtete so lieblich über ihr Gesicht, dass er nicht ziehen konnte und wie versteinert an ihrer Seite blieb. Ihr Burstkorb hob und senkte sich, ihre Augen blinzelten, ihr Atem war ruhig und entspannt. Sie strahlte so viel Frieden und Ruhe aus, dass plötzlich Zeit keine Rolle mehr spielte. Er betrachtete sie und stellte sich immer wieder die gleiche Frage. Was machte sie so anziehend? Was brachte ihn immer wieder zu ihr zurück? Er bläute sich ein, dass sie schon von Berufs wegen darauf spezialisiert war, sich auf Männer einzustellen, sie zu umgarnen. Er setzte sich zurück, war von diesem Gedanken fast angewidert. Doch dann dachte er an ihr Lächeln, wie ihre Augen strahlten, als sie die alte Schatulle fand und dann überkam es ihn. Er streckte seine Hand nach ihr aus, streichelte über ihre samtweiche Haut, balancierte mit seinen Fingern vorsichtig über Schulter und Armbeuge bis hin zu ihrem Handrücken. Behutsam spielte er mit ihren Fingerkuppen, nahm ihre Hand und führte sie zu seinem Gesicht, lehnte seine Wange daran und sein Herz wurde schwer.

„Was machst du nur mit mir?"

Er hielt ihre Hand fest, küsste ihren Rücken und legte sie dann wieder vorsichtig nieder. Er schüttelte den Kopf, griff nach seiner Jacke und verließ ihre Wohnung.

Die Tür fiel ins Schloss und Mira lächelte im Schlaf, nicht ahnend, dass ihr Wunsch endlich erhört wurde.

7

Zurück

Poch... Poch... Poch... Die Schläge gegen die Tür hallten bedrohlich durch das gesamte Treppenhaus. Mira schreckte auf, sah sich hilfesuchend um und kletterte aus dem Bett. Wieder dröhnte ein Schlag durch den Flur und wieder fuhr Mira zusammen und duckte sich reflexartig. Ist das ein Alptraum, fragte sie sich, doch der nächste Schlag gegen die Tür weckte sie. Panisch sah sie zur Uhr, 6:30 Uhr. Sie suchte hinter der Kommode Schutz, dachte an den letzten Moment, bevor sie einschlief und sah sich panisch um. Colin war fort, niemand hatte die Tür versperrt und es würde nur noch Sekunden dauern, bis der Eindringling dieser Einladung folgte. Ihr Atem wurde in Angst erstickt. Zitternd schlich sie über die Dielen und erschrak durch den nächsten ohrenbetäubenden Schlag. Fast lautlos erreichte sie den Flur, presste ihren Kopf gegen die Tür, griff nach dem Schlüssel und versuchte ihn zu drehen.

„Mach auf, du Schlampe!", rief eine dunkle Stimme nach ihr, sie klang so hasserfüllt und voller Zorn, dass Miras Puls zu rasen begann. Das Schlimme an dieser Stimme war, sie war ihr so vertraut wie nichts anderes auf dieser Welt. Sie ließ vom Schlüssel ab, überlegte kurz, sah zum Fenster, verwarf den Gedanke und griff nach der Klinke. Gerade als sie diese herunterdrücken wollte, stieß Juri gegen die Tür. Mira fiel zurück, knallte gegen die Wand und fiel zu Boden. Juri schlug gegen den Lichtschalter, beugte sich über sie, packte sie an der Kehle und riss sie nach oben. Mira ächzte, brachte kein Wort heraus, rang um Luft und verdrehte die Augen. Juri ließ sie los, stieß die Tür zu, riss Mira am Arm mit sich und warf sie aufs Bett.

„Blasenentzündung? Du führst mich nicht länger an der Nase herum."

Mira hechelte, ihre Augen füllten sich mit Tränen, sie war schneller zurück in ihrem alten Leben, als es ihr lieb war.

„Was willst du von mir?", krächzte sie mit letztem Atem. Juri ließ sie los, drehte sich um, rannte in die Küche, trat gegen die Stühle am Esstisch, ging wutentbrannt in ihr Bad, duckte sich unter das Bett. Nichts. Nicht mal ein Staubkorn, nur ein verlassenes Glas Tee auf dem Tisch. Mira hielt ihre Arme schützend vor ihren Körper, wartete nur auf den nächsten Schlag. Sie ertrug seinen mitleidigen Blick nicht, dieses jämmerliche Spiel und schrie ihn an: „Warum bist du gekommen? Ist das deine Art, mich zu kontrollieren? Sieh dich an, was aus dir geworden ist, was der Hass aus dir gemacht hat. Du bist krank, krank vor Eifersucht und Besitzanspruch. Hast du geglaubt, ich bin abgehauen oder liege hier mit einem anderen Mann? … Wann wirst du mich aufgeben und mich mein Leben leben lassen?"

Und genau das war die Wahrheit, die seine Seele plagte. Deshalb war er hier und einzig und allein deshalb führte er sich so auf. Weil er sie nicht gehen lassen konnte, weil sie der wichtigste Teil in seinem Leben war. Der Gedanke, sie wäre fort oder würde in

den Armen eines anderen liegen, ließ ihn verzweifeln und das brachte ihn an den Rand des Wahnsinns. Er stürzte auf sie und beugte sich über sie. Er nahm ihr Gesicht in seine kühlen Hände und rang um Fassung. Mit fast ängstlicher Stimme flüsterte er in ihr Ohr:
„Ich.. will… dich."
Er legte seinen Kopf an ihren Hals und presste sich an sie. Mira blieb starr. Seine liebesuchende Art beutelte sie und ließ sie leiden, doch da war kein Weg zurück. Denn am Ende dieses Weges gab es kein Licht, sondern nur den Abgrund, den sie nicht erneut zu bezwingen vermochte. Sie drehte den Kopf in eine andere Richtung und versuchte ihre Gedanken zu ersticken. Juri liebkoste ihre Schulter, zog an ihrem Nachthemd, schob seine Hände ihren Rücken entlang hoch und suchte nach ihren Lippen. Mira wich zurück, wagte nicht zu atmen. Sie versuchte, wie sie es sonst auch tat, sich einfach nur wegzuträumen, sich auf Colin zu konzentrieren, doch Juri war fordernd, spürte ihre Abwesenheit und begann sie zu küssen. Miras Lippen zitterten, ihr Körper bebte, Tränen füllten ihre Augen, dennoch versuchte sie, sich nichts anmerken zu lassen, bewegte ihren Mund, als würde sie seine Nähe erwidern. Seine Zunge spielte mit ihrer, seine Hände fühlten über ihre Brust, sein Atem wurde schwer. Er kämpfte mit sich, versuchte, ihr in diesen wenigen Sekunden all seine Liebe zu geben, sie von sich zu überzeugen, sie wieder an ihn glauben zu lassen. Doch an Mira prallte das ab, sie versuchte, sich an ihren Job zu erinnern, wie es war, sich mit Abscheu und Wut jemandem hinzugeben, sie wollte auf ihre Berufserfahrung vertrauen, diese Routine abspulen, doch als Juri nach ihrem Shirt griff, sie entblößte, war dieser Schutz weg. Sie legte ihre Arme schützend vor

die Brust, Tränen liefen über ihr Gesicht. Juri versuchte die Ablehnung zu ignorieren, fasste ihr zwischen die Beine, doch Mira konnte sich nicht länger beherrschen und drehte sich weg.

Erst jetzt hielt Juri inne, seine Stimme zitterte, sein Blick war gekränkt.

„Wieso tust du uns das an?"

Mira begann zu weinen, sie griff nach ihrem Slip, zog ihn aus und setzte sich auf das Bett.

„Wenn du gekommen bist, um mich zu vergewaltigen, dann lass es uns hinter uns bringen. Ich bin müde und möchte einfach nur meine Krankheit auskurieren."

Mira hielt die Luft an, bereitete sich auf alles vor, doch zu ihrer Überraschung hatte ihre Abgeklärtheit Wirkung gezeigt. Juri sah zu Boden. Sie fühlte, wie es in ihm brodelte, doch anders als sonst war er gebrochen und verletzt. Ihre Liebe war wie ein Feuer, von dem er glaubte, es würde nie erlöschen und nun stand er vor der Asche. Er hatte das Feuer gelegt und selbst erstickt. Es traf ihn, nun zu erkennen, dass sie ihr Wort halten würde. Ohne sie anzusehen, ließ er die Tür hinter sich sanft zufallen und lief die Treppen hinunter. Kein Streit, kein Vorwurf. Mira war ganz still, sie lauschte und wurde von der zufallenden Haustür erlöst. Erst jetzt brach es aus ihr heraus, sie suchte nach ihrem Shirt, zog sich an und vergrub sich unter der Decke. Sie weinte bitterlich, kniff die Augen zu und wollte nur noch schlafen.

Juri lief zu seinem Wagen, sah immer wieder zu ihrem Fenster hoch, niemand rief ihn zurück, niemand beobachtete seine sich entfernenden Schritte. Er war allein. Diese Angst konnte ihm nun niemand mehr nehmen. Er stieg in seinen Wagen und fuhr voller Liebe und Hass davon.

Er würde wiederkehren, vielleicht nicht heute, oder morgen, doch sie würde sich wieder für ihn entscheiden, anders durfte diese Geschichte nicht enden.

8

Wahrheit

08:30.
Mira döste im Bett vor sich hin, rieb sich die Augen, als sie zum Wecker sah. Der Kopf war voller Gedanken, doch als sie die Zahlen auf der Uhr genauer betrachtete, dämmerte ihr allmählich, dass es schon ziemlich spät war. Sie sprang aus dem Bett, eilte ins Bad, duschte, richtete sich her und schmierte für den Ausflug einige Brote. Ein letzter prüfender Blick und dann nichts wie los. Sie griff ihren Rucksack, band sich die Schnürsenkel, schnappte sich ihre Strickjacke, riss die Wohnungstür auf und plötzlich stand er da, sah sie mit seinen schönen Augen an und lächelte verlegen: „Die hast du gestern in meinem Auto vergessen."

Der Morgen hatte so furchtbar angefangen, doch er war imstande, sie mit einem Lächeln zum Strahlen zu bringen, all den Kummer mit einem Blinzeln vergessen zu machen. Sie nahm die Schatulle dankbar in ihre Hände, stellte sie ab und konnte nicht erwarten, den Tag zu beginnen. Sie lief an seiner Seite zur Tür hinaus, versperrte das Hoftor, sah empor und hoffte auf gutes Wetter. Das Ziel war unbekannt, letztlich war es egal, wohin sie auch gingen, Hauptsache sie waren zusammen. Beide sprachen kein Wort, schlenderten durch die schmalen Gassen der polnischen Stadt, genossen die Sonne, die sich über der Stadt erhob und ließen sich treiben. Ab und an blinzelte Mira zu Colin hinüber, nur um zu prüfen, ob sie nicht träumte, dann lächelte sie und vergaß all ihre Sorgen.

Die Sonne lockte sie in Richtung Ufer, ihre Strahlen funkelten auf der Wasseroberfläche und machten die Oder malerisch schön. Der Fluss zog ruhig an ihnen vorbei, ein alter Kahn schipperte auf ihr unter der Brücke hindurch und schlug kleine Wellen, die über die Sandbänke im Schilf ausliefen. Als beide den Damm erreichten, stoppte Colin.

„Bist du je auf der anderen Seite gewesen?"

Mira blieb stehen.

„Nein."

Colin lächelte: „Möchtest du sie kennenlernen?"

Mira setzte ihren Weg fort.

„Das ist kompliziert."

Colin sah ihr misstrauisch nach und holte zu ihr auf: „Was ist los?"

Mira blickte starr geradeaus und atmete schwer.

„Hatten wir nicht zu Beginn ausgemacht, dass es jedem freisteht, was er preisgeben möchte und was nicht?"

Colin nickte.

„Ok… aber wissen würde ich es trotzdem gern."

Mira lächelte und blieb stehen.

„Es ist nur so, ich… ich… es gibt eine Sache, die ich getan habe…. Ach egal.."

Colin hielt sie am Arm fest.

„Was ist es?"

Sie seufzte und senkte den Blick.

„Juri hat meinen Pass. … Ich meine, ich weiß, wo er liegt, rein theoretisch könnte ich ihn entwenden, aber … es würde nichts bringen…. Er weiß Dinge über mich…. Ich kann es dir nicht erklären… Ich habe etwas getan und ich kann es nicht wieder gut machen… Wenn ich die Grenze passiere, wissen sie, wo ich bin!"

Colin hakte nach: „Was hast du getan?"

Mira hätte es ihm so gern erzählt, aber sie hatte Angst. Angst, er würde es nicht verstehen, Angst, er würde sie dann meiden, also schwieg sie.

„Bitte, Colin, ich will darüber nicht sprechen. Vielleicht irgendwann, aber nicht heute."

Mira ging voran, atmete tief durch und versuchte auf andere Gedanken zu kommen. Colin folgte, respektierte ihre Bitte und fühlte, dass da noch vieles im Argen lag. Sie war eben ein Geheimnis und auch alles, was sie umgab. Er wollte so gern mehr von ihr wissen, aber seine Frage hatte sie stumm gemacht. Anders als die Tage zuvor, schien sie heute in sich gekehrt. Schweigend setzten beide ihren Weg fort und erreichten nach wenigen Minuten die Stadtgrenze. Hier war heute viel los, der Großmarkt hatte bereits seit Stunden geöffnet und unzählige Händler harrten auf Stühlen wartend hinter ihren Ständen aus. Das Angebot war reich an Textil und Tabak. Einer bewarb schreiend die neuesten Kinofilme auf VHS, ein anderer Flechtkörbe aus Weide. Zwischendurch wurden Käse und Wurst gereicht. Reges Treiben, wohin man sah und im 3-Minuten-Takt brachten kleine Busse neue Besucher an die Stadtgrenze. Zwischen all dem Getümmel saß ein alter Mann, rauchte Pfeife und blieb von der Schar unbeeindruckt. Er trug ein rotes Capi mit der Aufschrift NY und weckte Colins Aufmerksamkeit. Er lenkte Mira auf den Stand zu und sprach den Mann lächelnd an.

„Schaut man hier in Polen American Baseball?"

Mira und der alte Mann sahen ihn entgeistert an. Colin kam in Erklärungsnot.

„Das Zeichen, was sie auf der Mütze tragen, ist das der New Yorker Yankees. Das ist ein Baseballteam!"

Der alte Mann zuckte mit den Achseln und antwortete hämisch: „Ich weiß gar nicht, was Ba-se-ball ist. Ein Fangspiel?"

Colin lachte, wollte den netten Mann aber nicht in Verlegenheit bringen und lenkte höflich ab.

„Was verkaufen sie denn?"

„Fahrräder!"

Mira zog Colin am Arm: „Komm, lass uns gehen!"

Colin ignorierte sie und zückte sein Portemonnaie.

„Kann ich mir auch zwei für den heutigen Tag ausleihen?"

Wieder zuckte der Mann mit den Achseln und Mira zerrte Colin am Arm zurück.

„Colin, komm, wozu brauchen wir Räder, wir haben doch gesunde Füße!"

Doch Colin ließ sich nicht abbringen, nahm eines der Räder in seine Obhut und wartete auf den Preis.

„Also, was möchten sie für zwei Räder haben?"

Der alte Mann sah sich um und spielte mit seinem Bart.

„10 Mark?"

„Einverstanden."

Colin schüttelte die Hand des alten Mannes und drehte sich überglücklich zu Mira.

„Vertrau mir, das wird dir Spaß machen."

Mira verdrehte die Augen. Sie hätte sich zu allem überreden lassen, aber ausgerechnet Fahrrad fahren! Trotzig nahm sie ihr Gefährt in Empfang und schob es vom Stand. Der alte Mann bat Colin, die Fahrräder bis 17 Uhr zurückzubringen und wünschte gute Fahrt.

Colin konnte es kaum erwarten, endlich loszuradeln. Nachdem sie den Markt verlassen hatten, schwang er sich auf den Sattel, brachte sich in Position, trat kräftig in die Pedale und rollte über den Bürgersteig. Miras Hände wurden feucht, ihr störrischer Blick folgte dem Fahrtalent und hoffte, dass die Kette abspringen würde, oder er sich einen Platten führe, doch die Räder rollten, die Bremse quietschte und die Kette drehte sich Zahn in Zahn. Wütend darüber spielte sie mit dem Gedanken, ihr Fahrrad einfach in der Oder zu versenken.

Was des einen Leid, ist des anderen Freud. Colin wurde zum kleinen Jungen, fuhr kindisch im Kreis und probierte kleine Kunststücke. Fröhlich, in Erinnerungen schwelgend, sah er Mira erwartungsvoll an.

„Na los, auf geht's."

Mira blieb stehen, sah zu den Pedalen und wurde kreidebleich. Sie schwang das Bein über die Mittelstange, setzte sich auf den Sattel und hielt inne, tat so, als würde sie ihm folgen, blieb stehen und sah ihm nach, wie er auf den Dammweg bog und hinter dem ersten Hügel verschwand. Nachdem sie ihn aus den Augen verloren hatte, verließ sie den Sattel, schob das Mistding den Weg entlang und dachte darüber nach, wie sie es still verschwinden lassen könnte, doch so recht kam ihr nichts in den Sinn, bis sie das Ventil des Vorderreifens entdeckte. Ohne lange zu zögern, griff sie nach der Kappe und fummelte daran herum.

„Was ist los, warum kommst du nicht?", rief Colin irritiert und stand plötzlich wieder auf dem Berg. Mira schreckte auf und spielte mit den Fingern, während sie nach einer Ausrede suchte.

„Weil es kaputt ist?"

Colin runzelte die Stirn, die Räder schienen am Stand tadellos. Er fuhr zurück und stellte seines ab. Peinlich genau inspizierte er ihre Felgen, prüfte den Reifendruck, die Lenkerspur und drehte eine Runde.

„Und was ist jetzt genau nicht in Ordnung?"

Ihre Beine schlotterten.

„Es fühlte sich so an, als würde der Vorderreifen Luft verlieren."

Colin schüttelte den Kopf und verwies auf seinen Drucktest.

„Der Reifen ist prall gefüllt. Aber wenn du dir unsicher bist, dann tauschen wir eben."

„NEIN!!", schrie sie auf „ich will einfach kein Fahrrad fahren. Ich hasse das. Warum können wir diese dummen Dinger nicht wieder zurückbringen und spazieren, so wie wir es sonst immer machen?"

Die Seite an ihr war Colin bis jetzt verborgen geblieben. Wütend warf sie ihr Fahrrad auf den Boden und stellte sich wie ein bockiges Kleinkind an den Wegesrand. Ihr Verhalten war ihr peinlich, doch sie wusste sich nicht anders zu helfen, sah betreten zu Boden und gab keinen Ton von sich. Colin war überfordert, verstand ihren Ärger nicht.

„Gestern bin ich geritten, für dich! Mein Hintern ist von blauen Flecken übersät, jeder Schritt ist Folter. Deshalb möchte ich heute gern Fahrrad fahren."

Mira fühlte sich in die Ecke gedrängt und antwortete trotzig: „Du hättest ja auch nein sagen können. Kann ich etwas dafür, wenn du dich so dumm anstellst."

Colin lachte auf.

„Ha. Ich weiß nicht, wie oft ich das Reiten abgelehnt habe! Du hast dir daraus noch einen Spaß gemacht. Ich verstehe nicht, warum du dich so anstellst. Man könnte glatt meinen, du kannst kein Fahrrad fahren."

Peinlich berührt sah sie auf und stammelte: „Ich …. Natürlich… ich…"

Colin dämmerte, dass es genau daran lag und war fassungslos.

„Ich glaube es nicht. Du kannst es wirklich nicht?"

Mira verschränkte wütend die Arme vor der Brust und drehte sich beleidigt um.

„Na und. Wer braucht das schon, wir hatten Pferde!"

Ihre kindliche Art brachte ihn zum Lachen, wie sie so trotzig dastand und nach Ausreden suchte. Er fasste sich ein Herz, drehte sie zu sich, hob sanft ihr Kinn und redete einfühlsam auf sie ein: „Dann bringe ich es dir bei!"

Mira schüttelte den Kopf.

„Das ist unmöglich. Weißt du, wie viele das schon probiert haben! Das letzte Mal bin ich so böse gestürzt, dass ich tagelang nicht laufen konnte."

Er schmunzelte: „Und wann war das?"

Mira hob die Brauen und überlegte.

„Mit 8?!"

Colin lachte.

„Ok. Dennoch bin ich zuversichtlich, dass wir das heute schaffen. Es ist ja etwas Zeit vergangen, du bist mittlerweile ausgewachsen und in deiner Reaktionszeit schneller."

„Mach dich ruhig lustig über mich", erwiderte sie verärgert, doch Colin hielt an der Idee fest und griff nach ihrer Hand.

„Komm ich zeige es dir!"

Sie ließ sich skeptisch führen und eh sie sich versah, saß sie auf dem Sattel, die Füße auf den Pedalen und Colin am Gepäckträger. Belehrend erklärte er die Abfolge und wies sie geduldig ein.

„Colin, ich glaube, das ist wirklich keine gute Idee."

Doch dieser ließ sich nicht entmutigen.

„Jetzt hör auf. Du wirst sehen, es ist kinderleicht."

Mira schmeichelte der Glaube an sie und machte mutig. Sie hielt sich am Lenker fest und sah sich noch einmal prüfend um. Hoffentlich sah niemand zu, wie sie sich gleich blamieren würde.

„Jetzt konzentriere dich, schau nach vorn! Ich schiebe dich nun an. Denk immer dran, gleich beginnen zu treten, du musst versuchen, das Gleichgewicht zu halten, dann ist alles andere ein Kinderspiel!"

Mira atmete tief durch und nickte. Der Startschuss war gegeben und Colin holte Schwung.

Sie stellte sich auf die Pedalen und begann zu treten, Colin schob, gab einen kräftigen Anstoß und schrie laut: „Halte den Lenker gerade und tritt weiter. Nicht aufhören! Schau nach vorn, nicht auf die Pedale!"

Das waren zu viele Informationen auf einmal. Mira riss die Augen auf, sah auf die Kurbel, die sich immer schneller drehte, der Lenker eierte, der weiche Boden machte es unmöglich, das Fahrrad geradeaus zu steuern und so brachte sie nichts in Kombination. Der Schwung ließ nach, die Felge kam ins Trudeln und der Berg wurde steiler. Erst jetzt dämmerte Mira, welchen Teil sie nicht besprochen hatten, es war das Bremsen. Ehe sie nach ihrem Lehrer rufen konnte, verlor sie das Gleichgewicht und fiel fast wie in Zeitlupe zu Boden, dabei landete sie im hohen Gras und wurde von ihrem Fahrrad begraben. Colin sah dem Missgeschick ungläubig nach, war wie versteinert, obwohl er das Unglück hatte kommen sehen. Entmutigt und mit finsterer Miene stemmte sich Mira vom staubigen Boden ab, blickte auf ihre schmutzige Kleidung und fühlte nach ihrer Hochsteckfrisur, die auseinanderfiel. Colin rannte ihr entgegen und befreite sie von ihrer Qual. Er wollte erst gar nicht, dass sie über ihr Scheitern nachdachte und klopfte ihr anerkennend auf die Schulter.

„Das war super. Ich wusste, du bist ein Naturtalent!"

Mira sah ihn entgeistert an und fragte sich, ob er dieselbe Szene sah, die sie gerade durchlebte? Colin biss sich auf die Zunge, versuchte sein Schmunzeln zu verbergen, griff nach dem Rahmen und stellte das Rad erneut neben sie.

„Das war echt gut. Ich habe schon viele dabei gesehen, die sich wirklich blöd angestellt haben, aber du hattest sofort den Bogen raus. Echt Spitze! Jetzt musst du nur noch schauen, dass du das Gleichgewicht hältst und alles andere läuft von selbst. Am besten, wir stellen uns auf den Hügel, dann hast du länger Schwung!"

Mira stand etwas neben sich. Hatte sie richtig gehört? Colin schob das Fahrrad auf den Hügel und wies Mira erneut ein. Die nickte nur noch, war sprachlos und sah mit Schrecken auf die Senke.

„Bist du bereit?"

Mira setzte sich wieder auf den Sattel, hielt sich verkrampft am Lenker fest und starrte geradeaus.

„Auf geht's!"

„Warte!"

Und schon rollten die Räder wieder den Weg entlang. Mira schrie aus vollem Halse.

„Wo sind die Bremsen?"

Doch der Fahrtwind zerriss die Worte und machte sie unverständlich. Dieses Mal hielt sie den Lenker gerade, doch vergaß in die Pedale zu treten, sah über den Rahmen, starrte auf den Bremszug und drückte den Hebel ruckartig zu sich. Das Vorderrad blockierte, Mira schrie - und da krachte es wieder. Eine Staubwolke hüllte sie ein und erstickte ihr Fluchen. Als Colin sie erreichte, stieß sie wütend das Fahrrad von sich, trat noch einmal dagegen und blieb niedergeschmettert im Gras sitzen.

„Nein, Colin! Ich habe keine Lust mehr darauf. Tausend andere konnten mir das nicht beibringen, du wirst das auch nicht schaffen. Es ist hoffnungslos! Lassen wir das, ich habe genug."

Colin setzte sich zu ihr und ließ den Blick schweifen.

„Warum gibst du auf?"

„Das hast du doch gesehen, weil ich es nicht kann!"

Er wandte sich zu ihr und lächelte: „Du bist zweimal gefallen, na und. Andere lernen das mit Stützrädern über Wochen. Du in ein paar Minuten. Ich lüge nicht, wenn ich sage, dass du das großartig machst… Und auch wenn es vielleicht etwas komisch aussieht, wie du so wacklig davonfährst, so gehe ich trotzdem davon aus, dass der nächste Versuch klappt. Vielleicht etwas stärker in die Pedale treten, das Gleichgewicht besser finden und sanfter bremsen und schon hast du es raus."

Mira sah ihn mitleidig an.

„Das sagst du ja nur so?"

Colin reichte ihr die Hand, stellte sich auf und zog sie hoch.

„Du hast schon so viel in deinem Leben geschafft, da mache ich mir bei dieser Sache überhaupt keine Sorgen. Du könntest so viel erreichen, wenn du nicht ständig zweifeln und zurückschauen würdest."

Mira lächelte schwach, sah ihm zu, wie er das Fahrrad vom Staub befreite und neben sie stellte. Er hatte diesen Glanz in den Augen, dieses Sanftmütige. Er war voller Stolz und glaubte an sie. Mira schämte sich, dass sie dieses Gefühl nicht mit ihm teilte und war nun entschlossen.

Sie setzte sich auf den Sattel, kniff den Hintern zusammen und in ihr keimte neue Hoffnung. Ihre Hände schwitzten, ihre Beine zitterten, das Herz schlug schneller, sie dachte an tausend Dinge, bis durch den Anstoß jeglicher Gedanke ausgelöscht wurde. Sie sah nicht zu den Pedalen nieder, hielt den Lenker locker und blickte nur gerade aus. Die Räder klapperten über die Graskaupen, der Sand wurde durch die Reifen verdrängt. Die Kurbel drehte sich schneller, die Kette war gespannt und Mira trat fest zu. Auf einmal war alles so einfach und das Fahrrad fuhr fast von allein, dabei blieb ihr vor Freude fast die Luft weg.

Sie fuhr Fahrrad, als hätte sie nie etwas anderes getan. Sie lachte und strahlte, wollte nicht mehr aufhören.

„Oh mein Gott, ich fahre ... ich fahre! Colin siehst du das? Ich kann es nicht glauben, siehst du das?"

Unter lautem Gelächter flog sie wie ein Vogel über das Land.

Ich war noch nie so glücklich. Ich schwebte über den Damm und nichts konnte mich stoppen. Zumal ich eh nicht wirklich wusste, wie man gefahrenfrei bremst. Mein Magen schlug vor lauter Glücksgefühlen Purzelbäume. Ich war so stolz, stolz, dass ich nicht aufgab, stolz, dass er an mich glaubte. Dieses Erlebnis war Befreiung und ließ mich träumen. Ich konnte alles schaffen, wenn ich nur fest daran glaubte. Ich wollte die ganze Welt umarmen und war ernsthaft der Meinung, dass sich endlich etwas in meinem Leben bewegte.

Es dauerte eine Weile, bis Mira bemerkte, dass sie Colin weit hinter sich gelassen hatte. Etwas mulmig war ihr jetzt aber schon. Sie hob die Beine und verfolgte die Kurbel, die sich nun wieder langsamer drehte. Vor dem Bremsen hatte sie immer noch Angst, also wartete sie, bis das Fahrrad von selbst zum Stehen kam, stellte die Füße auf festen Boden und empfing Colin mit einem breiten Lächeln. Der hatte sie nach ein paar Sekunden eingeholt und stellte sich neben sie. Mira hob die Nase in die Höhe.

„Und, wie hab ich das gemacht?"

Colin war stolz. So langsam entwickelte sie ein Gespür dafür, wenn er auch selten lobte. Der Glanz in seinen Augen war einem Ritterschlag gleichzusetzen.

„Ich hab es dir gesagt, dass du es schaffen kannst. Schön, dass ich Recht hatte. Komm, lass uns weiterfahren."

Colin trat in die Pedale und setzte sich in Bewegung.

„Warte! Das mit dem Anfahren habe ich noch nicht so raus!"

Colin drehte um und stieg lächelnd ab. Mira war das etwas peinlich, doch was sollte sie tun. Sie konnte nur das, was sie gelernt hatte und das war eben, auf dem Sattel Platz nehmen, die Füße auf die Pedalen stellen und den ersten Schwung abwarten. Und eben wie gelernt, ergänzte sie den Rest, hielt Gleichgewicht und den Lenker gerade. Colin stieß gegen den Gepäckträger und Mira setzte den Weg fort, sauste mit einer Leichtigkeit davon und trat nun das liebgewonnene Fahrrad durch die malerische Landschaft.

Ihr Weg führte parallel zum Wasser durch hohes Gras auf einem schmalen Pfad, bergauf, bergab. 26 Grad, die Sonne schien und wurde nur selten von Wolken in den Schatten gestellt, eine laue Brise flog über das Land und machte die Räder noch schneller. Die Zeit verrann und tauschte den Morgen gegen den Nachmittag. Es gab viel zu sehen, die Natur stellte sich auf den Sommer ein, alles gedieh in den schönsten Farben, die Erde ließ Blumen blühen und Felder wachsen. Nach einigen Kilometern verließ sie der Damm und zwang sie auf einen Waldweg. Dichtes Geäst und schwer überwindbares Wurzelweg nahmen ihnen das Tempo und zwangen Mira letztlich in die Knie. Ganz aus der Puste, schaffte sie es nicht mehr. die Kurbel anzutreiben, kämpfte gegen den Berg und dessen Unebenheit, der weiche Sand nötigte sie schließlich zum Aufgeben.

„Ich kann nicht mehr! Entweder wir kehren um, oder wir schieben. Keinen Meter schaffe ich auf diesem Boden!"

Colin erklomm die letzten Meter und sah voller Glück zu ihr zurück.

„Dann musst du schieben, aber du wirst belohnt, das verspreche ich!"

Mira runzelte die Stirn, Colin fuhr weiter und verschwand auf der anderen Seite. Die Neugier packte sie. Sie presste sich gegen den Lenker und schob mit letztem Schwung das Fahrrad auf die Spitze. Als sie endlich das Ziel erreicht hatte, sah sie in die Ferne und kein Wort vermochte diesen Ausblick zu beschreiben. Ein Meer von Kirschbäumen, deren Kronen reich an weißen und rosafarbenen Blütenblättern waren, die mit dem Wind durch die Lüfte gewirbelt wurden. Man hätte meinen können, Schnee käme vom Himmel. Der tiefblaue Horizont ließ die Plantage leuchten, das satte Gras war durch die fallenden Blätter kaum zu erkennen. Mira konnte sich dem Anblick nicht entziehen und polterte mit dem Rad die letzten Meter bis hin zu Colin, der beeindruckt vor der Plantage stehenblieb und seinen Blick schweifen ließ.

„Ich habe so etwas noch nie gesehen!"
Mira lächelte stolz.

„Das sind Kirsch- und Apfelbäume einer kleinen Plantage. Derzeit blühen sie. Leider ist das nur von kurzer Dauer, in zwei, drei Wochen sind sie verblüht."

Colin lief durch die Reihen und drehte sich entschlossen zu Mira um: „Hier bleiben wir."

Mira lachte und nahm ihm den Rucksack ab. Es dauerte nicht lange und die Decke lag, das Essen war ausgepackt und regelrecht verschlungen. Mit vollen Bäuchen, zufrieden und gedankenlos ließen sie sich auf die Decke fallen, starrten dabei Kopf an Kopf in den Himmel, ließen die Wolken über sich hinwegziehen und die rosafarbenen Blütenblätter auf sich niederrieseln. Mira atmete tief ein, roch Colins Parfüm, welches noch schöner war als jeder Blumenduft und schwelgte in Gedanken. Plötzlich störte Colin die entspannte Atmosphäre, er setzte sich hektisch auf und wühlte in der Tasche.

„Willst du weiter?", fragte Mira irritiert, doch Colin schüttelte nur den Kopf und blätterte akribisch in seinem Skizzenblock nach einer freien Seite, nahm seinen Stift und skizzierte die Umgebung, versuchte sich jeden noch so kleinen Winkel einzuprägen und sah dann nur noch auf sie. Schöner hätte die Natur diesen Moment nicht erdenken können. Das Meer aus Blüten, Miras blonden Locken im Wind, ihre rosa Wangen, ihr voller Mund und die grünen Augen, die ihn schüchtern ansahen. Nichts erinnerte an die Hure, das betrunkene Mädchen der ersten Stunde ihrer Begegnung. Würde er ihre Identität nicht kennen, könnte er es nicht begreifen, dass sie auf diese Art ihr Geld verdiente. Colins Eifer kam ins Stocken. Seine Gedanken machten ihn befangen.

„Wie soll es eigentlich mit dir weitergehen?"

Die Frage überrollte Mira wie eine Dampflock.

„Wie meinst du das?"

Colin malte nur noch kurze Striche auf das Papier, konnte sich nicht konzentrieren. Ihm wollte es nicht in den Kopf, dass so ein bodenständiger Mensch sich am Abend in diese Hure verwandelte.

„Wie lange willst du noch anschaffen gehen?"

Mira richtete sich auf, der Wind wurde stärker.

„Ich stelle mir diese Frage oft, vielleicht, bis mich ein Prinz rettet!"

Colin legte den Stift aus der Hand.

„Du meinst, bis ein Mann kommt und dich aushält?"

Mira verstand die Frage als Vorwurf und war enttäuscht.

„Und wenn es so wäre?"

Colin hielt inne und fühlte sich in seinem Denken bestätigt.

„Es ist deine Sache, aber es würde das Klischee erfüllen."

„Welche Antwort willst du hören? Ich kann nichts, habe nichts und dieser Beruf ….."

„Warum nennst du es Beruf?", fragte er provozierend.

„Das, was ich tue, ermöglicht mir, ein normales Leben zu führen. Ein Dach über dem Kopf zu haben und Kleider am Leibe zu tragen. Es interessiert doch niemanden, woher das Geld dafür kommt."

„Mich schon!"

Mira erkannte den Grund dieser Diskussion nicht und fühlte sich vor den Kopf gestoßen.

„Warum machst du nicht etwas anderes?"

Sie zuckte mit den Achseln.

„Wenn es etwas gäbe, was mich über Wasser hält, würde ich es nur zu gern gegen diesen Job eintauschen!"

„Warum knüpfst du es dann an die Bedingung, dass dich erst ein Prinz holen muss?"

Mira wurde wütend.

„Weil ich ohne Prinzen den Mut dazu nicht habe!"

Für einen Moment wurde es still. Colin nahm den Stift wieder in die Hand und wandte sich von ihr ab. Die Inspiration war verflogen, der Wind wurde stärker und ließ die Decke flattern. Er packte den Block zurück in den Rucksack und sah Mira skeptisch an.

„Wenn ich dir sage, du kannst alles auf dieser Welt tun, als was würdest du gern arbeiten?"

Die Frage versöhnte den erzürnten Streit und ließ Mira nachdenklich werden.

„Als Kind wollte ich Landwirtin werden, bis ich bei unserem Nachbarn im Fernsehen in Schwarz-Weiß eine Show gesehen habe. Der Friedrichstadtpalast mit seinen wunderschönen Tänzerinnen. Einmal auf der

Bühne stehen, mit diesen atemberaubenden Requisiten, das wäre ein Traum."

„Ich kenne das Theater, von dem du sprichst. Und wenn ich dich mit nach Berlin nehme?"

Mira schüttelte traurig den Kopf.

„Du weißt, dass das nicht geht."

Mira drehte sich zur Seite und faltete die Picknickdecke zusammen. Dabei waren vom Ohr bis zum Schlüsselbein plötzlich blaue Flecke zu sehen. Colin war schockiert, ging auf sie zu und griff nach ihr.

„Wer hat dir das angetan?"

Sie sah ihn entgeistert an und fühlte nach ihrem Hals.

„Nichts… es ist nichts!"

Dunkle Wolken zogen auf, ein lauter Donner unterbrach ihre Unterhaltung und von weitem ließen erkennbare Blitze sie in Eile geraten. Man konnte erkennen, dass ein tobendes Gewitter aufzog und sich direkt auf sie zu bewegte. Über das Land ergoss sich der erste Schauer und es würde nur noch wenige Minuten dauern, bis er sie eingeholt hätte.

Hektisch verstauten sie alles in ihrem Rucksack, griffen nach den Rädern und schoben sie den Berg hinauf. Wie ein Orkan rüttelte der Wind an den Bäumen, warf Blätter und Äste nach ihnen. Leichter Nieselregen legte sich wie Nebel über den Boden.

„Wo sollen wir hin? Sich unter den Bäumen zu verstecken wird nicht viel bringen", gab Mira zu bedenken.

„Als wir uns vom Damm entfernten, war doch ein verlassenes Bootshaus am Steg. War das weit entfernt?", fragte Colin.

„Vielleicht 10 Minuten!"

Er nickte, hielt Miras Lenkstange fest, wartete, bis sie im Sattel saß und zog sie mit sich mit, gab ihr Schwung und folgte ihr. Der Horizont war düster, alles zog sich zu, noch vor einer halben Stunde war nicht der Hauch von einem Unwetter zu erkennen gewesen und nun überkam es sie wie eine Lawine. Kleine Windhosen wühlten den Sand vom Feld auf und streuten ihn durch die Luft. Mira musste sich stark konzentrieren ihre Spur zu halten. Und plötzlich war er da, der gefürchtete Schauer, erst leicht und dann immer heftiger. Der Wind stemmte sich gegen sie, schickte die Regentropfen wie Geschosse durch die Luft und durchtränkte ihre Sachen. Jeder Meter schien unüberwindbar. Mira dachte darüber nach, aufzugeben, doch endlich war die Hütte in Sicht. Nur noch wenige Meter und es war geschafft. Als sie das Bootshaus erreicht hatten, sprang Mira vom Rad, ließ sich ins Gras fallen und versuchte am steilen Hang des Damms hinunterzuklettern. Ein Donner!! Mira ging in die Knie und sah ängstlich empor. Das Wetter machte ihr Angst und Beine. Wo sie sich zuvor noch vorsichtig hinuntergetastet hatte, ignorierte sie nun jede Stolperfalle und lief zum Steg. Colin hatte Mühe, mit ihr Schritt zu halten und hetzte hinter ihr her. Der Steg war morsch und gab bei jedem Schritt nach. Die Hütte schien schon lange verlassen und machte es den Eindringlingen auch nicht schwer, sie zu betreten. Mira stemmte sich gegen das Schloss und stand bereits im Raum. Der Sturm nahm zu und Mira schloss dankbar die Tür.

Der Wind pfiff am Haus vorbei und rüttelte an der Tür, der Regen prasselte auf das Dach, Tropfen hatten sich am Dachstuhl gebildet und fielen von der Decke. Mira und Colin sahen sich um. Das einzige Fenster im

Raum, mit Blick auf die Oder, war zerschlagen, spendete aber wenigstens etwas Licht, das den Raum flutete und erst das Ausmaß der Verwüstung zeigte. Die Dielen waren morsch, von Moos überzogen, ein zerschlissenes Sofa stand in der Ecke vor einem Eisentisch, dessen zersprungene Glasplatte über dem Boden in tausend Scherben verstreut lag, Steine des Kamins waren herausgebrochen und ein alter Teppich lag dazwischen. Die Hütte schien einst vom Hochwasser verwüstet worden zu sein, das diesen gemütlichen Unterschlupf in eine Ruine verwandelt hatte. Welch ein Jammer, dass dieser Ort nun vor sich hin rottete. Beide standen dicht beieinander, drängten sich in die trockenste und windgeschützteste Ecke. Nach Minuten der Stille legte sich die Aufregung. Die feuchten Sachen am Körper wurden von Kälte durchzogen und ließen beide zittern. Mira versuchte sich nichts anmerken zu lassen, doch das Klappern ihrer Zähne war nicht zu überhören. Sie rieb sich die Arme, versuchte sich etwas zu wärmen, doch die Feuchtigkeit kühlte alles sofort wieder ab und ließ sie leiden.

„Ich hoffe, du denkst jetzt nichts falsches, aber ich kann nicht länger. Meine Sachen sind klamm und ich friere. Da hilft nichts, außer sie auszuziehen und zu trocknen."

Colin bekam vor lauter Zittern keinen Ton raus und schien fast dankbar für den Vorschlag. Ohne weitere Aufforderung riss er sich das Shirt vom Leib und wrang es aus. Mira tat es ihm gleich, legte ihre Kleider ab und drehte sie immer wieder ein, um den letzten Tropfen aus ihnen herauszuquetschen. Beschämt konzentrierten sich beide nur auf ihre Sachen, riskierten keinen Blick zum Anderen, sondern blieben einzig allein bei der Aufgabe, ihre Kleider zu trocknen. Immer noch stellte sich keine Wärme ein, Mira konnte ihren Körper kaum kontrollieren, er war mager und ließ die Kälte ungehindert in ihr aufsteigen. Sie schüttelte sich und ihre Lippen wurden ganz blau, die Finger waren steif und das Atmen wurde zur Qual. Colin konnte sich ihr Zittern nicht länger mit ansehen, dachte an den Rucksack und die Decke, zerrte diese aus der Tasche und legte sie um ihre Schultern. In Sekundenschnelle beruhigte sich ihr Körper und wohltuende Wärme erstickte das Klappern der Zähne. Eine gesunde Farbe kehrte zurück in ihr Gesicht und erst jetzt wagte sie einen schüchternen Blick zu ihrem Gegenüber. Da stand er, schüchtern wie eh und je, zitternd und zu schön anzusehen.

Es war dieser Blick, der einen daran erinnerte, dass es da etwas gab, was nicht sein durfte und so oft sie auch versuchte, diesen Blick zu ignorieren, so sehr sie auch dagegen ankämpfte, es ließ sich nicht vermeiden. Sie spürte seine Ablehnung, seine Verlegenheit, diese Beklemmung und so viel Distanz, die sie traurig machte. Sie wusste, dass diese Geste mit der Decke lediglich eine logische Handlung war, jedoch fern von Zuneigung und Intimität. Noch gestern hätte sie darin etwas gesehen, noch gestern hätte sie gehofft, doch heute war es einfach nur die Decke auf ihren Schultern und nicht der heimliche Versuch, ihr nahe zu sein. Man könnte meinen, sie hatte endlich kapiert, wie sie diese Beziehung zu verstehen hatte.

Wieder ein Donner, der Mira in die Knie zwang. Ängstlich sah sie zum Fenster hinaus. Colin legte beruhigend die Hand auf ihre Schulter.

„Hey… Ganz ruhig. Nichts passiert. Du brauchst keine Angst haben, hier sind wir sicher."

Mira atmete tief durch und schaute vertrauensvoll zu ihm auf.

„Kennst du das Geräusch, wenn der Blitz einschlägt? Dieser Donner ist so ohrenbetäubend, dass einem schwindelig wird. Ich war noch klein, als solch ein Blitz in die Scheune von Kacper einschlug. Das Stroh fing sofort Feuer und das Vieh wäre fast verbrannt. Seitdem habe ich furchtbare Angst. Früher hatte ich einen Bettkasten, in dem ich mich vor dem Gewitter versteckt habe, seit damals muss ich es ohne aushalten."

Colin lächelte, doch sein Lächeln gefror sofort wieder und er begann zu zittern.

Ich fühlte mich schlecht. Wir hatten nur diese eine Decke und ich dachte, sie stünde mir nicht zu, während er fror. Ich hatte die Regeln verinnerlicht, mich von ihm fernzuhalten, jegliche Annäherung zu vermeiden, aber in diesem Moment sah ich einfach nur den Zweck und keine Bedeutung. Ich nahm die Decke von meinen Schultern, hielt sie an den Enden fest und warf sie über seinen Rücken. Er sah mich entgeistert an und dennoch nahm er die Geste dankbar an. Ich wurde von Adrenalin geflutet, spürte keine Kälte mehr. Ich nahm seine Hände in die meinen, um etwas von der gewonnenen Wärme abzugeben, seine Finger waren ausgekühlt und dann… Dann war alles anders. Ich erinnere mich, als wäre es gerade erst geschehen. Anders als sonst, sah ich zu ihm auf und blickte nicht verstohlen weg. Er sah in meine Augen und ich in seine. Von einem Moment auf den anderen wurden seine Hände ganz heiß, ich fühlte seine Beklommenheit, seinen Puls. Er wandte seinen Blick nicht ab und sah mich durchdringend an. Ich war wie hypnotisiert, hatte Angst mich zu bewegen, das Herz schlug mir bis zum Hals und ich hätte alles dafür gegeben, um in ihn hineinschauen zu können. Dieser Moment dehnte die Zeit. Ich konnte nicht atmen, so aufgeregt war ich, konnte nicht denken. Dieses Gefühl in mir war wieder da, noch fordernder, noch vereinnahmender! Ich konnte es nicht länger ertragen, ließ seine Hände los und drehte mich weg. Ich fragte mich die ganze Zeit, warum quälte er mich so, was war das für ein Spiel. In dieser Sekunde griff er nach mir und drehte mich zu sich. Ich sah, wie die Decke zu Boden fiel, schaute auf und seine Augen waren voller Angst. Er zog mich an sich und streichelte über meine Wange, dabei atmete er schwer. Ich wagte nicht zu sprechen, wusste nicht, was geschehen würde. Ich fühlte den Kampf in ihm und für einen Augenblick war alles so vertraut. Seine Finger spielten mit meinem Haar, dabei strich er sie aus meinem Gesicht. Dann kam er näher, tastete über meine Lippen und beugte sich über mich. Er legte seine Lippen auf meine und es fühlte sich so an, als würden tausend Speere durch mein Herz schießen. Ich erwiderte diesen Kuss, für Sekunden vergaßen wir alles um uns herum. Unsere Körper hatten gerade noch vor Kälte gezittert, nun zitterten sie vor Aufregung. Er zog mich ganz nah an sich heran, meine nackte Haut auf seiner. Ich hätte weinen können vor Freude. Seine Lippen waren so sanft, vorsichtig schmiegte ich mich an ihn, legte meine Arme um seinen Hals, er nahm meinen Kopf in seine Hände, war so leidenschaftlich und zärtlich, mit jedem Kuss wurde sein Verlangen stärker. Ich wagte mich nicht zu bewegen, wollte nur dann einen Schritt weitergehen, wenn er es wollte. Er begann mit meiner Zunge zu spielen und ich ließ mich fallen, dachte über nichts mehr nach, glaubte, ihn endlich für mich erobert zu haben. Ich verlor mich in seinen Armen, gab all meine Leidenschaft preis und unsere Küsse waren voller Emotionen. Ich spielte mit seinen braunen Haaren, fuhr mit meinen Fingern hindurch. Alles schien perfekt. Ich war bereit, mich in ihm zu verlieren, als er plötzlich, ohne erfindlichen Grund sich zurück lehnte. Stille. Dann sah er mich verstört an und griff nach meinen Händen. Ein dunkler Schatten legte sich über den Glanz seiner Augen. Glück wich Entrüstung. Er schüttelte ohnmächtig den Kopf. Ich verstand erst nicht, was geschehen war. Sah ihm nach, wie er nach seinen Shirt griff und sich zur Tür drehte. Doch langsam dämmerte mir, worum es eigentlich ging.

Mira sah ihm ungläubig nach. Was war geschehen? Was war falsch? Sie erkannte keine Schuld, verstand sein Handeln nicht. Er wollte sie, er hatte damit angefangen und sich jetzt auf einmal wieder dagegen entschieden? Es war genug, es war zu viel, es konnte nicht länger so weitergehen. Ohne nachzudenken stellte sie sich ihm in den Weg.

„Warum tust du mir das an?"

Colin sah betroffen zu Boden. Mira wollte nicht weinen, ihre Enttäuschung nicht zeigen, doch dieses Auf- und Ab der Gefühle brachte sie an ihre Grenzen und ließ sie nicht länger schweigen.

„Weißt du, wie sich das anfühlt? Kannst du erahnen, wie das ist, wenn gerade derjenige mit dir spielt, dem du dich am nächsten fühlst? Hast du eine Ahnung, wie sehr du mich verletzt? Ich habe dich in mein Leben gelassen, alles mit dir geteilt. Ich dachte, du wärst so etwas wie ein Freund. Ich habe daran geglaubt, dass du irgendwann vergisst, wo ich herkomme, wer ich bin. Ich dachte, wir haben etwas Besonderes, ich dachte, du würdest nur in etwa so fühlen wie ich. Was spielst du für ein Spiel? Was bin ich für dich, eine Witzfigur?"

Mira liefen die Tränen über die Wangen. Sie wollte sie nicht länger zurückhalten. Er sollte endlich erkennen, dass er der Grund war, der sie traurig machte. Noch immer sah er nicht auf, doch ihre Worte hatten ihn aufgewühlt, machten ihn unsicher und lockten ihn aus der Reserve. Sein Blick blieb gesenkt, als er es sagte, lediglich seine Körpersprache deutete auf seine Verletzbarkeit hin.

„Du fragst mich, was du für mich bist? Eine Prostituierte, nicht mehr und nicht weniger."

Mira hätte nicht in Worte fassen können, was dieser Satz in ihr auslöste. Es tat einfach nur weh. Sie machte den Weg frei und ließ ihn gehen. Sie fühlte den eisigen Wind, als sich die Tür öffnete und die beklemmende Stille, nachdem sie sich wieder geschlossen hatte. Und dann brach sie zusammen. Es gab keinen Grund mehr stark zu bleiben, es war vorbei. Der Traum war geträumt und die Realität hatte sie wieder.

Colin raste mit dem Fahrrad davon. Wie konnte er nur so die Kontrolle über sich verlieren? Seine Miene war versteinert, sein Blick ging starr geradeaus. Wie im Rausch legte er mehrere Kilometer in kürzester Zeit zurück. Alles erdrückte ihn. Er spürte keine Kälte, keinen Regen, nur die Fesseln seiner moralischen Grenzen. Sie war eine Hure, ihr Geschäft war die Illusion, das Erschleichen von Vertrauen und Liebe. Sie hatte es fast geschafft, ihn vergessen zu lassen, wer sie wirklich war. Sein Bruder hatte ihn gewarnt, hatte ihm das vorausgesagt. Er verfluchte den Moment und sich selbst. Er fühlte die Schmach, die Enttäuschung über sein Handeln. Letztlich übermannte ihn die Erschöpfung und raubte ihm den Atem, er stoppte, stieg vom Rad und stieß das Fahrrad zu Boden. Wo sollte er hin, was sollte er tun? War es ihm erlaubt zu zweifeln? Was wäre, wenn sie die Ausnahme ist? Was wäre, wenn sie es wirklich wert ist? Niemals zuvor hatte er sich in der Gegenwart einer Frau so wohl gefühlt. Die Liebschaften der Vergangenheit waren verdrängt, Mira war so gegenwärtig, so besonders, so wunderschön. Alles an ihr hatte diesen Zauber, das, wonach er immer gesucht hatte. Wenn er sie heute verlassen würde, wäre es vorbei. Sein Rückflug war gebucht, seine Entscheidung stand eigentlich unumstößlich fest. Doch etwas in ihm hielt ihn auf. Er setzte sich auf einen Felsstein, ließ den Regen über sich prasseln und das Schicksal entscheiden.

Mira weinte und konnte sich kaum beruhigen. All die Unsicherheit und Hoffnungslosigkeit bahnte sich ihren Weg und ließ Zeit vergessen. Erst als die Abendsonne durch das kleine Fenster schien, weckte es sie aus ihrer Trauer. Es war Zeit! Zeit, abzuschließen, Zeit, nach vorne zu blicken, Zeit, zu akzeptieren und Zeit zu gehen. Sie rappelte sich auf, legte die Decke zurück in den Rucksack, griff nach ihren getrockneten Sachen und ging. Alles passierte wie in Trance. Sie bestieg den Damm, griff nach dem Fahrrad und schob es vor sich her. Der Wind wehte und ließ sie nur mühsam vorankommen. Es war so kalt. Die Sonne schaffte es nicht, durch die Wolken hindurch zu dringen. Mira zitterte und sehnte sich nach Hause, nach einem warmen Bad und trockenen Sachen. Sie musste versuchen auf das Rad aufzusteigen, ohne Hilfe, die Kurbel in Gang zu bekommen. Sie hetzte bis zum nächsten Hügel, stellte das Fahrrad auf den höchsten Punkt, setzte sich auf den Sattel, drückte sich ab und trat kräftig in die Pedale. Die Räder setzten sich in Bewegung und verkürzten die Zeit der Heimkehr. Für einen Moment überwog die Freude, es allein geschafft zu haben, doch dann war da dieses Gefühl der Einsamkeit, niemand, mit dem sie ihre Freude teilen konnte, niemand, der stolz war. Ihr Kopf war leer, ihre Augen füllten sich mit Tränen, die ungehindert über ihre Wangen liefen. Es war vorbei und er war fort.

Konzentriert fuhr sie den Damm entlang, über Stock und Stein, bis sie den letzten Hügel erreicht hatte. Dieser war das finale Hindernis und nur noch wenige Meter musste sie überwinden, bis sie die Straße und den Großmarkt erreichen würde. Sie hielt sich am Lenker fest, stieß mit den Füßen in die Pedale und bezwang sogar eine herausragende Wurzel. Als die Straße schon in Sichtweite war, konnte sie ihren Augen nicht trauen. Es war wie ein Stich ins Herz. Da saß er, hockte auf diesem Stein am Wegesrand, regte sich nicht und starrte zu Boden. Mira wäre am liebsten umgekehrt, hätte sich direkt versteckt, oder sich vorbeigeschlichen. Doch das Fahrrad ließ sich nicht aufhalten, die Räder drehten sich weiter, klapperten über den Sand und rissen Colin aus seinem Gedankenkarussell. Seine Augen sahen sie mitleidig an, man hätte meinen können, er wäre glücklich, sie zu sehen. Doch in Mira stieg ungezügelte Wut auf, dabei fasste sie einen Entschluss. Sie fuhr an ihm vorbei, wartete bis die Räder austrudelten, wurde ungeduldig, zog unsanft am Bremszug, das Vorderrad stellte sich quer und warf sie unsanft auf den Boden. Das Hosenbein riss und eine Schürfwunde klaffte auf. Miras Verständnis war aufgebraucht, ihre Geduld hatte er verspielt und den Bogen weit überspannt. Sie hatte es satt, die Gebeutelte zu sein, rappelte sich auf und lief zurück. Colin sah sie entgeistert an, rang nach Worten, einer Erklärung, doch ehe er etwas über die Lippen bringen konnte, stand Mira mit versteinerter Miene vor ihm, tiefe Falten auf ihrer Stirn und Hass auf ihren Lippen.

„Für wen hältst du dich eigentlich? Ich habe deine Spielchen so satt. Ich will dich nie wieder sehen!"

Sie machte sich Luft, holte aus und gab ihm eine Ohrfeige, dass die Hand schmerzte. Danach wartete sie erst gar nicht auf eine Reaktion von ihm, machte auf dem Hacken kehrt und humpelte zu ihrem Fahrrad zurück. Sie versuchte auf den Sattel aufzuspringen und eierte dabei fast die Böschung hinunter, ließ den Lenker los und krachte zu Boden. Wütend drehte sie sich um. Colin sah ihr verstohlen nach. Normalerweise wäre das der Moment gewesen, wo sie vor Scham im Boden versunken wäre, doch da war so viel Hass, den es ungefiltert zu entladen galt, dass ihr nichts mehr peinlich war. Resigniert schob sie das Fahrrad das letzte Stück und plötzlich bröckelte die Maske. Erst jetzt realisierte sie, dass es vorbei war. Es gab keinen Weg zurück und sie würde ihn nie wiedersehen. Das war das erste Mal, seitdem sie Colin in ihr Leben ließ, dass sie sich nach ihrem Bordell sehnte. Sicher war es kein heiliger Ort, aber der Platz, wo sie so sein konnte, wie sie war. Eine Hure und zeitgleich einfach nur ein Mensch wie du und ich. Endlich nach Hause!

9

Blinde Wut

Mira lief die Straße entlang, der Weg war einsam und schwer. Als sie das Hoftor erreichte und in das Leere zurückblickte, war da so viel Enttäuschung. Sie schleppte sich die Treppen hinauf und erst jetzt erkannte sie, dass diese verhasste Gleichgültigkeit so viel mehr war, als sie vermutet hätte. Sie machte das Leben angenehm und würde diesen Schmerz nicht zulassen, sparte besondere Emotionen aus und gab einem dadurch eine gewisse Balance. Sie betrat ihre Wohnung und stellte sich im Badezimmer vor den Spiegel. Sie sah furchtbar aus. Die Augen verheult, das Gesicht aufgedunsen, die Nase rot. Sarkastisch betrachtet, sah sie nach einem Absturz nicht besser aus. Wenn das der Preis für ein paar Tage Glück war, dann war es das nicht wert. Sie schob den Spiegel beiseite, ließ sich ein Bad ein und genoss die Wärme. So sehr sie sich auch dagegen wehrte, immer wieder kehrten die Erinnerungen zurück, wie er sie küsste, sie ansah. Selbst jetzt fiel es schwer ihn zu hassen, für immer gehen zu lassen. Wütend schlug sie den Schaum zur Seite und kletterte aus der Wanne. Es war genug. Diese Schwärmerei war die Pest, ein Geschwür, das behandelt werden musste. Genervt kramte sie in der Küche nach Alkohol. Ihre Anwandlungen waren nicht auszuhalten, Sekt war zwar keine Lösung, aber eine willkommene Abwechslung. Großzügig schenkte sich Mira ein und genoss, wie der Perlwein kühl die Kehle hinunterlief. Sie lächelte, das hatte sie vermisst.

20 Uhr, es war Zeit. Sie machte sich hübsch und ließ die flachen Schuhe im Schrank. Soll doch jeder sehen, dass sie eine Nutte ist. Sie nahm die Flasche in die Hand und klapperte die Treppen hinunter. Die Tür fiel ins Schloss und die nächste Schicht begann.

Während Mira zur Arbeit lief, überquerte Colin die Brücke. Genervt warf er den Beamten an der Grenze seinen Ausweis vor, rempelte Leute aus dem Weg und ließ sich von nichts stoppen. Er irrte durch die Stadt, hatte kein Ziel, nur den Kopf voller Gedanken. Und diese hämmerte in ihm, ließen ihn nicht rasten. Er schlug die Arme über den Kopf.

Ihre Lippen, ihr Blick, diese samtweiche Haut, ihr Lächeln - noch ewig hätte er die Dinge aufzählen können, die ihn um den Verstand brachten. Die Umarmung, dieser Kuss weckte in ihm ein Verlangen, was er schon so lange zu unterdrücken versuchte. Es war vorbei, es musste vorbei sein! Und jetzt schon sehnte er sich nach ihr, fragte sich, was sie machte, wo sie jetzt sein mochte. Am liebsten wäre er umgekehrt.

Ein hupender Wagen rüttelte ihn wach. Colin sprang zurück und blieb verzweifelt stehen. Was hatte sie aus ihm gemacht? Er war nicht mehr Herr seiner Sinne, nur ein törichter Narr! Sicher sah sie in ihm den rettenden Prinzen, der sie befreite und mitnahm, doch keinen Mann, den sie lieben könnte. Er schlug den Weg zum Hotel ein. Er musste sich eingestehen, dass sein Vorhaben gescheitert war. Er hatte nur noch ein paar Tage, bis er Frankfurt verlassen würde, deshalb gab es keinen Grund mehr, länger darüber nachzudenken. Er hatte, was er brauchte, das musste genügen.

Der Gang des Hotels war dunkel und lang. Seine Füße schritten fast lautlos über den Teppich. 24, 23, 22, 21….20. Das größte Zimmer des Hauses, doch es war leider nicht groß genug, um seinem Bruder aus dem Weg zu gehen. Schon von weitem konnte er sein Gelächter hören. Colin atmete tief durch und drehte den Schlüssel. Als er die Tür öffnete, wurde er von ihm höhnend begrüßt.

„Sieh an, sieh an! Kommst du zu Besuch? Bleibst du, gehst du?"

Colin sah Josh scharf an und blickte auf den Tisch. Scheinbar war er betrunken. Sein lästiger Kollege Pit sah sich grinsend nach ihm um, zog an seiner Zigarette und goss beide Gläser mit dem Wiskey der Hotelbar auf. Colin war geladen, schob die Tür zu, versuchte diese Provokation zu ignorieren, zog sein nasses Shirt aus und kramte nach sauberen Sachen.

„Ich habe dir die frisch gewaschenen Sachen in den Schrank gelegt."

Colin nickte dankend und öffnete die Schublade. Josh nahm einen tiefen Schluck und ätzte weiter: „Was hat dir die Sprache verschlagen? Hast du vielleicht heute mal in den Kalender geschaut?"

Immer noch keine Reaktion, was Josh noch mehr aus der Reserve lockte. Wütend packte er Colins Arm.

„Sechs Wochen - sechs Wochen bist du jetzt hier! Der Deal war, dass du den Verkauf der Firma mit betreust, die Gespräche begleitest. Was soll ich Dad sagen? Sag es mir? Er erwartet, dass du in zwei Wochen in Chicago bereit bist, solch ein Projekt alleine zu stemmen. Du hast hier nichts gelernt, dich nicht einen Moment um diese Firma geschert…"

In Colin brodelte es. Diese Sätze, seine Vorwürfe waren immer die gleiche Leier. Seit Jahren musste er gehorchen, Erwartungen erfüllen. Aber damit war jetzt Schluss! Colin befreite sich ungeduldig aus Joshs Griff und schlug wütend die Schranktür zu.

„Fick dich. Ich habe nie darum gebeten! Wer fragt mich, was ich für mich möchte? Ich wollte das Wirtschaftsstudium nicht, weder die Scheißfirma, noch diesen Job in Chicago!"

Josh sprang auf.

„Was ist nur mit dir los? Du besudelst das Ansehen unserer Familie. Unser Vater ist bereit, dir solch ein Geschenk zu machen und du trittst es mit Füßen? Was meinst du, von was du satt wirst? Von diesem Schwachsinn?"

Josh drehte sich um, griff nach einer schwarzen Mappe und schleuderte sie im hohen Bogen durch das Zimmer. Der Spann riss auf und verteilte unzählige Blätter im Raum, die auf den Boden niedersegelten. Colin sah sich um, all seine Skizzen und Zeichnungen waren durcheinandergewirbelt. Er knirschte mit den Zähnen, sah Josh unterkühlt, fast gleichgültig an.

„Wenn es dir Spaß macht, mich zu erniedrigen, bitte! Aber wenn du noch einmal an meine Mappe gehst, schwöre ich dir, so sehr ich dich liebe, ich werde dir deine verfluchte Hand brechen."

Josh setzte sich zurück in den Sessel und grinste zu Pit hinüber. Ungläubig schüttelte er den Kopf, steckte sich eine Zigarette an und versuchte sich zu beruhigen.

„Kannst du dir das erklären, Pit? Vielleicht habe ich einen Denkfehler, bitte, sag mir, wenn ich falsch liege. Mein kleiner Bruder geht auf das beste College, macht einen Abschluss mit Auszeichnung, bekommt eine funktionierende Firma wie auf dem Silbertablett präsentiert, hat die Chance, in Chicago mit 29 Jahren eine eigene Company zu führen - und nach einem Malkurs in Berlin, fünf Monaten Deutschland und sechs Wochen im Puff ist das alles nur noch einen Scheiß wert?"

Pit schnalzte mit der Zunge und stieß dunklen Rauch aus, er lehnte sich zurück in den Sessel und lächelte grimmig.

„Ich habe es von Anfang an gesagt, sie kriegt ihn an den Eiern. Kein Mann kann sich diesen Nutten lange entziehen."

Josh blickte mit finsterer Miene zu Colin.

„Es ist nicht der Malkurs, richtig? Es ist dieses dreckige Stück Scheiße! Hat dir diese Schlampe den Mist eingeredet?"

Es war genug. Colin richtete sich auf.

„Sie ist keine Schlampe. Sprich nicht von Dingen, von denen du keine Ahnung hast. Es geht hier einmal nur um mich. Wann verstehst du das?"

Josh lächelte zu seinem Kumpel hinüber, nahm erneut einen tiefen Zug und blickte Colin herablassend an.

„Bist du wirklich so naiv? Während du hier noch mit Herzchen in den Augen stehst, fickt sie bereits einen anderen! Glaubst du, sie träumt davon, mit jemandem wie dir bis ans Lebensende Bilderchen zu malen und kleine Bastarde zu zeugen. Du bist nur Mittel zum Zweck, eine Banknote, nicht mehr. Vielleicht sollte ich sie zur Abwechslung mal ficken, nur um zu verstehen, wie sowas funktion…."

Josh hatte keine Möglichkeit mehr, seinen Satz auszusprechen, Colin drehte sich blitzschnell um, fiel über ihn her, riss ihn am Kragen nach oben und warf ihn durch das Zimmer. Stühle fielen polternd um, der Beistelltisch krachte zusammen. Josh sah sich benommen um und blickte ungläubig auf seinen Bruder, der drohend auf ihn zulief.

„Wage es nie wieder, so über sie zu sprechen!"
Josh lachte laut und versuchte sich aufzurichten.
„Für diese Schlampe hebst du die Hand gegen mich?"

Colin verließ jeglicher Verstand, er stürmte auf ihn zu, packte ihn erneut am Kragen, zerrte ihn durch das Zimmer und presste ihn gegen die Wand.

„Ich schwöre bei Gott, entweder du hörst endlich damit auf, oder ich vergesse, dass du mein Bruder bist!"

Josh bekam kaum noch Luft, hatte Mühe seinen Kopf zu bewegen und gab nur noch hechelnde Laute von sich. Colin fühlte, wie sein Puls raste. Erst als Pit ihn anschrie, kam er langsam zu sich, ließ seinen Bruder fallen und griff nach seiner Mappe. Die Situation bestürzte ihn und machte ihn ratlos. Nirgends fühlte er sich verstanden, erst recht nicht im Kreise seiner engsten Vertrauten. Er griff nach seiner Jacke, wollte gehen, doch Josh akzeptierte diesen Ausgang nicht. Er wagte einen letzten Versuch, stellte sich Colin in den Weg und redete einfühlsam auf ihn ein.

„Was ist mit dir passiert? Unser Leben lang haben wir zusammengehalten wie Pech und Schwefel. Niemand vermochte sich zwischen uns zu stellen. Warum gerade sie? Warum schafft es gerade eine Hure, uns auseinander zu treiben?"

Colin sah seinen Bruder missbilligend an, dennoch trafen ihn seine Worte hart. Josh kannte seinen Bruder, wusste, dass ihre Verbundenheit die einzige Möglichkeit war, ihn zu Verstand zu bringen.

„Colin, diese Frauen sind wie Blutsauger. Die machen nichts anderes, als Männern den Kopf zu verdrehen. Jede dieser Frauen hofft auf einen wie dich zu treffen. Jemand, der ihnen Gefühle entgegenbringt, naiv ist, ein reines Gewissen und Geld hat. Sie machen den ganzen Tag nichts anderes, als einem die große Liebe vorzugaukeln, für eine bessere Zukunft und eine Staatsbürgerschaft in einem besseren Land. Und dafür würden sie alles tun. Sie spielen das arme Mädchen von nebenan, dass vielleicht seine Eltern verloren hat oder Gewalt erdulden musste. Das ist alles nur Show. Komm zur Besinnung! Sie spielt dir was vor. Zieh deinen Kopf aus der Schlinge, solange du noch kannst!"

Josh näherte sich ihm behutsam, griff nach seiner Schulter, doch Colin stieß die Hand weg. Da verlor er die Hoffnung, ihn zu bekehren, glaubte an keine Versöhnung mehr, aber wider Erwarten zeigten die Worte Wirkung und wandelten Wut in Verzweiflung. Colin ließ den Kopf hängen und wurde melancholisch.

„Sie ist nicht, wie du denkst, sie ist anders. Sie nimmt mich, wie ich bin. Ich muss mich nicht verstellen, so sein, wie du es von mir erwartest. Ich kann mich ihr nicht entziehen. Ich habe es versucht."

Josh nahm ihn in den Arm und flüsterte in sein Ohr: „Erinnerst du dich noch an deine Worte, als du das erste Mal von ihr zurückgekommen bist? Mmh? Sie ist eine Hure, nicht mehr und nicht weniger. Das waren deine Worte. Du hast mir die Sache als Inspiration verkauft, eine Beziehung rein geschäftlicher Natur. Colin, du weißt, von ihrer Seite wird es nie mehr sein. Mach die Augen auf! Jemand legt ihr Geld hin und dafür verspricht sie alles. Meinst du, bei einem anderen Mann wäre es anders?"

Colin war ganz ruhig.

„Ich weiß, dass es diese Frauen gibt. Doch vertrau mir, sie ist echt ... anders eben!"

Josh verzweifelte und versuchte ihn wachzurütteln.

„Du bist mein Bruder, ich lasse das nicht zu! Colin, solche Menschen ändern sich nicht. Suche sie nicht mehr auf. Ihr Leben geht weiter, auch ohne dich. Unterschiedlicher könnten eure Welten nicht sein, selbst wenn sie so wäre wie du glaubst, es gibt für euch keine Zukunft! Du läufst einer Illusion hinterher, sie nimmt jede Rolle an, um dir zu gefallen! Diese Frauen haben ihr Lebtag nichts anderes gemacht, als Männer hinters Licht zu führen!"

Die Worte seines Bruders berührten ihn. Sicher war diese Begegnung mit ihr nur von kurzer Dauer, doch dafür intensiv. Sollte das für sie alles nur ein Spiel gewesen sein? Taktik? Sie schien so einzigartig, besonders. Sollte es lediglich nur dem Zwecke dienen? Dieses Gespräch nährte den Hass gegen sie. Colin wurde zusehends nervöser, schien durcheinander und endlich an dem Punkt angelangt zu sein, an den ihn Josh bringen wollte. Er legte die Jacke zurück an die Garderobe, wollte in sein Zimmer, doch als er in Pits Gesicht sah, fühlte er seinen höhnischen Blick, was ihn erneut reizte.

„Was ist dein Problem? Hast du die Familienshow genossen?"

Pits Mimik gefror. Colin wollte gerade die Tür hinter sich zuschlagen, als Pit plötzlich das Wort an ihn richtete: „Colin, ich lächle, weil ich vor einem Jahr durch die gleiche Hölle gegangen bin wie du jetzt! 160.000 Dollar hat mich die Frau gekostet. Ich kam nach Frankfurt, um die Fabrik aufzubauen, sollte nach zwei Monaten das Land wieder verlassen, doch ich ließ das Ticket verfallen, nicht, weil mich diese Stadt glücklich gemacht hätte, sondern sie. Svetlana war ihr Name. Sie war bildschön, hörte mir stundenlang zu, lachte über meine Witze, wollte mit mir für immer zusammen sein. Also habe ich sie freigekauft, um ihre Hand angehalten. Sie hat ja gesagt und ich war am Tag unserer Vermählung der glücklichste Mensch auf Erden. Mit jedem Tag vertraute ich ihr mehr, war wie besessen und glaubte an eine gemeinsame Zukunft. Eines Morgens lag ein Brief als Abschied auf meinem Kissen, die Konten waren leergeräumt und Sventlana fort. Sie kehrte zu ihrem Zuhälter zurück. Ließ mir ausrichten, dass sie die Scheidung will. Ich habe sie geliebt wie noch nie jemanden zuvor und auch heute noch, obwohl das alles passiert ist, ertappe ich mich immer wieder dabei, wie ich an ihr Lächeln denke. Sie hat mich wahrlich um den Verstand gebracht und dein Mädchen wird mit dir dasselbe tun. Ihre Ambitionen, Menschen zu täuschen, sind uns fremd. Sie handeln aus Instinkt, sind wie Tiere, die überleben wollen. Vielleicht ist dein Mädchen eine Ausnahme! Doch das würde mich wundern. Es gibt genug Männer, die ich kennen gelernt habe, die die gleiche Geschichte erzählen wie ich. Lerne daraus und höre auf deinen Bruder, besinne dich auf das, was du hast!"

Colin hielt kurz inne, hörte sich Pits Ansprache an und warf dann die Tür hinter sich zu. Er legte sich aufs Bett und versuchte etwas zu schlafen. Doch sobald er die Augen schloss, sah er sie. Ihr Gesicht, ihre schönen Augen, wie sie ihn überglücklich ansah. Sollte sie wirklich eine von diesen Frauen sein? Sein Kopf drehte sich, er konnte keinen klaren Gedanken fassen, ließ jeden dieser gemeinsamen Momente Revue passieren. Dabei stellte er sich immer die gleiche Frage: wann hatte er aufgehört, die Kontrolle über sich zu haben, wann fing sie an mit ihm zu spielen? Er konnte sich an nicht einen Augenblick erinnern, wo er das Gefühl hatte, sie würde ihn täuschen. Nie bettelte sie um ein Wiedersehen, nie ließ sie sich von ihm aushalten. Es stand ihm jeden Tag frei, sie erneut aufzusuchen. Er nahm seine Zeichenmappe und umschloss sie fest mit seinen Händen. Er hatte ein Stück von ihr, um mehr hatte er nicht gebeten. Seine Augen fielen zu, sein Körper war erschöpft.

Als ich an diesem Abend zur Arbeit lief, war alles anders als sonst. Die ersten Meter fühlte ich mich gut, der Alkohol zeigte Wirkung und gab mir meine ersehnte Gleichgültigkeit, doch dann fingen die Erinnerungen an mich aufzufressen. Und plötzlich überfiel mich nackte Angst. Wie sollte ich mit anderen Männern schlafen, wenn er die ganze Zeit in meinem Kopf war. Es klingt vielleicht paradox, doch es fühlte sich an, als würde ich ihn betrügen. Dieser Kuss hatte alles verändert. Er brachte uns so nah und doch so fern. Ich wollte nicht akzeptieren, dass alles vorbei war. Ich hoffte, dass er seine Meinung ändern würde, zu mir zurückkehrte, dann überkam mich lähmende Trauer.

Mira ging die menschenleere Straße entlang, sie klammerte sich an ihre Gleichgültigkeit, die sie für ihren Job so dringend brauchte. Doch alles um sie herum ließ sie einfach nicht ruhen. Sie passierte die Laterne, an der er sonst immer auf sie gewartete hatte übertrat wenig später die Schwelle ihres Bordellzimmers, in dem sie die letzte Schicht mit ihm verbrachte, blickte auf das Kleid, welches sie in der Hoffnung gekauft hatte, ihm zu gefallen. Egal was sie tat, egal, wo sie auch hin schaute, er war so gegenwärtig, als hätte er sie nie verlassen. Mira seufzte. Warum musste sie sich auf ihn einlassen, warum musste sie sich verlieben, warum konnte sie nicht endlich mal Glück haben? Vor lauter Wut nahm sie ihr Parfüm und schleuderte es gegen die Wand. Das Fläschchen zersprang und fiel in Scherben zu Boden. Währenddessen öffnete sich langsam die Tür. Lorna schlich herein, wurde vom lauten Knall aufgeschreckt und betrachtete die Scherben in der Ecke. Vorsichtig sah sie zum Flur zurück und schloss dann eilig die Tür. Mira lehnte sich niedergeschlagen über das Bett und ahnte, dass erfundene Ausreden hierfür zwecklos waren. Kopfschüttelnd stellte sich Lorna vor sie.

„Jedes Detail und lüg mich nicht an!"

Mira sah traurig weg und begann die Scherben aufzulesen. Sie wusste nicht, wo sie anfangen und wo hätte enden sollen, also schwieg sie.

„Mira, was ist nur los mit dir? Du veränderst dich und ich komm kaum noch an dich heran. Ist er der Grund?"

Mira legte die Scherben in den Mülleimer, versuchte keine Regung zu zeigen, doch ihr Kinn zitterte unkontrolliert und auch die Tränen ließen sich nicht länger verbergen. Lorna gesellte sich zu ihr und legte den Arm um sie.

„Was ist nur passiert?"

„Nichts!", schluchzte sie und starrte zu Boden.

„Und deshalb weinst du?"

Mira ließ sich zurückfallen und lehnte sich gegen die Wand, sie konnte ihre Trauer nicht länger verheimlichen und wurde mutig.

„Er ist so…so … so unfair… Ich verstehe ihn nicht. Die letzten drei Tage haben wir miteinander verbracht. Es gibt Momente, da sind wir uns so nah, da kann ich fühlen, dass es ihm genauso geht und dann gibt es Momente, wo er mich so sehr hasst … und ich weiß nicht warum. Ich habe ihn in mein Leben gelassen, jedes Risiko in Kauf genommen… Alles getan, dass er mich sieht, wie ich wirklich bin… Doch am Ende des Tages schaut er mich an wie jeder Freier, der mit mir für Geld schläft… Er wird immer die Hure in mir sehen… Egal, was ich auch tue, ich werde das nie… nie …. niemals ändern können… ich fühle mich so hilflos."

Miras Stimme zitterte und bewegte Lorna sehr. Sie nahm Miras Hand, versuchte sie zu beruhigen.

„Vielleicht hat er Angst?"

Mira sah flehend in ihre Augen.

„Wie soll ich ihm diese Angst nehmen? Es ist die Wahrheit, ich kann sie nicht ändern."

Ratlos blickte Lorna in die Ferne.

„Er muss sich entscheiden, ob er damit leben kann oder nicht…Es gehört zu dir und bleibt ein Teil deiner Geschichte."

Beklemmende Stille kehrte ein und machte Mira nachdenklich. Sie konnte die Frage beantworten, seine Entscheidung war gefällt. So sehr sie auch litt, vielleicht erging es ihm genauso, da war kein Weg zusammen. Es war vorbei und ihr dämmerte so langsam: selbst wenn sein Herz für sie sprach, würde sein Verstand immer zwischen ihnen stehen. Sie akzeptierte, nickte und rappelte sich auf.

„Er hat sich bereits entschieden. Gegen mich…. "
„Vielleicht ist das auch..."

Mira vervollständigte ihren Satz und wischte sich die Tränen aus dem Gesicht.

„.. besser so… das wolltest du doch sicher sagen… Sicher!... Mein Leben hat jetzt wieder einen Sinn. Vielleicht komm ich als Hure nochmal richtig groß raus… Ein toller Job… Mein Leben geht weiter…. Wie sagt man immer so schön, the show must go on."

Sie ging zum Schrank, warf ihre Kleider auf das Bett, legte die Korsage an und schnürte sie eng auf ihren Leib, toupierte ihre Haare und wählte dunkles Make-up. Sie war wütend und enttäuscht. Es war zwecklos, mit Lorna darüber zu sprechen. Deshalb bleiben Huren oft ihr Leben lang Huren, weil sie zu feige sind gegen den Abwärtsstrudel anzukämpfen, aus Bequemlichkeit und Ehrfurcht erwarten, dass es jemand für sie tut. Mira hätte gekämpft, sie hätte es wenigstens versucht. Aber wie, wenn sie keine Chance dazu bekam?

„Ich hätte nie gedacht, dass es ein Mann einmal schaffen würde, dich so aus dem Konzept zu bringen. Du liebst ihn, nicht wahr?"

Mira lächelte sie verkrampft an: „Nicht so sehr, wie ich dich liebe. So, nun husch, husch, ich muss mich fertig machen, wir sehen uns unten."

Lorna hatte verstanden, bohrte nicht länger in der Wunde, zwinkerte ihr zu, schloss die Tür und Mira blieb traurig zurück. Sie sah verloren in den Spiegel, hatte den Moment vor Augen, als er sie küsste, sie an sich heranzog. Ja, sie liebte ihn, noch immer, vielleicht für immer. Das Gefühl war nicht länger zu verheimlichen, sie musste es ertragen und konnte lediglich darauf hoffen, dass sie lernen würde damit zu leben.

Sie trocknete die Tränen, zog den Lidstrich nach und malte ihre sinnlichen Lippen feuerrot. Sie prüfte sich ein letztes Mal kritisch im Spiegel, richtete das Bett und lief gedankenversunken die knarrende Holztreppe hinunter, verschwand hinter dem schweren Vorhang und begrüßte den so verhassten Arbeitsplatz.

Die Frauen tummelten sich vor der Bar, sprachen ausgelassen und amüsierten sich über den neuen Barkeeper. Mira setzte sich wie eine leere Hülle dazu. Das Gerede interessierte sie nicht, wer durch die Tür kam, war ihr egal, sie hatte nur zwei Gedanken, der eine war Colin, der andere, wie sie ihn aus dem Kopf bekommen würde. Panik überkam sie. Ihr Dealer wurde davongejagt, Drogen seitdem stärker kontrolliert. Ihr Stand bei den Frauen war nicht der beste, von Juri fehlte jede Spur, dennoch fand sich keine Idee, wer ihr helfen könnte. Gelangweilt drehte sie sich zum Barkeeper, lächelte und fand nach wenigen Worten einen neuen Freund. Schamlos bestellte sie Wodka pur in einem Wasserglas und unter dem Tresen etwas Amphetamin für 30 Mark. Der Barkeeper lächelte wie ein Verbündeter und gab ihr als Starterpaket gleich ein Tütchen extra. Wenigstens damit hatte sie heute Glück.

Fröhlich und gelassen kehrte sie aus der Toilette zurück und war ganz aufgekratzt. Überschwänglich ertränkte sie ihren Kummer in Alkohol und betäubte jeglichen Gedanken. Endlich war er vergessen, Mira tanzte sich frei und feierte, drückte Lorna überschwänglich an sich und prostete wild in die Menge. Glaubte, den Schlüssel zurück zu ihrem Ich gefunden zu haben. Alles war so leicht, bis sie den Blick schweifen ließ und dieser leere Stuhl in der dunkelsten Ecke des Raumes sie zurück in die Realität brachte. Er war fort, einfach fort und hatte ihr altes Ich einfach mitgenommen!

Der Abend hatte Josh und Pit indessen munter gemacht. Die Hotelbar konnte nichts mehr bieten und der Rest langweilte sie. Ihre hungrigen Mägen trieben sie aus ihren Sesseln in das nächste Wirtshaus unweit der Grenze. Sie waren ausgelassen und nach einem saftigen Steak verfielen sie dem Scotch und dem Hauswein. Der Abend dehnte sich, die Gesprächsthemen wurden ernster und dank des Alkohols gesellte sich eine explosive Stimmung dazu. Ein älterer Herr betrat in Begleitung einer noch sehr jugendlich wirkenden Frau das Restaurant. Sie setzten sich an den Nebentisch, das Mädchen sprach wenig und wenn, dann mit Akzent. Die Situation warf Josh in seiner Wut zurück und ließ ihn nicht mehr los. Sein Stolz war gekränkt und seine Zunge wurde schwer.

„Pit… sieh darüber… das Bild schreit nach Opfer und Täter. Doch…. Wer ist … Opfer… wer Täter?... Er, der Sex von ihr will und sie bezahlt, oder sie, die ihn ausbeutet und ihren Körper dafür anbietet?"

Pit raufte sich die Haare und versuchte sich zu sammeln.

„Ach… was soll es uns interessieren… ich habe mein Lehrgeld gezahlt… Alle Frauen sind Huren… Ich hätte meine Erfahrung schon viel eher machen sollen... Wenn du die Frau als Gegenstand verstehst, kommst du in so eine Situation wie ich erst gar nicht. Statt über den Typen dort schlecht zu denken, sollten wir aufstehen und ihm gratulieren... Er macht es richtig."

Josh war empört.

„Wie meinst du das?"

Pit lachte.

„Eines kann ich dir sagen, ich weiß nicht, ob du schon mal im Puff warst. Aber eines, Junge, lass dir gesagt sein, die geben sich richtig Mühe. Du bist Täter oder Opfer... Ich war früher Opfer und habe gedacht, wenn ich sie liebe, dann würden sie sich Mühe geben, heute verspreche ich denen das Blaue vom Himmel und die Weiber lassen sich ficken wie ich es will."

Josh hielt nachdenklich inne.

„Ich dachte, du hättest mit dem Puff abgeschlossen?"

Pit nickte zustimmend.

„Ja... Seitdem bin ich Kunde und kein Opfer mehr... Ich zahle, 100 Mark und weniger, lass mich verwöhnen und gehe erhobenen Hauptes da wieder raus."

Josh schüttelte angewidert den Kopf.

„Diese elenden Schlampen... Verseucht sind die doch alle... wie kannst du überhaupt..."

„Ach... was du redest... Besorgen sollen sie es mir... Kondome bekommst du an jeder Ecke... Nutze die Zeit, solange du noch hier bist. ... Zu Hause kommst du dafür in den Knast!.. Letztlich... Alle Frauen sind Schlampen, die sind wenigstens so clever und nehmen Geld dafür."

Josh lehnte sich zurück und Pit wurde zynisch.

„Komm, du willst mir doch nicht erzählen, dass du in dem kranken Inneren deines Oberstübchens nicht auch schon mal darüber nachgedacht hast, es mit einer dieser Schlampen zu treiben. Und wenn du mich fragst, wenn es sogar eine schafft, die deinem heiligen Bruder so das Hirn aus seinem Schädel vögelt, kann es ja so gewöhnlich nicht sein!"

Josh räusperte sich und trank das Glas leer.

„Ich würde zu gern wissen… was sie mit ihm gemacht hat… Er ist nicht wieder zu erkennen. Mein kleiner Bruder…. man, wir waren unzertrennlich, es gab keine Geheimnisse zwischen uns. Diese Schlampe hat alles kaputt gemacht. Seitdem hat er sich mir vollkommen versperrt, redet nur noch das Notwendigste… So aggressiv wie heute habe ich ihn noch nie erlebt… ich bin fassungslos…!"

Pit schaukelte mit seinem Kopf über den Tisch und setzte sein hämisches Grinsen auf.

„Ich habe dir gesagt, die bringen dich zu allem. Deinen kleinen Bruder werden sie auch brechen. Du musst das verhindern! Schick ihn weg… Oder die Schlampe krallt ihn sich. Was bist du? Opfer oder Täter? Lass dir was einfallen, denk dir was aus. Aber sieh nicht länger zu! Eines Tages wird er dir dafür dankbar sein!"

Josh sah ihn durchdringend an, starrte auf sein leeres Glas, wanderte mit dem Blick zur ebenfalls geleerten Flasche und forderte übereilt die Rechnung. Pit war selig, glaubte Josh wachgerüttelt zu haben und endlich über die Situation erhaben. Die Männer verließen das Restaurant, fuhren mit dem Taxi zum Hotel, verabschiedeten sich bis zum nächsten Morgen und verschwanden in der Drehtür. Josh fuhr mit dem Fahrstuhl in den zweiten Stock. Das Laufen fiel schwer, der Scotch hatte ihm zugesetzt und vernebelte allmählich die Sicht. Der Schlüssel klemmte etwas im Schloss und machte das Öffnen der Tür zur Tortur. Mit einem Ruck sprang der Hebel plötzlich aus der Verankerung und nahm Josh die Stütze. Er fiel regelrecht zur Tür hinein und stolperte über den Garderobenständer. Nur mit Mühe fand er den Lichtschalter und wurde dann von der grellen Tischlampe geblendet. Alles drehte sich, genervt stieß er die Tür zu, ließ sich auf dem Sessel nieder und blickte ins Leere. Er legte den Arm auf die Lehne, döste vor sich hin, fühlte nach seinem Rücken und griff den Übeltäter, der sich in seine Hüfte bohrte. Es war Colins geliebtes Notizbuch. Er hatte es seinem Bruder geschenkt, als dieser nach Deutschland ging. Es sollte seine Ideen festhalten, eben alles, was wichtig war. Colin bewachte es wie einen Schatz und machte Josh neugierig. Ungehindert öffnete er das Buch und blätterte darin herum, immer mit wachendem Auge zum Schlafzimmer, immer darauf bedacht unentdeckt zu bleiben. Die Notizen waren zu Beginn belanglos, später beschreibend...

„Sie lehnt an der Bar, schlägt ihre Beine übereinander, inhaliert den Rauch einer Zigarette, ihre Haare sind gewellt, ihr Rouge ist kräftig, ihre Augen scheinen traurig, ihr Mund ist gespitzt.... Sie sieht verstohlen zu mir rüber... sie weiß, dass ich sie suche...Ich kann mich ihr nicht entziehen, sie ist die Richtige... Sie lächelt... ist peinlich berührt ... sie kehrt zurück..." Auf Beschreibungen folgen persönliche Notizen und dann nur noch Zeichnungen mit ein und demselben Gesicht. Josh erkannte die Besessenheit, die Pit beschrieb, die Colin anscheinend schon lange übermannt hatte. Es war höchste Zeit zu handeln. Er richtete sich auf und begann in dem Buch nach einem Anhaltspunkt zu suchen, einem Hinweis, wo er sie finden würde. Er blätterte vor und zurück, ziemlich am Anfang stand eine polnische Adresse. Es musste die richtige sein. Josh dachte nicht lange nach, ging an den Safe, steckte genügend Bargeld ein, forderte telefonisch den Concierge auf, ihm ein Taxi zu rufen und floh fast lautlos aus dem Zimmer. Sein Herz raste, jeder Schritt ging in ein Wanken über. Als er in das Taxi stieg, zeigte er dem Mann nur die Adresse und sah starr geradeaus.

„So spät noch unterwegs?", fragte der Taxifahrer nach einer Weile neugierig, Josh genierte sich, lehnte den Kopf gegen die Scheibe, um sein Gesicht zu verbergen.

„Wo liegt dieser Puff? Was wissen sie darüber?" Der Taxifahrer lachte.

„Naja, ich selber bin glücklich verheiratet, deshalb kann ich nicht aus eigener Erfahrung sprechen, aber von einigen Kunden weiß ich, dass es im „Anna Bella" die schönsten Frauen gibt. Aber seien sie auf der Hut. Sie sind allein, mancher kam schon ausgeraubt zurück, weil er betrunken am Tresen weggedöst ist, oder die haben ihn für Sex abkassiert, wohlwissend, dass der Gast im Zimmer eingeschlafen ist…. Ha… Zu dieser Sorte Mann muss ich aber sagen, selbst Schuld! Mir ist es ein Rätsel, warum man sich in so einem Zustand noch dort hinschleppen muss..."

Der Taxifahrer lachte, fuhr die Grenze an, legte die Ausweise vor und passierte die Schranken. Josh musterte die Umgebung. Es war kaum etwas zu erkennen, er war noch nie ferner der deutschen Grenze gewesen, seitdem er hier arbeitete. Polen war für ihn Dreck, er hörte oft nichts Gutes und würde ein neues

Bild nur schwer zulassen. Die Fahrt dauerte nur wenige Minuten und endete im Nirgends. Der Wagen hielt, der Taxifahrer verabschiedete Josh mit mahnenden Worten und verschwand im Dunkel der Nacht. Es wurde still, Josh stand gottverlassen auf einem schlecht beleuchteten Schotterparkplatz, die Stadt weit hinter sich, ohne einen Plan, wie er den Weg zurück finden sollte. Drei Wagen mit deutschem Kennzeichen standen auf dem Hof, eine rote Reklame leuchtete in sein Gesicht und wies ihm den Weg. Vorsichtig näherte er sich dem Bordell, die kleinen Steine unter seinen Füßen gaben nach und enttarnten sein Heranschleichen. Nach wenigen Metern hatte er die Eingangstür erreicht und zögerte, die Klinke runter zu drücken. Zweifel überkamen ihn, doch der Hass war stärker, die Neugier, ihr gegenüber zu stehen, Angesicht in Angesicht, war zu verführerisch. Getrieben von Wut und Vorurteilen öffnete er die Tür. Ein dunkler Gang und gedämpfte Musik lockten ihn, die Promille in seinem Blut trübte den Blick, plötzlich stoppte ihn ein breiter Arm vor der Brust.

„Ausweis!", forderte eine dunkle Stimme. Josh drehte sich mit kühler Miene zur Seite, hielt einer finsteren Gestalt sein Papier unter die Nase und wurde durchgelassen. Die Musik wurde lauter, Stimmen und Gelächter brachten ihn bis zu einem Vorhang. Roter Samt glitt über seine Hand, wie in einem Theater, dachte Josh noch bei sich, als er ihn beiseite zog. Kalter Rauch wehte ihm entgegen und dann stand er mitten im Raum des Geschehens, sah sich um und war fast enttäuscht. Der Ruf dieser Adresse ließ ihn Luxusausstattung erwarten, Prunk und Erotik, doch das einfache Mobiliar war zweckmäßig zusammengestellt, lediglich die Bar, massiv und poliert, verbesserte ein wenig den tristen Eindruck. Er wurde nervös, hatte sein Ziel erreicht, spätestens jetzt stellte er sein Vorhaben nicht länger in Frage. Schüchtern bahnte er sich den Weg zur Bar, bestellte einen Gin und hatte nun erstmalig den Mut, den Blick schweifen zu lassen. Er sah in die umliegenden Gesichter, junge Frauen und alte Männer dominierten das Bild. Die Mädchen waren hübsch anzusehen, so wie es Pit beschrieben hatte, Eine schöner als die andere. Allesamt hatten lange Beine, schmale Hüften, dünne Arme, kindliche Gesichter, nur ihre Augen verrieten sie. Wie Puppen zurechtgemacht, mit hinterlistigem Blick, stierten sie den Männern nach, ließen sich betatschen und schmeicheln, schmiegten sich an sie, als wären sie verliebt mit dem Lächeln einer raffinierten Schauspielerin. Josh sah in jedes der Gesichter, suchte nach ihr, dem Mädchen von den Zeichnungen. Ähnlich sahen sie ihr alle, doch etwas fehlte. Er nahm sein Getränk in Empfang, nippte zögernd daran und wurde kaum bemerkt, war ein Gast, wie jeder andere und ging in der Schar von Freiern unter. Sich in Sicherheit wiegend, torkelte er an der Bar entlang und hatte bald jede Person in diesem Raum gemustert, doch eine fehlte. Zwei Schultern schoben sich in seine Sicht, schienen in Rage und plusterten sich vor einer Frau auf. Sie gehörten niemand geringerem als Juri, der nach derselben Frau suchte und bereits fündig geworden war.

Mira hatte die Augen weit aufgerissen, hing über dem Tresen und starrte zur Decke. Alle Geräusche um sie herum verschwammen ineinander, ihre Bewegungen waren unkoordiniert, benommen griff sie nach ihrem Glas Wodka und versuchte sich weiter zu betäuben. Der Rausch hielt sie von der Arbeit fern, benebelte die Sinne und gab ihr ein Gefühl von Frieden. Der Abend zog an ihr vorbei und fand ein jähes Ende, als sie jemand am Schopfe packte. Sie spürte, wie sich die Haarwurzeln von ihrem Kopf lösten, der Schmerz durchzog sie und machte sie wach. Verstört sah sie sich um und plötzlich bekamen die Geräusche eine Stimme.

„Sieh dich an, wie du aussiehst!"

Mira blickte zurück, die Hand ließ von ihr ab, düster sah sie Juri an, der sich bedrohlich über sie beugte.

„Sieh dich an!"

Mira verdrehte die Augen.

„Was ist? Schmerzmittel und Alkohol vertragen sich nicht so gut!"

Sie wich seinem Blick aus, versuchte die Kontrolle über Gestik und Stimme zurückzugewinnen, ächzte aber nur weiter vor sich hin: „Willst du ficken? Für 100 mach ich's dir!"

Sie kicherte und suchte Halt am Tresen.

Juri sah sich um, niemand beobachtete sie, dennoch fühlte er sich bloß gestellt und packte sie am Genick.

„Reiß dich zusammen! Du siehst aus wie ein billiges Flittchen. Die Typen zahlen für Qualität und nicht für das hier! Mach so weiter, und ich schwöre, ich mach dich fertig! Ich treffe dich da, wo es dir am meisten weh tut. Mit deinem kleinen Freund beginne ich als erstes."

Der Satz war wie der letzte Tropfen auf den heißen Stein. Mira befreite sich aus seinem Griff und flüsterte ihm fauchend ins Ohr: „Und...? Du machst mir keine Angst mehr. Tust du mir weh, tust du dir selbst weh. Ich lasse mich von dir nicht länger einschüchtern. Es gibt nichts, womit du mir noch drohen kannst!"

Juri lehnte sich entspannt zurück, streichelte über ihre Wange und lächelte zynisch.

„So unverletzlich, wie du denkst, bist du nicht. Ich dachte, Lorna wäre wie ein Stück Familie für dich! Sieh sie dir an, wie hübsch sie lächelt und nun stell' dir vor, wie hässlich sie Narben machen würden! Könntest du das verantworten?"

Mira hielt inne und begriff, er hatte Recht. Jeder Mensch, der ihr nahe stand, machte sie verletzlich. Juri spürte ihre Zerrissenheit und lachte triumphierend.

„Also... Mach deinen Job!"

Sie blickte versteinert ins Leere, versuchte sich zu beruhigen, doch ihr ungezügelter Hass pulsierte und machte sie wehrlos. Ihre Gedanken wurden von schaurigen Phantasien durchtränkt. Sie dachte daran, wie sie ihn erdrosselte, ihm die Kehle durchtrennte. Er hatte Recht, sie war verwundbar, mehr als sie glauben wollte. Es war erniedrigend, dass Juri mit Wohlgefallen fremde Menschen gegen sie benutzte. Seine Art ekelte sie an und zwang sie zum Äußersten.

„Wie traurig muss man sein, sich seine Liebe so verzweifelt erpressen zu müssen. Was ist das für ein Gefühl, gehasst und verachtet zu werden. Aber was kümmert es dich, solange die Kasse stimmt! Du bist so armselig, dass es schon fast komisch ist. Du amüsierst mich mit deiner Hilflosigkeit. Aber was rede ich, ich spreche von Dingen, von denen du keine Ahnung hast."

Sie verließ ihren Platz und wankte durch die Menge. Juri sah ihr nach. Ihre Worte machten ihn verletzlich, berührten und provozierten gleichermaßen. Mira versuchte seinem Blick zu entschwinden, sich am besten in Luft aufzulösen. Sie suchte Halt an der Bar, schlich zur gegenüberliegenden Seite und setzte sich neben einen vermeintlich zurückhaltenden Gast.

Sie fuhr sich durch ihr Haar, atmete tief durch und sah zum Barkeeper hinüber, der mit einer anderen Bestellung beschäftigt war. Mira dachte nur an den nächsten Schluck, den nächsten Absturz, Betäuben um jeden Preis. Auch wenn sie nach wie vor unter strenger Beobachtung stand, gab es nichts, was sie von diesem Vorhaben abbringen würde. Noch eh sie den Barkeeper auffordern konnte, ihr Glas aufzufüllen, zog ihn Juri an sich heran und verbot ihm, sie weiter zu bedienen. Genervt setzte sich Mira zurück auf ihren Stuhl, der Mann neben ihr kümmerte sie nicht. Josh sah sie an und wusste: Sie ist es! Jeder Leberfleck, die Art, wie sie ihr Haar trug, die Nase, ihr Profil, alles passte. Er beobachtete sie und wurde nervös. Er lächelte verlegen zu ihr hin und erst jetzt trafen sich ihre Blicke. Mira sah ihm irritiert in die Augen. Er erinnerte sie an Colin, die Art wie er sie schüchtern ansah. Vielleicht war das der Grund, warum sie ihn nicht sofort abwies, wie jeden anderen Gast in dieser Nacht.

„Hey, möchtest du etwas trinken?", fragte Josh leise, Mira konnte ihren Blick nicht abwenden, es verschlug ihr regelrecht die Sprache, die Ähnlichkeit war unbestritten.

„Möchtest du?"

Mira hielt kurz inne, dann blickte sie zu Juri und nickte.

„Champagner!"

Dürfte sie auch kein Angestellter bedienen, einen Gast würde man nicht ablehnen. Zähneknirschend beobachtete Juri ihr Treiben, wie sie das Glas gierig in Empfang nahm und in einem Zug leerte.

„Du hast Durst. … Willst du noch eines?"

„Flasche?"

Josh lachte.

„Ok… Hattest du einen schlechten Tag?"

„Viele!"

Josh bezahlte 50 Mark für den Champagner, schüttelte den Kopf, als er die billige Flasche Sekt erhielt, goss Mira großzügig ein und gab ihr das Glas in die Hand, dabei starrte er sie wie gefesselt an.

„Was ist?"

„Wie ist dein Name?"

Mira sah ihn gelangweilt an.

„Was spielt das für eine Rolle?"

„Gehört das nicht zu einem Verkaufsgespräch dazu, dass der Kunde den Verkäufer kennt?"

Mira lächelte.

„Was soll ich dir denn verkaufen? Ich werde dir nichts anbieten!"

Josh legte nachdenklich den Finger auf den Mund und überlegte. Sie war gut, sogar sehr gut. Für einen Moment brachte sie ihn wirklich aus dem Konzept. Schon jetzt hatte sie diese magische Anziehung, der man sich nur schwer entziehen konnte. Ihre ablehnende Haltung war sicherlich für diese Art von Geschäft neu und machte sie zu etwas Besonderem. Wie sie mit der Zunge an ihrem Glas spielte, ihre Beine übereinander schlug, wohlwissend, ihr Rock zeigte mehr Bein, als es anständig wäre. Sie hatte so etwas Verdorbenes und dennoch ging sie sparsam damit um, bot sich nicht an wie die anderen, sondern hielt sich distanziert zurück.

„Ich dachte, an einem Ort wie diesem haben Frauen immer etwas anzubieten?"

Mira lächelte unbeholfen und nahm erneut einen großen Schluck, dann setzte sie das Glas ab, suchte Halt am Tresen, beugte sich zu ihm und lallte in sein Ohr: „Sieh sie dir alle an. Für was willst du hier Geld ausgeben? Die einen sind bereits so voll wie ich, können diesen Scheiß nicht mehr ertragen, arbeiten schon seit Jahren hier und die anderen sind noch neu, unerfahren, manche gerade erst volljährig, haben keine Ahnung, wie man den Job richtig erledigt. Wenn du einen guten Fick suchst, nimm dir eine Freundin."

Josh sah ihr zwinkernd in die Augen, sie spielte mit seinem Ego und machte das Rätsel perfekt. Sicher revolutionierte sie mit dieser Ansage ihre Masche und lockte viele Kunden in den Ruin. Ihre Art nährte Joshs Hass, schürte seine Vorurteile und forderte ihn heraus. Er wollte keine Zeit mehr verlieren.

„Ich will dich kennenlernen! Lass uns auf dein Zimmer gehen."

Mira legte die Hand auf den Tresen, versuchte sich vom Barhocker abzustützen.

„Wo willst du hin?"

Mira atmete schwer, sie hielt sich die Hand vor den Kopf und versuchte sich zu sammeln.

„Ich werde jetzt gehen."

Plötzlich griff Juri über den Tresen nach ihrem Handgelenk und sah dabei zum Gast.

„Sie wird mit Ihnen auf das Zimmer gehen. Mira, keine Sorge! Dein Zimmer ist für den nächsten Kunden bereit. Sie müssen wissen, sie ist sehr ordnungsliebend. Reinheit ist unser Aushängeschild. Sie wird sie jetzt in ihr Zimmer führen."

Mira sah Juri widerwillig an. Am liebsten wäre sie gegangen, hätte das alles für immer verlassen, doch wo sollte sie hin, sie konnte sich nicht länger verstecken. Sie ergab sich der Situation und führte Josh über die Holztreppe in ihr Zimmer. Ihr Herz schlug schneller, nervös schloss sie die Tür hinter sich und ließ sich auf den Stuhl fallen. Sie betrachtete ihren Freier, der es sich auf dem Bett gemütlich machte und sich verhalten umsah. Früher hätte sie die Preise wie einen auswendig gelernten Text runtergerasselt, das Licht gedämmt, dem Kunden einen geblasen oder gleich das Kondom drüber gestülpt. Heute war allein der Gedanke daran widerwertig und erdrückte sie. Sie starrte zu Boden und wagte nicht zu sprechen.

„Also, Mira ist dein Name… Ein sehr schöner Name. Du bist sehr schön!"

Mira schnaufte, seine schmeichelnden Worte waren wie lästiger Herpes. Josh beugte sich vor.

„Nun erzähl, wie läuft das? Ich war noch nie bei einer Hure."

Mira blickte auf. Da war es wieder, dieses Wort, das ihre Persönlichkeit so liebreizend umschrieb. Sie war genervt, schon jetzt und suchte nach einer Möglichkeit, die Stunde irgendwie rumzukriegen. Auch wenn es sie nicht interessierte, fragte sie trotzdem: „Woher kommst du? Warum bist du hier?"

„Ich komme nicht von hier, musst du wissen. In meinem Land ist Prostitution verboten. Ich arbeite auf der deutschen Seite. Ein Freund von mir hat diesen Laden empfohlen. Ich könnte dir meine Vorlieben nennen, aber wenn du mir sagst, was du mir anbietest, dann sind wir schneller!"

Mira nickte anerkennend. Gedanken beschlichen sie, die sie sonst nicht von sich kannte. Jetzt verstand sie, was in diesen Frauen vorging, die Männer um ihr Geld brachten, sie eiskalt ausnahmen und sich dann absetzten. Es war dieser ungestillte Durst nach Freiheit. Diese Wut auf Pech und Neid auf jeden, der sich schuldig machte, mehr Glück zu besitzen. Sie sah in Joshs Augen und dachte an diese Option. Vielleicht war er derjenige, der sie zu einer normalen Frau machen würde, ihr Geld für eine Schulausbildung gab, ein Dach über dem Kopf. Vielleicht war er die einzig verbleibende Möglichkeit. Vielleicht würde sie eines Tages Colin wiedertreffen, erhobenen Hauptes, mit einem normalen Job, normalen Freunden und einem normalen Leben im Gepäck.

„Vielleicht sollten wir noch einmal anfangen. Mein Name ist Mira."

Sie streckte Josh ihre Hand entgegen und bekam sie nur zögernd wieder.

„So nannte dich der Mann dort unten. Ist das dein richtiger Name?"

Mira nickte und wurde neugierig.

„Also, woher kommst du?"

„Amerika!"

„Warum bist du in Deutschland?"

„Geschäfte!"

Mira hob die Augenbraue.

„Geschäfte. Das würde mein Zuhälter über seinen Job auch sagen."

Josh lehnte sich noch weiter nach vorn.

„Ich bin nur noch fünf Tage hier, habe die letzten Wochen viel gearbeitet und suche nun eine Art Entspannung."

Mira war hin und hergerissen, wurde letztlich mutig.

„Würdest du mich mitnehmen?"

Für Josh war es wie ein Eingeständnis. Sein Bruder hatte sich in eine Illusion verliebt, aber Josh hatte sie nun enttarnt und würde sie nicht ungestraft entkommen lassen.

„So, so. Du willst also mitkommen. Ich kenne dich doch gar nicht."

Mira atmete schwer, glaubte sich der Situation überlegen.

„Ich könnte tun, was immer du möchtest."

„Was meinst du?"

„Dir Gesellschaft leisten, helfen, was auch immer."

Er stand auf, ging auf sie zu und beugte sich über sie.

„Eine Sexsklavin also?"

„Das habe ich so nicht gemeint. Vielleicht kann sich aus Freundschaft mal mehr entwickeln, wer weiß das schon?"

Mira stand auf und drückte sich an ihm vorbei. Sie fühlte, dass die Stimmung umschlug und suchte nach den richtigen Worten: „Aber wir müssen uns doch erst einmal kennenlernen. Ich meine, eher als eine Art Begleiter…!"

Josh folgte ihr und presste sich an sie, er fühlte nach ihrem Hals und begann ihre Schulter zu küssen. Miras Herz schlug schneller.

„Ok… ok…. Also ganze Stunde 100 Mark, blasen on top 50…."

Miras Körper erstarrte, sie versuchte sich darauf einzulassen, den Verstand auszuknipsen und zu funktionieren, doch als er seine Hand unter ihren Rock schob, zuckte sie zusammen.

„Warte, ich will nicht unhöflich sein, aber…"
Josh wurde langsam ungeduldig.

„Was? Komm, verführ mich, zeig mir, wie sehr du mich willst, komm schon…"

Mira sah ihn verwundert an. Die Sätze waren nicht die eines einfachen Kunden, was führte er im Schilde? Sie hatte keine Zeit darüber nachzudenken. Er zog wie ein Gewitter über sie her, drückte sie gegen die Wand und zerrte an ihrem Kleid. Mira wehrte sich.

„Was soll das?"
Sie stieß ihn weg und ging einen Schritt zurück.
„Ich …. Ich glaube, du bist bei mir falsch. Es ist besser, wenn du gehst."

Die Wut packte ihn, fordernd griff er nach ihr, zog sie an sich heran und warf sich mit ihr auf das Bett.

„Lass mich nicht umsonst gekommen sein. Zeig mir, was du kannst!"

Er legte sich auf sie, zerrte an ihrem Kleid, liebkoste leidenschaftlich ihr Dekolleté, fühlte nach ihrer Brust. Seine Berührungen wurden eindringlicher, er suchte nach ihrem Hals, tastete nach ihren Lippen, Mira öffnete zitternd ihren Mund und dann küsste sie ihn. Aus Verzweiflung, aus Angst, sie ließ es zu und für einen Moment konnte sie sich ihm hingeben. Doch als er ihr den Slip von den Beinen riss, fiel ihre Maske und Mira stemmte sich gegen seine Brust.

„Hör auf damit!"

Josh drückte sich nach oben, wurde zornig, da fiel das kleine Buch plötzlich aus der Seitentasche und gab seine Identität preis. Mira erkannte es sofort. Die Nähte, das eingeschlagene Leder, die Risse. Seine

Attribute waren ihr vertraut, sie würde es unter tausenden erkennen. Die Stimmung gefror. Josh griff noch danach, doch Mira war schneller, sie schob sich bis ans Kopfende, ihre langen Haare fielen ihr ins Gesicht. Tränen füllten ihre Augen, ihr Kinn zitterte, sie brauchte einige Sekunden um ihre Stimme zu finden.

„Woher hast du das?"

Josh erstarrte, sah sie entblößt an, beschämt über sein Vorhaben, verzweifelt über das Geschehene. Mira schrie ihn an: „Woher?"

Er legte die Hände auf seine Schenkel, seine Blicke waren wie Pfeile, die sie durchbohrten, seine Art, wie er nach Luft rang, seine Gestik und Mimik. Mira erschrak, plötzlich machte alles Sinn, sie fügte die Puzzleteile zusammen und war fassungslos.

„Du… du… kennst Colin. Dieser Akzent, wie du das Glas hältst, wie du lächelst, oh… Gott… selbst, wie du küsst… du bist ihm so ähnlich…. Du, du … bist sein Bruder, nicht wahr?"

Josh atmete fast erleichtert auf. Eigentlich war er dankbar für die Wahrheit, das Theater war vorbei und es war an der Zeit, ungetane Dinge zu vollenden. Er drückte sich nach oben, stürzte auf sie zu, schleppte sie vom Bett und drückte sie gegen die Tür.

„Was hast du aus ihm gemacht? … Hä? … Ich erkenne ihn nicht mehr wieder. … Er verpasst die Chance seines Lebens, nur wegen dir, du geldgeile Fotze…. Was hast du ihm versprochen,…. Hä? Zeig es mir endlich, wie hast du ihn verführt?.. Wie hast du es geschafft, aus ihm einen Vollidioten zu machen?... Los jetzt, ich will es sehen… Wie hast du ihn um den Finger gewickelt, wie hast du es gemacht?"

Es war wie eine Flut von Behauptungen und Vorwürfen, gegen die Mira ohnmächtig war. Sie sah ihn entsetzt an, seine Stimme dröhnte durch ihren Kopf, er schüttelte sie an ihren Schultern, war in seinem Zorn unaufhaltsam.

„... ich liebe ihn... ich...."

Ein dicker Kloß stoppte ihren Satz. Sie weinte, sprach aus, was sie fühlte, doch entgegen der Hoffnung, bei ihm auf Verständnis zu stoßen, erntete sie Hass und Ablehnung.

„Halt den Mund, du Hure... Blödsinn... Das ist eine Lüge... Warum hast du mich gefragt, ob ich dich mitnehme? Hast mir Sex im Gegenzug angeboten... Das ist zwei Minuten her, hast du das schon wieder vergessen... Du bist und bleibst eine Hure."

Er schüttelte sie, Mira wusste sich nicht anders zu helfen und gab ihm eine Ohrfeige. Stille! Josh sah sie durchdringend an, dann begann er durchzudrehen.

„Du wagst es?"

Plötzlich ging alles ganz schnell. Er warf sie zurück aufs Bett, schlug ihr ins Gesicht, Mira versuchte sich zu wehren, fühlte mit der Hand nach der Lampe, Josh riss ihr die Kleider vom Körper, schlug sie erneut, Mira schrie, bis Josh ihr den Hals zudrückte und ihr die Luft zu atmen nahm. Sie hechelte, trat mit den Füßen nach ihm, ihre Fingerspitzen ertasteten das Bettgestell, sie zog sich nach oben, bekam die Lampe zu fassen und schlug sie Josh über den Kopf. Das Licht war aus, Mira rollte sich über das Bett, griff nach dem Mantel an der Tür und rannte auf den Flur.

„Hilfe! So helft mir!"

Es dauerte nur Sekunden, bis die Männer von der Eingangstür ihr zu Hilfe eilten. Verheult wies Mira auf den Mann in ihrem Zimmer. Er war außer sich, schrie, kämpfte gegen die Männer, die ihn die Treppe hinunterschleiften. Dann öffneten sie die Eingangstür und warfen ihn unsanft auf den Schotterparkplatz. Einer der Männer sah ihn fortlaufen und dann wurde es still.

Mit schlotternden Beinen ging Mira über den Flur. Sie versuchte sich zu sammeln, war ganz benommen, betrat ihr Zimmer, schaltete die Deckenleuchte ein und sah nun erst das Ausmaß der Verwüstung. Die Gardinenstange war heruntergerissen, die Vorhänge lagen am Boden, die Glühbirne lag zersprungen auf dem Bett, der Stuhl war umstoßen. Sie kauerte sich in die Ecke, brach zusammen und weinte bitterlich. Sie konnte nicht glauben, was gerade hier geschehen war. Es war ein Albtraum, der gerade erst begann.

Es dauerte ewig, bis ihre Tränen trockneten. Der leichte Regen, der über das Glas lief, machte ihre Augen müde und wiegte sie in den Schlaf. Ihre Lider fielen zu und öffneten sich wenig später wieder. Als sie nach oben sah, blickte sie in Juris Augen. Er zog sie sanft aus der Ecke und nahm sie auf seine Arme. Er trug sie die Treppen hinunter und legte sie vorsichtig in seinen Wagen. Mira war zu erschöpft, es waren immer nur Bilder, die sich aneinanderreihten. Im nächsten Augenblick lag sie in ihrem Bett und wurde von ihm liebevoll zugedeckt. Er küsste sie auf die Stirn und streichelte über ihre Wange.

„Nur ich liebe dich!", flüsterte er liebevoll.

Mira schloss die Augen und schlief. Er legte sich neben sie, küsste ihre Hand, ihren Arm. Es war schön, ihr wieder so nah zu sein, es bedeutete alles für ihn. Das Parfüm auf ihrer Haut roch an keiner Frau so betörend, niemand sah im Schlaf so lieblich aus wie sein Engel. Er glaubte noch immer daran, dass sie eines Tages in seine Arme zurückkehren würde und darin bestand nun kein Zweifel mehr.

10

Eine Chance

Als Mira langsam wach wurde, verschwand die Sonne schon am Horizont. Der Tag war bereits verschlafen, der Kopf dröhnte, der Mund war trocken, ihr ganzer Körper tat weh, das Atmen fiel schwer. Sie blickte auf die andere Bettseite und sah ins Leere. Er war weg. Mira atmete erleichtert auf. Sie massierte ihre Schläfen, der Puls pochte im rasenden Takt durch ihren Kopf. Sie schloss die Augen und dachte an den gestrigen Abend. Wie sie auf dem Tresen lehnend die Nacht überdauerte, den Platz wechselte, diesen Mann in ihr Zimmer führte und dann waren da nur noch seine Augen, die sich so hasserfüllt über sie beugten, gierig, sie zu quälen, sie herauszufordern, sie zu brechen. Die Bilder fuhren durch ihren Kopf und ließen sie schaudern. Was machte ihn so wütend, was brachte ihn dazu, sie aufzusuchen? Was war nur mit Colin geschehen, dass es seinen Bruder bis zum Äußersten trieb. Sie öffnete die Augen, richtete sich auf, blickte zum Fenster hinaus. Wieder kam ihr das Gespräch in den Sinn, wie sie darum gebettelt hatte, dass er sie mitnehmen, ihr zur Flucht verhelfen soll. Sie hatte in vollem Umfang das Klischee erfüllt, das ausgesprochen, was jeder der mit Vorurteilen behaftet war, von ihr hören wollte. Sie wankte zum Badezimmer, betrachtete sich im Spiegel: die Schminke verlaufen, die Unterwäsche zerrissen, das Haar zerzaust. Bis jetzt war es ein leiser Wunsch, dass es nur ein Alptraum war, doch da gab es kein Erwachen. Sei's drum! Es geschah, wie es geschehen musste.

Der Nachmittag verrann. Mira sah ängstlich zur Uhr. Nur noch zwei Stunden und ihre Prüfung würde erneut beginnen. Ist sie dem Stress noch gewachsen? Kann sie weitermachen? Was ist, wenn nicht? Sie versuchte sich zu motivieren, an die Zeit zu denken, als sie nichts hatte, auf der Straße lebte und fast verhungerte. Sie dachte an Lorna und die schönen Abende, die sie miteinander verbracht hatten. Dann sah sie auf ihre Finger, vielleicht mal wieder eine Maniküre oder ein neuer Haarschnitt. Irgendetwas musste sich ändern. Sie zog die Strickjacke über die Schultern, wählte die flachen Schuhe, schnappte sich die Handtasche und schloss die Tür hinter sich.

Als sie die Haustür zur Straße öffnete, roch es nach frischgeschnittenem Gras. Der Vorgarten blühte - Krokusse, Tulpen und Osterglocken in allen Farben. Mira freute sich auf ihren nächsten freien Tag, obwohl der noch eine gefühlte Ewigkeit entfernt lag. Der Frühling hatte nun in der Stadt Einzug gehalten und malte sie bunt. Die Sonne stand immer noch am Horizont und strahlte im zarten Rot. Eine schwangere Frau schob einen Kinderwagen vor sich her. Ein kleiner Lockenkopf saß darin, aß ein Eis und sah Mira mit großen Augen an. Seine puderroten Wangen begannen zu lächeln, er streckte ihr das Eis entgegen und Mira floh. Die Situation berührte sie, ließ sie nachdenklich werden, der Gott des Schicksals quälte sie, setzte noch einen drauf und schickte wenig später ein schwer verliebtes Pärchen an ihr vorbei. Die Begegnung brachte sie vollkommen ins Trudeln. Würde sie sowas jemals erleben dürfen? Eine eigene Familie? Ihre Welt war klein, bevor sie Colin traf. Erst durch ihn erkannte sie, dass es noch ein Leben nach Feierabend gab. Jetzt, wo er fort war, fühlte sich alles so groß an. Sie verwarf den Gedanke, als sie den Schotterparkplatz erreichte. Es war Unsinn, darüber nachzudenken und diese schwere Eingangstür erinnerte sie schmerzlich daran.

Sie betrat ihr Zimmer und stand vor dem Chaos der letzten Nacht. Eilig versuchte sie die Spuren des Kampfes zu beseitigen. Kehrte die Scherben zusammen, hängte die Gardine wieder vor das Fenster und bezog das Bett frisch. Es ist ein Neuanfang, dachte sie bei sich und dekorierte ihren Tisch neu. Sie stellte sich vor den Kleiderschrank und musste schon suchen, um etwas Anständiges zu finden. Zwischen funkelnden Pailletten, tiefen Ausschnitten und schrillen Farben wurde sie fündig. Einst ein Fehlkauf, heute genau das Richtige. Ein schwarzes Etuikleid, hochgeschlossen, knielang, schlicht und elegant. Sie zog es über, ohne die Unterwäsche in aufreizende Dessous zu wechseln oder die erotische Korsage darüberzustreifen, selbst auf Strapse und den Tanga verzichtete sie heute. Wenn der Job schon gemacht werden musste, dann in bequemer Baumwolle und nicht in kratzender Spitze. Und während sie gedecktes Makeup auftrug, sprang die Tür auf. Lorna stürzte auf sie zu und umarmte sie überglücklich.

„Gott sei Dank, dir ist nichts passiert. Erst hat niemand von uns etwas mitbekommen, dann erzählte einer der Türsteher, dass dich ein Mann bedrängt hätte, es sogar zu einem Kampf kam. Als man den Typen vor die Tür warf, wurde Juri sofort informiert. Als ich zu dir wollte, hat er mich zurück in den Gastraum geschickt, wenig später warst du fort. Geht es dir gut? Was ist passiert?"

Mira war von der liebevollen Umarmung und Fürsorge gerührt, schämte sich ihrer Freudentränen und wischte sie sich heimlich aus dem Gesicht.

„Ich weiß nicht, wie es dazu kommen konnte. Ich war betrunken, hatte nicht einen Freier. Juri kam zu mir, hielt eine seiner Reden, ich war genervt, hab den Platz gewechselt… Dann saß dieser Typ vor mir, es hätte mir schon einleuchten sollen, als ich in seine Augen sah. … Wir haben geredet, ich weiß nicht mehr alles so genau, doch ich erinnere mich, dass ich ihm von unserem Bordell sogar abgeraten habe… ich wollte gehen, da hat mich Juri gezwungen, ihn auf mein Zimmer zu nehmen….. ich…. Ich konnte meinen Job nicht machen, habe versucht, mit Gesprächen Zeit zu schinden… irgendwann verlor er die Geduld, wurde zudringlich… und dann fiel ihm das Buch aus der Tasche… ich erkannte es sofort… und konnte es nicht glauben…."

Miras Stimme überschlug sich, Tränen kullerten über ihr Gesicht, sie erzählte mit Händen und Füßen. Lorna hielt sie am Arm fest und fragte sie mit ruhiger Stimme:

„Mira, wer war es?"

Mira sah sie durchdringend an.

„Es war Colins Bruder…. Ich kann es nicht glauben, du hättest ihn erleben sollen, er war so voller Hass… ich weiß nicht, was er getan hätte, wenn ich mich nicht hätte befreien können."

Lorna folgte ihr ungläubig.

„ Mira, wenn du willst, wir können immer noch Anzeige erstatten."

Mira schüttelte den Kopf.

„Lorna, du verstehst nicht. Ich glaube, er hat es getan, um seinen Bruder zu schützen."

Lorna verschränkte empört die Arme.

„Mira, er hat dich erniedrigt… Das kannst du doch nicht auf dir sitzen lassen."

„Wo soll ich suchen? Was soll ich der Polizei sagen? Ich bin schuld, ich allein, dass es so weit gekommen ist!"

„Wie kannst du sowas auch nur denken?"

„Etwas ist mit Colin geschehen! Da gibt es etwas, was ich nicht weiß, nicht wissen sollte. Sein Bruder wollte, dass es aufhört, dass er mich nicht mehr besuchen kommt. Er hat immer wieder gefragt, was ich mit Colin gemacht hätte. Er schien hilflos. Nur deshalb hat er mich aufgesucht."

„Und was willst du nun tun?"

Mira drehte sich zurück zum Spiegel.

„Nichts… Das Leben geht weiter. Ich werde Colin nicht wiedersehen. Es war bereits beendet, bevor sein Bruder hierher kam."

Lorna blickte ihn Miras Spiegelbild.

„Du wünschtest, es wäre anders, nicht wahr?"

„Ich liebe ihn und hätte keine Sekunde gezögert, sofort zu gehen."

Der Satz machte Lorna betroffen. Innerlich kannte sie die Antwort, doch nun, als Mira es aussprach, war es gegenwärtig, dass ihre gemeinsame Zeit nicht auf ewig andauern würde. Es machte sie nachdenklich und das erste Mal stand sie an dem gleichen Punkt wie Mira vor einigen Wochen. Wie lange noch? Wie lange noch würde das hier ihr Zuhause bleiben, wie lange noch könnte sie das hier ertragen? Sie zog Mira an sich.

325

„Ich würde es verstehen, wenn du gehst. Doch du weißt, wenn du dich dazu entschieden hast, kannst du nie wieder zurückkehren! Du würdest es nicht überleben!"

Mira rang um Fassung und erwiderte die Umarmung.

„Ich weiß!"

Beide Mädchen lagen sich so einige Minuten in den Armen. Es fühlte sich an wie ein Abschied aber auch wie ein Neuanfang. Sie hatten verstanden, jede für sich, dass es nun an der Zeit war, nach neuen Ufern aufzubrechen. Keine würde der anderen sagen, wenn es soweit wäre. Sie wäre einfach von heute auf morgen fort, ohne Ankündigung, ohne ein Auf Wiedersehen.

Die Mädchen weinten und lösten sich aus ihrer Umarmung, gaben sich einen Kuss auf den Mund und ein aufbauendes Lächeln. Mira musste plötzlich anfangen zu lachen. Sie musterte Lorna und die wurde ganz verlegen.

„Was ist?"

„Immer wenn du ganz aufgelöst bist, fängt deine Nase an zu zittern. Wie zwei Flügel die hin und her schlagen."

Lorna weinte weiter, erst vor Traurigkeit, nun vor Lachen. Sie sah in den Spiegel und bemerkte es auch.

„Das ist noch nie jemandem aufgefallen!"

„Ich bin ja auch nicht Jemand!"

Die Mädchen begannen zu gackern und sich die Bäuche zu halten. Für einen Moment war es wie früher. Sie kicherten lautstark und konnten sich kaum beruhigen. Mira würde lügen, wenn sie gesagt hätte, dass nun alles besser war, aber durch Lorna war es zu ertragen. Fröhlich verließen sie das Zimmer und betraten den Gastraum - eine neue Schicht begann.

Mit einem Lächeln setzte sich Mira an den Tresen. Sie ließ den Blick schweifen, sah in die leeren Ecken, zu den einsamen Tischen und dachte an die kommenden Gäste, wer sie wohl heute wieder besuchen würde? Vielleicht der treue Heiko oder der schwitzende Jens, lieber nicht, dann doch eher der liebeskranke Ronny oder der einfühlsame Manfred. Willkommen zurück, dachte sie bei sich und bestellte den ersten Sekt.

Lorna verschwand im Getümmel der Frauen, hörte sich nach den neuesten Geschichten um und spürte frostige Kälte. Agata hatte erfahren, warum sie Juri in jener Nacht nicht aufsuchte, warum bis zum Morgengrauen seine Seite in ihrem Bett leer blieb. Agata war panisch. Hatte Mira etwa den Ausrutscher mit Miroslav verraten und für ihre Zwecke benutzt? Ihre Unsicherheit machte sie zornig. Sie ließ keinen Moment aus, gegen Mira Stimmung zu machen und verlor sich in ihrer Wut. Erzählte Lügengeschichten, dass die letzte Nacht einer Inszenierung gliche, Mira sich nur eine geeignete Situation gesucht hätte, um sich Juris Vertrauen wieder zu erschleichen. Sie wetterte und lästerte sich um Kopf und Kragen. Mira hatte geschwiegen, keines der Mädchen kannte Agatas Geheimnis, umso schlimmer, dass jede ihr vertraute. Mira spürte die hasserfüllten Blicke, sie versuchte sie zu ignorieren, bis eines der Mädchen sie unsanft anrempelte. Mira sah sich irritiert um.

„Was ist los?"

„Was bist du nur für eine falsche Schlange", zischte das Mädchen ihr entgegen, nahm ihr Getränk und ging. Mira verstand nicht, drehte sich um und sah ihr fragend nach.

„Was ist dein Problem?", rief sie dem Mädchen nach, eine andere sah sich zu ihr um und machte weiter.

„Und wir hatten gedacht, du hast dich geändert!"

Mira traf es wie aus heiterem Himmel. Die Gesichter wendeten sich von ihr ab und richteten sich auf Agata, die die Gunst dieser Stunde ergriff. Sie fühlte sich herausgefordert und wollte diesen Streit endlich für sich entscheiden.

„Wochenlang spielst du dein Spiel, bringst Juri gegen uns auf, machst, was du willst. Und jetzt, wo langsam wieder Ruhe einkehrt, fängt alles wieder von vorne an. Wann hast du genug?"

Mira sah sie ungläubig an.

„Ich verstehe nicht? Was ist dein Problem, Agata?"

„Du verstehst sehr wohl. Während wir hier jeden Abend alles tun, damit Geld in die Kasse kommt, kippst du dir an der Bar die Birne zu oder bist angeblich krank. Letzte Nacht war das für dich der erste Freier seit Langem und, oh - Überraschung, soll er angeblich zudringlich geworden sein. Wem willst du diesen Mist erzählen, wer soll dir das noch glauben außer Juri? Was führst du im Schilde, hast du keinen Bock mehr auf den Job und suchst einen Weg hinaus? Du bist eine Verräterin, eine Blenderin, ein Miststück, eine Hure, die vor nichts zurückschreckt. Es ist an der Zeit, dass die Mädchen Bescheid wissen, wer du wirklich bist."

Mira biss sich knirschend auf die Zähne und richtete sich auf.

„Ach ja, wer bin ich denn? Welches Spiel spielst du? Von mir hat niemand erfahren, wessen Schwanz du noch lutschst. Schwester, ich wäre an deiner Stelle sehr vorsichtig, so einen Scheiß zu verbreiten. Ich habe nichts zu verlieren und kann ruhigen Gewissens in den Spiegel sehen. Ich habe es nicht nötig, irgendjemandem etwas vorzumachen. Ich habe hier keine Freunde, bin niemandem Rechenschaft schuldig und muss mir keine Geschichten ausdenken, um Anerkennung zu finden. Und weißt du warum, weil ich sie nicht suche. Ich mache meinen Job, so wie ich es für richtig halte. Wenn ich krank bin, bin ich krank, wenn ich ficke und Geld verdiene, tue ich das, weil ich mich dazu entschieden habe und nicht, weil du es von mir erwartest. Ich habe diesem Laden in den letzten Jahren viel Geld eingebracht, dreimal so viel, wie du es mit deiner hässlichen Visage je könntest. Fick dich und lass mich endlich in Ruhe!"

Mira setzte sich zurück auf ihren Platz und starrte zur Bar. In diesem Moment wurde ihr klar, sie würde hier nie wieder ankommen. Etwas wie ein Zuhause gab es für sie nicht mehr. Sie fühlte sich allein und eigentlich war sie das schon immer gewesen. Sie bestellte den nächsten Sekt und ihr Kopf war leer. Alle Gedanken waren versiegt, sacht legte sich die langersehnte Gleichgültigkeit wieder über sie. Sie hörte das Getuschel hinter ihrem Rücken, viele böse Worte, Zweifel und Fürsprache. Ihre Ansage hatte die Mädchen aufgewühlt, geeint und entzweit. Es war ihr Laster, immer zu polarisieren. Sie nahm einen großzügigen Schluck und blickte ins Leere.

Plötzlich wurde es still. Ein Luftzug ging durch den Raum. Man hätte selbst eine Nadel auf den Boden fallen hören. Mira zwirbelte die Serviette vor sich auf dem Tresen, bis eine Hand nach ihren Fingern griff. Alles geschah wie in Zeitlupe. Ungläubig starrte sie auf diese Hand, sie war ihr vertraut. Die Lederarmbänder, der Bund des Ärmels, der Körpergeruch. Sie folgte dem Verlauf seines Armes, wandte ihren Blick ab, drehte sich langsam zur Seite und glaubte, nun vollständig ihren Verstand zu verlieren. Sie sah in seine Augen, wie sie schöner nicht hätten sein können. Sie suchte nach Worten, aber ihre Mund blieb stumm. Er lächelte, sagte nichts, so wie er es immer tat. Er streichelte über ihre Handfläche, blickte schüchtern zu den Frauen und dann flehend zu ihr zurück.

„Komm!"

Mit zitternden Knien stellte sich Mira auf, blickte in die fassungslosen Gesichter, hielt seine Hand ganz fest, zog sich an ihn heran und ließ sich entführen. Sie schritt an den Frauen vorbei und jede Wut war vergessen. Colin stieß den schweren Vorhang beiseite und Mira ließ ihn, ohne noch einmal zurückzuschauen, hinter sich zufallen.

Lorna sah ihr nach und fühlte, dass der Moment bereits da war, den sie so sehr fürchtete. Es war ein Abschied! Sie wusste, er kam nicht, um sie zu besuchen. Er war ihr Prinz, er würde sie befreien, er würde mit ihr diesen Ort verlassen und sie nie wieder zurückbringen. Ihre Augen füllten sich mit Tränen, sie war so unsagbar stolz. Mira lebte ihren Traum und das machte ihr nun Mut, den ihren zu finden. Die Tür fiel zu und die Mädchen sahen sich ganz verstört an. Lorna ging an ihnen vorbei und stellte sich vor sie.

„Egal, was Agata euch erzählt hat, ihr alle habt Mira kennengelernt und wisst, dass sie nicht so ist. …Sie ist, wie ich, wie ihr…. Hat diesen Job gemacht, um ein Dach über dem Kopf zu haben, hat immer davon geträumt, irgendwann ehrlich geliebt zu werden. ... So wie ich, wie ihr. ...Wenn ihr sie dafür verachtet, verachtet ihr euch selbst. Statt uns selbst das Leben schwerzumachen, sollten wir anfangen, unser eigenes Leben zu leben und nicht das des anderen zu beschweren. Jeder von uns weiß, wie es ist, verachtet zu werden, zu oft wurden wir zurückgewiesen, zu oft schlecht behandelt, warum müssen wir all diese Wut gegen uns richten?... Agata, warum auch immer du dich in Juri verlieben konntest, der einzige, der ein Spiel spielt, ist er. Du bist nur eine Marionette, so wie es Mira viele Jahre war. Hasse sie nicht, sie ist durch die Hölle gegangen. Sie hat viel Leid ertragen, sie hat dein Geheimnis geschützt, nicht einmal ich kenne es. Deine Waffen richten sich gegen den Falschen. Wach auf, mach nicht denselben Fehler und lasse dich benutzen!"

Erneut kehrte Stille ein in den sonst so belebten Raum. Lorna hatte mit ihren Worten genau in ihre Herzen getroffen, die Mädchen berührt und wachgerüttelt. Sie hatte recht... sie hatte einfach recht! Jede dachte in diesem Moment an das Leben, das sie vor dieser Zeit hatte, an all die Schelte, Schläge und Beleidigungen, an all das Leid, die Trauer und Einsamkeit. Sie hatten nur sich selbst, entwickelten einen starken Überlebenswillen, doch sie verloren sich im tristen Alltag, wendeten den Groll gegen sich und ihre Mitmenschen. Lorna hatte Recht, es war genug! Zufrieden setzte die sich zurück an die Bar und war nicht lange allein, bald folgten Zuspruch und Dankbarkeit. Für einen Moment schien nach langer Zeit Frieden eingekehrt zu sein, doch es war nur die Ruhe vor dem Sturm.

Colin lief in Richtung Ausgang, hielt Miras Hand ganz fest, erreichte die Nische der Männer und legte den Türstehern einen dick gefüllten Umschlag vor die Nase. Einer der Männer überschlug die Banknoten eilig, nickte zustimmend, ein anderer öffnete die Tür und entließ sie in die Freiheit. Mira wagte nicht zu fragen, geschweige denn zu sprechen, folgte ihm ungläubig und stieg zu ihm in den Wagen. Das Herz sprang ihr aus der Brust. Der Motor heulte auf und die Räder drückten sich leise über den Schotter. Colin setzte den Blinker und trat dann auf das Gaspedal. Der Wagen rollte auf die Hauptstraße und beschleunigte.

Ich blickte noch ein-, zweimal zurück, glaubte, dass sie uns folgen würden. Mein Puls raste, niemand war zu sehen. Ich atmete auf, ich atmete ein, ich atmete aus. Und dann wurde ich ganz ruhig. Ich vertraute ihm. Er war mein Retter, mein Ritter, mein Held. Ich war so glücklich und griff seine Hand. Anders als sonst, hatte ich keine Angst mehr, zurückgewiesen zu werden. Er kam, um mich zu holen, weil er genauso fühlte wie ich. Ich sah ihn nur kurz an, er lächelte unsicher, erwiderte meine Geste, glitt mit seinen Fingern durch meine und umschloss meine Hand ganz fest. Kein Kuss, keine Umarmung, nur unsere Hände, die sich berührten. Seine Wärme war wie ein Rausch. Mehr brauchte ich nicht. Ich lehnte mich in meinen Sitz zurück und sah zu den Sternen hinauf. Sie funkelten wie kleine Diamanten, die nur für uns leuchteten. Noch immer glaubte ich zu träumen, noch immer wünschte ich mir, mein Märchen würde wahr werden.

Mira und Colin sprachen kein Wort. Colin fuhr an der Oder entlang, den Weg, den sie so oft zusammen gegangen waren. Mira war das Ziel gleich, Hauptsache fort, Hauptsache nie wieder zurück. Sie sah die Straße entlang, konnte vor lauter Liebesglück kaum denken. Sie spürte Colins Puls, seine Hand zitterte, er schien genauso aufgeregt. Der Wagen passierte die Einfahrt zu ihrem Haus, zog an der Kirche und den Geschäften vorbei, ließ die geschlossenen Kneipen und aufblinkenden Nachtbars hinter sich und steuerte geradewegs auf die Brücke zu. Bis zu den Pfeilern hatte Mira keine Ahnung, wohin es Colin verschlug. Doch als sie sich in die Schlange der wartenden Wagen einreihten, verstand sie. Sie blickte vor sich auf die Grenze, auf die Wachposten und die Schranke, wie sie sich hob und senkte. Aufgeregt sah sie Colin an.

„Colin…. Ich… ich kann nicht!"

Ihr Herz klopfte schneller, seine Augen waren unsicher, doch seine tiefe Stimme beruhte sie. Aufgeregt nahm er ihren Kopf in seine Hände.

„Vertrau mir, es wird dir nichts geschehen. Hier, das sind deine Papiere."

Er legte Mira einen Ausweis in die Hände. Ein Pass mit einem unscharfen Bild, dessen Gesichtszüge ihren gleich kamen. Es war ein richtiges Dokument. Das eingeschweißte Papier, der Stempel, alles sah so echt aus.

„Colin, woher hast du das?"

Er blickte starr geradeaus und murmelte bestimmend: „Vertrau mir, es wird funktionieren. Bleib ganz ruhig, dir wird nichts geschehen. Ich würde dich nie in Gefahr bringen!"

„Wie ist das möglich?"

Colin lächelte zögerlich, sah nervös zur Schranke und schwieg. Mit einem mulmigen Gefühl näherten sie sich dem Passkontrollhaus. Der Wagen vor ihnen wurde abgefertigt, mit kühler Miene winkte einer der Grenzpolizisten ihren Wagen heran. Mira sah sich ängstlich um, überall Männer mit Gewehren, die musternd über jeden, der passieren wollte, wachten. Der Polizist riss die Papiere eilig an sich. Colins Dokument legte er beiseite, doch Miras Ausweis inspizierte er genau. Duckte sich und sah durch die Fahrertür in Colins und Miras Gesicht, starrte erneut auf die unscharfe Fotografie. Dann drehte er sich um und prüfte das Dokument. Mira erstarrte vor Angst, sie atmete schwer. Colin legte seine Hand beruhigend auf ihren Schoß und sah starr geradeaus. Nach quälenden Sekunden voller Ungewissheit händigte ihm der polnische Polizist das Dokument wieder aus und sah Colin scharf an.

„Das ist ein Übergangsausweis und nur noch zwei Tage gültig!"

„Das weiß ich, vielen Dank."

Colin steckte die Unterlagen ein, der Grenzer hebelte die Schranke nach oben und ließ sie passieren. Der Wagen setzte sich in Bewegung und stoppte vor der deutschen Seite. Erneut legte Colin die Ausweise vor. Der Polizist sah flüchtig über Colins Ausweis, doch Miras Papiere inspizierte er genau. Mira wurde immer unruhiger. Die Situation war fast unerträglich, bis sie der Grenzer erlöste, indem er Colin die Papiere zurückgab. Er kurbelte die Schranke nach oben. Plötzlich dröhnte ein „STOPP" durch die Halle. Colin stockte der Atem, Mira zitterte am ganzen Leib. Colin sah aus dem Fenster und verfolgte den Polizisten, wie er seinen Platz verließ.

„Öffnen Sie den Kofferraum!"

Colin nickte, verließ den Wagen und stellte sich zu dem Polizisten. Mira verfolgte jede Bewegung im Rückspiegel, sah sich schon in Handschellen abgeführt. Dann knallte die Haube nach unten und der Polizist entschuldigte sich für den Schreck.

„Sie müssen wissen, seitdem die Grenzen offen sind, schmuggeln die Leute, was das Zeug hält. Tabak, Tiere, Alkohol. Wir müssen da ein Auge drauf haben…. Gute Fahrt!"

Colin lächelte angespannt und setzte sich zu Mira in den Wagen zurück.

„Hab keine Angst, wir haben es geschafft!"

Der Wagen setzte seinen Weg fort, erst verengte sich die Straße und verbreiterte sich dann auf drei Spuren. Sie ordneten sich geradeaus ein. Die Ampel schaltete auf grün, der Wagen passierte die Kreuzung und erklomm einen steilen Berg, führte sie somit in das Stadtinnere. Entgegen ihrer Fahrtrichtung standen unzählige Pkws nach Polen an. Mira sah zurück und war perplex.

„Warum wollen die alle nach Polen?"

„Der Währungskurs liegt derzeit bei 1: 8.4. Es sind nur 500 Meter Luftlinie und alles ist so viel billiger. Deshalb warten sie alle geduldig."

Mira richtete sich in ihrem Sitz auf und musterte alles ganz genau. Die Ortsschilder, die Straßenführungen, die Hausfassaden, die Schaufenster, die Reklametafeln. Die Stadt war nur wenige Meter von ihrer entfernt und dennoch war es wie eine andere Welt. Die Luft roch anders, die vorbei laufenden Leute, die Laternen, die Grünflächen, nur wenig glich dem, was sie kannte.

„Können wir anhalten?"

Colin lächelte sie an.

„Ich weiß, du möchtest dir das gern genauer anschauen, aber wir haben heute noch etwas vor und sind schon ziemlich spät dran!"

Mira sah ihn irritiert an.

„Du wirst es mir nicht sagen, was du vorhast, oder?"

Er schmunzelte, schüttelte den Kopf, sah nach dem Verkehr und bog an einer Kreuzung ab. Mira lächelte, lehnte sich zurück in den Sitz und ließ die Stadt in Bildern an sich vorbeiziehen. Die Straße führte bergauf, bergab und dann direkt zur Autobahn. Durch eine schmale Kurve gelangten sie auf die mehrspurige Straße, kämpften sich an den LKWs vorbei und Colin tat das, was er am meisten an Deutschland liebte. Er gab Gas! Er drückte das Pedal voll durch und fuhr diesen Mercedes, wie es ihm gebührte. 100, 120, 140, 160, 180, 200. Miras Augen wurden immer größer.

„Colin, was tust du?"

Colin lachte.

„Wir fliegen!"

Mira krallte sich an den Türgriff fest und hielt die Luft an. Der Wagen presste sich in die Kurve und drückte Mira in ihren Sitz. Schweiß trat auf ihre Stirn. Ihr Herz schlug schneller und dann wurde sie plötzlich ganz ruhig. Sie sah zu Colin, wie er strahlte, den Rausch der Geschwindigkeit genoss, kaum Angst zeigte. Sie hatte ihn noch nie so glücklich erlebt und seine Zufriedenheit übertrug sich auch auf sie. Sie versuchte sich zu entspannen, die Hände zu entkrampfen, verfolgte die Pkw und LKWs auf der rechten Spur, wie sie ineinander verschwammen. Colin legte seine warme Hand auf ihren Schoß und Mira schloss die Augen. Der Rausch der Geschwindigkeit war nun beflügelnd und brachte die Schmetterlinge im Bauch zum Tanzen. Lichter zogen vorbei, leuchteten ihnen den Weg, Bäume wichen erst Familienhäusern, später hohen Wohnblöcken. Das Eingangsschild von Berlin drosselte das Tempo, die Straßen verengten sich, der Verkehr nahm zu, unzählige Ampeln leuchteten grell in die Nacht hinein und brachten den Wagen zum Stoppen. Mira griff nach seiner Hand, spielte mit ihr. Sie war wunderschön, breit, braun gebrannt, seine Finger waren kräftig, etwas Farbe haftete noch an ihnen. Seine Haut war ganz weich, sein Handrücken schmiegte sich an ihre Wange und strich vorsichtig über sie hinweg. Diese Berührung ließ sie die Zeit vergessen, bis eines der wartenden Autos hinter ihnen sie mit einem lauten Hupen aufschreckte. Beide lächelten schüchtern und setzten ihre Reise fort.

Über die Karl-Marx-Allee gelangten sie auf die Karl-Liebknecht-Straße, entlang am goldenen Palast der Republik in Richtung Brandenburger Tor, Unter den Linden und fuhren so in das neue Zentrum der nun vereinten Stadt. Historische Gebäude schimmerten im Licht der Laternen grünlich grau. Dann zog sich eine Allee bis hin zum Pariser Platz. Die Siegesgöttin Viktoria war nur mäßig beleuchtet, wie sie hoch zu Ross von den Säulen herunterblickte. Mira hätte sie sich gern näher betrachtet, doch zwischen den reichbelaubten Kronen der Bäume verschwand sie und war kaum noch zu sehen. Es gab so viel zu entdecken, dass Mira auf ihrem Platz hin und her rutschte. Zu ihrer Enttäuschung fuhren sie nicht auf das Tor zu, sondern bogen nach rechts in die Friedrichstraße ein. Der Weg führte unter einer Bahnbrücke durch, eine rote S-Bahn fuhr ein, geradewegs über ihre Köpfe hinweg. Als Mira nach rechts blickte, erkannte sie jetzt erst das Wahrzeichen von Berlin, den Fernsehturm, den sie schon öfter in den Nachrichten gesehen hatte. Doch lange konnte sie darüber nicht nachdenken, die Fahrt führte über eine malerische Brücke - Laternen spiegelten sich im Fluss - und endete in einer Seitenstraße, hinter einem Haus, das ähnlich aussah wie eine Lagerhalle. Kein Fenster war zu sehen, nur eine große Ladeklappe. Colin stellte die Zündung aus und der Motor hörte auf zu röhren. Er schien nervös und sah flüchtig zu Mira herüber.

„Warte hier, ich hole dich gleich."

Er zückte sein Handy, verließ den Wagen und rannte um das Gebäude herum. Wenig später war er nicht mehr zu sehen. Mira sah sich um, nichts deutete auf den Grund ihrer Fahrt hin. Ungeduldig spähte sie die Gegend aus, spielte unruhig mit ihren Fingern. Sie suchte Ablenkung im Rückspiegel, sah prüfend in ihr Gesicht. Tausend Dinge fielen ihr auf, die sie nun verbessern könnte. Der Liedstrich hätte etwas breiter sein können, die Augen sahen aus wie Schlitze, die Lippen blass, die Wangen fahl, doch sie hatte nicht einmal an ihre Handtasche gedacht. Sie fuhr sich durch das Haar, versuchte etwas mehr Volumen hineinzubringen, doch ohne Bürste war es nur verplemperte Zeit. Ein Windhauch ging durch den Wagen, Colin bückte sich durch die Scheibe und betrachtete Mira, wie sie sich durch ihr Haar kämpfte und lächelte dabei.

„Kommst du?"

Mira sah ihn entsetzt an, schlug den Rückspiegel zur Seite und riss die Tür auf. Sie zupfte an ihrem Kleid, prüfte noch einmal die Frisur und war nun furchtbar aufgeregt. Colin schloss den Wagen ab und streckte ihr seine Hand entgegen. Händchenhaltend liefen sie die Straße entlang. Mira blickte immer wieder auf ihre Hände und konnte es kaum glauben, es fühlte sich an, als hätte sie die erste Verabredung ihres Lebens. Sie musste tief durchatmen, versuchen, ihre Aufregung zu kontrollieren und versuchte sich auf das Laufen zu konzentrieren. Sie gingen über eine Treppe, man öffnete ihnen unaufgefordert die Tür, eine junge Frau führte sie durch ein atemberaubend schönes Foyer, über eine weitere Treppe in die zweite Etage, aus der Nähe hallten Musik und Gesang. Mira hatte noch immer keine Ahnung, wo sie sich befand und was nun geschehen würde. Unsicher sah sie zu Colin, der den Anweisungen der Hostess folgte. Eine Flügeltür öffnete sich und ließ nun ungehindert die Musik herausdringen. Colin zog Mira an sich heran und führte sie in eine Loge. Mira sah über die Sitzreihe hinweg und war überwältigt. Davon hatte sie immer geträumt, jede Sendung darüber verfolgt, sich im Herzen seit Kindertagen gewünscht, einmal live hier zu sein, Ballett zu fühlen, sich von den Bühnenbildern berauschen zu lassen. Colin hatte ihren Traum wahr gemacht, stand stolz und mit einem breiten Lächeln an ihrer Seite, beobachtete ihre großen Augen, ihre Faszination, ihren glücklichen Blick. Er zog sie an sich heran und setzte sich mit ihr auf die samtweichen Plätze. Mira schüttelte ungläubig den Kopf, lachte über das ganze Gesicht und sagte immer und immer wieder: „Ich kann es nicht glauben, ich bin wirklich hier, ich bin wirklich im Friedrichstadtpalast!"

Der große Showdown begann. Unzählige Tänzerinnen in aufwendigen Kostümen stellten sich in einer Reihe auf, eine begnadete Sängerin sorgte mit ihrer Stimme für Gänsehaut. Der Vorhang schob sich an die äußersten Enden zurück und zeigte die Bühne mit ihrer atemberaubenden Kulisse. Die Revue fand ihren Höhepunkt unter Trommelwirbel und Gitarrenmusik, der Vorhang schloss sich unter tosendem Beifall und andauernden Rufen, die die Tänzer und Sänger noch einmal auf die Bühne forderten und somit das Spektakel beendeten. Mira applaudierte, bis ihre Hände glühten. Sie war verzaubert und konnte ihr Glück nicht fassen. Nach einer weiteren Zugabe verstummte der Beifall, die Flügeltüren öffneten sich und der Saal leerte sich allmählich. So oft hatte sich Mira einen Abend wie diesen herbeigewünscht. Ihn an Colins Seite zu erleben war ein Geschenk und nicht zu glauben. Tränen der Freunde bahnten sich ihren Weg, sie war überwältigt, lachte und fiel Colin überglücklich um den Hals. Minutenlang saßen sie so da, die Arme fest umeinander geschlungen, ließen sie alles um sich herum vergessen. Kopf an Kopf, die Augen geschlossen sog Mira seinen betörenden Geruch ein und schmiegte sich dicht an ihn. Der Moment war unbezahlbar und machte sie erneut mutig. Vorsichtig drehte sie sich aus der Umarmung und schob ihr Gesicht ganz vorsichtig an seines. Nur Millimeter trennten ihre Lippen voneinander, sie spürte seinen Atem, sah ihm tief in die Augen, ihr Herz blieb stehen. Sein Blick war zufrieden, er lächelte sie an, sie spürte, dass er nervös war. Er hielt den Moment kaum aus, kam näher, drehte seinen Mund zu ihrem Ohr und flüsterte ihr zu:

„Komm mit mir!"

Sein Gesicht entfernte sich von ihrem, Colin stand auf und suchte nach ihrer Hand.

„Ich will dir was zeigen."

Entgegen dem Strom der anderen Gäste bahnten sie sich einen Weg auf die Bühne. Sicherheitspersonal lief auf Colin zu, doch einer der Techniker gab den Männern ein Handzeichen und so wandten sie sich wieder von ihm ab. Mira verstand nicht, folgte ohne zu fragen und verschwand mit Colin hinter dem Vorhang. Er lief mit ihr auf die Bühne, nahm sie an den Händen und positionierte sie genau in der Mitte. Mira lächelte verlegen.

„Colin, was tust du? Ich glaube nicht, dass wir das dürfen!"

Er gab ihr einen Kuss auf die Wange und sah ihr tief in die Augen.

„Warte hier. Wir tun nichts Unerlaubtes."

Er lief zurück zum Vorhang, ließ ihn hinter sich fallen und Mira stand ganz verlassen auf der nun abgedunkelten Bühne. Verstohlen sah sie sich um und wusste immer noch nicht so recht, was nun geschehen würde. Sie lauschte, hörte wie die Türen im Saal nacheinander geschlossen wurden. Maschinengeräusche schallten unter dem Boden und verstummten wieder, leises Flüstern war zu hören, Mira drehte sich nach den Stimmen um und plötzlich erklang Gitarrenmusik. Eine Flöte spielte leise und begleitete die bezaubernde Melodie. Der Vorhang öffnete sich und Mira blickte auf die kaum noch erkennbaren Stühle. Ein Scheinwerfer strahlte von oben, leuchtete auf einen Teil der Bühne. Eine nachempfundene Berglandschaft aus Kunststoff kam zum Vorschein und plötzlich trat Wasser über den Rand und lief in einen Brunnen. Der nächste Scheinwerfer drehte auf. Mira folgte dem Schein. Sie sah sich um, überall Blumen, so groß wie Einfamilienhäuser, standen nebeneinander aufgereiht. Die nächsten Scheinwerfer leuchteten auf und strahlten auf den hinteren Teil der Bühne, erst jetzt bekam Mira einen Eindruck, wie groß diese wirklich war. Sie schien unendlich und in dem Meer von Blumen wie in einem Traum. Eine Stimme begann zu singen, Mira drehte sich nach der Frau um, konnte jedoch niemanden erkennen. Plötzlich rieselten Federn von der Decke. Es sah aus, als würde es schneien. Ein gigantischer Kronleuchter kam von oben nach unten gefahren, mit unzähligen Glasperlen bestückt, funkelte er über die ganze Bühne. Mira ging einen Schritt zurück, fühlte nach den Diamanten, als plötzlich ein Regenguss vom Bühnenhimmel regnete und sie in seiner Mitte einsperrte. Die Tropfen fielen immer auf dieselbe Stelle. Mira sah ihnen nach und bemerkte erst jetzt, wie sich Colin auf der Bühne ihr näherte. Er stand hinter der Wasserwand und beobachtete ihr Lächeln, wie sie sich ungläubig umschaute und ihn fasziniert anblickte. Das Wasser wurde weniger, stoppte letztlich ganz, Colin atmete schwer und nahm Miras Hand. Er sah sie nachdenklich an, schien ruhig, doch seine Hände verrieten sein Zittern. Sanft zog er sie an sich heran, blickte sich um und sah dann tief in ihre Augen.

„Ich… äh… ich hab das alles nicht geplant… Also das heute schon, aber das davor… oh Mann… Was soll ich sagen, ich habe mich damals in euer Bordell verirrt, hatte keinen Grund, dort zu bleiben, bis ich dich sah. Die Leidenschaft zur Malerei hatte mich wochenlang rastlos gemacht. Früher hat mich das ausgefüllt, die Welt zu zeichnen, doch irgendwann habe ich das verlernt, habe versucht, fremde Erwartungen zu erfüllen und mich dabei vollkommen verloren. In jener Nacht, als ich dich das erste Mal sah, glaubte ich mich der Situation gegenüber erhaben und versuchte, dich als Menschen vollkommen auszublenden. Doch mit jedem Tag, den wir uns trafen, vergaß ich die Idee und fing an, mich nach dir zu sehnen. Plötzlich war ein Bild von dir unwichtig, nur du warst noch wichtig. Du hast mich um den Verstand gebracht und dafür habe ich dich gehasst. … Ich wollte dich vergessen, doch das ging nicht. Ich wollte die Tatsache verdrängen, dass du eine Hure bist, doch auch das fiel schwer. …. Ich war bereit, nie wieder zu dir zurückzukehren. Bis zum nächsten Morgen, dann trieb mich der Gedanke, was du gerade machst, wo du bist, die Eifersucht direkt zu dir zurück. Die Situation war fast unerträglich. An dem Nachmittag in der Hütte, als ich dich küsste, begriff ich, dass sich alles geändert hatte. Ich wollte dich…. Ich wollte dich so sehr, dass es mich fast in den Wahnsinn trieb… dich so stehenzulassen, brach mir das Herz, aber ich wusste es nicht besser. Ich glaubte an die Gerüchte, dass du eine von ihnen bist, die nur eine Rolle spielen, um einem das Geld aus der Tasche zu ziehen, Geschichten benutzen, um Mitmenschen zu blenden …. Ich habe gebraucht, um zu verstehen, dass du anders bist… Es tut mir leid, dass es so lange gedauert hat, es tut mir leid, wie ich dich behandelt habe… Mira, du bist wundervoll, du bist der beste Mensch, den ich je kennengelernt habe. Du hast in dir so viel Liebe und Stärke, dass ich mich schäme, so viel Zeit verschwendet zu haben, um das erst jetzt zu erkennen. Bitte verzeih mir."

Seine Worte rührten Mira zu Tränen. Seine Stimme klang voller Gram, seine Hände zitterten noch immer und suchten nach ihrem Gesicht. Liebevoll tastete er nach ihrer Wange, ihrem Kinn.

„Es tut mir um jede Sekunde leid, die ich dich enttäuscht, dich zurückgewiesen habe. Ich hoffe, es ist noch nicht zu spät?"

Mira schüttelte den Kopf. Sie fühlte seinen Herzschlag, wie er gegen seine Brust trommelte. Er sah tief in ihre Augen, kam ihr ganz nah, und legte seine Lippen sanft auf ihre. Es war dieser Moment, wo man kaum noch Luft bekommt, einem sich der Magen zusammenzieht und die Knie weich werden. Ganz langsam bewegte er seine Lippen und zog sie an sich heran. Er fühlte nach ihrem Hals, nach ihren Schultern. Erst jetzt hatte Mira den Mut, seine Berührungen zu erwidern. Alles drehte sich. Ihr Kuss war so zärtlich und liebevoll, voller Hingabe und Gefühl, dass er Mira all ihre Gedanken und Befürchtungen nahm und sie endlich frei machte. Sie schmiegte sich an ihn, glitt mit ihren Händen vorsichtig über seinen Rücken. Er zuckte nicht, im Gegenteil, er presste sich ganz nah an sie und machte so diesen Moment perfekt.

Bühnenteile senkten sich plötzlich ab und ließen eine Brücke entstehen. Der Saal verdunkelte sich, kleine Gondeln glitten über das Wasser, Tänzer mit Fackeln drehten sich über die Bühne. Colin nahm Mira in den Arm und präsentierte ihr ihre ganz eigene Vorstellung.

Ich war erstarrt, folgte dieser Aufführung und glaubte immer noch an einen Traum. Die Kulisse, die Tänzer, alles war so vollkommen, dass es selbst Hollywood nicht schöner hätte erdenken können. Mein Märchen war in Vollendung in den Armen des umwerfendsten Mannes, den ich je kennengelernt hatte. Das war der Moment, wo ich verstand: koste es, was es wolle, ich will nie wieder zurück, nie wieder diesen

Job machen. Egal, wohin auch Colin gehen würde, ich würde ihm folgen, um jeden Preis. Ich hatte keine Angst mehr, war mir sicher, dass es möglich sein könnte. Was sollte uns noch trennen? Wir liebten uns bedingungslos, vertrauten einander und waren zu allem bereit.

Als die Lichter erloschen, nur noch die Fackeln brannten, die Musik verhallte, wandte sich Mira zu Colin.

„Colin, ich kann nicht mehr zurück. Ich will bei dir bleiben. Lass uns einfach abhauen! Ich würde alles tun, ich kann diesen Job nicht mehr machen."

Colin drückte Mira ganz fest an sich und schien dankbar für ihre Bitte. Er sagte nichts, doch sein folgender Kuss war so leidenschaftlich, dass es keiner Worte bedurfte. Er suchte Miras Hand und führte sie aus dem Saal. Sie schlängelten sich durch die letzten Gäste im Foyer, vorbei an der Garderobe bis zum Ausgang und eilten zurück zum Wagen.

„Wohin willst du?"

Colin lächelte und ließ sie einsteigen.

„Wir können nicht zurück! Wir wissen nicht wohin! Vielleicht sollten wir nachdenken? Das kann ich nur bei einem guten Glas Rotwein am Meer!"

Mira setzte sich grübelnd in den Sitz und Colin stieß die Tür zu.

„Hier gibt es kein Meer, Colin!"

Colin grinste, seine weißen Zähne funkelten, er startete den Wagen und manövrierte den Mercedes aus der Parklücke.

„Ja, darüber ist mir auch nichts bekannt. Tja, wenn das Meer nicht hier ist, müssen wir wohl dahin!"

Mira sah ihn ungläubig an.

„Also... wie soll das gehen?"

Colin lachte.

„Es sind drei Stunden bis dahin. Schließ deine Augen und wenn du wach wirst, sind wir da."

Mira lehnte sich an seine Schulter, das Dach vom Cabrio fuhr nach hinten. Der Wagen rollte durch die schlafende Stadt. Der Wind wehte ihnen um die Nase und Mira seufzte nachdenklich vor sich hin. Warum auch immer, sie dachte in diesem Moment an Colins Bruder. An die schlimme Nacht, die verhassten Worte, wie er sie quälte und beschimpfte, an ihre Unterhaltung, ihr Geständnis. Sie musste Colin davon erzählen, bevor er es von seinem Bruder erfuhr. Sie holte Luft, suchte nach einer Erklärung, doch dann gab Colin ihr einen liebevollen Kuss auf die Stirn und murmelte ein ganz leises „Ich liebe dich", was ihr den Atem nahm. Dieser Satz ließ alles vergessen und machte sie zum glücklichsten Mädchen auf Erden. Sie schlang ihre Arme um ihn, gab ihm einen stürmischen Kuss auf den Mund und kuschelte sich wieder an ihn.

Sie trieben davon, in das Dunkel der Nacht, immer näher ans Meer. Verliebt, glücklich - und zum Kämpfen bereit.

11

Ein einziger Tag

Es war 4 Uhr morgens, als sie das Ortseingangsschild von Ahlbeck passierten. Man konnte das Salz in der Luft schmecken. Der Wind wehte kühl, das Meer rauschte. Colin fuhr durch die kleinen Gassen und sah lächelnd zu Mira hinüber, die sich in seinen Arm kuschelte. So hatte er es sich in seinen Träumen immer vorgestellt, mit ihr im Arm an sein ach so geliebtes Meer. Alte Laternen leuchteten ihm den Weg und führten ihn zum nächstgelegenen Hotel. Er parkte den Wagen, konnte glücklicherweise eine besetzte Rezeption finden und ein freies Zimmer, welches er noch in dieser Nacht bezog. Er wollte Mira nicht wecken, kehrte zu ihr zurück und hob sie behutsam aus dem Wagen. Mira schlief tief und fest, bemerkte nicht, wie sie in ihr Bett getragen wurde. Colin deckte sie liebevoll zu und wachte an ihrer Seite. Die Aufregung war noch zu groß, als dass er sich schlafen legen konnte und so tat er das, was er am liebsten machte: sie zu beobachten und die nächsten Skizzen zu erdenken.

Irgendwann holte auch ihn die Müdigkeit ein, er legte schützend seinen Arm um sie, küsste ihre Schulter und schlief mit einem Lächeln ein.

„Guten Morgen, mein Schatz!, weckte ihn süß eine Stimme. Colins Augenlider waren schwer, nur mit

Mühe schoben sie sich nach oben. Die Sonne stand schon weit am Himmel und zeichnete Mira engelsgleich. Die Strahlen leuchteten auf ihre blonden Haare, ihr Lächeln, ihre grünen Augen. Colin richtete sich auf, griff sanft nach ihrem Hals und zog sie an sich heran. Sein Kuss war voller Leidenschaft, er tastete mit seinen Fingern nach ihrem Rücken, richtete sich auf und schob sie auf seinen Schoß. Minutenlang ließen sie nicht voneinander ab. Ihr Kuss wurde intensiver, lebhafter, Colin wollte sie spüren, sich ihr noch näher fühlen. All seine Gedanken waren ausgelöscht, er hatte keine Angst mehr und ließ seinem Wunsch freien Lauf. Er liebkoste ihre Wangen, ihre Schulter und fühlte nach dem Reißverschluss am Rücken ihres Kleides. Langsam öffnete er diesen und folgte dem Stoff, wie er sanft über ihre Arme glitt. Er löste den Verschluss ihres BHs und streifte ihn ganz vorsichtig von ihrer Haut. Colin hielt inne und betrachtete Mira, er streichelte über ihre makellose Haut, die vernarbten Armkehlen, legte seine Hände vorsichtig auf ihre Schlüsselbeine und fuhr langsam über ihre Brust. Mira atmete tief. So sehr sie versuchte sich dem Moment hinzugeben, sie konnte es nicht und zog reflexartig das Kleid nach oben. Enttäuscht über sich, über ihre Reaktion, stand sie auf und lief zum Fenster. Colin sah ihr fragend nach.

„Stimmt etwas nicht?"

Mira blickte enttäuscht ins Leere und versuchte die Tränen zu unterdrücken.

„Ich weiß nicht…. Eigentlich sollte es für mich kein Problem sein, mich dir nackt zu zeigen. Schließlich gehörte es zu meinem Job, aber mit dir ist es etwas anderes… Ich habe Angst…. Du siehst mich an, wie ich es zuvor nie kennengelernt habe… die Narben, die ich an meinem Körper trage, waren verdrängt, aber nie vergessen. Du betrachtest sie und ich beginne mich zu erinnern, wer ich wirklich bin… Colin, es gibt so viel, was ich dir sagen muss…. Ich habe Angst, dass du mich nicht mehr willst, wenn du erst meine Vergangenheit kennst."

Seine Arme umschlangen ihre Taille. Nachdenklich legte er den Kopf auf ihre Schulter.

„Deshalb sind wir hier. Ich will wissen, wer du bist!"

Mira drehte sich zu ihm um.

„Was ist, wenn dir nicht gefällt, was du hörst?"

Colin lächelte.

„Wieso soll ich dich für die Wahrheit hassen? Egal, wie schlimm, egal, was du auch getan hast, ich will, dass du es mir sagst."

Mira umarmte ihn und suchte nach Ablenkung.

„Ich habe Hunger."

„Na gut, warum nicht. Mit leerem Magen macht unterhalten keinen Spaß."

Colin gab ihr einen Kuss auf die Stirn und ging ins Bad. Mira tippelte unruhig mit den Fingern auf dem Fensterbrett, sah verstohlen zu den Dünen. Es wäre eine gute Gelegenheit, ihm die Sache mit seinem Bruder zu erzählen. Plötzlich klingelte Colins Handy.

Er lief aus dem Bad und sah zum Display, verlegen drehte er sich dann zu Mira.

„Mein Bruder … Manchmal geht er mir einfach nur auf die Nerven. Ich mache das Handy am besten aus… Was hältst du davon, wenn wir erst einmal shoppen gehen. Ich habe nur diese Klamotten… Das hatte ich gestern nicht bedacht, als ich dich entführt habe. Ich will mit dir an den Strand, dein wunderschönes Kleid ist dafür zu schade."

„Strand? Ist es dafür nicht zu kalt?"
Colin lachte und streckte die Hand nach ihr aus.

Beide verließen das Hotelzimmer und begannen den Tag. Gemütlich schlenderten sie durch die Ladenstraße des Ortes, leichter Nieselregen zog über das Land. Eine Boutique in der Nähe war ihre erste Anlaufstelle.

Sie traten durch die Tür, höflich begrüßte die Verkäuferin das Paar und erkundigte sich nach ihren Wünschen. Unsicher verdrückte sich Mira hinter Colin und wartete, was passieren würde.

„Hallo... Meine Freundin und ich suchen etwas, dem Wetter entsprechend und etwas Nettes für den Abend."

Mira sah ihn ungläubig an.

Seine Freundin... Ich ließ dieses Wort für einen Moment in meinen Ohren klingen. Er hätte alles sagen können, seine Begleitung, Bekannte, eine gute Freundin, aber SEINE Freundin, das machte mich so stolz. Ich wollte schon nicht mehr daran glauben, dieses Wort bedeutete so viel mehr. Es machte mich zu einem Teil von ihm, zu etwas ganz Besonderem und gleichermaßen beschwerte es mich. Ich sah an mir herunter, auch wenn ich gern in einer anderen Haut stecken wollte, mein Äußeres war das einer Nutte. Ich fühlte mich beschämt, zappelte nervös umher, fühlte die Blicke der Verkäuferin, die mich kritisch betrachtete und mir damit gleichermaßen die Selbstsicherheit nahm. Ich starrte zu Boden und war peinlich berührt. Ob ich wollte oder nicht, ich war eine Nutte und es war nicht zu leugnen. Vorwürfe beschlichen mich, was tue ich ihm nur an, welcher Schmach setze ich ihm aus. Früher oder später werden seine Familie und seine Freunde wissen, wer ich bin und wenn ich es ihnen nicht erzähle, wird es sein Bruder tun, weil er nicht will, dass ich zu ihnen gehöre, weil ich eine Schande bin, weil ich eine Nutte bleibe, egal, wie sich mein Aussehen auch verändern mag.

„Mira? Mira? Was ist los? Wenn du nicht willst, wir können gehen", flüsterte Colin besorgt in ihr Ohr und erlöste sie aus ihrem Gedankenchaos. Mira schüttelte den Kopf und folgte der Verkäuferin, die sie in den hinteren Teil des Geschäftes lotste. Sie präsentierte ihr die neueste Sommer-Kollektion, bepackte sie mit unzähligen Hosen, Blusen, Regencapes, Gummistiefeln, Pullovern und der neuesten Unterwäsche, genug um sie einige Zeit zu beschäftigen. Überfordert von so viel Textil verschwand Mira in der Umkleide und arbeitete sich geduldig durch den Stapel. Nach der x-ten Hose und dem gefühlt 100-sten Shirt hörte sie die Frau kichern und steckte ihren Kopf neugierig durch den Vorhang. Was sie sah, verärgerte sie. Die Verkäuferin hing an Colins Fersen und konnte nicht genug Ratschläge geben, was ihm stehen und was er besonders gut tragen könnte. Dabei wanderte ihre Hand ständig zu seinem Körper, fühlte augenscheinlich nach dem Bund der Hose und letztlich über seine Haut. Colin hielt geduldig still und bemerkte die Aufdringlichkeit gar nicht. Mira wurde wütend, war den Tränen nahe. Dieses Gefühl war ihr neu. Eifersucht kannte sie aus Erzählungen der Frauen, von Juri, aber sie selbst hatte das nie gefühlt, bis zum heutigen Tag. Es war grausam und machte sie verzweifelt. Sie kauerte in der Ecke, verschränkte wütend die Arme und wollte nie wieder diese Umkleidekabine verlassen. Es vergingen einige Minuten, das Lachen dieser dummen Kuh wollte nicht enden, nichts konnte sie ablenken, als plötzlich ein Windzug den Vorhang aufbauschte. Mira sah durch den Spalt und ein weißes Kleid fiel ihr ins Auge. Es war wunderschön und eine Probe wert. Unbeachtet schlich sie durch das Geschäft und zog das Kleid vom Bügel.

Colin derweil spürte allmählich die Bedrängnis der Verkäuferin. Als er das Poloshirt wechseln wollte, riss sie erneut am Vorhang und erfreute sich an seinem nackten Oberkörper. Colin suchte nach den rechten Worten, um sich etwas Privatsphäre zu erbitten, als plötzlich tanzende Schatten seine Aufmerksamkeit suchten.

Ihm stockte der Atem, er sah an der Verkäuferin vorbei - und da stand sie! Wunderschön, in einem bodenlangen weißen Kleid. Edler Chiffon, der sich um ihren Nacken legte, sich über ihrer wohlgeformten Brust kreuzte, ihre weiblichen Rundungen abbildete und sanft zu Boden fiel. Dazu ihre langen welligen Haare, die um ihr Gesicht sprangen. Mira drehte sich vor dem Spiegel und lächelte verlegen zu ihm herüber. Wenn sie einen Gesichtsausdruck von ihm kannte, dann den des schüchternen Beobachters. Colin konnte nichts sagen, war glücklich, sie so strahlen zu sehen. Schon jetzt sehnte er sich nach ihr und wollte keine Sekunde länger verschwenden. Er sah zur Verkäuferin und dann entschlossen zu Mira zurück.

„Wir nehmen das Kleid! Sie können an der Kasse auf uns warten. Wir sind gleich fertig."

Mira fühlte sich geschmeichelt, presste ihre Lippen aufeinander und verschwand hinter dem Vorhang, erst dann begann sie leise zu lachen.

Ja, die Eifersucht ist so eine bizarre Sache, sie quält einen, bringt das perfekte Chaos und hält einen zum Narren, doch wenn der Geliebte diese Zweifel in einem Moment erstickt, ist dieses Gefühl unglaublich und macht die Liebe noch stärker. Mira warf ihre Sachen hastig auf einen Stapel, schlüpfte zurück in ihr Kleid und befreite sich aus der stickigen Umkleide. Sie stürzte zur Kasse, nahm grinsend ihre Einkaufstüten in Empfang und folgte Colin, der nur noch raus wollte.

Als die Tür zufiel, konnte sich Colin nicht länger zügeln und nahm Mira in den Arm. Beide mussten nichts sagen, sie begannen laut zu lachen und konnten sich minutenlang nicht beruhigen.

„Die hatte doch wirklich einen Knall."

„Ich dachte schon, sie stellt sich gleich zu dir in die Umkleide."

„Hör bloß auf, dabei wollte ich die ganze Zeit in deine…"

„… Das nennt man wohl unter Beobachtung stehen."

„… Eher Verfolgung…. Das hat uns jetzt so viel Zeit gekostet…. Die müssen wir aufholen… Lass uns gleich zum Meer… Der Himmel zieht sich zu… Bevor es zu regnen beginnt, gehen wir noch eine Runde schwimmen. Umziehen können wir uns auch dort. "

Colin nahm Mira die Tüten ab und griff nach ihrer Hand. Sie spazierten durch die Straßen des Ortes und ließen sich vom Rauschen des Meeres leiten. Der Morgen war bewölkt, die Sonne musste schon freie Stellen am Himmel suchen, um sich zeigen zu können. 23 Grad und lauer Wind, der durch die Dünen fegte, den Sand aufwirbelte und die Gräser tanzen ließ. Zwischen all den Hotels bahnten sich kleine Wege zum Strand. Nachdem sie sich für einen kleinen Pfad entschieden hatten, suchte Colin vergebens nach Kabinen, um die Sachen zu wechseln. Als plötzlich der Henkel der Tüte riss, ließ er den Beutel wütend fallen und stoppte im weichen Sand.

„Ich kenne mich hier nicht aus… wenn du magst, warte kurz, ich erkundige mich, wo man sich hier umziehen kann."

Mira atmete tief durch, drehte sich zu den fernen Wohn- und Hotelhäusern, dem Radweg und den geparkten Autos in der Ferne. Kein Mensch zu sehen. Ihr Herz schlug schneller, ihre Hände zitterten, sie stellte sich vor Colin und fühlte nach dem Reißverschluss des Kleides.

Colin blieb starr und sah dem Stoff nach, wie dieser auf den Sand fiel. Mira lächelte angespannt und legte den BH ab, dem letztlich der Slip folgte. Sein Blick belohnte sie für ihren Mut. Über ihren ganzen Körper legte sich Gänsehaut, nicht vor Kälte, sondern aus Scham. Colin ging auf sie zu und küsste sie sanft, streichelte über ihre Wange und Mira versuchte sich zu erklären:

„Ich dachte… ich könnte die Gelegenheit nutzen… als therapeutische Maßnahme, um meine Beklemmung endlich zu überwinden."

Colin lächelte und verunsicherte sie damit ungewollt. Mira ertrug seinen Blick nicht länger und kniete sich unbeholfen zu den Sachen im Beutel. Sie ließ sich Zeit, den Bikini herauszufischen, brauchte einen Moment, um neuen Mut zu fassen, sich wieder aufzurichten, als plötzlich sein Shirt auf den Boden fiel. Sekunden später folgte die Jeans und letztlich die Shorts. Mira wurde rot. Nervös wühlte sie in der Tüte über die Sachen und tastete immer wieder nach demselben Pullover, bis seine warme Hand auf ihrer Schulter ruhte und sie aus ihrer Verlegenheit erlöste.

„Es fühlt sich zwar etwas komisch an, aber mit dieser Therapie kann ich leben."

Er zog Mira an sich heran, gab ihr einen Kuss und lief dann ganz entspannt in Richtung Meer.

„Colin, wir können doch nicht…!"

Ungeniert drehte er sich zurück und lächelte.

„Mira, wir sind hier in Ostdeutschland, das gehört hier zur Kultur!"

Als er sich wieder abwendete, ließ Mira betreten den Blick schweifen. Seine Rückseite war beeindruckend. Kein Gramm zu viel, stramme Waden, ein kräftiger Rücken und ein Hintern, der nicht von dieser Welt war. Für einen Moment vergaß sie ihre Nacktheit und kicherte vor sich hin. Letztlich folgte sie ihm, verschwand in den aufgehäuften Dünen und kämpfte sich durch das hohe Gras. Als sich der Horizont über sie senkte, war es um sie geschehen. Das weite Meer, die Dünen, ein großer langer Steg, der aus dem Wasser ragte, Fahnen, die im Wind flatterten. Eine kühle Brise wehte ihr entgegen und schob die Wellen krachend an die Brandung.

Mira war glücklich. Der Moment gab ihr endlich Frieden und nahm ihr die Unsicherheit. Sie ließ die Hände fallen, die eben noch Brust und Scham verhüllt hatten und tauchte ihre Füße in das perlende Wasser. Der Sand glitt durch die Zehen, ausgespülte Muscheln legten sich unter ihre Sohlen, ein wohltuender Schauer setzte sich auf ihre Haut.

Colin ließ sich treiben, beobachtete Mira, wie sie neugierig das Meer erkundete und vorsichtig einen Schritt vor den anderen tat. Verschmitzt schlich er sich an, stemmte sich gegen die nächste Welle und packte Mira ohne Vorwarnung am Arm, umschlang ihre Taille und warf sich mit ihr in die Fluten. Erschrocken, nun vor Kälte, schrie Mira auf, versuchte sich aus der Umarmung zu kämpfen und ergab sich letztlich der Strömung. Colin wollte nicht länger, dass sie weglief, er hielt sie ganz fest, presste seine Haut gegen ihre, suchte ihre Lippen und küsste sie sanft. Ungehemmt tastete er über ihre Beine, ihren Bauch, ihre Brust. Mira stöhnte auf und flüsterte: „Du bist verrückt."

Er lachte und ließ sich nicht länger beirren, er glitt behutsam über ihre Schenkel, ihren Rücken, zog sie an sich heran und küsste sie voller Leidenschaft. Es kostete Mira Überwindung, die Berührungen zu ertragen, doch er küsste sie so, wie er es zuvor noch nie getan hat. Eindringlicher, fordernder und ohne jede Reue. Mira atmete schwer, ihre Finger wanderten schüchtern über seine Arme, doch letztlich erstickte der Moment jeden Zweifel, nahm ihr die Gedanken und machte sie endlich mutig. Der Wind wehte stärker, wurde kühler, doch Mira spürte keine Kälte mehr, ihr Herz klopfte wild, Adrenalin flutete ihre Venen. Die Wellen zerrten an beiden, verschlangen ihre Körper und zogen sie in das Meer hinaus. Colin hatte lange auf diesen Moment gewartet, er konnte und wollte sich nicht länger zügeln, wollte sie spüren, sie lieben. Der Himmel wurde düster, leichter Regen ergoss sich über das Land und nahm zu. Ein Gewitter tobte am Horizont und zog allmählich auf sie zu. Colin hielt Mira fest in seinen Armen und fühlte, dass sie keine Angst mehr hatte. Vergessen waren seine Vorurteile, trotz ihrer Vergangenheit war sie das reinste und schönste, was er je lieben durfte. Noch nie hatte er so gefühlt. Übermannt von seiner Zuneigung, nahm er Mira auf seine Arme, trug sie zum Strand und hörte nicht auf sie zu küssen. Zwischen dem hohen Gras ließ er sich mit ihr nieder, zog ihr Gesicht immer wieder an seines heran, war ganz außer Atem und flüsterte in ihr Ohr: „Ich kann aufhören… ich will nicht aufhören… sag mir, wenn du das nicht möchtest, ich will es so sehr… bitte … sag nicht, dass ich aufhören soll."

Seine Worte bedeuteten Mira alles. Sie schwieg, legte den Kopf auf seine Schulter und suchte nach seinen Lippen. Beide lehnten sich zurück in das weiche Gras und vergruben sich ineinander. Der Regen perlte an ihnen herunter und legte sich wie ein warmer Mantel über sie. Colin küsste sie nun ohne Scheu, ihre Arme, ihre Schultern. Fühlte mit seinen Händen über ihre weiche Haut. Miras Bauch zog sich zusammen, sie ließ sich fallen und sah empor. Blitze zuckten am Horizont und ein unbeschreibliches Gefühl durchzog ihren Körper. Jetzt endlich verstand sie das Wort Liebe. Es war so mächtig, so berauschend und brachte sie um den Verstand.

Es mag eigenartig klingen, aber es war das erste Mal für mich. Das erste Mal, dass ich aus Liebe mit einem Mann geschlafen hatte. Die Art, wie er mich ansah, mit mir schlief, war mit Worten nicht zu beschreiben. All die Jahre konnte ich mit Sex nichts Gutes verbinden, hatte es eher als Notwendigkeit betrachtet, blieb dabei immer emotionslos und kalt, doch das hier war anders. Wenn dich jemand so bedingungslos liebt, dann gibt es keine Zweifel mehr. Es war ein Feuerwerk voller Gefühle und Hingabe, es ließ mich nicht mehr los und machte süchtig. Er war mir einst so fremd und nun endlich so nah. Er liebte mich und ich liebte ihn. Jeder Kuss, jede Berührung löste in mir die Sehnsucht aus, endlich frei zu sein, den Hunger nach einem erfüllten Leben, mit ihm an meiner Seite. Ich hatte endlich einen Grund zu kämpfen und ich schwor mir, dass ich alles dafür tun würde, ihn glücklich zu machen. Ich würde bis ans Ende der Welt gehen.

Erschöpft aber glücklich legte sich Colin neben Mira. Es regnete immer noch, doch das war beiden egal. Überglücklich lächelten sie sich an und erwiderten einander Streicheleinheiten. Mira strahlte, als hätte sie ihre Unschuld verloren und Colin, als hätte er das schönste Bild erdacht. Der Moment verging und der Horizont klarte auf. Mira kuschelte sich in seinen Arm und verzog plötzlich missbilligend das Gesicht.

„Was ist?", fragte Colin und Mira leckte über das leicht getrocknete Salz an ihrem Mund.

„Warum schmeckt das Meer so salzig?"
Colin lachte.
„Dachte schon, mein Deo hätte versagt."
„Das auch."
„Wirklich?"
„Nein… Aber warum schmeckt das Meer so salzig?"
„Willst du die Wahrheit oder soll ich mir was ausdenken?"
Mira grinste.
„Mmh.. na, was sagt denn deine Phantasie dazu?"
Colins Augen blitzten auf.
„Weil ich so viel weinen musste, aus Angst, ich würde dich nie wieder sehen. "

Mira legte den Kopf nach hinten und begann laut zu gackern.

„Colin, das ist so ekelhaft kitschig."

„Ich wollte dich schocken."

„Für einen Moment hab ich wirklich geglaubt, das ist dein Ernst."

„Bist du verrückt."

„Also kennst du die Antwort jetzt oder nicht?"

„Nein."

„Warum?"

„Ich geh nur davon aus, wenn Wasser durch den Boden sickert, sei es als Bach, Fluss oder Regenwasser, dass Salze und Mineralien in das Meer gespült werden… Ein ewig andauernder Prozess!"

„Also weißt du es doch?"

Colin grinste.

„Na du doch jetzt auch."

Mira stieß ihn sanft zur Seite.

„Grr… Colin… Du bist so ein Klugscheißer… hast bestimmt in der Schule immer in der ersten Reihe sitzen müssen, ignoriert von der Lehrerin und gehasst von den Mitschülern?"

Colin grinste verschmitzt.

„Ich hatte was mit der Lehrerin, deshalb bin ich so schlau!"

Mira schüttelte ungläubig den Kopf und Colin küsste sie überschwänglich dafür. Genau das war es, was er an ihr liebte, ihre Leichtigkeit, ihr Lächeln. Überglücklich nahm er ihre Hand, stellte sich auf und zog sie mit sich.

Engumschlungen, nackt und etwas schwach auf den Beinen liefen sie durch den nassen Sand. Plötzlich parkte ein Reisebus nur wenige Meter vom Wegesrand entfernt. Als die ersten Urlauber den Bus verließen, staunten sie nicht schlecht über die nackten Badebesucher im und beschleunigten mit ihren neugierigen Blicken Colin und Miras Aufbruch. Eilig griffen sie nach ihren Sachen, streiften die neuen Kleider wild durcheinander gewürfelt über und liefen an der neugierigen Meute Richtung Hotel vorbei. Das Wetter scheuchte sie zügig durch die Kleinstadt, der Schauer wurde stärker und der Himmel zog sich erneut zu. Der Regen ergoss sich nun heftig über das Land und schaffte es noch auf die letzten Meter, Colin und Mira ganz zu durchnässen. Mira konnte nur noch lachen, die dicken Regentropfen und das aufgewirbelte Wasser ließen kaum den Weg erkennen. Wie kleine Kinder sprangen sie durch die Pfützen und es war fast schade, als das rettende Foyer ihres Hotels den Spaß beendete.

Als sie durch die Lobby liefen, blieben sie nicht lange unentdeckt. Die anwesenden Gäste sahen dem bunten Paar bewundernd nach. Ungeachtet der Aufmerksamkeit stellte sich Colin lässig an die Rezeption, bestellte ein großes Menu, Wein und einen Strauß Blumen auf das Zimmer, nahm danach selbstbewusst die Hand von Mira und ging stolz an den wartenden Gästen vorbei. Als er den Aufzug erreichte hatte, nahm er Mira in den Arm und küsste sie so leidenschaftlich, dass ihr die Luft wegblieb. Als er aufschaute, blickte er in zwei entrüstete Augenpaare eines älteren Ehepaares und zuckte gleichgültig mit den Achseln.

„Ich liebe diese Frau, manchmal überkommt es mich einfach. Sollten sie auch mal probieren, das hält die Liebe frisch."

Die Aufzugtüren öffneten sich und Colin verschwand mit einem provozierenden Zwinkern, wählte die Etage, zog Mira an sich heran und drückte sie sanft gegen die Wand. Wieder fielen sie übereinander her und erreichten nur mit Not ihr Hotelzimmer. Es war eine Sucht, die keine Befriedigung erfuhr. Erneut liebten sie sich und vergaßen jegliches Zeitgefühl. Der Regen schlug gegen die Fenster und verdunkelte den Raum. Colin konnte von Mira nicht genug bekommen.

Er sah tief in ihre Augen und strich ihr eine Strähne aus dem Gesicht.

„Du bist so unglaublich schön. Ich liebe alles an dir."

Verlegen räusperte sich Mira und richtete sich auf.

„Sag das nicht, ich habe zu viele Fehler."

Sie lächelte unsicher, doch Colin ließ sich nicht beirren. Er nahm ihre Hand, küsste sie, spielte mit ihren Fingern und wendete sich wieder mit durchdringendem Blick zu ihr um.

„… Ich liebe deine Haut, deine Finger, deine Handgelenke, deine Arme, mit all ihren Narben, deine Schultern, deinen zarten Hals.."

„… der ist doch total sehnig… " - „so ein Blödsinn, deine süßen Ohren…"

„Colin, ich habe nicht mal Ohrläppchen, die sind viel zu klein…"

„… wären große Jumboohren denn schöner? Deine süße Nase.."

„viel zu groß!.."

„deine Augen…"

„mit den dunklen Schatten?.."

„… dein kleiner Mund, auch wenn er manchmal viel redet und frech ist…"

„Denk dran, du sagtest: du liebst alles an mir… "

Colin lachte, gab ihr ein Kuss und führte sie ins Bad.

361

Vertraut stellten sie sich unter die Dusche, umarmten sich und ließen das Wasser über ihre Köpfe laufen.

Er war so sinnlich, konnte nicht von mir lassen, fuhr mit der Seife über meine Haut. Benannte jeden Punkt an mir, sprach davon, wenn er mich zeichnete, wie er den Schatten über mich legte, mir Leben einhauchte, das Pergament zu meinem machte. Er kannte jeden Leberfleck, jede Narbe, jeden Millimeter, zählte mir meine Eigenheiten auf, wie sich meine Mundwinkeln bewegen würden, wenn ich lächelte, die kleinen Falten auf der Stirn, wenn er mich überraschte, wusste sofort, wann ich zu viel trank. Er glaubte mein Gesicht lesen zu können, wusste wann ich traurig und wann ich glücklich war. Ich war überrascht, wie gut er mich studiert hatte. Er konnte sich an jedes Treffen erinnern, beschrieb den Moment, als er unter der Laterne auf mich wartete, erinnerte sich an jede Begegnung, als wir uns ansahen und kannte jedes Wort, das wir wechselten. Es machte mich verlegen und auch unsicher, wollte ich für ihn doch was Geheimes verbergen. Der Gedanke durchzog mich. Da gab es so viel, was ich ihm sagen musste. Ich sah in seine schönen Augen, die mich nicht länger ignorierten, sondern liebevoll ansahen, wie ich es mir an jedem Tag gewünscht hatte. Ich konnte nicht! Ließ den Schauer und die trüben Gedanken an mir abperlen. Der Tag war perfekt und er sollte es auch bleiben.

An der Tür klopfte es. Colin grinste.
„Essen!"
Er rannte zur Tür hinaus. Mira schrie noch: „Denk an ein Handtuch!"

Colin griff gerade noch so ein Stück Frottee, doch als er es auseinanderfaltete, ergab es nicht mehr als einen zierlichen Waschlappen, der gerade so seinen Schritt verdeckte. Colin war es egal, selbstbewusst öffnete er die Tür.

„Guten Abend. Stellen sie das Essen dort zur Seite."

Der Kellner starrte, nickte und beeilte sich spürbar, die Suite wieder zu verlassen. Als die Tür zufiel, konnte sich Mira das Lachen nicht länger verkneifen. Der Lappen fiel zu Boden und Colin stürmte auf Mira zu. Es war egal, ob sie nackt waren, egal, ob sie Hunger hatten, alles um sie herum war plötzlich so nichtig. Als würden die Welt und deren Probleme nicht mehr existieren. Wie verliebte Teenies tänzelten sie nackt durch das Zimmer, löschten das Licht und entfachten die Kerzen. Sie mummelten sich in die übergroßen Bademäntel und ließen sich vom lieblichen Geruch ihrer Speisen an den Tisch locken. Colin löste den Korken aus der Weinflasche und füllte die Gläser, Mira lud genügend Pasta auf ihren Teller, als wäre es ihre letzte Mahlzeit und beide genossen jeden Bissen. Die Sonne kämpfte sich ein letztes Mal aus den dunklen Wolken hervor und bescherte beiden einen begleitenden Sonnenuntergang, Möwen zogen an ihrem Zimmerfenster vorbei, der Wind pfiff über das Land, leise schlugen die Wellen gegen den Steg und liefen friedlich über den Sand aus. Es war der perfekte Tag und der Beginn einer Liebe, eines Traumes, der nicht ewig andauern würde.

12

Erinnerung

D*ieser Abend wird mir noch lange in Erinnerung bleiben. Wir lachten, aßen, liebten uns, Zeit spielte keine Rolle. Wir sprachen über so viele Dinge, Kleinigkeiten. Ich offenbarte meine Gefühle, es fiel mir nicht länger schwer, einfach das auszusprechen, was mir durch den Kopf ging. Ich war losgelöst und fühlte mich nach so vielen Jahren endlich geliebt und verstanden. Er hatte eine besondere Art mit mir zu reden. Wir hatten den gleichen Humor, machten ständig Witze übereinander, ich vergaß meine Beklemmung und er seine Skepsis. Ich glaube, ich habe in meinem Leben nie zuvor und nie wieder danach so viel gelacht. Unser Abendessen war wunderbar, wir sahen uns in die Augen und waren so unglaublich glücklich. Doch wie es immer so ist, gerade, wenn alles perfekt scheint, holt einen die Vergangenheit wieder ein. Alte Geschichten, die verdrängt, aber nie vergessen waren. Ich fühlte, dass Colin aus Rücksicht lange seine Neugier zurückhielt, aber es war nur eine Frage der Zeit, bis er wieder Fragen stellen würde.*

Es wurde still, als sich Colin in Miras Blick verlor. Seine Miene wurde ernst. Mira hatte das Gefühl, als würde er versuchen, in sie hineinzuschauen. Er strich über ihr nacktes Bein und atmete schwer. Er haderte mich sich, doch da war so viel, was er wissen wollte. Also nahm er seinen Mut zusammen und richtete sich auf.

„Ich weiß, dass es viele Dinge gibt, über die du nicht gerne sprichst…. Bitte, sag, wenn es nicht geht, doch wenn ich darf, würde ich gern wissen, wie du…."

„… wie ich zur Prostituierten wurde?"

Colin nickte.

„Ich meine, deine Eltern starben und Jahre später lebst du nicht weit von deiner Heimat dieses Leben. Da liegt ein Jahrzehnt dazwischen. Was hast du all die Jahre gemacht? Warum bist du nicht wieder zurück?"

Der Horizont verschluckte die letzten Sonnenstrahlen, graue Wolken legten sich über die ruhige See. Mira sah in die Ferne und dachte nach. Wo sollte sie anfangen, wie sollte sie das alles erklären, ohne das er sich ekelte oder sie gar ablehnen würde. Sie war hin- und hergerissen. Würde er sie je verstehen, wenn sie ehrlich war? Sie sah in seine großmütigen Augen und entschied sich letztlich für die Wahrheit. Wenn, dann sollte er alles wissen. Sie rückte näher zu ihm heran, nahm seine Hand und spielte unsicher mit seinem Lederband.

„Versprichst du, du wirst mich nicht hassen?"

Colin sah sie entsetzt an.

„Niemals!"

Mira griff nach dem Wein und schenkte sich nach. Sie nahm einen großen Schluck und begann zu erzählen.

„Als Großmutter starb, riss es mich in Stücke, ich verstand nicht, was passiert war. Ich saß am Tisch, bereitete wie jeden Abend das Essen vor, stellte die Teller hin, schaute auf und verstand jetzt erst, dass ich nur noch einen Teller stehenlassen musste. Also stellte ich den anderen zurück in den Schrank, setzte mich wieder an den Tisch und wartete… Ich weiß nicht, auf was ich gewartet habe, es gab nichts mehr, auf das ich warten musste, dennoch blieb ich sitzen und starrte auf mein Essen. Ich weinte nicht, war ohne Gedanken, glaubte vielleicht, wenn ich warten würde, käme sie zurück, ich würde aus diesem Albtraum erwachen. Und dann klopfte es an der Tür, Jerzy besuchte mich. Er wirkte betroffen, nahm mich in den Arm. Selbst dort konnte ich noch nicht weinen. Wir setzten uns zurück an den Tisch, nach einigen Minuten des Schweigens begann er davon zu erzählen, dass der Nachlass geregelt werden würde, ich mir keine Sorgen machen müsste, er würde für eine Adoption kämpfen. Ich nickte, verstand kein Wort, glaubte, dass alles so bleiben würde wie es war. Es rauschte in meinen Ohren, ich konnte ihn kaum noch verstehen und dann schlug es erneut an die Tür. Jerzy sah mir mit trauriger Miene nach, als ich in den Flur lief. Ich öffnete und eine Dame gab mir freundlich die Hand. Ich hatte keine Ahnung, wer sie war oder was geschehen würde. Sie bat mich, ein paar Sachen zu packen, bis die Angelegenheit geklärt wäre. Ich sah Jerzy fragend an. Betreten stand er in der Tür, rief mir noch nach, er würde kämpfen. Dann bin ich mit der Dame mitgegangen, stieg in ihren Wagen und verließ das Dorf.

Alles, was ich hatte, trug ich am Leib und in meinem kleinen Koffer. Eine Strickjacke, eine Strumpfhose, einen Pullover, Unterwäsche und ein Paar Hausschuhe. Alles andere ließ ich dort, sie meinten ja, es würde sich alles regeln und ich wäre bald wieder zu Hause und so hatte ich nur das Nötigste eingepackt. Die Dame fuhr mit mir eine gefühlte Ewigkeit durch das Land. In einer größeren Stadt hielten wir vor einem abgewohnten Gemäuer. Bis heute weiß ich nicht, wo sie mich hingebracht hatte, doch der Anblick verschlug mir die Sprache. Ich hatte Angst, alles war so kalt. Sie nahm mich an der Hand und führte mich durch einen endlosen Gang. Alles war dunkelgrün gestrichen, der Boden war aus Betonplatten, die klackernden Geräusche von den Hackenschuhen der Dame haben durch das ganze Haus gehallt. Am Ende des Flures öffnete sich eine Tür, die Dame ließ mich eintreten, verabschiedete mich und überließ mich dem Direktor der Anstalt, der durch seine dicken Brillengläser unbekümmert auf mich nieder sah, dann meine Akte studierte und sich wegen seiner Körperfülle angestrengt in den Lederstuhl fallen ließ. Ohne mich zu begrüßen oder etwas zu fragen, wählte er eine Nummer und ließ mich von einer Schwester abholen. Die Nonne brachte mich in den ersten Stock und steckte mich zu vier anderen verängstigten Kindern in ein Zimmer. Verstört nahm ich auf meinem Bett Platz und in den kommenden Tagen begriff ich allmählich, dass es kein kurzer Ausflug mehr sein würde. Niemand kam mich besuchen, erkundigte sich nach mir. Ich war allein… und von da an blieb ich es auch, für eine sehr, sehr lange Zeit…"

Mira räusperte sich, versuchte dieses Gefühl zu unterdrücken, doch die Tränen kullerten über ihr Gesicht und brachten sie für einen Moment aus dem Konzept.

„Wenn du willst, du musst nicht weiter erzählen, ich sehe, dass es dir schwerfällt."

„Nein, ich möchte… ich will, dass du die Wahrheit kennst! …Ich meine, mein Schicksal haben so viele Kinder da draußen. In manchen Ländern werden sie beachtet, in anderen vergessen… Die Erziehungsanstalt, in der ich mich befand, war an sich nicht grausam, wir hatten alles, etwas zu essen, ein Dach über dem Kopf, ein Bett zum Schlafen, eine eigene Decke. Spielzeug war Mangelware, aber mir war eh nicht nach spielen. Oft verbrachte ich den ganzen Tag am Fenster, saß auf der Treppe und wartete, dass Jerzy mich abholen kommen würde.

Als der Winter kam, die Tage vergingen, wusste ich, er würde nicht mehr kommen. Ich war so traurig, aber ich konnte nicht weinen, ich wollte nichts mehr, weder lachen, noch tanzen, noch reden oder spielen. Selbst das Essen schmeckte mir nicht mehr. Ich begann immer dünner zu werden, riss mir die Haare vom Kopf und wurde stumm."

„Wie meinst du das, stumm?"

Mira rollte eine Träne übers Gesicht.

„Einfach nur stumm. Ich weiß nicht, woran es lag, vielleicht weil ich seit dem Tag der Abholung nicht mehr gesprochen hatte, doch selbst, als ich es versuchte, kein Laut wollte über meine Lippen. Ich öffnete den Mund und schloss ihn verzweifelt wieder, versuchte zu schreien, zu lachen. Nichts. Nur Stille.

Es war, als würde ich langsam meinen Körper verlassen, ich fing an, mich dem Essen vollkommen zu verweigern und wurde mit jedem Tag schwächer. Jede Stufe war Folter, jede Bewegung eine Qual, ich wollte nicht mehr aufstehen, an Schule war nicht zu denken. Ich konnte mich nicht konzentrieren und wurde bald zum Außenseiter. Eines Morgens traten zwei Männer in mein Zimmer, sie fühlten meinen Puls, sprachen mit der Schwester und legten mich auf eine Trage, ich versuchte mich zu wehren und dann wurde es dunkel. Als ich erwachte, lag ich in einem

Bett, wurde künstlich ernährt. Es roch nach Krankenhaus, die hellgrünen Fliesen und der Kunststoffboden erinnerten daran. Meine Lippen schmeckten nach Blut, meine Fingernägel waren bis auf das Nagelbett gekürzt, als ich meinen Arm heben wollte, bemerkte ich, dass ich fixiert war. Ich wurde panisch, die Tür öffnete sich. Ein Pfleger kam zu mir, sein Name war Jakub, er streichelte über meine Wange und verstand es, mich zu beruhigen. Er kam jeden Morgen und Abend, las mir vor, erzählte mir Geschichten und versuchte immer bei mir zu sein. Seine Nähe tat mir anfänglich gut, mein Zustand verbesserte sich und ich wurde auf ein neues Zimmer verlegt. Der Eindruck, dass es ein Krankenhaus war, bestätigte sich nicht. Ich befand mich in einem Sanatorium für Kinder, auf der Krankenstation, und tat gut daran, endlich in den Betreuungsbereich verlegt zu werden. Die Umstände waren zu Beginn ein Schock für mich. Die Möbel waren kaputt, die Wände beschmiert, die Kinder in einem desolaten Zustand. Aber man gewöhnt sich schnell an alles. Ich zog mich zurück und beobachtete aus der Ferne. Die Pfleger waren sehr schroff, sie schrien schnell, schlugen mit kleinen Stöckern, wenn die Kinder nicht gehorchten. Alles musste immer zügig und ohne Probleme laufen. Wer nicht spurte, wurde bestraft, mit dem Kopf unter Wasser gedrückt, ans Bett gefesselt, unter Drogen gesetzt. Die Pfleger waren sehr kreativ, was das Bestrafen anging. Umgeben von so viel Brutalität war ich froh, dass ich Jakub hatte. Er setzte sich für mich ein, erwirkte, dass ich in ein 2-Bett-Zimmer kam und schenkte mir ab und an ein Stück Schokolade. Ich teilte das Zimmer mit einem autistischen Mädchen namens Marie, sie quengelte ständig und war nur selten still. Ihre Behinderung war nicht immer einfach, aber dank der abendlichen Besuche durch Jakub zu ertragen. Er brachte mich immer ins Bett, erzählte mir Geschichten, wusch meine Haare und kämmte sie oft, bis sie getrocknet waren. Marie schlief dann schon und bekam von seinen Besuchen nichts mit. Jakub und ich hatten nie miteinander gesprochen, dennoch dachte ich, er wäre mein Freund und würde es ehrlich mit mir meinen.

Alles änderte sich, als Marie starb. Sie hatte ein schwaches Herz und das ließ sie kurz nach Silvester friedlich einschlafen. Ihr Fehlen nahm Jakub die Maske. Er fing an, Gewohnheiten zu verändern und besuchte mich plötzlich nachts. Ich erinnere mich noch an das erste Mal, ich schlief und wurde geweckt, als er sich zu mir in das Bett legte. Er kuschelte sich an mich, streichelte meine Arme, mein Gesicht. Doch nach nur wenigen Nächten blieb es nicht mehr dabei.

Noch immer glaubte ich an Freundschaft. Das erste Mal, als ich Zweifel bekam, war, als er mir den Lappen wegnahm und mich nackt waschen wollte. Ich wies ihn zurück, doch er schlug meine Hand aus und wollte es selbst erledigen. Ich ließ es über mich ergehen, seine akribische Reinlichkeit, gerade zwischen meinen Beinen, versetzte mich in eine Art Starre. Ich bewegte mich nicht und folgte seinen Anweisungen. Dann legte er mich ins Bett, löschte das Licht, zog seine Sachen bis auf die Unterhose aus und legte sich auf mich. Ich war verstört, habe die ganze Zeit über zur Decke gestarrt, ertrug seine Küsse und hoffte, dass er endlich von mir lassen würde. Nachdem wir so eine Weile lagen, legte er sich zur Seite, stöhnte auf und ging. Ich fing an, mich vor ihm zu ekeln. Dieser Abend änderte alles, sein Verhalten, mein Vertrauen - und das Martyrium begann.

In den darauffolgenden Tagen habe ich noch versucht, mich gegen seine Besuche zu wehren. Ich versperrte die Tür, versteckte mich, doch er war zu stark und fand mich, egal wo ich war.

Mein Auflehnen hatte ihn wütend gemacht, ihn scheinbar noch mehr erregt und gab ihm endlich die Freiheit, seine Phantasien auszuleben. Seine Berührungen wurden grob, seine Küsse zu Bissen, irgendwann reichte es ihm nicht mehr, nur auf mir zu liegen und sich zu reiben. Durch ihn verlor ich meine Unschuld, den Glauben an Ehrlichkeit und Menschlichkeit. Er hat mir in jeder Nacht die Würde genommen und dafür habe ich ihn gehasst. Keine Nacht verging ohne Erniedrigungen. Doch egal, was er auch tat, ich blieb stumm."

Mira machte kurz Pause, sah mit eisigem Blick zum Fenster hinaus, holte tief Luft und führte fort.

„… er hat mich am Bett festgebunden, klebte mir die Augen zu, setzte mich unter Drogen, fing an, mich für das Vorspiel zu waschen und mir irgendwelche Sachen in den Unterleib zu stecken. Er tobte sich an meinem Körper aus, befriedigte sich oft über Stunden. Tagsüber konnte ich mich manchmal vor Schmerzen kaum auf den Beinen halten. Manche Risse wollten nicht mehr heilen. Ihm war es egal, er hat immer weitergemacht. Ich wollte nur noch sterben, ich zerwarf den Spiegel im Bad, versuchte mir mit den Scherben die Pulsadern aufzuschlitzen, so starb eines der Kinder Wochen zuvor, machte aber den Fehler, dass ich nicht tief genug schnitt. Wieder landete ich auf der Krankenstation, und wieder saß dieser Teufel am Bett und missbrauchte mich. Es war unmöglich, seinen Durst zu stillen und ihm zu entkommen. Erst waren die Übergriffe nur in der Nacht, später fand es auch tagsüber statt. Immer wenn die Kinder zum Spielen hinausgeschickt wurden, drängte er mich in die Kammer und verging sich an mir. Ich fand keinen Ausweg, bis sich eines Abends mein Körper endlich wehrte und mir meine Stimme zurückgab.

Jakub legte mich auf den Bauch, drang in mich ein, nahm einen Riemen und peitschte meine Haut blutig, ich holte Luft und schrie aus Leibeskräften. Es war, als hätte sich mein Körper eine lange Zeit nur auf diesen Schrei vorbereitet. Er hallte so schmerzlich durch die Gänge, so klagend, wie ich eben diesen Schmerz fühlte. Endlich ließ er ab von mir, zog sich an und flüchtete. Pfleger rannten über den Flur, kamen in mein Zimmer und sahen mich dort liegen. Sie fragten mich, was passiert sei. Ich versuchte ihnen zu erklären, dass Pfleger Jakub mir das angetan hätte, doch sie ignorierten mich und hörten nur ihn an.

Weißt du, was er allen Ernstes behauptet hat? Dass ich ihn verführen wollte, er sagte ihnen, ich hätte um Sex gebettelt und er hätte nur einen Ausweg gesehen, meine Unzucht mit der Peitsche zu bestrafen. Mein Gott, ich war zwölf Jahre alt. Kannst du dir das vorstellen? Doch wer kann schon unterscheiden, wer irre ist und wer nicht, in einem Haus wie diesem! Also glaubten sie ihm und steckten mich ohne ein Wort in das Loch.

Ein Zimmer im Keller, mit nichts mehr als einer versifften Matratze. Einen Monat verbrachte ich dort. Ein Monat Beruhigungsmittel und Isolation!

Und soll ich dir was sagen? Es mag vielleicht komisch klingen, so kalt und widerlich dieser Ort auch war, er war verglichen mit meinem Zimmer das Paradies. Ich musste endlich keine Angst mehr haben. Ich war allein, außer einer Schwester, die mir regelmäßig

Essen zusteckte und einem Arzt, der mich betäubte, besuchte mich niemand.

Ich bin so oft schweißgebadet aufgewacht. Ich glaube, kein Mensch auf dieser Welt kann sich vorstellen, was das für ein Gefühl ist, zu wissen, er kommt, er wird dir schlimme Dinge antun und das Nacht für Nacht für Nacht. Dein Herz schlägt schneller, dir wird schlecht, du willst, dass es aufhört, aber das tut es nicht. Immer, wenn ich wach wurde, ganz außer Atem war, dankte ich Gott für dieses Loch.

Diese Auszeit von ihm gab mir neuen Lebensmut. Ich glaubte nun daran, dass ich endlich die Stärke besitzen würde, mich ihm zu widersetzen. Die Tage vergingen und eh ich es realisieren konnte, war der Monat vorbei. Als ich zurück sollte, wurde ich erneut befragt. Ich wusste, es war zwecklos, etwas zu sagen und so schien meine Therapie, oder wie auch immer man das nennen mag, erfolgreich. Sie verlegten mich in ein anderes Zimmer und stellten mich mit Medikamenten ruhig."

„Aber warum bist du nicht bei der Wahrheit geblieben?"

Mira lächelte traurig.

„Das Mädchen, das sich vor mir erfolgreich die Pulsadern aufgeschnitten hatte, war so mutig und erzählte die Wahrheit über die Missstände im Heim, war bereit, ihren Eltern davon zu berichten. Die Leitung fühlte sich in die Enge getrieben und gezwungen, das Mädchen zum Schweigen zu bringen. Das Sanatorium war überfüllt, teilweise schliefen Kinder zu zweit im Bett, weil es keine Plätze mehr gab. Das Personal war kaum ausgebildet, es wurde gespart, wo man konnte, kassierte aber fleißig Gelder für jedes betreute Kind. Der Umstand zwang sie zum Äußersten, sie haben das

Mädchen gebrochen, mit Medikamenten in den Wahnsinn getrieben. Ja, so lief es, wenn man bei der Wahrheit blieb. Ich wusste, sie würden das gleiche auch mir antun, also sagte ich nichts mehr. Ich hatte einfach nur Angst und mir war klar, von denen würde mir niemand helfen."

„Und was geschah dann?"

„Wochenlang nichts. Jakub ignorierte mich, sah über mich hinweg und ich glaubte, dass es endlich aufgehört hatte, doch dann fiel mir ein Mädchen auf, das genauso still war wie ich. Ihr Name war Helene. Wie ich später mitbekam, wurde sie während meiner Isolation aufgenommen und belegte nun mein Bett. Sie war sieben Jahre alt… Sieben!…. "

Mira schüttelte ungläubig den Kopf und nahm das Taschentuch.

„Manchmal kann ich nicht begreifen, dass Gott solche Bestien unter den Menschen duldet. Ich konnte in ihren Augen sehen, dass er ihr das Gleiche antat, wie er es bei mir getan hatte. Wie sie mit schmerzverzerrtem Gesicht über den Flur lief, der leere Blick, ihre gekrümmte Haltung. Ich weiß nicht warum, aber ich fühlte mich mit ihr verbunden und eines Tages brachte ich genügend Mut auf, sie anzusprechen.

In einem unbeobachteten Moment zog ich sie in die Kammer. Sie war verstört, doch als ich ihr sagte, dass ich wüsste, was er mit ihr machte, fasste sie sofort Vertrauen und umarmte mich. Wir flüsterten, kauerten uns nieder, tauschten all die Grausamkeiten aus, die nur wir beide kannten und waren von da an unzertrennlich. Doch wir wussten, es würde schwierig sein, ihn aufzuhalten. Wir schmiedeten Pläne, haben darüber nachgedacht, ihn von der Treppe zu stoßen, mit Rattengift zu töten, ein Messer vom oberen Stock auf ihn fallen zu lassen. Letztlich lief die Zeit gegen uns und der Wille zur Umsetzung fehlte.

Eines Morgens wartete ich vergebens auf Helene. Ich war nervös, malte mir die grausamsten Dinge aus. Ich schlich mich zur Krankenstation und wurde nicht enttäuscht. Helene war fixiert und lag mit Unterleibsschmerzen im Bett. Ich lief in ihr Zimmer, umarmte sie, habe versucht sie loszumachen, doch in dem Moment stürzte Jakub auf mich zu. Ich schrie ihn an, er solle die Finger von ihr lassen, sie sei noch ein Kind. Doch er hat nur gelacht, drehte mir den Arm um, drückte mein Gesicht auf Helenes Bauch, schob mein Kleid hoch und vergewaltigte mich. Ich biss mir auf die Zunge, schwor mir, nicht zu schreien, ich versuchte bei Bewusstsein zu bleiben, ich wollte keine Sekunde verpassen, ich brauchte jeden Impuls von Hass, um ihn zu bekämpfen. Helene hat die ganze Zeit über gewimmert, versuchte mir zu helfen, doch die Beruhigungsmittel waren zu stark. Dieses Erlebnis war entscheidend, ich dachte, wir haben keine andere Wahl. Als Jakub von mir abließ, flüsterte er in mein Ohr, dass er mich töten würde, sollte ich ihm noch einmal in die Quere kommen. Nur deshalb habe ich es getan, weil ich keinen anderen Ausweg mehr sah."

Mira senkte den Kopf. Colin drückte sie an sich, doch Mira wand sich aus der Umarmung und setzte sich ihm gegenüber.

„Ich habe diesen Trost nicht verdient. Ich will nur, dass du weißt, wie man lernt zu hassen, wie man die Kraft bekommt, bis zum Äußersten zu gehen."

Ungeniert ließ sie nun die Tränen zu und starrte ins Leere.

„Ich war zu allem bereit. Helene war so tapfer und ich habe das schamlos ausgenutzt."

„Mira, du hattest doch jeden Grund. Niemand hatte dir geglaubt. Wenn sich jemand in diesem Moment wehrt, dann …"

„Du verstehst nicht! Es ging mir irgendwann nicht mehr nur um Abwehr. Ich wollte Vergeltung. Mein Hass hat uns erst so weit gebracht…. Oh Gott.. Warum bin ich nicht einfach gegangen…Wie konnte ich ihr das antun?!..."

„Mira, ich verstehe nicht."

Colin sah Mira fragend an, als sie beschämt die Hände vor ihr Gesicht schlug. Sie weinte bitterlich, brauchte Zeit, um sich wieder zu beruhigen. Sie suchte erneut nach Fassung und hob den Kopf.

„Als es Helene besser ging, redete ich auf sie ein, versprach ihr das Paradies, wenn sie bei meinem Plan mitmachen würde. Ich wollte, dass sie den gleichen Hass spürte wie ich. Wir hätten einfach wegrennen können, aber nein, ich war so von Vergeltung besessen, dass ich keine andere Option zuließ…."

„Mira, ich verstehe immer noch nicht. Du musst mir sagen, was passiert ist!"

Sie nickte und atmete tief durch. Ihre verzerrte Stimme wurde klarer. Sie räusperte sich und sah ihn entschlossen an.

„Ich ging berechnend vor. An jenem Tag hatte ich mich morgens in Helenes Zimmer geschlichen, bohrte ein Loch in die Matratze und bat Helene, ein paar Sachen zu packen. Ich stahl etwas Brot vom Frühstückstisch, ging wie jeden Abend mit den anderen Kindern schlafen und wartete, bis die Pfleger das Licht löschten. Ich nahm ein Handtuch und türmte die Decke so weit hoch, dass man hätte glauben können, ich wäre in meinem Bett. Als es ruhig wurde, schlich ich mich hinaus und geisterte mit meinem Teddybär über den Flur. Ich wusste, dass Jakub mit Helene im Bad sein würde und so habe ich mich auf den Weg in ihr Zimmer gemacht. Ich war lautlos, öffnete die Tür und legte mich unter ihr Bett. Ich holte das Messer, das ich am Nachmittag zuvor der Küchenhilfe gestohlen hatte, aus dem Versteck, dem Inneren meines Kuscheltiers. Das Warten machte mich nervös, tausend Gedanken gingen mir durch den Kopf, meine Hände begannen zu zittern. Ich zweifelte. Würde alles klappen? Hätte ich den Mumm? Doch dann kamen all die Bilder zurück, wie er mich benutzte, erniedrigte, wie er ohne Reue unsere Körper schändete und dabei immer lächelte. Dieser Hass hat mich entschlossen gemacht und das Zittern in meiner Hand ließ endlich nach. Ich umschloss den Griff ganz fest, positionierte die Klinge genau unter dem Loch und musste nur noch abwarten.

Als beide das Zimmer betraten, raste mein Herz. Ich hörte, wie er gierig nach Helene griff und sich mit ihr auf das Bett setzte, wie er stöhnte, als er ihr das Nachthemd hochschob und seine Hand in ihrem Schoss vergrub. Ich sah es nicht, doch ich kannte jeden dieser Augenblicke nur zu gut. Helene war ganz ruhig, sie duldete seine Aufdringlichkeit und legte sich auf die Seite. Sie war so tapfer, führte alles so aus, wie wir es hunderte Male besprochen hatten und machte nicht einen Fehler. Mein Herz sprang, schlug schneller und schneller. Dann wurde es ruhig, er begann zu stöhnen und ich spürte einen leichten Druck gegen die Klinge. Ich atmete tief durch, schob die linke Hand unter die rechte und stach zu. Etwas stellte sich der Klinge entgegen. Der Druck war zu gering, der Knochen seines Schulterblattes zu stark und so hatte ich ihn nur leicht verletzt. Er schrie auf, sprang hoch und sah irritiert auf das blutige Lacken. Alles ging so schnell.

Ich war gescheitert und wurde nur wenige Sekunden später von ihm enttarnt. Er warf die Bettmatratze zur Seite, sah mich liegen und beschimpfte mich voller Wut. Adrenalin schoss in meinen Körper, ich riss die Augen auf und wartete, bis er nach mir greifen wollte. Ich schlitzte sein Bein auf, er ging zu Boden, ich schob mich unter dem Bett hervor und nutzte den Schockmoment. Ich hab immer weiter zugestochen. Erst in seine Hände, dabei habe ich ihm einen Finger amputiert, dann in seine Arme. Als er dennoch nach mir fasste, drehte ich durch, stach in seinen Oberkörper und hielt einen Moment inne. Er schluckte, sah flehend in meine Augen und spuckte plötzlich Blut. Er atmete schwer und ich verlor die Fassung. Ich löste die Klinge aus seinem Rumpf und stach immer weiter zu, bis sein Wimmern verstummte. Ich war wie im Rausch, dachte an jede Nacht, jede Vergewaltigung, die Schmerzen und die Wut. Er sollte meinen Hass spüren, ohne Gnade, so, wie er es zuvor mich hatte spüren lassen. Als ich zu mir kam, ging er blutüberströmt zu Boden. Er war vernichtet und ich hatte endlich meine Würde wieder.

Als ich nieder sah, breitete sich sein Blut wie ein Teppich über dem Boden aus. Mein Nachthemd war rot getränkt und obwohl es makaber klingen mag, dieser Anblick gab mir endlich Frieden.

Helene hatte sich die ganze Zeit in eine Ecke gekauert, nahm die Hände von ihrem Gesicht und sah mich unschuldig an. Ich lächelte schwer, meinte, es wäre vorbei.

Einen Moment konnte ich nicht denken, doch dann rüttelte sie mich wach und schrie: „Nimm die

Schlüssel, nimm die Schlüssel!" Also griff ich danach und wir sind losgerannt.

Wir retteten uns über den Hof bis hin zum Eingangsbereich, ich drehte mich um, noch war das Haus ruhig. Jeder Schlüssel, der nicht passte, dehnte die Zeit. Als das Schloss aufsprang, glaubte ich wirklich, wir hätten es geschafft. Wir stürzten hinaus und Helene nahm meine Hand. Wir dachten wirklich, wir könnten gewinnen, wir dachten, wir wären frei!

Mein Herz schlug mir bis zum Hals, als wir auf der anderen Seite der Mauer waren. Wir fanden uns auf einem Waldweg wieder, es war finster, nur der Mond leuchtete schwach. Die Straße umgab endloser Wald. Wir wussten nicht, wo wir waren oder wo wir hin sollten. Die Zeit rannte und war zu kostbar, um darüber nachzudenken. Deshalb hielten wir uns zu Beginn auf dem Weg, doch nach einer Weile dachte ich, es wäre besser, Schutz in der Dunkelheit zu suchen. Also schlugen wir uns durch das dichte Geäst und verloren ständig Zeit, der Wald lag in Hügeln und wir stolperten unentwegt oder fielen hin. Dennoch ließen wir einander nicht los, an Aufgeben war nicht zu denken und die Hoffnung auf Freiheit trieb uns an.

Wir mussten immer wieder Pausen machen, Helenes Körper war zu schwach und wollte nicht so recht, wie wir wollten. Und gerade, als ich mich schon in Sicherheit wiegte,
hörten wir plötzlich durch den Wald die Sirene der Anstalt schrillen. … Helene fing an zu weinen… ich nahm sie in den Arm, versuchte ihr Mut zu machen, erzählte ihr von den Träumen, die sie hatte, wie tapfer sie bereits war. Helene vertraute mir bedingungslos und folgte mir… oh Gott… ich… ich bin schuld…"

Mira schluchzte und trank das halbgefüllte Weinglas leer. Ihr Blick erstarrte. Colin nahm ihre Hand und Mira erzählte mit zitterndem Kinn weiter.

„… wir sind gerannt. Die ganze Zeit gerannt! Nach wenigen Minuten sahen wir Lichter schwach durch den Wald flimmern, Motorengeräusche, die uns allmählich einkreisten. Und plötzlich waren sie überall. Polizisten durchkämmten den Wald. Scheinwerfer von Einsatzwagen, die uns aus allen Himmelsrichtungen blendeten. Helene wollte aufgeben, aber ich konnte das einfach nicht zulassen und so hielt ich sie fest und zerrte sie mit mir.

Dann kamen sie immer näher. Hunde bellten und ließen uns schaudern. Noch immer hoffte ich, wir könnten es schaffen, bis uns plötzlich ein Wagen den Weg versperrte. Er kam aus dem Nichts, der Motor heulte, Türen sprangen auf und dunkle Personen stürzten auf uns zu. Helene schrie, ich sah mich um, stieß sie in die andere Richtung und so gelangten wir zu einer Brücke. Wir konnten kaum etwas erkennen. Das Dickicht versperrte uns jede Sicht. Wir liefen und liefen, immer wenn Helene zusammenbrach, hob ich sie hoch und drückte sie weiter. Wir kletterten einen steilen Berg hoch, balancierten über grobes Gestein und Schotter, bis wir die Gleise erreichten. Als ich zurückblickte, verstand ich, dass diese Brücke unsere letzte Chance war. Mittlerweile waren sie überall. Helene schrie die ganze Zeit: ‚Sie kommen, sie kommen, sie haben uns gleich! Ich habe nicht nachgedacht, wollte es um jeden Preis schaffen und hielt ihre Hand ganz fest. Ich blickte nicht zurück, konzentrierte mich darauf, die Brücke zu passieren, was schwieriger war, als ich dachte. Das Holz war alt, ganz modrig und gab ständig nach. Wir sind von einer Holzschwelle zur nächsten gesprungen, dabei knarrten die Bretter ständig unter unseren Füßen. Wir konnten kaum erkennen, was vor uns lag, lediglich das Rauschen des Flusses gab uns Gewissheit, was sich unter uns befand. Wieder flammten Scheinwerfer auf, als ich mich umdrehte, verschlug es mir die Sprache… Ein Güterzug, der mit voller Fahrt direkt auf uns zukam…Ich schrie Helene an, sie solle schneller laufen."

Und dann hielt Mira inne und starrte zu Boden. Colin war von ihrer Geschichte ganz mitgerissen und sah sie traurig an.

„Sie hat es nicht geschafft, nicht wahr?"

„… Oh Gott… Es ist alles meine Schuld… Das Holz gab schon unter meinem Fuß nach, als Helene auf die Stelle trat, brach sie ein. Sie schrie auf, die scharfen Kanten hatten ihr Bein aufgespießt und hielten sie gefangen. Ich versuchte sie zu befreien, überall war Blut… ich zog an ihrem Bein, versuchte es zu lösen, doch es ging einfach nicht. Ich wurde panisch, schrie sie an, sie solle kämpfen, mir helfen, sie zu befreien. Doch Helene hörte einfach auf… einfach so… ich war so wütend … schrie sie an, sie soll sich bewegen… Nichts… sie blieb stumm und starrte an mir vorbei, sah auf den Güterzug und dann in meine Augen…. Ich werde diesen Moment nie vergessen, kaum eine Nacht, in der ich nicht davon träume. …Sie lächelte mich an, als hätten wir alles geschafft, wären in Sicherheit, am Platz unserer Träume… und dann sagte sie nur, du schaffst das. Der Zug war keine zehn Meter mehr entfernt. Sie hatte sich mit letzter Kraft nach oben gedrückt und mich zur Seite gestoßen. Ich verlor das Gleichgewicht und fiel. …. Noch während ich fiel, hörte ich, wie der Zug kam, wie er ihr Leben auslöschte, die Räder sie überrollten, wie ihre Knochen brachen und dann war nur noch das Rauschen des Wassers, das mich einhüllte. Sie starb und ich habe überlebt. Sie war sieben Jahre alt, eine Heldin und so viel stärker als ich… Ich hätte unter diesem Zug liegen sollen. Nur wegen mir musste sie sterben. Ich bin eine Mörderin und bringe nur Unheil und Tod!"

„Es war ein Unfall."

„Nein! Sie wäre ohne mich noch am Leben. Und egal, wie du versuchst, das zu rechtfertigen, ohne mich wäre sie nie so weit gegangen."

„Ohne dich hätte sie vielleicht gelebt, aber sie wäre innerlich gestorben. Du hast ihr Freiheit gegeben. Sie wollte, dass du lebst und was aus deinem Leben machst."

Mira sah verkniffen zum Fenster hinaus in die schwarze Nacht.

„Ich könnte jetzt eine Zigarette gebrauchen."

Colin schenkte ihr Wein nach und brachte sie damit etwas zum Lächeln.

„Verstehst du jetzt? Ich bin eine Mörderin! Durch den Mord an Jakub konnte ich nicht nach Hause zurück. Mein Leben lang bin ich auf der Flucht, verstecke mich, bin zu feige, mich umzubringen, bin zu feige, mich zu stellen. Diese Nacht hat mich gebrochen. Und deshalb …. Und deshalb glaube ich nicht, dass ich gut für dich bin."

Colin sprang entgeistert auf und kniete sich vor sie.

„Wie kannst du so denken? Was du getan hast, war mutig."

„Nein!"

„Mira… Es gibt kein Richtig und kein Falsch. Du hattest nicht viele Möglichkeiten. Jakub hat bekommen, was er verdient hat und ich glaube, dass dir deine Eltern diesen Engel geschickt haben, um dich zu befreien. Helene hat dir die Kraft gegeben und dich dort rausgeholt!"

Mira ließ den Kopf fallen und gab sich ihrer Trauer hin.

„Sie war wirklich ein Engel."

„Mira, wenn Helenes Tod nicht umsonst gewesen sein soll, dann lebe endlich…

„Wie denn, als gesuchte Mörderin?"

„Woher willst du das wissen?"

Mira schüttelte verzweifelt den Kopf.

„Mira, zwei Mädchen sind in dieser Nacht geflohen, eines starb und eines verschwand für immer. Nur ihr beide wusstet, wer Jakub getötet hat."

„Nein.. wir sind nicht die Einzigen, die davon wissen!"

Colin hob die Augenbraue.

„Juri?"

Mira nickte.

„Das ist sein Druckmittel. Er hat geschworen, wenn ich fliehe, zeigt er mich an. Ich hatte immer Angst davor, du gabst mir den Mut, es doch zu tun… ich weiß nicht, was ich mir dabei gedacht habe… ich bringe dich doch nur in Gefahr."

„Denkst du wirklich, ich lasse dich wieder gehen?"

„Das solltest du, ich bringe den Tod."

Colin lächelte und setzte sich zurück an ihre Seite.

„Dann ist es so… Ich will keinen Tag länger leben, ohne dich an meiner Seite… Du bist der ehrlichste und zauberhaftste Mensch, den ich kenne. Wir werden eine Lösung finden."

Mira sah ihn voller Hoffnung an.

„Danke."

Colin nahm ihre Hand und legte sie auf sein Herz. Noch nie hatte er jemanden so nah an sich heran gelassen, noch nie so viel Verbundenheit gespürt. Er wollte ihr das Glück schenken, das sie verdient hatte. Er strich ihr liebevoll über den Rücken. Für einen Moment wurde es still, Miras Schluchzen verstummte, die Kerze flackerte, Colin war in Gedanken.

„Wie bist du zu Juri gekommen? Hat er dich aus dem Wasser gefischt?"

Mira schüttelte den Kopf.

„Nein… Ihn traf ich erst eine Weile später."

„Wie konntest du dich retten, was passierte dann?"

„Nachdem ich ins Wasser gefallen war, trieb mich die Strömung flussabwärts. Der Fluss war wild und ich wäre einige Male fast unter gegangen. Schwimmen war zwecklos, ich konnte nur abwarten, wo mich die Wellen hintreiben würden. Es war so kalt. Meine Füße habe ich irgendwann nicht mehr gespürt. Ich hatte Glück, dass sich der Fluss gabelte und mich die Strömung in einen Tümpel spülte. Mit letzter Kraft schleppte ich mich aus dem Wasser und rettete mich an Land. Noch immer dachte ich, die Polizei wäre hinter mir her, ich lief ohne Orientierung der Morgendämmerung entgegen. Die Kälte schüttelte mich und ich war bereit aufzugeben, mich einfach fallen zu lassen und zu erfrieren. Doch dann hörte ich ein Rauschen. Es war das Rauschen einer Verkehrsstraße und in mir flammte neue Hoffnung auf. Ich lief quer durch den Wald, immer dicht neben der Straße, bis ich zu einer Tankstelle gelangte. Ich versteckte mich im Gebüsch und beobachtete zuerst die Lage. Ein LKW bog kurze Zeit später auf den Parkplatz, der Fahrer stieg aus, hatte es wohl sehr eilig, zur Toilette zu gelangen, man konnte es daran erkennen, dass er sich beim Laufschritt die Hand vor den Hintern hielt und gehetzt im Eingang verschwand.

Ohne lange zu überlegen, schleppte ich mich über den Schotter, öffnete die Tür und kletterte hinter den Fahrersitz in die Schlafkabine, warf eine muffige Decke über mich und versuchte mein Bibbern zu unterdrücken. Ich sagte mir, mehr als hinauswerfen könne er mich nicht und so bangte ich um unsere erste Begegnung.

Es dauerte nicht lange, bis der Fahrer sich erleichtert in den Sitz zurücksetzte. Mein Herz pochte, der LKW röhrte und setzte sich in Bewegung. Für einen Moment fand ich Ruhe und meine Augen fielen zu.

Als ich aufwachte, sah mich der Fahrer entsetzt an und fragte dennoch höflich, woher ich käme. Sein Name war Mirek, er war klein, kahlköpfig, rund, trug einen Bart, eine Brille und starrte mich durch diese mit großen Augen an. Ich antwortete auf seine Frage nicht, ich murmelte nur, dass ich nicht mehr aussteigen wolle und er mich mitnehmen müsse. Erst runzelte er verärgert die Stirn, doch dann dämmerte ihm, dass ein junges Mädchen, wie ich es war, sicher nicht ohne Grund im Nachthemd unterwegs war und sich bei einem wildfremden Mann im LKW einquartieren würde. Nach kurzem Überlegen setzte er seine Reise fort, bog auf die Bundesstraße und stellte das Radio laut. Als die Nachrichten mit einem Bericht über das Sanatorium ertönten, schrak ich auf. Mir wurde heiß und kalt. Mein Puls raste, Angst überkam mich. Verwirrt sprang ich auf den Beifahrersitz und kramte in seinen Kassetten. Mirek war so erschrocken, dass er die Meldung im Radio nicht weiter verfolgte. Ich sagte ihm, dass ich endlich mal wieder Musik hören möchte. Mirek lächelte verlegen und fragte, ob ich die Beatles kenne. Ich schüttelte den Kopf. Er kramte in seinem Fach, wählte eine Kassette, schob sie in den Kassettenrekorder über der Armatur und begann zu singen. Seine Stimme war so schräg und verzerrt und dennoch das schönste, was ich seit langem gehört hatte. Ich bat ihn, einfach für mich weiterzusingen. Mireks kleine Grübchen blitzten überglücklich auf. Fröhlich manövrierte er den Zwanzigtonner über Polens Straßen mit „love, love me too". Diese Fahrt werde ich nie vergessen. Er sang die ganze Nacht und ich fand endlich Frieden und Schlaf. Die Tage gingen an mir vorbei wie ein Traum. Ich schlief und schlief und schlief. Ich fühlte mich matt und wurde schließlich krank. Fieber und Schüttelfrost hatten meinen Körper geschwächt. Mirek pflegte mich wie eine Tochter, kaufte Medikamente, Sachen zum Anziehen, Essen, tat alles, um meine Genesung zu beschleunigen. Ich hielt ihn auf, dauernd musste er die Fahrt unterbrechen, verlor Geld, da er die Termine nicht halten konnte und dennoch war es ihm egal. Meine Genesung war für ihn in dem Moment das Wichtigste. Er war so aufopfernd, dass ich am liebsten für immer bei ihm geblieben wäre. Wenn wir rasteten, schlief er auf dem unbequemen Sitz, bei Kontrollen versteckte er mich, obwohl er wusste, dass dies für ihn Konsequenzen bedeutet hätte. Ich fühlte mich bei ihm sicher und wir wurden im Laufe der Zeit ein nettes Gespann.

Ich glaube, dass Mirek sehr einsam war. Er war so lebhaft und gesellig, dass dieser Beruf eigentlich gar nicht zu ihm passte. Er redete fast ununterbrochen, ich genoss es, ihm einfach nur zuzuhören, er ließ mich vergessen und auf andere Gedanken kommen.

Und so verbrachten wir mehrere Wochen zusammen. Die Köpfe auf seinen Bildern im Auto bekamen langsam Namen, Rosemarie, seine Frau und seine Töchter Alicja und Natalia. Eine bildhübsche Familie, für die er bereit war, alles zu tun. Er erzählte mir, dass er manchmal Monate am Steuer verbrachte, um genügend Geld nach Hause zu bringen. Die Situation in seinem Land war ernüchternd, viel Armut und Arbeitslosigkeit, Umstände, die ihn an dieses Lenkrad bannten. Er konnte nichts anderes außer Fahren, hatte nichts weiter gelernt und er wusste, außer diesem Job blieb ihm nichts weiter übrig, obwohl er den LKW manchmal gern gegen die Wand gefahren hätte, um endlich wieder bei seiner Familie zu sein. Mirek hat mich wirklich beeindruckt, wie aufopfernd und nüchtern er die Dinge betrachtete. Einmal sagte er, dass der schönste Lohn einer jeden unendlichen Fahrt die glücklichen Gesichter seiner Mädchen wären, wenn er wieder nach Hause kehrte und dieser sehnsüchtige Kuss, den ihm seine Frau selbst nach 25 Ehejahren gab. Er meinte, dann wüsste er, er ist endlich wieder zu Hause und jeder Kilometer hätte sich gelohnt. Er sagte, dass dieser Job Segen und Fluch zugleich wäre. Erst durch diese unzähligen Trennungen hätte er das Wort „Zuhause" schätzen gelernt. …Und er hatte Recht… Zuhause… Es ist selbstverständlich auszusprechen, wenn man es hat, doch wenn es fehlt, ist es von so unschätzbarem Wert. Ich dachte an mein Zuhause… Und war dankbar, dieses Gefühl zu kennen, auch wenn ich es nun nicht mehr hatte."

Colin ließ nachdenklich den Blick schweifen und nickte zustimmend. Die Bedeutung von „Zuhause" und die Fragen, die es aufwarf, waren ihm durchaus geläufig. Zuhause war so viel mehr als eine Adresse, es waren die Menschen, die es umgab. Er blendete den Gedanken aus und lauschte weiter Miras Worten.

„An einem grauen Wintermorgen hatten wir in der Dämmerung die Grenze zur Ukraine erreicht. Wir waren bis zu dem Zeitpunkt insgesamt fast 6 Wochen in Polen unterwegs gewesen. Es war die letzte Adresse, bevor Mirek nach Hause gefahren wäre. Die Schlange an der Grenze war lang und die Soldaten schienen nervös. Man konnte sie laut diskutieren hören und ich wurde panisch. Ich ließ den Rückspiegel nicht mehr aus den Augen. Die Soldaten sprangen zwischen den LKWs aufgeregt hin und her. Sie brüllten, zwangen viele Fahrer ihre Fahrerkabinen zu verlassen und ich war mir sicher, wir würden die nächsten sein. Mirek legte beruhigend die Hand auf meine Schulter, meinte, ich solle mir keine Sorgen machen, er würde mich gut genug verstecken, doch ich wollte ihn nicht gefährden. Ich hatte keinen Pass und es war sicher, dass ich kein Glück haben würde. Alles war so ein Durcheinander, ich hatte keine Zeit, die Panik vernebelte mir die Sinne… Ich musste etwas tun, ich dachte nur noch daran, ich kann nicht zurück und so nahm ich Mirek in den Arm und verabschiedete mich… Mirek wusste, dass es keinen Sinn machte, mich aufzuhalten und so nahm er mich ein letztes Mal liebevoll in den Arm, gab mir alles Geld und Essen, was er bei sich trug und entließ mich in einen klirrend kalten Morgen. Wieder war ich auf der Flucht, wieder wusste ich nicht wohin. Ich trug einen schwarzen Wintermantel, der mich in der Dunkelheit schützte. Ich kletterte heimlich aus der Fahrerkabine, duckte mich unter die Leitplanke, legte mich flach auf den Boden und beobachtete genau die Abfolge der Kontrolle, teilweise standen Grenzsoldaten direkt neben mir. Mein Herz schlug mir bis zum Hals, ich wagte nicht zu atmen oder zu schlucken…verfolgte jeden abgefertigten LKW. Die Stimmen der Soldaten ließen mich schaudern. Plötzlich schrie einer auf und mehrere folgten seinem Ruf… Ich überlegte nicht lange, nutzte die Gelegenheit, kletterte über die Absperrung, schlich zwischen die Anhänger und fand eine geöffnete Klappe, die nur wenige Sekunden zuvor noch kontrolliert worden war. Zwischen staubigen Baumaterialien fand ich ein gutes Versteck, ein breites Abwasserrohr aus Beton. Ich igelte mich ein und wartete. Letztlich erlöste mich das Aufheulen des Motors und so gelangte ich in die Sowjetunion, die heutige Ukraine. Die Reise schien ohne Ziel. Es waren um die 500 km bis nach Kiew und ich saß für fast zwei Tage in diesem Rohr. Schließlich war der Hunger nicht länger zu ertragen und ich flüchtete am Abend unentdeckt durch die Klappe in die Freiheit. Als ich für einen Moment durchatmete und mich umsah, war ich auf einer Baustelle am Rande der Stadt. Mir war kalt und ich dachte nur noch an Essen. Ich wanderte durch die Nacht und erreichte nach einiger Zeit einen Wohnbezirk, es schienen unendliche Häuserreihen zu sein, Wohnblöcke, grau und heruntergewirtschaftet. Ich konnte nicht einmal Geschäfte finden, die Straßen waren leer, der graue, matschige Schnee durchnässte allmählich meine Schuhe und Verzweiflung beschlich mich.

Ich begann in den Mülltonnen zu stöbern, nichts. Irgendwann setzte ich mich auf einen Bordstein und resignierte. Und das war das erste Mal nach all der Zeit, dass ich weinen musste. Ich bekam kaum Luft, alles drängte an die Oberfläche, der Tod meiner Eltern, meiner Oma, der Verlust meines Zuhause, meiner Heimat, die Vergewaltigungen, der Mord, Helene, wie sollte man da noch aufstehen können. Ich war bereit, an Ort und Stelle zu sterben, bis mich ein alter Mann mit seinem Gehstock sanft in die Seite stupste und hochhetzte. Zuerst verstand ich ihn kaum. Er sprach russisch und zeigte dauernd in eine Richtung, doch als er langsam sprach, verstand ich ein paar Wortfetzen. Er meinte, ich könnte hier nicht bleiben, es wäre zu kalt, wenn ich kein Zuhause habe, solle ich mich den Kindern im Park anschließen, die wüssten, wie man diesen eisigen Winter überleben könnte. Dann ging er fort und ich rappelte mich auf. Ich geisterte umher, versuchte zu finden, wovon er sprach - doch nichts. Es wurde spät, die Lichter in den Wohnungen erloschen, kaum noch Autos, die auf den Straßen fuhren. Nach einer Weile fand ich zwar einen Park, doch dieser war menschenleer. Ich suchte Schutz unter einer Bank, sammelte Pappe aus verschiedenen Mülltonnen und versuchte, mich notdürftig damit zu schützen. Diese Nacht war mit die schlimmste meines Lebens. Noch nie hatte ich so gefroren. Ich zitterte am ganzen Körper und fand kaum Schlaf. Es hat sich angefühlt, als würde sich der Frost in meinen Körper fressen. Als die Sonne aufging, war es fast wie eine Erlösung. Ich konnte nicht abwarten, endlich etwas zu Essen zu bekommen und so suchte ich nach einer Straßenbahn-Haltestelle und bettelte, ohne nachzudenken. Noch vor einiger Zeit wäre ich deshalb vor Scham im Boden versunken, doch in diesem Moment wäre ich auch nur für einen Brotkrümel schreiend auf die Straße gesprungen. Eine alte Dame erbarmte sich meiner und gab mir ihr Brot. Ich stürzte mich darauf und erfuhr noch nie so großes Glück, etwas zwischen die Zähne bekommen zu haben. Dieses Erlebnis bestärkte mich und so kam ich an - im Leben auf der Straße.

Ich studierte die Menschen, wie sie mit ihren ausdruckslosen Gesichtern, fast so bettelarm wie ich, durch die Straßen schlotterten. Irgendwann wusste ich genau, wer mir freundlich gesonnen war und bei wem es nichts zu holen gab. Jeden Tag stand ich pünktlich um halb sechs Uhr morgens an der Haltestelle, starrte die Menschen unterwürfig an und klapperte mit einer alten Büchse durch die Gegend. Tagsüber vertrieb ich mir die Zeit und suchte nach öffentlichen Gebäuden, Kirchen, Bahnhöfen, Einkaufsmärkten, um mich etwas aufzuwärmen, bis die Welle der Arbeiter wieder nach Hause fuhr. Für eine Weile fühlte ich mich sehr allein. Jeden Abend kehrte ich zu diesem Park zurück, in der Hoffnung, eines dieser beschriebenen Kinder anzutreffen, doch mit der Zeit beschlich mich das Gefühl, einem Mythos gefolgt zu sein. Schließlich verlor ich den Glauben und dachte nicht weiter darüber nach, war doch derzeit die Kälte das Einzige, was mich regelmäßig beschäftigte und in Schach hielt.

Ich legte meine Unterkunft großzügig mit Pappe aus und glaubte, ein neues Zuhause gefunden zu haben. Die Tage vergingen, von Hunger und Kälte getrieben, galt es für mich nur, den nächsten Tag zu erleben und bemerkte gar nicht, wie ich unter Beobachtung stand. Erst fielen sie mir im Gedränge gar nicht auf, doch dann kamen immer mehr. Die Kinder existierten, und sie waren die ganze Zeit über da gewesen, ich war nur zu blind."

„Also waren die Kinder im Park?"
Mira lächelte.
„Nein. Sie lebten nicht im Park, eher am Rande der Stadt und waren auch nur zu Besuch hier. Ein

Mädchen hatte mich eines Abends von hinten angerempelt und sah mir scharf in die Augen. Ich sah die gleiche Leere und wusste, sie sind hier. Also folgte ich ihr und wenig später war sie nicht mehr allein. Ein kleiner Junge griff nach ihrer Hand, beide gingen eilig zum Bahnhof. Ich nahm all meinen Mut zusammen und stellte mich ihnen in den Weg. Ich versuchte ein paar Worte auf Russisch, kam aber nicht weit. Also sprach ich sehr langsam polnisch. Beide sahen mich mit großen Augen an und ließen mich stehen. Ich blieb enttäuscht zurück, beendete meine Schicht an der Haltestelle und lief in den Park zurück. Ich weiß es noch wie heute, es war immer die sechste Bank, kurz vor dem Denkmal, weil diese im Schatten lag und das beste Versteck war, so nahm ich jedenfalls an.

Ich machte große Schritte, lief an dem Denkmal vorbei, überlegte noch, was dieses Mal anders war, sah mich verstört um, zählte die Bänke, lief um das Denkmal herum und hielt einen Moment inne. Ich wunderte mich, war es doch die richtige Seite und plötzlich stockte mir der Atem. Alles, was ich in den letzten Tagen so mühsam zusammengebaut hatte, war verschwunden. Im vereisten Schnee konnte man große Fußspuren erkennen. Ungläubig ließ ich mich zu Boden fallen, wimmerte und wusste mir keinen Rat mehr. Wie kann man jemandem etwas wegnehmen, der eh schon nichts hat. ‚Wer tut sowas?', stieß ich laut hervor und in dem Moment hallte eine helle Stimme durch die Nacht.

‚Es war die Miliz', sagte sie, es ist nur eine Frage der Zeit, bis sie die Verstecke finden und auflösen, dich verjagen, dich verprügeln. Wir haben gestaunt, wie lange du es ausgehalten hast, ohne dich an jemanden zu wenden.' Verblüfft sah ich mich um und gleich mehrere Augenpaare blickten erstaunt auf mich nieder. Der Junge, der zu mir sprach, sein Name war Mika, reichte mir die Hand. Er sprach als einziger polnisch. Hinter ihm etwas versteckt, standen das Mädchen und der kleine Junge, mit noch zwei anderen Jungen im Schlepptau. Endlich hatte ich sie gefunden, endlich hatten sie mich gefunden. Überglücklich hielt ich mich an seiner Hand fest und ließ mich aufnehmen in den Kreis der aufgegebenen Kinder von Kiew. Mika sagte, die Kinder wären von mir beeindruckt gewesen, kaum einer hätte so lange alleine durchgehalten."

Colin sah sie überrascht an.

„Also war es eine Prüfung, dich so lange im Ungewissen zu lassen?"

Mira zuckte mit den Achseln

„Wohl möglich."

„Und mit ihnen zusammen hast du dann auf der Straße gelebt?"

„Ja, die Zeit war die härteste und die schönste Zeit. Als ich das Quartier am Rande der Stadt sah, war ich von Trauer überwältigt. Es waren so viele Kinder, Colin, so viele. Sie lebten auf engstem Raum, zwischen Heizungsrohren in einem unterirdischen Tunnelsystem einer nahegelegenen Fabrik. Niemand wusste um die Gefahr, ein jeder versuchte einzig und allein zu überleben. Als Mika die Luke öffnete, wehte mir warme, stickige Luft entgegen. Es war kaum auszuhalten, aber es hielt uns warm und die Eiseskälte, sowie die Miliz fern. Jeden Abend kamen sie wie Bienen zurück in den Stock geflogen, das Essen wurde fair aufgeteilt und man sang, lachte und erzählte sich Geschichten.

Wir alle waren Aussätzige, verstoßen, verleugnet von der Gesellschaft, aber dafür waren wir frei und hatten uns. Niemand bestimmte, was wir taten, niemand nutzte uns aus oder benutzte uns."

„Unglaublich, man kann sich das gar nicht ausmalen."

„Ja… Wenn man sich als Erwachsener vorstellt, dass diese Kinder sich einfach selbst überlassen wurden, kein Herz sie vermisste, macht einen das traurig. Aber es war auch interessant zu sehen, wie eben diese Kinder in der Not miteinander umgingen. Sie kümmerten sich um jeden Einzelnen, alles wurde gleich verteilt. Es gab keine Habgier, keine Ungerechtigkeit, kein böses Wort oder Streit. Wir allen saßen im gleichen Boot und kämpften um das Überleben. Wenn du die Geschichten der Kinder kennst, dann fragst du dich, wie es mit unserer Gesellschaft nur so weit kommen konnte.

Beispielsweise Natascha, sie war 8 Jahre, das Mädchen, das ich zuerst traf mit dem kleinen Jungen. Ihre Eltern boten sie für ein paar Rubel den Nachbarn zum Sex an. Natascha wurde ans Bett gefesselt und ihr Bruder im Bad versteckt. Aus Angst, er würde dazwischengehen, kettete man ihn an die Heizung. Dann wurden die Gäste empfangen, derweil warteten die Eltern auf dem Flur und im Anschluss wurde abkassiert. Das Geld haben sie dann versoffen oder für Drogen ausgegeben. Natascha sah keinen anderen Ausweg. Sie wusste, wenn sie ins Heim müsste, würde sie ihren Bruder verlieren, also wählten sie die Straße.

Sebastian, 6 Jahre, seine Mutter starb an Krebs, sein Vater trank, weckte ihn jeden Morgen zum Betteln und prügelte ihn hinaus, um das Geld für die so geliebte Flasche Wodka zu besorgen, was hatte er noch zu verlieren und so rannte er davon.

Agneska, 7 Jahre, auch ihre Eltern tranken, ihr Vater prügelte und vergewaltigte sie, bis sie nicht mehr konnte und das Weite suchte.

Josha, 6 Jahre, er war so verstört. Als ich seine Geschichte hörte, war ich fassungslos. Seine Mutter starb im Kindbett, sein Vater war Trinker und lernte seine Brüder mit dem Suff an. Des Öfteren haben sie sich alle gleichzeitig an dem kleinen Jungen vergangen, meistens, bis er bewusstlos wurde. Er wollte nur überleben, also ist er in der Nacht davongerannt und kehrte nie wieder zurück.

Genia, 10 Jahre, seine Eltern stritten ständig, hatten kaum Geld, lebten in ärmlichen Verhältnissen. Eines Nachts, natürlich waren sie betrunken, kamen sie sich erneut in die Quere, wutentbrannt ging der Vater in den Stall, nahm eine Axt und erschlug seine Mutter vor seinen Augen. Wer würde dort noch eine Sekunde länger bleiben. Und so reiht sich eine Geschichte an die Nächste. Wo die Armut am größten ist, der Alkohol, die Drogen nicht weit sind, werden Menschen zu Bestien. Wir alle hatten unsere Geschichte, unsere Trauer, wir alle waren gleich, teilten das Schicksal der Hoffnungslosigkeit. Wir waren Kinder, deren Stimmen man nicht mehr hören wollte, wir waren uns selbst überlassen und sorgten füreinander, sicherlich besser, als es unsere Eltern oder sonstige Einrichtungen hätten tun können.

Ja und Mika war zu der Zeit mein bester Freund und irgendwann wurde er auch zu meiner ersten Jugendliebe. Er lehrte mich die russische Sprache, zeigte mir alles, was ich auf der Straße zum Überleben brauchte und vernarrte sich irgendwann ganz in mich."

„Warum lebte er auf der Straße?"

„Er hatte sich mit seinem Vater ständig geprügelt, auch der trank, er terrorisierte die Familie von morgens bis abends. Sie waren sieben Geschwister, seine Mutter war Polin und so lehrte sie ihn die Sprache. Sie sprachen heimlich, wenn sein Vater schlief, wie sie ihn am besten töten könnten… Naja, und Mika hat es dann erledigt, er hat ihm Rattengift in das Essen getan und dazu später Methanol statt Alkohol gereicht, er meinte nur dazu, sicher ist sicher. Als die Miliz den Leichnam fand, war klar, dass es sich hier um ein Verbrechen handelte. Mika wollte seine Familie schützen, wenn er nicht gegangen wäre, hätten sie die Mutter der Tat bezichtigt und alle Kinder ins Heim gebracht und so lief er fort und schwor, er würde nicht zurückkehren, würde es ohne sie schaffen und Geld nach Hause schicken. Mika hatte ein großes Herz. Wenn du mich fragst, bezweifle ich bis heute, dass er seinen Vater wirklich getötet hat, ich denke, es war seine Mutter und er wollte sie schützen."

„Was hast du ihm für eine Geschichte über dich erzählt?"

„Mh… naja… ich wollte es ihm sagen, aber ich konnte nicht… Ich sagte ihm, dass meine Eltern bei einem Hausbrand starben und dass ich danach aus dem Heim geflohen sei. Ich glaube, er wusste, dass ich ihm etwas verschwieg, aber er spürte, dass ich nur ungern darüber sprach."

„Und was ist dann passiert?"

„Wir lebten ungefähr zwei Jahre auf der Straße. Der Winter war echt hart, aber im Sommer war es wunderschön. Tagsüber badeten wir am See, früh und abends gingen wir betteln und am Abend legten wir uns unter dem Himmel schlafen. Doch um uns herum veränderten sich die Menschen. Die Löhne wurden immer geringer, die Armut lag wie ein dichter Nebel über der Stadt. Am Anfang waren wir zehn Kinder, doch nach und nach schlossen sich uns immer mehr Kinder an. Und mit ihnen hielt die Spirale aus Alkohol und Drogen bei uns Einzug. Mika blieb nicht lange davon unbeeindruckt. Wo er früher lieber die Zeit mit mir verbrachte, trieb er sich nun mit den älteren Jungs herum. Sie zogen nächtelang um die Häuser, fingen an zu stehlen, einzubrechen. Abends betranken sie sich mit Bier oder manchmal auch mit Wodka. Irgendwann kam einer der Jungs mit Klebstoff an. Er drückte den Stoff in eine Plastiktüte und inhalierte die giftigen Dämpfe. Danach verhielten sie sich wie wildgewordene Affen, sie gackerten aufgedreht laut über alles und jeden, liefen ganz benebelt umher und nach und nach verkam unser Versteck zu einer Müllhalde. Die Drogen machten Mika aggressiv und unberechenbar. Er fing an, die Leute anzubrüllen, rastete teilweise grundlos aus. Ich erkannte ihn nicht wieder, aber ich begann zu verstehen, warum er seinen Vater so verachtete. Einmal hat er mich geohrfeigt, weil ich ihm den Klebstoff wegnahm, da habe ich ihm gesagt, dass er seinem Vater immer ähnlicher wird. Das hat ihn nur noch mehr gegen mich aufgebracht, verzeihen konnte er mir das nicht. Dieser Satz änderte alles zwischen uns. Von da an ignorierte mich Mika und unsere Gruppe spaltete sich zusehends. Eines Nachts fuhren wir mit der Bahn. Mika und die anderen Jungs hatten viel getrunken, waren high und tänzelten wie aufgebrachte Hühner durch den Waggon. Ein besoffener Alter saß am anderen Ende und prostete mit seiner Flasche den Jungs zu. "

Mira rang nach Luft und versuchte den dicken Kloß in ihrem Hals hinunterzuschlucken.

„Sie lachten und dann fasste sich der Alte in den Schritt und meinte, dass zu einer guten Flasche Wodka auch immer ein Mädchen gehören müsste, der man es besorgen kann. Er wedelte mit Geld um sich und meinte, dass er sich eine kaufen werde. Da kam Mika auf mich zu, sagte, dass sie kein Geld mehr hätten, ob ich nicht dem Alten einen runterholen könnte, ich war so… ich dachte, wenn ich es tue, dann hat er mich vielleicht wieder lieb, er bedeutete mir so viel, unsere Liebe, unsere Freundschaft, also …..tat ich es. Für ein paar Rubel habe ich mich verkauft. Von dem Geld haben sich die Jungs dann Alkohol gekauft und tranken, bis sie nicht mehr konnten. Danach hat mich Mika nicht mehr angefasst. Er sagte, ich wäre jetzt unrein und so eine Freundin wolle er nicht haben. Ich war getroffen und schwamm nun still in der Gruppe mit, versuchte mich aus Allem rauszuhalten und weitestgehend meine Ruhe zu haben. Die Tage zogen ins Land und der Winter kehrte zurück, noch unbarmherziger und härter als je zuvor in den letzten Jahren. Dauernd gab es Stress in unserem Versteck, nur mit Glück konnten wir zweimal einer Untersuchung der Miliz entgehen. Die Situation schaukelte sich hoch, die Jungs wurden bei ihren Raubzügen immer brutaler, bis sie einen der Jungs schnappten. Es war Josha. Er hatte Schmiere gestanden und rannte der Miliz direkt ins Netz. Er hatte Angst bei den Männern allein, er war noch so klein. Bei seiner Geschichte konnte ich ihn verstehen. Aus lauter Verzweiflung, wieder zurück zu seinem Vater zu müssen, hat er ihnen alles erzählt, von unserem Versteck, den anderen Kindern. Daraufhin hat man ihn freigelassen und war auf der Suche nach Mika und den Jungs. Wir mussten unser Lager räumen und versteckten uns in einer alten Jagdhütte, nahe der Stadtgrenze. Eines Nachts, vor Wut blind, packte Mika und die Jungs die Rachsucht. Sie spürten Josha unter uns auf, zerrten ihn mit sich auf den Dachboden, legten ihn in Fesseln und schlugen auf ihn ein. Wir schrien sie an, sie sollten von ihm ablassen, er hätte Angst, da nahm Mika einen Betonklotz und erschlug ihn vor unseren Augen. Regungslos ging Josha zu Boden. Ich glaube, erst da hatte Mika verstanden, was aus ihm geworden war. Er sah in meine Augen und dann auf seine Hände. So sehr er auch seinen Vater hasste, der Alkohol hatte genau dasselbe aus ihm gemacht, eine Bestie, die nicht mehr zu zügeln war. In dieser Nacht hat sich unsere Gruppe aufgelöst. Wir alle waren erstarrt vor Angst und wussten, es war vorbei. Ich ging zurück auf die Straße, zurück in meine Einsamkeit."

Colin starrte berührt auf den Boden. Er war fassungslos und hatte keine Worte. Er räusperte sich und nahm einen Schluck Wein.

„Was ist aus den anderen geworden?"

„Jemand hatte die Polizei verständigt. Mika und die Jungs steckte man in das Gefängnis, die Kinder, die man aufspürte, ins Heim. Ich und noch ein paar andere flüchteten wieder. Was aus den anderen geworden ist, weiß ich nicht. Wir haben uns noch ab und an auf der Straße gesehen, dann sind wir wortlos aneinander vorbei gegangen. Ich denke, jeder von uns wollte es einfach nur noch vergessen. Für mich ging das Leben weiter, wieder war ich auf der Straße und wieder war ich allein.

So langsam kam mir in den Sinn, dass mir Gesellschaft kein Glück brachte und so versuchte ich, mich allein durchzuschlagen. Es war auch einfacher, da du dich um niemanden sorgen musstest. Ich schlief oft im

Bahnhof, manchmal war die Kirche gnädig und ließ mich im Stall bei den Pferden schlafen. Ich war da, glaube ich, bereits vierzehn Jahre. Kurz vor meinem 15. Geburtstag sprach mich ein Typ auf der Straße an. Sein Name war Stani und er meinte, ich könnte bei ihm als Kellnerin arbeiten, wenn ich das möchte. Als er fragte, woher ich komme und erfuhr, dass ich keine Familie hatte, zögerte er nicht lange. Er gab an, mich ein Stück begleiten zu wollen, dann ging alles ganz schnell. Ich spürte einen Schlag auf den Hinterkopf, etwas Dunkles vor meinen Augen und dann verlor ich das Bewusstsein. Als ich wach wurde, war ich in einem alten Haus, es roch modrig, der Raum, in dem ich mich befand, war nackt, außer einem Bett gab es nichts. Eine Stimme sagte zu mir, ich solle nicht versuchen abzuhauen, ansonsten würde man mich töten. Als ich mich zur Seite drehte, saß ein dunkler Typ auf einem Stuhl neben mir, beobachtete mich und suchte nach meinem Arm. Als ich bemerkte, dass er eine Spritze an meine Vene legte, wehrte ich mich, versuchte zu schreien, doch durch das Tuch in meinem Mund verstummte ich und dann kam eine Welle der Gleichgültigkeit, die den letzten Funken Lebensfreude einsog und bannte.

Ich glaube, an diesem Morgen bekam ich meinen ersten Schuss. Ich war sofort abhängig, dieses Gefühl war unbeschreiblich. Es nimmt dir die Sinne, lässt dich selbst im schrecklichsten Moment zufrieden sein. Ich ruhte quasi in mir und duldete den Typen auf mir, er schob sich die Hose runter, nahm ein Kondom und fickte mich die halbe Nacht. Mir war es egal, meine Hülle lag vor ihm, doch mein Geist machte Urlaub am Meer und verbarg sich hinter all dem Elend. Diese Prozedur wiederholte er an den darauffolgenden Tagen immer und immer wieder, bis ich, wie ein Hund abgerichtet, hörig an seiner Seite stand. Ich kann dir aus dieser Zeit nicht mehr viel erzählen, es ist, als würde ich von einer fremden Person sprechen. Ich habe all die Jahre versucht es zu verdrängen, was mir ganz gut gelang."

Colin schüttelte ungläubig den Kopf.

„Oh mein Gott… Wer tut so was? "

Mira lächelte gequält.

„Zu viele. Colin, ganz ehrlich, bevor ich dich kennengelernt habe, dachte ich, fast die ganze Welt wäre so. Es laufen dort draußen so viele perverse Schweine rum, dass du irgendwann annimmst, dass es keine normalen Menschen mehr gibt. Das Schlimmste an ihnen war diese Gleichgültigkeit. Ich musste so viele Nächte auf dem nackten Boden schlafen, habe vor Kälte gezittert, und dann diese schmerzhaften Entzugserscheinungen, aber das war denen egal. Nach einiger Zeit bemerkte ich, dass ich in diesem Haus nicht allein war. Die Tür ging auf und ich wurde in ein anderes Zimmer gesteckt. Vier andere Mädchen starrten mich an, wagten nicht zu sprechen. Das Essen haben sie uns vor die Füße geworfen, als wären wir Tiere. Wenn sie wach wurden, mussten wir sie befriedigen, danach uns reinigen und uns für den Abend fertig machen."

„Konntest du nicht weglaufen?"

„Ich war gefangen. So sieht Menschenhandel aus. Man lasse jemanden verschwinden, den eh niemand vermisst, setze ihn unter Drogen und strenge Beobachtung und schon hast du den perfekten Slaven, abgerichtet wie einen Hund, bettelnd um den nächsten Schuss und Essen, und zu allem Überfluss brauchst du die Beute nicht mal teilen."

Die Wahrheit war wie ein großer Brocken, den Colin versuchte hinunter zu würgen. Er griff nach Miras Hand und drückte sie fest. Mira fuhr mit eisiger Stimme fort:

„An jedem Abend haben sie uns mit einem Wagen abgeholt, wir durften untereinander nicht sprechen, nicht einmal ein Zeichen geben. Die Zuhälter waren immer an unserer Seite, haben aufgepasst wie Schießhunde, uns nicht aus den Augen gelassen. Am Abend wurden wir immer an der gleichen Haltestelle rausgelassen. Wir mussten dann auf die gegenüberliegende Seite wechseln und alle vorbeilaufenden Männer ansprechen. Egal wen! In den Büschen haben wir es dann mit ihnen getrieben. Ich hatte so eine Panik vor Krankheiten, dass ich manchmal die Kondome heimlich mitgenommen und ausgewaschen habe, denn oft sparten die Zuhälter sogar bei solchen Kosten. Ein Mädchen hatte von ihrem Zuhälter nie Kondome bekommen, also hatte sie sich mit anderen Methoden beholfen und bekam wenig später Geschwüre, letztlich starb sie zwei Jahre später an Unterleibskrebs.

Am Abend wurden wir wieder eingesammelt, dann wurde Kasse gemacht. Die Mädchen, die gut verdient hatten, wurden in Ruhe gelassen, bekamen Drogen wie sie wollten, wurden nicht geschlagen, bekamen Essen und durften unter Aufsicht auch mal shoppen gehen, doch die, die wenig einbrachten, wurden in den Keller gesperrt und das war nicht irgendein Keller, es war die reinste Müllhalde, es roch nach Fäkalien, nach Erbrochenem, der Geruch war so beißend, dass du dir gewünscht hättest, nie wieder da rein zu müssen. Vor der Gittertür stand immer ein Hund, der uns mit gefletschten Zähnen anstarrte. Ich hatte Glück und musste dieses Loch nur selten besuchen.

Ich weiß auch nicht, wie ich es geschafft habe, aber im Vergleich zu den anderen Mädchen sah ich immer noch einigermaßen hübsch aus. Vielleicht lag es auch daran, weil ich noch fast alle Zähne besaß. Ich meine, wenn du auf der Straße lebst und anschaffst, sind ja Krankheiten nicht fern, Mundfäule, Mangelernährung, Läuse, Flöhe, Ekzeme, Geschwüre, Geschlechtskrankheiten, die Liste ist lang und vielen Kindern konnte man den schleichenden Prozess, den Raubbau am Körper ansehen. Zähne waren da schon fast wie eine Luxusausstattung, denn wenn man auf dich einprügelt, schaut niemand darauf, wo er den ersten Schlag hinsetzt. Naja, wie gesagt, ich hatte Glück und mich mochten die Freier ganz gern."

„Wie lange warst du dort?"

„Ein halbes Jahr ungefähr, vielleicht auch ein ganzes. Genau kann ich das nicht mehr sagen. Wie gesagt, die Erinnerungen an die Zeit sind nur schwach. Mein Drogenproblem nahm zu dieser Zeit überhand, ich war wie ferngesteuert und dachte nur noch an den nächsten Schub, die nächste Erlösung. Mir waren die anderen Mädchen egal, ich setzte alles daran, viel Umsatz zu machen, verlangte einen immer höheren Preis und verlor mich in der Sucht. Ich war so in meiner eigenen Welt, dass ich nicht bemerkte, wie sich einer der Zuhälter in mich verliebte. Und ja… es war Juri, ein Kleinkrimineller aus Warschau, der sich in Kiew das große Geld erhoffte. Er hatte es seiner herausstechenden Statur zu verdanken, dass die Männer ihn mochten, ihm vertrauten, er brachte Angst und Schrecken, jeder fürchtete ihn, doch bei mir wurde er zum stillen Bewunderer. Er sah mir heimlich zu, wie ich mich zurechtmachte, verloren am Wegesrand auf den nächsten Freier wartete, bei mir war er schüchtern und schaute weg, wenn ich ihn ansah. Eines Nachts hatte ich eine Überdosis, hing über der Toilette, brach zusammen, fiel auf den Rücken und zitterte nur noch. Weißer Schaum quoll aus meinem Mund, ich wusste, es würde nicht mehr lange dauern und ich könnte wie ein Engel emporsteigen, als plötzlich Juri zur Tür hereinstürmte. Er rettete mich und brachte mich in das nächstgelegene Krankenhaus, zahlte in bar, aus Angst, sie würden mich ohne Namen nicht behandeln. Die Sache sorgte im Haus für Furore. Als er mit mir zurückkehrte, stellte mein Zuhälter ihn zur Rede. Beide begannen zu streiten, Juri provozierte ihn, wurde mutig und forderte ihn in einem Glücksspiel heraus, mich als Einsatz zu bringen. Sie spielten bis zum Morgengrauen, nach einer kräftezehrenden Partie ging Juri nur knapp als Gewinner hervor. Natürlich steht niemand gern als Verlierer vom Tisch auf. Beide begannen ein Gerangel, bis ein Ko-Schlag Juri rettete und zur Flucht verhalf. Er packte mich und zerrte mich mit sich. An diesem Morgen verließ ich diese Folterkammer, hätte Juri mich nicht gerettet, hätte ich dort sicherlich nicht mehr lange überlebt.

Er liebte mich bedingungslos und war entschlossen, mich als seine Frau glücklich zu machen. Seit jener Nacht waren wir nur noch selten getrennt. Juri mietete für uns ein kleines Apartment und hielt an meinem Bett Tag und Nacht wache. Diese Zeit hat sich wie ein Traum angefühlt. Ich hatte die schlimmsten Entzugserscheinungen. Schweißausbrüche, Übelkeit, Schwindel, doch das war nichts im Vergleich zu den Alpträumen. Dunkelheit, die dich verschlingt, überall Schatten, Schreie, doch Juri wich nicht von meiner Seite. Er hielt mir das Haar zurück, wenn ich mich übergab, reinigte das Bett, wenn ich es nicht bis zur Toilette schaffte. Ich war ganz weit unten, aber er liebte mich und nahm das alles in Kauf. Er brachte so unglaublich viel Geduld auf, damals war sein Herz noch groß, seine Liebe ohne Grenzen. Ich lag fast fünf Wochen im Bett, war bis auf die Knochen abgemagert und so schwach. Ich behielt kaum etwas im Magen und dämmerte vor mir hin.

Als der Frühling kam, kam auch ich wieder zu Kräften. Mein Entzug hatte Juris Kasse gebeutelt. Wir beide hatten keinen Job, keine Ausbildung, nur uns."

„Aber war Juri nicht für dich ein Fremder? Hast du dich in der Zeit in ihn verliebt?"

„Ich war Juri unendlich dankbar. Ich denke, das war einzig und allein der Grund, warum ich mich in ihm verlor. Wie er mich mit seinen eisblauen Augen schwermütig ansah, mich anflehte, bei ihm zu bleiben, da fühlte ich seit langem wieder Vertrauen und Zuneigung. Während meines Entzugs hatten wir kaum miteinander geredet. Was soll ich sagen, er saß die ganze Zeit an meinem Bett und ich vegetierte vor mir hin. Als es mir besser ging, sind wir öfter spazieren gegangen und dann hat er mich geküsst. Er hat mich nie bedrängt, aber irgendwann wollte er eine Beziehung und mit mir schlafen. Ich habe ja gesagt, erst später waren auch Gefühle im Spiel."

„Also hast du ihn geliebt?"

„Wenn ich dich so ansehe, dann war es keine Liebe, eher tiefe Zuneigung, wie zu einem Freund. Diese Schmetterlinge, die ich im Bauch habe, wenn ich dich sehe, dieses Glück, an deiner Seite zu sein, dass war mit Juri nie so. Ich glaube, meine Liebe war für ihn einfach unerreichbar. Es war die falsche Zeit, zu viel war passiert, zu viel Schlechtes hatte uns verbunden. Da war zu wenig Raum für Leichtigkeit. Ich bin mir sicher, dass es Juri spürte, dass er mein Herz nie erobern könnte. Er hat darum gekämpft, an jedem einzigen Tag. Heute denke ich, das war der Grund, warum er bei mir blieb, weil es das Einzige war, was er nie kaufen konnte, nie besitzen durfte, meine bedingungslose Liebe."

„Also habt ihr in Kiew gelebt? Was habt ihr aus eurer finanziellen Not gemacht? Musstest du etwa für ihn…?"

Mira nickte.

„Es hört sich aus heutiger Sicht sicher naiv an, aber ich wollte ihm helfen, so, wie er mir geholfen hatte. Zum Schluss war unsere Lebenssituation so schlimm, dass man uns das Wasser, die Heizung und den Strom abstellte. Wir waren gezwungen, etwas dagegen zu tun. Wir wollten nicht wieder auf der Straße landen. Juri musste vorsichtig sein, konnte sich unter den Zuhältern derzeit nicht blicken lassen, also was blieb übrig? Und so hab ich mich wieder an die Straße gestellt. Nur dieses Mal war es anders, wir hatten eine eigene Wohnung und unsere eigenen Regeln. Ich musste nicht jeden dahergelaufenen Typen befriedigen und konnte mich nach der Arbeit waschen und vorsorgen."

„Aber wenn Juri dich so liebte, wie konnte er ertragen, dich mit anderen Männern zu teilen?"

„Am Anfang hat ihn das fast krank gemacht. Schon damals bekam er diese cholerischen Ausraster, schlug um sich, schrie mich an. Dennoch geschah alles aus Angst, mich zu verlieren, Angst, dass ich jemanden kennen lernen könnte, der mir gefällt, den ich liebe.

Naja… es war schon eine bizarre Situation. Während ich den Kunden in unserer Wohnung befriedigte, blieb Juri im Hausflur, rauchte eine nach der anderen und war krank vor Sorge. Meistens wollte er, dass wir danach zusammen duschen, er pflegte mich, reinigte mich akribisch und stellte sicher, dass es mir an nichts fehlte. Danach wollte er kuschelnd mit mir einschlafen, sein Herz raste wie wild, ich denke, wenn er je geliebt hat, dann in dieser Zeit.

Ja und so lebten wir eine Weile, irgendwie ging es und lief immer besser. Wir bezahlten unsere Schulden, die Miete im Voraus, bald konnten wir sogar in eine bessere Gegend ziehen und gewannen neues Klientel dazu. Ich setzte alles auf mein Aussehen, um die wohlhabenden Männer anzusprechen, um somit noch mehr Geld zu verdienen. Wir waren zwei Kinder, die die Straße besiegt hatten und nun in vornehmen Läden einkaufen gingen. Ich fühlte mich wie „Pretty Woman", in edler Robe, mit unzähligen Einkaufstüten unterm Arm. Ich arbeitete hart an mir, mein Ziel war es, als Edel-Hure aufzusteigen. Meine Haut war weich wie Samt, meine Zähne ließ ich hochwertig aufpolieren, ich ging regelmäßig zum Arzt, meine Haare frisierten nur die besten Friseure, ich verkleidete mich wie eine Geschäftsfrau und achtete auf meine Aussprache. Ich war zu einer begnadeten Schauspielerin avanciert, die das Geschäft für sich nutzte. Uns ging es gut, doch tief in meinem Herzen sehnte ich mich nach einem normalen Leben. Oft habe ich mit Juri am Abend zusammengesessen, mir vorgestellt, wie es wäre, Kinder zu haben, mit ihm auf das Land zu ziehen, Juri sagte dann immer, noch ein – zwei Jahre und dann haben wir genug Geld, um einen Laden oder eine Bar zu eröffnen, wir müssten nur durchhalten und dann würde er mich heiraten und mir Kinder schenken.

Die Jahre gingen ins Land, doch von diesen Träumen blieb, außer Habgier, nichts übrig. Juri verlor sich in seinem Streben, etwas oder jemand zu sein. Er suchte ständig Kontakte zu einflussreichen Leuten, zum einen, um mich beschäftigt zu halten, zum anderen, um vielleicht noch mehr Geld zu verdienen und einen Einstieg in andere Geschäfte zu bekommen. Die Abende, an denen er in irgendwelchen noblen Bars versackte, wurden immer häufiger. Wenn er betrunken nach Hause kam, war er nicht auszustehen, er wurde aggressiv und erniedrigte mich, wenn wir miteinander schliefen. Unsere Beziehung wurde schleichend ein Spiel um Macht und Anerkennung. Schon damals zweifelte ich an uns, aber unsere Leben war bereits zu weit ineinander verwoben, um den Ausstieg zu schaffen. Wir waren voneinander abhängig und brauchten uns. Ich hätte niemals gewagt, ihn zu verlassen. Ich hatte nichts weiter, außer ihn! Er war meine Familie, mein bester Freund, mein Zuhälter. Mein Leben war zu dieser Zeit nicht perfekt, aber zu ertragen. Ich setzte alles daran ihn glücklich zu machen, brachte das Geld nach Hause, was er verspielte und in Suff eintauschte, liebte ihn für Schläge und Zärtlichkeiten.

Ich hoffte auf so etwas wie Normalität, dachte, es wäre nur eine Phase und alles würde sich zum Guten wenden. Tja und dann …, dann lernte er Lukasch kennen.

Juri war zwei unendliche Tage verschwunden. Ich konnte vor Sorge kaum denken, nicht arbeiten, wartete am Fenster, schlief nicht. Als er am Abend in die Wohnung torkelte und über die letzte Stufe fiel, verkündete er, dass wir bald unser Ziel erreichen würden, er einen dicken Fisch an der Angel hätte. ….Gott, hätte ich früher schon gewusst, dass er seine Seele dem Teufel verkauft hatte, ich wäre geflohen.

Lukasch hatte Juri schon eine Weile im Auge gehabt, er mochte sein egozentrisches Auftreten, seine Arroganz, er sah in Juri einen Ziehsohn, einen neuen Partner und es dauerte nicht lange, bis er ihm ein Angebot unterbreitete. Juri sollte zum Teilhaber gemacht werden, doch zuerst müsste er seinen Geschäftssinn und seine Loyalität unter Beweis stellen und in einem seiner Bordelle unter Aufsicht arbeiten. Würde er sich dann als Ehrenmann auszeichnen, stünde ihm Großes bevor. Juri lächelte siegessicher, als er davon erzählte, ich werde sein euphorisches Lächeln nie vergessen. Er war davon überzeugt, dass ihm diese Verbindung viel Reichtum und Einfluss bescheren würde. Also zogen wir um, in das renommierteste Bordell der Stadt und ich wurde zu einer von seinen Huren, Lukasch, dem Mann, den jeder fürchtete. Der Deal war, dass wir bei freier Kost und Logis bei ihm lebten, ich dreimal die Woche für Juri anschaffen sollte und Juri mich, sowie fünf andere Frauen verwaltete. Als Zusatzgeschäft sollte er kleine Aufträge für Lukasch erledigen, was das genau war, hat er mir nie erzählt, doch ich denke da an Menschenhandel, Drogen, eben alles, was das schmutzige Geschäft so mit sich bringt. Ich habe keine Fragen gestellt und hoffte wir würden diese Sache schnell hinter uns bringen."

Mira machte eine Pause und sah schwermütig auf.

„… Colin, es war die Hölle. Ich hatte bis dahin keine Ahnung wer Lukasch war. Ich habe noch nie so einen Menschen erlebt. Er war das Böse auf Erden, ein Teufel, so grausam und unnachgiebig, dass jeder Tyrann daneben wie ein Engel erschien. Er kam jeden Abend und lief durch die Reihen, dann wählte er sich

eine Frau, drückte ihr manchmal die Luft ab und
schlitzte sie mit einer Scherbe. Er leckte ihr Blut, liebte ihre verängstigten Gesichter, es erregte ihn, wenn
sie schrien, ihn anbettelten, sie in Ruhe zu lassen. ...
Dieses perverse Schwein... Er konnte alles tun, niemand hat ihn aufgehalten, egal, wer dabei war... Alle
haben nur zugesehen. Er kontrollierte die Stadt,
mischte in der Politik mit und machte Geld in Unsummen. Das schlimmste, was ich je mitbekommen
und gesehen habe, war, als sich ein Mädchen ihm
verweigerte. Sie war neu, kannte seine Vorlieben
nicht. Lukasch ließ sich Stacheldraht bringen, zwei
Männer hielten das Mädchen fest und dann peitschte
er ihren nackten Rücken aus... das Blut floss in Strömen... Hautfetzen flogen durch die Luft... ihre
Schreie gingen durch Mark und Bein...Nachdem sie
bewusstlos zusammengesackt war, ließ sie Lukasch
auf sein Zimmer bringen. Er suhlte sich in ihrem Blut,
vergewaltigte sie und ließ sie einfach liegen. An dem
Abend war er danach so gut gelaunt, dass die Feier
mit uns gratis ficken durften. Eine Schicht umsonst....
Oh Gott.... Dieser einzige Mann hat uns jeden Tag in
Atem gehalten. Die Menschen dort waren wie Marionetten und das Wort Aussteigen gab es in ihrem Wortschatz nicht. Wehe, jemand wagte ihm zu widersprechen, ihm sich nicht treu zu ergeben, dem drohte der
Tod. Es waren so viele Frauen, die einfach verschwunden waren. Auch das Mädchen, das er öffentlich ausgepeitscht hatte, habe ich danach nie wiedergesehen. Juri hat mir später erzählt, was Lukasch mit
ihnen gemacht hat. Viele hat er zu Tode geprügelt, es
hat ihn angetörnt, wenn er dabei zusah, wie die Seele
den Körper verließ, wie sie ihn ein letztes Mal ehrfürchtig ansahen, bevor er ihr Licht auslöschte. Dann

hat er sie im Wald verscharren lassen, oder in Flüssen oder Seen mit Steinen versenkt. Juri war einer seiner Helfer und ich bin mir sicher, dass er auch oft genug dabei war und geholfen hat, sie verschwinden zu lassen. Deshalb hatte er schreckliche Angst um mich und rastete immer vollkommen aus, wenn ich unpünktlich war, oder nicht das tat, was er von mir verlangte. Die Stimmung war zu jeder Zeit angespannt, sicher, weil er auch Angst um sein eigenes Leben hatte. Denn Lukasch machte keinen Unterschied bei seinen Strafen. Wenn die Männer ihm nicht gehorchten, oder ihren Job nicht im Griff hatten, drohte ihnen das gleiche Schicksal.

Und so gut Juri auch versuchte, uns zu schützen, Lukasch war eine tickende Zeitbombe. Ich fühlte, wie er um mich kreiste, er mochte Juri, dennoch wuchs sein Interesse an mir. Es war nicht zu übersehen, wie er die Zunge spitzte, wenn er in meine Augen sah, wie er sich öfter ganz nah an mir vorbeischob und mit seinen schmierigen Griffeln über meine Brust streifte. Ich lächelte dann nur gezwungen und hoffte, es wäre bald vorbei.

Ein einziges Mal blieb er bei mir stehen, Juri war gerade vor der Tür, da meinte er zu mir, dass es nicht mehr lange dauern würde und Juri mich eh fallen ließe. Warum sollte ein Mann bei einer Frau bleiben, wenn er alle haben konnte. Geld und Drogen würden die Persönlichkeit eines jeden verändern, dennoch bräuchte ich keine Angst haben, bevor mich Juri zum Teufel jagte, würde er mich gern ausprobieren, wie ich schmecke. Als er ging, brach ich in Tränen aus. Ich konnte nicht atmen, bekam solche Panik und flehte Juri an, mit mir zu fliehen. Was ich zu dem Zeitpunkt noch nicht wusste, war, dass Juri hohe Wettschulden abzuarbeiten hatte. Ein Entkommen war unmöglich. Er sagte, Lukasch wäre so gut organisiert, wir würden keine 24 Stunden überleben. Also blieben wir. Lukasch hatte Juri gekauft und er hatte es nicht einmal gemerkt. Es war unglaublich, ich war dem einen Höllenzimmer entkommen und stand schon im nächsten. Die Ironie meines Lebens wiederholte sich immer und immer wieder. Ich resignierte und erfreute mich an den kleinen Dingen, den schönen Kleidern und Schuhen. Ich versuchte in diesem Wahnsinn mit zu schwimmen und Juri zu gefallen. So vergingen die Jahre und als ich schon nicht mehr daran glauben wollte, kam Juri mit einer unglaublichen Nachricht zu mir.

Die Grenzen in Ostdeutschland seien gefallen und Lukasch würde zwei Bordelle in einer polnischen Grenzstadt eröffnen. Wer wäre besser für den Job geeignet, als Juri, ein gebürtiger Pole und einer seiner treusten Anhänger. Es war wie ein Freiheitsschlag. Wir wussten, von da an wären wir außerhalb Lukaschs Radius. Hoffnung keimte auf, als ich meine Sachen packte. Doch erst dann wurde mir bewusst, was ich all die Jahre vergessen hatte, ich war eine gesuchte Mörderin, die sicher kein zweites Mal Glück hätte, die Grenze unentdeckt zu passieren. Ich brach zusammen und in dieser Nacht erfuhr Juri von meinem dunklen Geheimnis."

„Wie hat er reagiert?"

„Er hat mich nicht verurteilt, an seinen Händen klebte sicher noch mehr Blut als an meinen, aber ich glaube, er bekam etwas mehr Respekt vor mir. Bis dahin hätte er sicher nicht erwartet, dass ich zu so etwas fähig wäre."

„Und - konnte er dir helfen?"

„Sicher… Korruption und Betrug gehörten zum guten Ton, es kostete zwar etwas Zeit, um neue Papiere auszustellen, aber letzten Endes habe ich sie bekommen."

„Aber wenn du einen Pass besitzt, warum bist du dann nicht…"

„Weil er immer sagte, wenn ich ihn verlasse, hetzt er die Polizei auf mich."

Colin schüttelte den Kopf.

„Was hat er schon gegen dich in der Hand. Nichts. Ich denke, wenn man bei ihm sucht, wird man auch genügend finden."

Mira nickte. Colin drehte sich zu ihr und nahm sie in den Arm. Er atmete tief durch. Miras Geschichte bewegte ihn sehr. Er war ganz aufgewühlt und schenkte sich und Mira großzügig ein. Niemals hätte er geglaubt, dass ihre Geschichte so traurig wäre und er schwor sich, von nun an alles dafür zu tun, dass sie endlich das Glück erfahren könnte, was sie verdient hatte.

„Was glaubst du, wann wird Juri merken, dass du nicht mehr da bist?"

„Mh… Schwierig zu sagen, sicher spätestens jetzt. Um diese Zeit hätte ich schon seit zwei Stunden an der Bar stehen müssen."

13

Die Konsequenz

Es war 23 Uhr, als Juri sein Bordell betrat. Er schien relaxed, schlenderte über den Flur und begrüßte seine Männer. Er trat über die Schwelle, sah flüchtig in die vorbeischwimmenden Gesichter und bemerkte nicht die gierigen Blicke, die ihm erwartungsvoll nachsahen. Er spürte nichts, nichts von dieser Unsicherheit, die in der Luft lag. Noch ehe Miro etwas sagen konnte, drückte sich Juri an ihm vorbei, klopfte ihm anerkennend auf die Schulter, schob den schweren Vorhang beiseite und betrat sein Terrain.

Er mischte sich verhalten unter die Gäste, schlich durch die Reihen und sah melancholisch auf den Barhocker, auf dem Mira sonst wartend saß. Verlassen stand dieser in der Ecke und wirkte noch ganz unberührt. Juri wurde wehmütig, fühlte die Sehnsucht in sich aufsteigen, den Drang, ihr nah zu sein. Er wollte nur einen Blick erhaschen, sie nur kurz beobachten, doch sie war nirgends zu sehen. Es fiel ihm schwer, sein Verlangen zu verbergen. Die Mädchen kannten ihn gut, sie wussten, wonach er suchte und je länger er zwischen ihnen verharrte, umso mehr keimte die Furcht auf, was passieren würde, wenn er nicht finden würde, wonach er suchte.

Allmählich beschlich Juri das Gefühl, dass etwas nicht stimmte. Etwas schien anders als sonst und Agata ließ keine Zeit verstreichen, zum vernichtenden Schlag auszuholen. Sie ging auf ihn zu, suchte seinen Blick, kreuzte seinen Weg und griff sanft nach seiner Hand.

„Wo warst du heute Nacht?"

Juri sah in Gedanken versunken an ihr vorbei. Seine Stirn lag in Falten bei dem Versuch, in den vorbeiziehenden Gesichtern das ihm vertraute zu finden. Seine Reaktion machte Agata wütend. Noch immer war er von ihr besessen und sie war es leid, um seine Aufmerksamkeit zu betteln. Sie umschloss seine Arme fest, zog sich an ihn heran, kämpfte mit sich, ihre Tränen zurückzuhalten, ihre Stimme sank und sie flüsterte drohend in sein Ohr: „Wann wirst du verstehen, dass es diese kleine Schlampe nicht wert ist? Ich sollte diejenige sein, die du begehrst, nach der du in diesem Club suchst. Warum kannst du mich nicht lieben?"

Juris Augen blitzten auf, doch in seinem Gesicht war keine Resonanz und so legte Agata nach:

„Sie schert sich einen Dreck um dich, Juri! Was hat sie nur mit dir gemacht, wie kann eine Person nur so über dich bestimmen? Du warst immer so stark, so voller Kraft! Sieh dich nur an, sie trampelt auf dir herum und du lässt es zu. Glaubst du, sie hat in letzter Zeit nur einmal an dich gedacht? Sie lacht über dich, sie kann es nicht abwarten, dass du das Bordell verlässt und sie machen kann, was sie will. Du kennst sie nicht, sie gibt nichts auf dich. Während du dich wie ein winselnder Hund verhältst, vergnügt sie sich mit einem Anderen… Du machst dich so lächerlich…, ich kann…"

Agata konnte ihren Satz nicht beenden. Juri drehte seine Arme aus ihrem Griff, packte sie und hob sie auf seine Höhe. Seine Augen glühten und seine Stimme wurde düster.

„Wo ist sie?"

Agata sah ihn erschrocken an. Noch nie hatte sie ihn gefürchtet, bis zu diesem Moment.

„Hier suchst du sie vergebens. Ein Mann kam sie gestern holen und seitdem ist sie nicht mehr aufgetaucht. Sie hat dich verlassen, Juri, sie wird nicht wiederkommen!"

Juris Puls begann zu rasen, er atmete schwer, Schweiß trat auf seine Stirn. Er stieß Agata rücksichtslos von sich, unsanft knallte die auf den Boden und ihre Augen füllten sich mit Tränen. Wütend schrie sie an: „Warum sie? Warum?"

In seinem Kopf drehte sich alles. Im Club wurde es still. Niemand wagte zu sprechen, die Mädchen erstarrten vor Angst und jeder wusste, dies würde nicht gut enden. Juri bäumte sich auf und schien noch furchteinflößender als jemals zuvor. Er stierte in die Gesichter der Mädchen, um sich noch einmal zu vergewissern, dass Agata die Wahrheit sprach. Er konnte es in ihren Augen sehen. Jedes der Mädchen bestätigte Agatas Worte. Panisch fiel er auf Lorna ein, packte sie und riss sie mit sich.

Die Tür zum Flur sprang auf, er riss den schweren Vorhang vom Gestell, warf Lorna zu Boden und stieß die Tür zu. Lorna wimmerte und senkte ängstlich den Blick.

„Ich kann dir nicht sagen, wo sie ist!"

In Juri sammelte sich all der Hass, all die Wut und Panik, Mira verloren zu haben. Vor ihm lag die einzige Chance, sie zu finden. Er riss Lorna hoch, drückte sie gewaltsam an die Wand und starrte sie verloren mit seinen hellblauen Augen an. Lorna lief es eiskalt den Rücken hinunter, sie wusste, dass er alles tun würde, um aus ihr etwas heraus zu bekommen. Sie spürte seinen Herzschlag, seinen Atem auf ihrer Haut. Wirr und nach Luft ringend sah sie umher. Was sollte sie sagen? Was sollte sie nur tun?

„Wo ist sie? Sag… es … mir!"

Lorna wurde die Luft knapp. Sie zappelte mit den Füßen wild herum, versuchte irgendwie Halt zu finden, doch es war ausweglos.

„Ich weiß es nicht!"

Juri drückte fester.

„Wo?"

Lornas Augen traten hervor, ihr Gesicht lief rot an, sie hechelte und Tränen liefen über ihr Gesicht.

„Ich habe ihr gesagt, wenn sie …. jemals… abhauen sollte, will ich es nicht wissen…. Ich könnte deiner Folter nicht Stand halten…Ich weiß es nicht… bitte… ich bekomme… keine…. Luft… mehr."

Juris Augen glühten. Wutentbrannt stieß er Lorna zur Seite. Er sah auf sie nieder und beobachtete sie, wie sie weinend auf dem Boden kauerte. Sie sprach die Wahrheit, das fühlte er. Er durfte nicht länger Zeit verlieren, wandte sich ohne ein Wort von Lorna ab, sprang die Holztreppe empor und trat die Tür zu Miras Zimmer ein. Das Bett war unberührt, ihre Kosmetik stand wie immer aufgereiht vor dem Spiegel und alles war so verlassen, als würde sie gleich den nächsten Gast empfangen. Er lief hinüber zum Schrank, ihre Fellstiefel standen wie immer im unteren Fach, ihre Alltagsklamotten lagen ordentlich zusammengefaltet im Regal. Ihre Handtasche hing an der Tür und schien Juris letzte Hoffnung. Er nahm sie, drehte sie um: nur ihr Hausschlüssel, ein Parfüm, ein paar Kaugummis, Kosmetik, Taschentücher und ihr Portemonnaie. Auch darin fand sich keine Spur. Alles war so wie immer. Juri schnappte nach Luft, seine Gedanken pendelten zwischen Flucht und Entführung. Hatte sie ihn wirklich verlassen? Er konnte und wollte das nicht glauben. Die Ungewissheit quälte ihn. Nach all den Jahren, nach all der Zeit, nach all dem, was sie zusammen erlebt hatten, war sie einfach so fortgegangen? Juri pumpte das Blut in seine Venen. Wie konnte sie einfach so gehen, ohne ein Wort, ohne ihn darum zu bitten? Die Wut übermannte ihn, er ballte seine Fäuste, holte aus und schlug in den Spiegel, der in kleinen Scherben auf die Kommode fiel. Lorna zuckte zusammen. Juri schrie aus Leibeskräften: „Wer ... Wer? Wer hat sie gehen lassen?"

Juri lief von seiner Angst getrieben über den Flur, riss jede Tür auf, um sich ein letztes Mal zu vergewissern. Außer leeren Zimmern und zwei verängstigten Gesichtern fand er nichts. Er schrie erneut. Seine Stimme war so Furcht einflößend und voller Schmerz, dass Lorna und die Männer erneut zusammenfuhren. Er kehrte zurück zur Treppe und sprang die Stufen hinunter. Am Geländer empfing ihn bereits Miroslav mit gesenktem Kopf und stammelte vor sich hin. Als er versuchte, eine Entschuldigung über die Lippen zu bringen, traf ihn Juris Faustschlag wie ein Hammer und zwang ihn in die Knie.

„Ich habe dir vertraut. Ich habe sie dir anvertraut! Wie konntest du sie gehen lassen?"

Juri trat nach. Die Haut über Miros Braue sprang auf. Das Blut strömte nun wie ein Wasserfall über sein Gesicht. Miro streckte die Hand nach ihm aus, bettelte um Vergebung, doch Juri trat weiter zu. Lorna zitterte und drückte sich gegen die Wand. Sie sah in Miros Augen, wie das Blut die weißen Augäpfel tränkte. Er wimmerte wie ein Hund und fand dennoch Kraft, sich erneut aufzustützen.

„Juri, ich werde sie finden!"

Juri beugte sich drohend über ihn und zog ihn an seinem Schopf zu sich heran.

„Wer? Wer hat sie gehen lassen?"

„Es war der Neue. Ein Mann kam am Freitag, gegen 21:30 Uhr. Normalerweise ist zu der Zeit kaum was los. Er war Stammkunde... Der Typ, der nie ficken wollte, sondern immer nur auf ein paar Drinks kam. Er war der erste Kunde an dem Abend. Er hat dem Neuen 4000 DM geboten, wenn er Mira mitnehmen und bei Sonnenaufgang wieder zurückbringen dürfte. Er gab ihm sogar 500 DM Trinkgeld, wenn er schweigen würde. Ich hatte keine Ahnung. Der Neue dachte an einen Mega-Deal für uns, hat mir die 500 DM sogar gegeben... Er hatte keine Ahnung....Juri, nein!"

Juri ließ Miros Kopf auf den Boden knallen und lief zielgerichtet zum Ausgang. Entsetzt sahen ihn seine Männer an, der Neue drängelte sich zur Tür, wollte fliehen, doch Juris Arm war schneller, er holte aus und packte ihn an seinem Genick. Alles ging ganz schnell. Juri zog seine Waffe und drückte den Lauf in den Mund des Jungen. Der Neue zitterte, kalter Schweiß lief über sein Gesicht. Juri wurde ruhig und atmete aus.

„Weißt du, warum mich hier jeder fürchtet? Weil ein jeder hier weiß, dass ich mich nicht scheue abzudrücken. Ich habe in unzählige Gesichter geschaut, bevor sie ihren letzten Atemzug nahmen. Es war mir egal, wer da vor mir stand. Ich habe einfach abgedrückt."

Der Junge weinte und schüttelte den Kopf.

„Deine Tränen erregen bei mir kein Mitleid!"

Der Junge sackte zusammen und begriff allmählich sein Schicksal. Quälende Stille und das klackende Geräusch des Abzuges hallten durch den Flur. Juris Augen verfinsterten sich und dennoch nahm er den Lauf aus dem Mund des Mannes und schrie ihn an: „Stell dich hin, verdammt und sieh mir in die Augen!"

Unter Schock richtete sich der Junge wieder auf und blickte ihn verängstigt an.

„Du hast 24 Stunden Zeit, sie mir zurück zu bringen. Läufst du weg, finde ich dich und erledige das… mit dir…"

Der Junge nickte unter Tränen und rannte über den Flur zur Tür hinaus.

Juri sah zurück und starrte für einen Moment Lorna hilflos an. Eine Träne lief über sein Gesicht. So hatte sie ihn noch nie gesehen. Es war das erste Mal in all der Zeit, dass sie ihn leiden sah. Er liebte sie wirklich. Lange hatte sie geglaubt, er wollte sie nur besitzen, doch erst jetzt verstand sie, dass da so viel mehr war. Tief in ihm gab es noch einen Funken Menschlichkeit, der liebte und litt, wie alle hier.

14

Loslassen

Am nächsten Morgen wurde Mira liebevoll geweckt. Colin schlang seine Arme um sie und vergrub sich in ihren Nacken. Er sog ihren Körperduft ein und küsste leidenschaftlich ihre Schulter. Mira glaubte noch immer zu träumen, lächelnd drehte sie sich zu ihm und suchte nach seinen Lippen.

Die Sonne verbarg sich hinter grauen Wolken, welche die See unruhig machten. Dem Regen zum Trotz entschieden Colin und Mira sich dennoch, den Strand zu erkunden, ganz gleich wie das Wetter auch tickte. Sie packten sich in warme Sachen, zogen die neuen Regenmäntel und Gummistiefel über und verließen das Hotelzimmer.

Sie hielten sich fest an den Händen, strahlten bis über beide Ohren, das Hotel im Rücken und vor ihnen der Strand und das weite Meer in seiner ganzen Pracht. Der Wind drückte sich gegen sie, leichter Regen zog über das Land, doch für sie beide schien die Sonne und es gab nichts, was ihre Stimmung hätte trüben können. Immer wieder blickte Mira verstohlen in Colins Gesicht.

Wie er mich anlächelte, seine Grübchen, die kleinen Lachfalten unter den Augen, dieses Strahlen. Ich musste ihn nur ansehen und wusste, alles ist in Ord-

nung, ich hatte keine Sorgen mehr. Mit dem gestrigen Abend und meiner Offenbarung lag meine Vergangenheit nun endlich hinter mir. Ich nahm seine Hand und hielt sie fest, ich zog mich an ihn und klammerte mich um seinen Hals. Ich konnte nicht aufhören ihn zu küssen, seine Wärme zu spüren. Ich war so stolz auf das, was wir hatten. Ich verstand früher nie, wenn man davon sprach, angekommen zu sein, aber dann sah ich in sein Gesicht und plötzlich machte dieser Satz Sinn. Dieser eine Tag damals ist eine meiner kostbarsten Erinnerungen. Vielleicht ein Grund, warum ich noch lebe, weil mir niemand sagen kann, ob man seinen schönsten Gedanke behalten darf, wenn man stirbt.

Colin tänzelte mit Mira über die Pfützen. In dem weichen Sand fand Mira ein paar Muscheln. Erst wirkte der Strand so verlassen, doch bei genauerem Betrachten fing die tote Erde zu leben an. Kleine Krebse kreuzten ihren Weg, unzählige Quallen, die regungslos in den Pfützen lagen, Vögel, die im Sturzflug neben ihnen landeten, auf der Suche nach Nahrung im Boden pickten, Würmer, die sich über die Oberfläche schlängelten und ein Seestern, der sich fast unbemerkt aus dem Sand erhob. Es gab so viel zu entdecken und der Tag verging wie im Flug.

Die Sonne arbeitete sich rechtzeitig zur Abenddämmerung durch die dicke Wolkendecke. Colin wirbelte Mira überglücklich durch die Luft, zwickte sie in die Seite, bis sie vor Lachen ganz außer Atem war. Engumschlungen liefen sie am Strand entlang, ließen sich in einem Strandkorb nieder, folgten den rauschenden Wellen und dem Sonnenuntergang, wie er sich über den Horizont legte.

„Denkst du an Morgen?"
„Ja." Colin sah zu Mira verstohlen hinüber.
„Wo werden wir sein?"
„Wo möchtest du sein?"
„Wo du bist."
Colin lächelte und legte den Arm um Mira.
„Ich könnte es nicht ertragen, dich wieder zurückzubringen."
Mira lächelte schwermütig.
„Wir werden auf der Flucht sein!"
„Wir fangen neu an."
Mira sah voller Hoffnung in seine Augen.
„Und was ist mit dir?"
„Was soll mit mir sein?"
„Kannst du einfach so gehen?"
Colin lehnte den Kopf zurück.
„Ich habe etwas gespart, es ist nicht viel, aber es reicht aus, um unabhängig zu sein. Wir suchen uns einen Job und haben uns."
„Und was ist mit deiner Familie?"
Colin atmete schwer.
„Wenn du von deinen Eltern erzählst, strahlst du. Du hast so viele schöne Erinnerungen. Erst durch dich weiß ich, dass man seine Kindheit auch anders erleben kann. Wenn ich an meine Familie denke, dann ist da nichts."
Mira drehte sich zu ihm.
„Ich weiß so gut wie nichts über dich."
„Da gibt es nicht viel zu wissen. Meine Mutter war Deutsche, mein Vater ist Amerikaner. Ich bin in Brooklyn aufgewachsen, habe die besten Schulen und Internate der Welt besucht. Mehr kann ich zu meiner Kindheit nicht sagen."
Mira schüttelte den Kopf.

„Das kann ich nicht glauben. Wie war deine Mutter, wie war dein Vater? Du hast doch noch einen Bruder? Da muss es doch noch mehr geben."

Ein wunder Punkt, den Mira da traf. Colin haderte mit sich, er hasste es, über seine Familie zu reden. Eigentlich war das der Moment, wo er immer flüchtete, doch Miras Geständnis verdrängte den Trotz und ließ ihn reden.

„Meine Mutter war ein liebenswerter Mensch. Sie hatte so viel Güte, so viel Liebe, doch mein Vater hat sie ausgezehrt, ihr all das genommen. Er ist besessen von Geld, Macht und Politik. Ich erinnere mich noch, als ich als Kind am Frühstückstisch saß. Für dich war es normal, mit deinem Vater zu reden, Witze zu machen, gefragt zu werden, wie dein Tag war, mein Vater hat sich während der ganzen Zeit nur hinter einer Zeitung vergraben, verbot uns zu sprechen, wenn wir das Wort an ihn richteten oder erstickte unser kindliches Lachen mit einem Faustschlag auf den Tisch. Er hatte kein Gefühl für Kinder, er selbst wurde streng erzogen, zu Leistung und Gehorsam geprügelt. Vielleicht lag es daran. Aber ein Kind versteht sowas nicht. Mein Bruder und ich haben alles getan, um gehört zu werden. Es war vergebens und um das zu kapieren, brauchte es lange. Unser Vater hat uns jahrelang ignoriert, nur wenn wir einfach nur Kinder waren, hat er geschrien, gebrüllt wie am Spieß, wir sollen still sein und gehorchen. Du kannst dir nicht vorstellen, wie es ist, mit einem Choleriker zusammen zu leben. Wenn er schrie, wurde sein Kopf ganz rot, er hatte diesen schrillen Ton, den er manchmal über Stunden hielt. Er schrie alles und jeden an. Wegen Lappalien, weil die Kaffeetasse falsch stand oder die Sachen nicht richtig gebügelt waren. Der größte Fehler ist, solch einem Psychopaten Schwäche zu zeigen. Dann wurde er wie ein wildes Tier, was sich auf seine Beute stürzte. Er warf mit Sachen um sich, rastete vollkommen aus. Wenn du mich fragst, gehören Choleriker genauso weggesperrt wie Gewaltverbrecher. Ich habe mich immer gefragt, warum darf dich ein Mensch mit Worten verletzen und ist dennoch frei, aber ein Gewaltverbrecher wird verwahrt. Das macht doch keinen Sinn. So ein Mensch ist doch auch eine Gefahr für die Gemeinschaft. Sie sind Narzissten, selbstverliebte Egomanen, die über Allem stehen und nichts auf gleicher Stufe dulden. Ich habe mir so oft gewünscht, er möge mich doch einfach nur verprügeln, anstatt ewig nur herum zu schreien. Es ist schon faszinierend zu sehen, wie so ein Mensch, wenn er denn genügend Geld hat, um sich sein Gefolge zu erkaufen, so viele Leute gleichzeitig terrorisieren kann. Er war so besessen von Perfektion und Disziplin, dass er keine Ungenauigkeiten duldete. Das war sein Geheimrezept. Er schuf sein eigenes Imperium, mit Fleiß, Engagement und einer absoluten Überdosis an Wahnsinn. Darin kam Menschlichkeit nicht vor. Er war wie ein grausamer König, der die Menschen quälte, bis zu ihrem letzten Tropfen auspresste und dann wegwarf. Nur wenn er betrunken war, kehrte etwas Menschlichkeit in ihn zurück. Einmal sagte er zu mir: , Nicht ich habe das Magengeschwür, sondern all die anderen.' Das war sein Lebensmotto und damit vernichtete er den einzigen Menschen in seinem Leben, der ihn wirklich liebte.

Meine Mutter war eine lebendige, schöne und glückliche Frau. Sie kam aus einfachen Verhältnissen und lernte diesen unnahbaren, gutaussehenden und einflussreichen Mann bei einer Party der Botschaft kennen. Sie hat ihn geliebt, immer, in jeder Sekunde und je weniger er sie beachtete, umso mehr liebte sie ihn. … Welche Ironie… Am Anfang versuchte sie aus uns eine Familie zu machen, doch die Jahre gingen ins Land und ließen von ihr nichts mehr übrig. Die Kleider wurden teurer, die Häuser größer und prunkvoller und meine Mutter verschwand in ihnen. Sie wurde dünner und dünner, magerte so schrecklich ab, dass ich manchmal Angst hatte, sie würde verhungern. Das Lächeln aus ihrem Gesicht verschwand, sie war wie eine unsichtbare Hülle, die durch unser Haus schwebte. Ich glaube, sie hat manchmal tagelang nichts gegessen. Jeden Abend saßen wir pünktlich um 6 Uhr am Tisch, starrten auf die Töpfe und warteten, bis Vater das Haus betrat. Er kontrollierte unsere Hausaufgaben und suchte nur einen Grund, um die Fassung zu verlieren. Mein Bruder und ich saßen in Schlafanzügen gewaschen am Tisch und hofften auf ein stilles Abendessen. Meine Mutter aß nie mit uns. Sie wartete, bis er die Zeitung nahm, dann ging sie zu Bett. Ich weiß nicht, was sie tagsüber tat. Die Nanny hat mich geweckt und meine Schulsachen gepackt und mich danach zur Schule gefahren, das Hausmädchen hat meine Klamotten gewaschen und gebügelt, der Hausmeister hat sich um das Anwesen gekümmert, abends hat die Hausdame dann für uns gekocht und die Privatlehrerin hat mit uns am Nachmittag die Hausaufgaben erledigt. Meine Mutter ließ sich immer seltener blicken. Oft lächelte sie nur schwermütig, strich uns über den Kopf und ging dann zurück ins Wohnzimmer. Damals war ich zu klein, um zu verstehen, was passierte. Ich kannte es ja nicht anders. Ich hatte mir so sehr gewünscht, dass meine Mutter sich irgendwann scheiden lässt. Heute bin ich der Meinung, dass

sie sicher oft darüber nachgedacht hatte, doch zu sehr
die Konsequenzen fürchtete. Mein Vater hätte das
niemals akzeptiert. Religion spielte für ihn diesbezüglich eine wesentliche Rolle, dabei galt Scheidung als
Schande. Doch du konntest spüren, dass es in diesem
Haus keine Liebe gab, für nichts und niemanden. Und
so vergingen die Jahre in Gleichgültigkeit, ich erschuf
meine eigene Welt und fing an zu zeichnen. Manchmal verbrachte ich Stunden auf der Treppe vor unserem Haus, nur so, um die vorbeilaufenden Menschen
zu beobachten. Wie sie lachten, glücklich waren, Familien, Paare, Kinder. Ich begann Skizzen zu fertigen
und kaufte von meinem Taschengeld Pinsel, Öl oder
Acryl-Farbe. Dabei habe ich viel Zeit in meinem
Zimmer verbracht, es war in dieser Phase vielleicht
der einzige Ort, wo ich so sein konnte, wie ich war.
Auf dem Papier erschuf ich eine andere Welt, in tausend Farben, und malte das Glück, das ich nie hatte.
Eines Abends setzte sich Vater zu mir ans Bett. Er
war betrunken und faselte von seinen neuen Plänen,
die Politik aufzumischen, welche Ideen er mit meiner
Ausbildung verfolgen würde, als ihm plötzlich meine
Skizzen in die Hände fielen. Du musst wissen, er hat
mein Zimmer in all den Jahren vielleicht vier-, fünfmal betreten. Ich dachte mir nichts dabei, bis seine
Stimmung auf einmal kippte. Er verlor die Beherrschung und schrie mich an, ich sei eine Schwuchtel,
ein Dreckskünstler, der irgendwann auf der Straße
leben würde, wie undankbar ich sei. Er war außer sich
und brüllte das ganze Haus zusammen. Ehe ich mich
versah, nahm er alle Skizzen und Bilder, riss sie auseinander und warf sie zum Fenster hinaus. Diesen
Abend werde ich nie vergessen. An diesem Abend
verlor ich jeglichen Respekt vor ihm und begann ihn

zu hassen. Ich verstand plötzlich, dass diese Kluft zwischen uns weit breiter war, als ich es mir je hätte träumen lassen. Uns verband nichts. Ich hoffte oft, man würde mich erlösen, mir sagen, ich wäre adoptiert oder nicht von ihm, doch die Ähnlichkeit zwischen uns war nicht wegzuleugnen, ich hatte seine Augen, seine Hände. Ich war ein Abbild von ihm, nur mit einer anderen Seele.

Als ich älter wurde, trat das alles mehr in den Hintergrund. Josh und ich gingen zur High School und unser Leben änderte sich drastisch. Wir fingen an auf Partys zu gehen, Mädchen klar zu machen. Das Malen verfolgte ich nur noch heimlich, aber in dieser Zeit wurde es sowieso eher zur Nebensache. Josh und ich hatten eine Wahnsinnszeit. Wir hielten zusammen wie Pech und Schwefel, machten alles gemeinsam und waren das füreinander, was unsere Eltern nie sein konnten. Familie. Diese Zeit schweißte uns zusammen und wie es so ist, beginnt man in der Pubertät zu rebellieren, Dinge in Frage zu stellen. Josh hatte viel von meinem Vater, den Ehrgeiz, die Liebe zum Detail, diesen Perfektionismus. Er war ein Einser-Schüler und trotzdem ein Rebell. Er lehnte sich gegen die Lehrer auf und irgendwann auch gegen meinen Vater. Eines Abends kam ich nach Hause, ich hatte vielleicht die Schuhe nicht ordnungsgemäß abgestellt, ich kann dir gar nicht mehr genau den Grund sagen. Vater hatte an diesem Tag viel Geld an der Wallstreet verloren und dies war der perfekte Anlass, seiner Wut freien Lauf zu lassen. Ich hörte mir geduldig seinen Wutausbruch an, bis sich Josh zwischen uns stellte. Alles ging so schnell. Beide begannen ein Wortgefecht, bis Josh plötzlich ausholte und Vater zu Boden schlug. Vater fühlte nach der aufgeplatzten Lippe und war ganz ruhig. Mutter stand nur ängstlich hinter der Tür, wagte nicht zu sprechen. Er stand auf und zum ersten Mal sagte er nichts, er zog sich zurück und ignorierte uns für einige Tage. Es fühlte sich an wie die Ruhe vor dem Sturm.

Wochen später bekamen wir die Quittung dafür. Internat für uns beide. Wir wurden auf getrennte Schulen gebracht und fortan versuchte Vater, unsere enge Beziehung zu unterbinden. Josh und ich hielten zusammen, doch die Jahre veränderten ihn. Er war mit dem College zwei Jahre eher fertig, begann direkt unter Vaters Aufsicht zu arbeiten. Seither erkenne ich ihn manchmal nicht mehr wieder. Josh wird mehr und mehr wie er. Ich hatte gehofft, wenn wir zusammen arbeiten, dass es uns wieder einander näher bringt. Doch ständig kontrolliert er mich, hat Erwartungen, die ich nicht erfüllen will bzw. kann. Josh ist mein Bruder, der einzige Mensch in meiner Familie, dem ich vertraue, der mir etwas bedeutet, nur momentan komme ich einfach nicht an ihn heran."

Mira hörte aufmerksam zu und senkte den Blick. Sie dachte an Josh und die Wut, mit der er sie in jener Nacht aufgesucht hatte und verstand allmählich, was ihn zu ihr trieb. Sie war hin und her gerissen. Sollte sie mit Colin darüber sprechen und womöglich den einzigen Menschen, der ihm etwas bedeutete, schlecht machen? Sie brachte es einfach nicht übers Herz und so schwieg sie.

„Und wie ist es heute zwischen dir und deinen Eltern? Seht ihr euch noch ab und an?"

Colin stand auf, sammelte ein paar Muscheln auf, die er wütend über das Wasser warf. Ihm fiel es schwer, darüber zu reden. Mira war verunsichert und ging auf ihn zu. Colin rang mit sich, doch für einen

Moment wurde seine Stimme zittrig. Er wandte sich ab und versuchte die Fassung zu wahren, holte tief Luft und versuchte es erneut.

„Meine Mutter starb vor 4 Jahren. Sie war krank und ich hatte es nicht einmal gemerkt. Sie kam mich alle paar Monate mal besuchen. Sie war immer hübsch zurechtgemacht, trug übertrieben viel Rouge, doch ihr Gesicht wurde schnell alt und bekam tiefe Falten. Ihre teuren Designeranzüge hingen wie auf einem Kleiderbügel an ihr. Ich glaube, zum Schluss wog sie vielleicht noch 40, 39, 38 Kilo. Sie war ausgemergelt und schwach. Wenn sie da war, redeten wir über belanglose Dinge. Sie blieb vielleicht für zwanzig Minuten. Ich weiß nicht, warum ich nie versucht hatte, mit ihr wirklich einmal zu sprechen. Vielleicht weil ich wütend war, auf sie, auf das, was sie ertragen hatte.

Bei unserem letzten Treffen kam sie unangekündigt. Sie stolzierte in mein Zimmer, nahm die schwarze Sonnenbrille ab, legte den Hut zur Seite und die Hände in ihren Schoss. Sie zog die Falten ihres Rockes glatt, hielt kurz inne und sprach dann teilnahmslos darüber, dass sie seit vielen Jahren an Krebs litt. Erst Brustkrebs, der gestreut hatte und sich daraus nun Lungen-und Bauchspeicheldrüsenkrebs entwickelt hätte. Sie würde am nächsten Tag ins Krankenhaus gehen und möchte sich nun von mir verabschieden. Ich sah sie an und verstand nicht. Sie gab mir einen Kuss auf die Stirn, umarmte mich das erste Mal seit langer Zeit liebevoll, setzte den Hut und die Sonnenbrille auf und ging. Ich lief ihr hinterher, fragte sie, was das bedeuten würde. Sie schüttelte nur den Kopf, räusperte sich und sagte, dass sie nicht wiederkehren würde. Dann ging sie und ließ mich zurück. Tage vergingen, ich wusste nicht, was sie meinte und riss aus. Ich nahm den Nachtzug nach New York und besuchte sie an ihrem Sterbebett. Es war das Krankenhaus in dem sie mich geboren hatte. Es war nicht schwer, sie zu finden. Und dann lag sie da, aufgequollen vom Morphium, nur noch ein Schatten ihrer selbst. Wir beide weinten, sie nahm meine Hand und sagte nur; ‚Es tut mir leid.'

Colin atmete schwer und kniff seine Augen zu.

„Ich fragte sie, warum sie das alles ertragen hätte und sie meinte voller Überzeugung, weil sie Vater trotz alledem lieben würde. Sie hatte irgendwann resigniert und verkannt, dass sie das alles langsam töten würde. Sie nahm meine Hand, meinte, dass Vater auch gute Seiten hätte. Doch die Politik, das ganze Geld hätten ihn vergiftet. In all den Jahren hatte sie versucht, ihren Mann wieder zurück zu bekommen, doch viel zu spät verstanden, dass sie gescheitert war. Sie sah mich an und meinte, dass sie nur noch müde wäre. Sie hatte seit zwölf Jahren Krebs. Vater hätte die besten Ärzte gerufen, um sie zu retten, hätte im Stillen gekämpft, alles getan, dass niemand etwas mitbekommt und wäre selbst daran zu Grunde gegangen. Das hätte ihn erst in den Wahnsinn getrieben, ihr nicht helfen zu können. Sie nahm meine Hand und flehte mich an, Vater noch eine Chance zu geben. Es war ihr letzter Wille. Ich blieb noch Stunden an ihrem Bett, wir weinten, umarmten uns und dann ging sie. Ich war so wütend - auf mich, auf Vater, auf die ganze Welt. Ich hatte all die Jahre nichts mitbekommen und erst jetzt verstand ich seinen Zorn, diese Wut.

Irgendwie hatte ich gehofft, dass Vater und ich uns wenigstens da etwas näherkommen würden, doch als Mutter starb, machte es unsere Beziehung nur noch schwieriger. Die Beerdigung fand im engsten Kreise statt, Vater verzog keine Miene, sah starr auf den sinkenden Sarg und ging am nächsten Tag wieder ganz normal zur Arbeit. Seitdem kommunizieren wir nur noch telefonisch. Wenn wir uns sehen, ist es eine kühle Umarmung, eine kurze Begrüßung, ein, zwei dumme Floskeln, das war's. Nur wenn es um seine Ideen, die Erweiterung seines Konzerns betreffend geht, dann erweckt ihn das wieder zu neuem Leben. Er sieht mich und meinen Bruder nur als strategisches Instrument, eine Investition, deshalb kann er nicht abwarten, bis Josh und ich soweit sind, Bereiche eigenständig zu führen, nur da mach ich nicht mit! Ich habe nach dem Moment gesucht auszusteigen, es ist Zeit."

„Was meinst du mit Aussteigen?"

„Der einzige Grund, warum wir hier in Ost-Deutschland sind, ist, Firmen und Fabriken billig zu kaufen oder zu eröffnen, die Fördergelder für den Aufbau Ost zu kassieren und sie danach zu verkaufen, oder zu schließen. Nach 40 Jahren Kommunismus produzieren die meisten Werke keine marktfähigen Produkte, hinzu kommt die Situation mit dem Währungswechsel, der den Gewinn perfekt macht. Die meisten verkaufen Grundstücke und Immobilien zu einem lächerlichen Preis. Wir kaufen auf und verkaufen weiter. Es ist zu komplex, es dir erklären. Dennoch wird den Menschen hier nicht geholfen, wir beuten das System aus und verlassen das Land, bevor jemand versteht, was passiert ist."

Mira sah ihn entsetzt an.

„Das kann doch nicht wahr sein …? "

„Verstehst du jetzt, um was es hier geht? Entweder ich steige komplett aus und breche mit meinem

Vater oder ich mache weiter wie bisher. Ich bin fertig damit."

Mira war fassungslos und schüttelte enttäuscht den Kopf.

„Also, was wirst du tun?"

„Ich muss ein paar Dinge klären. Ich muss an mein Konto, bevor mein Vater etwas mitbekommt und er es sperren lässt. Meinem Bruder werde ich alles erzählen, aber..."

„Nein!"

Colin runzelte die Stirn.

„Wie meinst du das?"

„Na, wenn er deinem Vater näher steht, wird er es nicht verstehen!"

„Mira, er ist der einzige Mensch, dem ich vertraue."

„Colin, vielleicht solltest du ihm von mir vorerst nichts sagen."

Colin lächelte verschmitzt und legte seinen Arm um Mira.

„Er ist nicht dumm und kennt mich ganz gut. Er wusste, warum ich mir tagelang die Nächte um die Ohren schlug und nicht nach Hause kam. Er hat die Skizzen gesehen und wird mich verstehen."

„Was ist, wenn er erfährt, wer ich wirklich bin?"

„Mira, ich liebe dich. Du bist ein wunderbarer Mensch, mehr braucht er nicht zu wissen. Niemand wird es erfahren."

„Und was ist, wenn doch? Bei uns sind ständig Amerikaner aus der Fabrik ein- und ausgegangen. Vielleicht hat mich einer gesehen?"

„Mach dir keine Sorgen. Niemand wird dich erkennen oder wiedersehen. Ende der Woche ist der Transfer abgeschlossen. Der Job ist beendet und ein

Teil des Teams ist bereits abgereist. Josh wird in zwei Wochen ebenfalls das Land verlassen. Es gibt nichts, wovor du Angst haben musst."

Mira lächelte ihn unsicher an, nahm seine Hand und beide liefen den Strand entlang. Sie schmiegte sich in seinen Arm und verfolgte die Sonne über dem Horizont. Etwas in ihr wollte glauben und etwas in ihr hoffen, dass es genauso eintreten würde, wie er es versprach.

15

Abschied

Mit gemischten Gefühlen saß Mira auf der Rückfahrt neben Colin. Sie hielt seine Hand ganz fest und sah zum Fenster hinaus, doch das Lächeln fiel ihr schwer. Der Gedanke daran, Josh wieder zu begegnen, schnürte ihr den Magen zu. Wie würde er reagieren? Wie sollte sie sich verhalten, was sollte sie sagen? Sie lehnte ihren Kopf gegen die Scheibe und ließ das Ortsausgangsschild an sich vorbeiziehen. Es waren vielleicht noch drei Stunden, bis sie zurück waren und mit jedem Meter wurde Mira unruhiger. Ihre Hände wurden feucht, immer wieder rutschte sie auf ihrem Platz ungeduldig hin und her. Colin spürte ihre Nervosität, den Grund kannte er nicht, er glaubte an die Aufregung vor der Zukunft und legte beruhigend seinen Arm um sie. Sie sollte nie wieder alleine sein und das auch spüren.

Colin fühlte, dass etwas nicht stimmte. Er begann zu erzählen, wie alles sein könnte, wo wir vielleicht wohnen würden, wie unsere Kinder aussehen könnten, unsere Hochzeit, unser neues Leben. Doch wie sollte sich das erfüllen, wenn alles mit einer Lüge begann. Ich wollte schreien, alles herausbrüllen, aber ich habe geschwiegen, ich Idiot habe nichts gesagt. Es war der größte Fehler meines Lebens. Ich lehnte mich an ihn, versuchte mich abzulenken, doch die Erinnerungen an Josh blitzten immer wieder auf und drängten mich zum Handeln. Colin meinte, dass ich vielleicht mit Josh sprechen sollte, während er seine Sachen packte. Diese Idee war mein schlimmster Alptraum und machte mich vollkommen panisch. Ich begann am ganzen Körper zu zittern und suchte nach einer Ausrede, der Situation zu entkommen.

Es waren nur noch wenige Kilometer. Mira hatte kein Wort gesprochen, ihr Gesicht gefror zu einer versteinerten Miene. Als sie vor dem Hotel hielten, war der Druck für Mira unerträglich geworden.

„Colin, ich muss noch einmal zurück."

Colin sah sie ängstlich an.

„Was ist?"

„Ich … ich hänge an nichts Materiellem, doch das Foto und das Amulett meiner Eltern kann ich nicht zurücklassen. Es ist das Einzige, was von meiner Familie noch übrig ist. Kannst du das verstehen?"

Colin nickte.

„Ich werde dich begleiten."

„Nein! Kläre das mit deinem Bruder. Ich schaffe das allein!"

„Aber du weißt, es ist ein Risiko. Dein Ausweis ist nur noch bis Mitternacht gültig. Die Grenzposten werden genau hinschauen."

Mira lächelte gezwungen.

„Es wird nichts passieren. Die Frau auf dem Ausweisfoto sieht mir zum Verwechseln ähnlich. Vielleicht ist es auch besser, dass ich nicht gleich dabei bin, wenn du es deinem Bruder sagst. Lass ihn das erst einmal schlucken."

Ich weiß noch, wie er mich ansah, seine Augen durchdrangen mich, sie waren voller Liebe. Ich hatte so viel Angst, dass ich seinem Blick ausgewichen bin und das machte ihn skeptisch. Ich wollte aus dem Wagen aussteigen, da hielt er meine Hand, strich mir über die Wange und sagte, dass er mich lieben würde und ich zu ihm zurückkommen müsste. Ich solle keine Angst haben, es gäbe nichts, was uns trennen würde. Ich umarmte ihn und hielt mich an ihm fest. Ich sog seinen Geruch ein und atmete schwer. Ich dachte so bei mir, ich habe noch nie einen Menschen kennengelernt, der so gut riecht. Ich küsste ihn und flüsterte in sein Ohr, dass ich gleich wieder da wäre, bevor er gemerkt hätte, ich fehle. Ich konnte meine Aufregung schlecht überspielen, unsicher verließ ich den Wagen. Colin ging um das Auto herum, gab mir Geld, schrieb die Adresse und die Zimmernummer auf, winkte ein Taxi heran und zog mich noch einmal an sich. Ich fühlte sein Herz, jeden Schlag gegen seine Brust trommeln. Ich werde es nie vergessen! Oft träume ich noch davon und es fühlt sich dann so an, als wäre er noch da. Er gab mir diesen einen Kuss, der hätte leidenschaftlicher nicht sein können. Ich würde alles geben, um diesen Moment noch einmal zu erleben. Ich hätte alles anders gemacht. Ich hätte diese Chance nicht an mir vorbei ziehen lassen, aber so ist es und damit lebe ich nun jeden Tag.

Mira stieg in ein Taxi und sah ihrem Colin noch nach, wie er das Hotel betrat. Ihr Herz raste, sie betete, dass alles gut verlaufen möge und gab dem Fahrer Anweisungen, wohin die Reise gehen sollte.

Als der Wagen über die Grenze rollte und an der Kontrolle hielt, wurde Mira heiß und kalt. Sie übergab mit zitternden Händen den Übergangsausweis und sah unsicher an den drohenden Augen des Polizisten vorbei. Er nahm das Papier, verschwand im Büro und Mira verfolgte durch die Fenster, dass ihr Dokument aufgeregt über den Tisch gereicht wurde. Aufgewühlt spielte sie mit ihren Fingern und versuchte durchzuatmen, doch jede Sekunde dehnte sich. Nach kurzer Zeit kehrte der Grenzer zurück und klopfte an Miras Fenster. Zitternd betätigte sie die Kurbel der Scheibe und blickte ihn verstohlen an.

„Der Ausweis läuft um Mitternacht ab."

Mira nickte und streckte ihre Hand nach dem Papier aus. Der Polizist sah auf das Foto und schien irritiert.

„Vielleicht sollten sie ihre Haare offen tragen, dann sehen sie dem Bild ähnlicher."

Mira öffnete den Zopf und griff sich durch ihr Haar.

„Besser?"

Der Polizist lächelte und gab ihr den Ausweis zurück.

„Nun wird ihnen das Bild nicht mehr gerecht."

Mira nahm den Ausweis höflich entgegen und atmete auf. Der Wagen setzte sich wieder in Gang und passierte die erste Kreuzung. Sie kehrte zurück, zurück nach Hause. Nur zwei Tage war sie fort gewesen, doch die Zeit war ausreichend, um sich nicht mehr zu Hause zu fühlen. Als sie in ihre Straße einbog, türmte sich der graue Häuserblock wie eine unüberbrückbare Mauer und verschluckte die Abendsonne. Früher war Mira stolz, als sie hierher zog, es sollte ein Neuanfang sein, ihre erste eigene Wohnung, eigentlich kam sie immer gern nach Hause, doch jetzt wirkte es wie ein Verließ, dem sie nur noch entfliehen wollte.

Das Taxi hielt und Mira öffnete die Tür. Ängstlich näherte sie sich dem Zaun und schob das Gartentor auf. Es roch nach frisch geschnittenem Gras, die Tulpen blühten im Vordergarten und Wäsche hing auf der Leine. Mira sah sich nervös um, niemand war zu sehen und so hoffte sie, dass ihr das Glück hold blieb und rannte zur Tür hinein. Sie sprang die Treppe hinauf, tausend Gedanken schossen durch ihren Kopf. Auf der letzten Stufe fiel ihr noch ein, dass sie noch nicht mal einen Wohnungsschlüssel dabei hatte, als plötzlich ein Windhauch sie ablenkte. Ein zarter Sonnenstrahl blendete ihre Augen, ihre Wohnungstür lehnte gegen den Rahmen und wippte mit dem Wind. Mira erschrak, Hitze stieg in ihr auf, voller Angst näherte sie sich dem Spalt. Vorsichtig drückte sie die Klinke nach unten und streifte dabei Scherben über das Parkett. Sie trat über die Schwelle und sah prüfend in den Raum hinein. Es schien niemand hier zu sein. Kein Ton, kein Laut. Nach kurzem Überlegen wagte sie einzutreten und sich einen Überblick über das Ausmaß der Zerstörung zu machen. Alle Sachen waren aus der Kommode gezerrt, auf dem Boden verstreut, der Spiegel lag zersprungen auf dem Bett, der Tisch war zerschlagen und die Stühle zerbrochen. Die Bilder waren von der Wand gerissen, stattdessen stand dort in großen Buchstaben auf Polnisch ‚Schlampe' geschrieben. Nichts hatten sie ganz gelassen, alles lag in Trümmern. Für einen Moment war Miras Kopf leer, fassungslos sah sie auf das Chaos nieder und wusste nicht, wo sie beginnen sollte zu suchen. In all den Scherben fand sie den rostigen Deckel der Schatulle und folgte den ausländischen Münzen, die sie in den letzten Jahren gesammelt hatte. Unter dem Schrank lag der andere Teil, doch die Schatulle war leer, etwas

Geld lag noch darin. Plötzlich ein Windzug, die Haustür knallte gegen den zerbrochenen Rahmen, der Knall hallte bedrohlich durch das Treppenhaus. Mira erstarrte. Sie blieb ruhig, lauschte, nichts war zu hören. Sie nahm das Geld, schnappte sich einen Beutel und steckte die wenigen Sachen hinein, die sie greifen konnte. Nichts war mehr von Bedeutung. Sie rannte zur Tür hinaus, sah nicht zurück, sie wollte nur noch weg, weg aus diesem Haus, weg von dieser Wohnung und endlich weg von ihrer Vergangenheit. Endlich frei sein, nie wieder dieser Mist, diese Fesseln. Einfach nur frei!

Wie vom Teufel verfolgt lief sie auf das Taxi zu, knallte die hintere Wagentür und bat den Fahrer hektisch, endlich loszufahren. Verwundert sah er sie an und startete den Motor. Mira presste den Ausweis an ihre Brust und schloss die Augen. Nur noch dieser Abend und dann ist alles vorbei! Sie sprach sich Mut zu, dachte an all die Worte, die Colin ihr gesagt hatte und wollte die Nacht mit Josh nur noch vergessen. Noch ein letztes Mal passierte sie die Grenze, ohne ein Wort ließ man sie gewähren, nichts stand ihr mehr im Weg. Es war vorbei. Sie atmete ein, sie atmete aus, sie musste ihn nur noch abholen und dann war es geschafft.

Derweil lief Colin eilig über den Flur, hektisch suchte er nach den Schlüsseln und öffnete leise die Tür. Es war ganz ruhig, seine Sachen und die seines Bruders lagen unberührt am gleichen Platz. Nichts deutete auf eine Abreise hin. Er begann seine Skizzen zusammenzusammeln, ordnete seine Mappe und legte sie behutsam in die Tasche, dann griff er nach seinen Klamotten, die über der Stuhllehne hingen, nahm einen Koffer und warf diese gleichgültig hinein. Die Tür zum Schlafzimmer öffnete sich fast lautlos, Josh lehnte sich mit finsterer Miene dagegen und beobachtete seinen Bruder beim Packen. Er brauchte einen Moment, um zu verstehen, wonach es hier den Anschein machte. Als Colin seine Anwesenheit bemerkte, hielt er inne und wusste nicht recht, was er sagen sollte.

„Du packst?"

Colin nickte und schloss den Koffer.

„Hat Vater mit dir gesprochen?"

Colin lief an ihm vorbei und ging an den Schlafzimmerschrank.

„Nein."

Josh sah ihm nach und setzte sich an den Tisch. Er zündete sich eine Zigarette an und verfolgte Colin eine Weile stumm. In ihm begann es zu brodeln, die Art wie sich Colin aus der Verantwortung stahl, machte ihn wütend, er knirschte mit dem Kiefer und inhalierte energisch den Qualm.

„Falls es dich interessiert. Wir haben die Fabrik verkauft."

„Glückwunsch!"

Die Schlösser des Koffers klackten ineinander, Colin stellte seine Sachen an die Tür und lief zum Bad.

„Acht Wochen Arbeit und dich hat es einen Scheiß interessiert. Acht Wochen - und du fragst nicht einmal. Ist dir das denn alles egal?"

Die Stimmung begann zu kippen. Colin wollte nicht aufbrausend reagieren, dennoch entglitt ihm ein: „Ja, verdammt!"

Josh schüttelte pikiert den Kopf, seine Arroganz provozierte.

„Also dann nehme ich an, du wirst diesen Koffer nicht für Chicago packen?"

„Nein."

Josh zog erneut an der Zigarette und stieß dunklen Qualm aus. Ungläubig beugte er sich nach vorn.

„Du willst nicht wirklich mit diesem Flittchen verschwinden, wegen ihr alles hinwerfen?"

Colin stellte den einen Koffer zum anderen, er lächelte selbstbewusst und sah herablassend auf Josh nieder.

„Du wirst Vater immer ähnlicher, deshalb kann ich nachvollziehen, dass du mich nicht verstehen wirst. Es ist schade, dass sich alles so entwickelt hat. Ich dachte, egal was passiert, du würdest zu mir stehen. Ich habe mich in dir getäuscht und war zu naiv, das zu erkennen."

„Hast du denn einmal an deine Familie und an deine Freunde gedacht? Du wirfst alles weg, wegen einer Hure?"

Colin trat gegen den Koffer und stürmte auf Josh zu.

„Welche Familie denn? Ich hatte nie eine, Vater hat Mutter zerstört und er wird das Gleiche mit dir tun. Du willst es einfach nicht sehen! Ich zerstöre nichts, was nicht schon vor langer Zeit zerbrach. Ich gebe nichts auf, ich bekomme endlich was vom Leben."

„Ach ja, was denn? Ein Mädchen, was falsch und intrigant, missraten und voller Lügen ist? Glaubst du, du weißt, wer diese Hure wirklich ist?"

„Du kennst sie nicht!"

„Vielleicht irrst du dich ja."

Colin lächelte hämisch. Er hatte keine Lust auf Joshs Spielchen, er wusste, dass es nur ein verzweifelter Versuch war, ihn zu verunsichern.

„Spar dir dein Gewäsch. Ich hatte gehofft, dass wir wenigstens reden können. Vergiss es, alles Gute dir!"

Colin drehte sich enttäuscht um, legte seine Hand auf die Türklinke, als Josh aufsprang und ihn an seiner Schulter zurückhielt.

„Ich habe nichts zu verlieren, das ist mein Argument."

Colin schüttelte enttäuscht den Kopf und nahm seine Jacke vom Kleiderbügel. Josh wich zurück und drückte ihm seinen Koffer in die Hand.

„Noch eine Frage. Was hat sie dir erzählt? Ich bin mir sicher, nichts von unserer Begegnung, oder? Deine Mira kennt mich sehr gut, ich war bei ihr. Sie hat mich im Club angesprochen, mich diese alte Holztreppe hinauf zu ihrem Zimmer geführt. Wir haben uns unterhalten, über dich, ihren Job, wir haben die ganze Nacht gefickt, gelacht. Sie wollte mit mir fliehen und es war ihr scheißegal, dass ich dein Bruder bin. Sie hat mich angefleht, ihr aus diesem Drecksloch zu helfen. Du weißt gar nichts, richtig? Natürlich weißt du nichts, warum auch? Schließlich habe ich nein gesagt."

Colin ließ seine Sachen auf den Boden fallen, drehte sich in der nächsten Sekunde um und packte Josh an seinem Shirt, schlug ihm ins Gesicht, so dass der zwei Schritte rückwärts trat, das Gleichgewicht verlor und in den Glastisch krachte. Die Scherben klirrten und das Holz brach. Colin griff nach dem Aschenbecher vom Esstisch und warf ihn gegen die Wand. Josh begann laut zu lachen, was Colin nur noch mehr erregte. Er zerrte seinen Bruder auf und schleuderte ihn gegen die Wand. Wieder packte er ihn am Kragen und drückte ihm die Luft ab.

„Sag, dass das nicht wahr ist. Sag die Wahrheit, verdammt noch mal!"

Josh genoss die Wut seines Bruders. Auch wenn ihm das Lachen schwerfiel, so wollte er es nicht verstummen lassen.

„Colin, wir wissen beide, ich habe dich niemals angelogen. Ich kann dich wirklich verstehen. Sie hat sich an dem Abend richtig viel Mühe gegeben. Sieh doch ein, du bist ein Opfer, wie viele andere auch. Wer zahlt und geht, hat das mit dem Puff verstanden, wer sich verliebt, ist ein Idiot. Ich wollte es einfach nur wissen, wie es ist, ich kann dich verstehen. Sie lutscht gut."

Colin war außer sich, verlor komplett die Nerven und schlug ihm ins Gesicht. Die Haut über seiner Braue platzte auf, Blut lief über seine Schläfe, doch Joshs Lachen wollte einfach nicht verstummen.

„Sag endlich die Wahrheit!"
Er blieb stumm.
„Sag es!"

Josh zuckte gleichgültig mit den Achseln und erwartete den nächsten Schlag, bis ein zaghaftes Klopfen an der Tür Colin aus seiner Wut riss. Alles drehte sich. Nichts schien sich mehr richtig anzufühlen, nichts war greifbar. Er ließ von ihm ab und sah auf seine geschwollene Hand. Von was sprach er hier? Das konnte nicht sein, nicht mit Mira, er hatte sie verwechselt. Ausgeschlossen. Ein Irrtum, eine Provokation. Es klopfte erneut.

„Nur zu, öffne ihr. Sie kennt die Wahrheit, Colin. Warum fragst du sie nicht?"

Colin war starr vor Angst und ließ von ihm ab. Er zögerte, brauchte einen Moment, um den Mut aufzubringen. Er folgte dem Klopfen, drückte vorsichtig die Klinke nach unten und zog langsam die Tür zu sich heran. Mira lächelte, doch ihr Lächeln gefror, als sie in Colins Augen sah. So hatte sie ihn noch nie gesehen. Sie waren ohne Glanz, voller Schmerz und Trauer. Ängstlich fragte sie noch: „Was ist passiert?", als sich die Tür weiter öffnete und sie hinter ihm Josh mit blutverschmiertem Gesicht entdeckte. Trotz seiner Wunde lächelte er und konnte nicht abwarten, zum letzten Stoß auszuholen.

„Hallo Mira. So sieht man sich wieder. Du hast Colin nichts erzählt von unserer Nacht, oder?"

Miras Pupillen weiteten sich. Das Schlimmste, was hätte passieren können, traf nun ein. Kein Wort wollte über ihre Lippen, ihr Puls begann zu rasen, ihr wurde heiß, kalt, ein dicker Kloß verschloss ihr den Hals. Entsetzt sah sie zu Colin.

„Es ist nicht so, wie du denkst!"

Colin verstand die Welt nicht mehr.

„Sag, dass das nicht stimmt."

„Ich wollte es dir sagen, aber…"

„Wir haben zwei Tage miteinander verbracht, unsere Zukunft geplant, ich war bereit, alles für dich hinter mir zu lassen, alles aufzugeben und dabei hast du mich die ganze Zeit angelogen?"

„Alles, was ich dir erzählt habe, war die Wahrheit."

Josh nutzte die Gelegenheit der Ohnmacht.

„Sag ihm, dass du mich angefleht hast, dich mitzunehmen."

„Ja, ich habe ihn angefleht, ich dachte, es wäre aus zwischen uns."

447

Colins Blick wurde gleichgültig, seine Miene war wie versteinert. Er sagte nichts und starrte sie nur noch hasserfüllt an. Mira wurde schlecht, sie wagte nicht weiterzusprechen, alles klang falsch und machte die Situation nur noch schlimmer. Josh spürte, dass seine Intrige aufging, er sein Ziel erreichte hatte und ließ beide wortlos allein.

Mira senkte ihren Blick, als Josh an ihr vorbeiging. Sie spürte sein triumphierendes Lächeln, er hatte es geschafft und das brachte sie um. Er hatte an jenem Tag nie etwas anderes im Sinn gehabt, als sie auseinander zu treiben. Sie war in seine Falle getappt und der Gedanke daran schnürte ihr die Kehle zu. Ihre Knie begannen zu zittern, ganz langsam setzte sie einen Schritt vor den anderen. Colin war fassungslos, es war, als hätte man ihm den Boden unter den Füßen weggerissen. Alles stürzte in sich zusammen, er konnte Mira und ihre Anwesenheit nicht länger ertragen und wandte sich von ihr ab. Luft, er brauchte frische Luft. Der Raum war stickig, alles verschwamm in sich. Er ging zum Fenster und wollte nur einmal durchatmen. Regungslos stand er da, sah sich verloren um und rang um Fassung.

„Hast du ihm Sex angeboten?"
Miras Stimme wurde leiser.
„Ja"
Colin atmete schwer, er senkte den Blick. Die Wahrheit zerriss ihn. Er fuhr sich durchs Haar und sah sich orientierungslos um. Er kämpfte um Fassung und dann brach es aus ihm heraus. Er rannte auf sie zu, griff sie am Arm und schüttelte sie.

„Wie konntest du mir das nur antun? Du hast mich die ganze Zeit verarscht. Und, war es der Fick wert?"

Seine Stimme zitterte, beide weinten.

„Das stimmt nicht. Ich wusste nicht, wer er war. Wir haben nicht miteinander geschlafen. Ich... er hätte mich fast vergewaltigt!!"

„Hör auf… Hör endlich auf… diesen Scheiß zu erzählen…Deshalb warst du auf der Fahrt hierher so aufgeregt und wolltest nicht mit nach oben kommen, weil du wusstest, alles würde auffliegen… Hör auf… Hör endlich auf…!"

Colin brüllte vor Verzweiflung. Alles, was er an Liebe in sich trug, war nur noch Schmerz. Am liebsten hätte er sie geschlagen, verprügelt, ihr die Schmerzen zugefügt, die ihn erfüllten. Ungehindert bahnte sich der Hass seinen Weg.

„Du Hure, du Dreckstück! Ich will dich nie wiedersehen."

Er ging auf sie los, zerrte Mira an ihrem Arm bis zu Tür, drückte sie aus dem Zimmer und versuchte die Tür zu schließen.

„So hör mich doch an."

Mira stellte mit letzter Kraft den Fuß in die Tür. Ein weiteres Mal stieß er sie zurück, bis sie zu Boden fiel und er letztlich die Tür vor ihrer Nase zuknallte.

Stille. Sie konnte es nicht begreifen. Sie weinte bitterlich und flehte auf Knien, dass Colin sie wieder reinlassen möge, doch die Tür blieb versperrt. Colin war voller Verbitterung und wäre am liebsten weggerannt. Entkräftet ließ er sich auf die Couch sinken, er weinte und drehte die Anlage auf volle Lautstärke. Er konnte ihr Wimmern nicht ertragen. Er wollte sie am liebsten halten, sie küssen, sie umarmen, ihr verzeihen, doch es war zu spät, die Zeit und ihre Entscheidung nicht mehr rückgängig zu machen. Warum hatte sie ihm das angetan? Warum ihn zum Narren gemacht? Die Musik dröhnte im Zimmer. Immer noch war ihre flehende Stimme zu hören, ihr zaghaftes Klopfen. Er ertrug es nicht länger und wählte unter Tränen die Nummer des Sicherheitsdienstes.

„Würden Sie bitte jemanden auf Zimmer 20 schicken. Eine Frau belästigt mich. Werfen Sie sie vor die Tür. Danke."

Colin konnte nicht glauben, was er da sagte. Er schrie vor Liebe, dass sie endlich gehen sollte und hielt sich die Ohren zu. Irgendwann verstummte das Wimmern und im Hotel wurde es wieder ruhig.

Als der Wachschutz kam und mich hinaustrug, war ich nur noch ein Häufchen Elend. Ich habe die Welt nicht mehr verstanden. Wir waren so glücklich, wir wären es noch heute. Nur weil ich zu feige war, konnte sein Bruder mit dieser Lüge bestehen. Ich habe es zugelassen. Das Glück lag vor meinen Füßen, doch statt danach zu greifen, habe ich danach getreten. Ich hatte es nicht besser verdient. Ich saß noch einige Zeit auf den Treppen des Hotels, rief immer wieder seinen Namen, flehte, dass er mich anhören sollte, doch niemand kam. Ich saß dort vielleicht noch zwei Stunden, bis man mich bat, den Eingang zu räumen. Sie sagten mir, dass sich der Mann durch mich belästigt fühlen würde, es war wie ein Stich ins Herz. Also bin ich losgelaufen und lief und lief und lief. Stundenlang. Wo sollte ich noch hin? Ich hatte kein Zuhause mehr, ich hatte nichts mehr, wofür es sich zu kämpfen lohnte. Ich war allein und das sollte wohl mein Schicksal sein. Während ich durch die Gassen schlich, hielt ich noch meinen Sack Klamotten fest und dachte irgendwann: ‚Wozu?' Also ließ ich ihn fallen. Kein Ballast mehr, wozu sich noch unnötig beschweren?

Die Abenddämmerung wurde durch die Nacht erstickt. Ich wurde müde und wollte nicht mehr. Ich hatte versucht, etwas aus meinem Leben zu machen, mein Bestes gegeben. Ich war gescheitert und verstand, dass es Zeit war, allem ein Ende zu setzen. Der Verlust, dieser Schmerz, war so unerträglich, ich wollte nur noch, dass es aufhört weh zu tun, dass ich nichts mehr fühle. Ich kehrte dahin zurück, wo ich hingehörte. Ich passierte die Grenze und lief über meine geliebte Brücke, kehrte an den Ort zurück, an dem ich vor einigen Wochen schon einmal gestanden und gebettelt hatte, das Leben endlich spüren zu dürfen. Mein Wunsch wurde erhört, doch jetzt quälte es mich nur noch. Ich sah auf den Fluss nieder, der reißend unter der Brücke hindurchfloss und sehnte mich nur noch danach, mich von ihm treiben und ersticken zu lassen, dabei sah ich mich noch einmal um. Niemand war da. Keiner. So sollte es wohl sein und so war es eigentlich schon immer!

Es kostete mich etwas Überwindung, über das Geländer zu klettern, das Dunkel der Nacht zog mich in seinen Bann und es war nur noch ein einziger Schritt, bis ich meine Sorgen los war. Ich dachte noch einmal an meine Eltern, Colin, Helena, all die Vergewaltigungen und Ängste und dann lächelte ich. Ich beugte mich nach vorn. Der Wind zerrte an mir. Meine Hände lösten sich langsam. Und plötzlich wurde es still, ich schloss die Augen und hielt die Luft an.

„Stopp. …… Du hast wohl sicher gedacht, du bist klüger als ich, dass ich dich nicht finden werde. … Männer, sie ist es… kommt her, wir bringen sie Juri."

Mira erschrak und sah zur Seite. Miro hielt sie am Handgelenk fest und riss sie in seine Arme.

Nachwort

Liebe Leserinnen und Leser,

danke für die Entscheidung, dieses Buch zu kaufen.
Es hat lange gedauert, bis ich den Mut hatte, mein Buch zu veröffentlichen.
Ich hoffe, Ihr hattet so viel Spaß am Lesen, wie ich am Schreiben.

Meine Figuren sind frei erfunden und dennoch erzählen sie Geschichten, die im wahren Leben vorkommen. Ich habe viel Zeit mit der Recherchearbeit zum Thema Prostitution verbracht und hätte nie geglaubt, dass Menschen so grausam sein können. Ich würde mir wünschen, dass Ihr Mira eine Chance gebt, hinter ihre Fassade schaut und ihre wahre Persönlichkeit und Schönheit erkennt. Für mich ist sie eine Heldin, wie Tausende im wahren Leben, die ihr hartes Schicksal annehmen und kämpfen.

Falls Euch die Geschichte von Mira gefesselt hat und Ihr Lust auf mehr habt, möchte ich Euch schon jetzt auf den zweiten Teil neugierig machen.
Besucht mich auf meiner Seite
www.akschmidt-author.com.
Dort erfahrt Ihr mehr.
Ich freue mich darauf, mit Euch in Kontakt zu treten.

Und zu guter Letzt möchte ich die Gelegenheit nutzen, mich bei meinen Unterstützern zu bedanken.
Ohne meine Lektorin, die fleißigen Leser und Berater

hätte ich den Schritt nicht gewagt. Tausend Dank, Ihr seid die Besten.

Ganz liebe Grüße

Eure

AK

Nächster Teil

MIRA

Teil 2

Schatten

CPSIA information can be obtained
at www.ICGtesting.com
Printed in the USA
BVHW031116260419
546633BV00001B/109/P

9 783738 636413